황금삼족오

당태종의 침략

4

나남
nanam

나남창작선 172

황금삼족오 ❹ 당태종의 침략

2022년 2월 25일 발행
2022년 2월 25일   1쇄

지은이   김풍길
발행자   趙相浩
발행처   (주) 나남
주소   10881 경기도 파주시 회동길 193
전화   (031) 955-4601 (代)
FAX   (031) 955-4555
등록   제 1-71호 (1979.5.12)
홈페이지   http://www.nanam.net
전자우편   post@nanam.net

ISBN   978-89-300-0672-9
ISBN   978-89-300-0668-2 (전5권)

책값은 뒤표지에 있습니다.

나남창작선 172

대하역사소설 양만춘

황금삼족오

당태종의 침략

4

김풍길 지음

나남
nanam

당태종 침략도(645년 봄 2~4월)

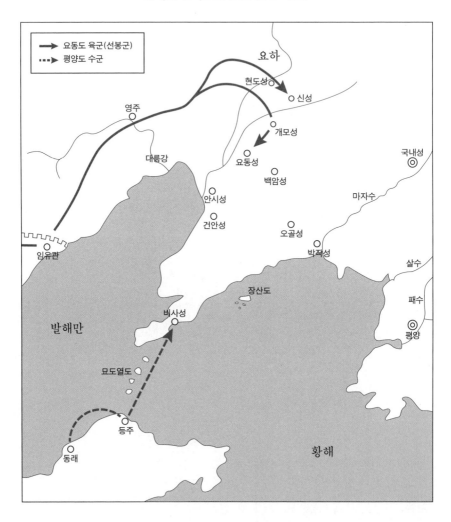

발해만

황해

요하

영주

대릉강

현도성 · 신성

개모성

요동성

백암성

안시성

건안성

오골성

박작성

국내성

마자수

살수

패수

평양

임유관

장산도

비사성

묘도열도

등주

동래

요동도 육군(선봉군)
평양도 수군

요동성 침공과 장산도 해전(645년 여름 5~6월)

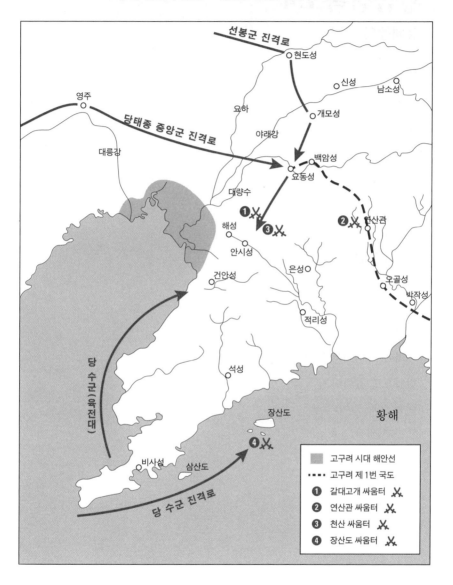

황금삼족오 4

당태종의 침략

차례

등장인물 소개 8

마른하늘 날벼락 11
용과 범의 싸움 49
바람에 흩날리는 꽃들 77
강한 이웃은 근심거리 109
몰려오는 먹구름 133
동에서 소리 지르고 서쪽을 치라 169
잇따라 무너지는 성들 193
받았으면 갚아야지 221
어찌 이런 일이 251
밀물과 썰물 291

연표 326
《황금삼족오》 깊이 읽기 328

황금삼족오 5
안시성의 승리

천길 낭떠러지

안국사 종소리

끝없이 밀려오는 파도

아직도 무너지지 않았는가

삶인가 죽음인가

빼앗으라, 무슨 일이 있어도

피눈물 흘리며 돌아서는 사나이

끝없이 펼쳐진 진흙 펄이여

평화의 길 찾아서

황금삼족오 전5권

제1권 초원과 사막의 나라

제2권 살수는 흐르고 있는가

제3권 빛의 나라

제4권 당태종의 침략

제5권 안시성의 승리

등장인물 소개

양만춘   수당의 고구려 침략 때 나라를 지킨 영웅. 연개소문에 맞서 법과
정의를 지키고 갈대고개에서 적군을 섬멸함.

연개소문   반정을 일으켜 영류태왕과 화평파를 몰살시키고 막리지에 오름.

선도해   화평파였으나 고정의 덕택에 목숨을 구한 외교 전문가.

고연수   고정의의 조카. 반정에 참여해 벼락출세한 자칭 병법의 대가.

해마루   해부루 동생. 요동성 방어군의 총사령관.

돌고   양만춘이 개혁정치를 이루는 데 초석을 마련한 뛰어난 정치가.

다로   양만춘을 그림자처럼 호위하는 충성스러운 싸울아비.

우소   안시성 준공축제 무술대회 태견 우승자. 이 대회에서 활쏘기 우
승자인 수봉, 여자 궁수 아례와 함께 니루로 발탁됨.

흑모란   당나라 간첩 괴유의 외동딸. 안시고을에 침투해 정보를 빼돌림.

도화홍   이름난 평양성 기녀.

치우   수나라와의 싸움 때 전쟁영웅. 섭정 건무를 없애려던 반란이 실
패하자 주작노인이라 이름을 바꾸고 해성포구 왈패 두목이 됨.

고돌발 　연산관 싸움을 승리로 이끈 고구려 장수.

아사노 　장산도 해전에서 적군을 무찔러 요동반도 제해권을 지킨 명장.

김춘추 　신라 왕족으로 외교와 모략에 뛰어난 정치가.

당태종 　중국 역사상 가장 뛰어난 싸움꾼 황제. 토산까지 쌓으며 안시성을 빼앗으려 했으나 고구려군의 굳센 방어로 실패함.

위징 　당태종의 통치를 뒷받침한 위대한 정치가.

장손무기 　장군으로서의 능력보다 정보전과 권모술수에 뛰어난 음모가.

이적 　동돌궐 정복의 일등공신. 고구려 원정군을 선봉에서 지휘함.

이도종 　당태종의 조카. 큰 공도 세우지만 실수도 많이 함.

아사나사이 　뛰어난 돌궐의 맹장. 시빌 카간의 조카이지만, 당 왕조에 귀순해 고구려 원정에 참여함.

아사나사마 　카간의 후예로 돌궐인의 상징적 지도자. 백암성에서 독화살에 맞아 죽게 됨.

계필하력 　돌궐 출신 맹장. 연산관 싸움에서 패전함.

무조 　당태종의 후궁이었으나 황태자 이치를 유혹해 측천무후가 되었다가 훗날 중국 역사상 유일무이한 여자황제가 된 여걸.

마른하늘 날벼락

反政

    산같이 듬직한 사나이가 땅딸막한 부엉이 영감과 훤칠한 싸울아비를 거느리고 성내를 한 바퀴 둘러보더니 흐뭇한 미소를 지었다.

"드디어 꿈을 이루었소."

"이 자그마한 토성(土城)으로 백만 적군을 막는다고요?"

    늙은이는 미덥지 않다는 듯 씁쓸하게 웃으며 큰 눈망울을 데굴데굴 굴렸다.

"평범해 보이지만 지키는 자가 힘과 재주를 마음껏 뽐낼 수 있게 만든 철옹성(鐵甕城)이고, 죽음과 맞부딪치며 살아온 싸움꾼 아니고선 꿈도 꾸지 못할 걸작이라오."

    젊은이가 늙은이를 쏘아보며 칼끝처럼 뻗은 짙은 눈썹을 꿈틀거리자, 검독수리처럼 당당한 사나이는 말없이 빙긋 웃기만 했다.

동맹축제 東盟祝祭

642년(영류태왕 25년) 호랑이해〔壬寅年〕가을. 양만춘(楊萬春)이 올해 동맹●은 안시성(安市城) 준공 축하까지 곁들여 잔치를 크게 벌인다고 선포했다. 마자수(압록강) 너머 북녘 땅엔 겨울추위를 예고하듯 매서운 칼바람이 불어왔지만, 이른 새벽부터 고을 주민들이 구름같이 성안 광장으로 몰려들었다. 그러나 누구도 축제의 기쁨을 앗아갈 어두운 그림자가 다가오는 것을 알지 못했다.

양만춘이 대형(大兄, 정5품 관직) 예복을 맵시 있게 차려입고 사열대에 오르자, 광장을 가득 메운 군중이 웅성거림을 멈추고 물을 끼얹은 듯 조용해졌다. 오랫동안 꿈꾸던 금성철벽(金城鐵壁) 성을 갖게 된 때문일까. 가슴을 활짝 펴고 싱글벙글 웃으며 동서남북을 둘러보고, 하늘을 우러러 두 손을 높이 쳐들었다.

우렁찬 북소리가 세 번 울려 퍼지며 동문(東門)이 활짝 열리자 천산(千山) 마을 사냥꾼 행렬이 나타났다.

황금빛 고깔모자에 붉은 깃털로 멋을 부린 키다리가 껑충껑충 뛰면서 축제의 시작을 알리려 검은 물소 뿔 나팔을 두 손으로 받쳐 들고 볼이 터지라 나팔소리를 하늘로 뿜어 올리다가 땅으로 쏟아 부었다. 뿔 나팔 부는 사내를 따라 털가죽 옷에 거친 갈포(칡넝쿨 섬유로 짠 베옷) 반바지를 입은 사냥꾼들이 제사에 올릴 황소만 한 멧돼지와 큰뿔사슴을 메고 들어와 자랑스럽게 치켜들었다.

──────
● 동맹(東盟 또는 東明)은 고구려에서 음력 시월, 수확에 감사하며 하늘에 제사드리는 제천의식. 부여의 영고나 예의 무천 같은 추수감사절.

풀무로다 풀무. 만대장의 풀무로다 / 이 쇠 저 쇠 다 녹여서 좋은 연장 만
들어보세 / 온갖 잡쇠 다 모아 풀무 안에 들어간다 / 달은 쇠 오름 쇠요
식은 쇠 내림 쇠라.
풀무로다 풀무. 요동 천 리 대 풀무 / 오고 가는 바람아 풀무 안으로 모여
라 / 불어라 딱 딱 불미야 불미 불미 불미야. ●

풀무노래를 부르며 건장한 사내들이 몰려왔다. 검은 말 네 필이
끄는 수레에 대장간을 차렸는데, 흰옷 입은 불의 여신이 화덕에 횃
불을 던지자, 검정투성이 대장장이 신이 쇠망치를 휘두르다가 쇠
바퀴를 머리 위로 치켜 올려 온갖 재주를 부렸다. 사열대 앞에서 대
장장이가 구호를 외치니 뒤따르던 무리가 우렁차게 합창했다.

"쇠는 부자(富者)를 만들고, 좋은 쇠는 우리를 강하게 한다."

뒤이어 흥겨운 북소리 장단에 맞추어 소년들이 행진해 들어왔
다. 모두 조그마한 절풍(고깔모자)을 머리에 살짝 얹어 잡아매고,
양쪽 귀 옆에 장끼 꽁지깃을 꽂아 한껏 멋을 부린 모습이었다.

경당(扃堂)에 다니는 자식의 늠름한 모습을 보고 우레 같은 박
수가 쏟아지자, 선두에서 조랑말을 탄 소년의 구령에 따라 뒤따르
던 아이들이 메고 있던 활을 높이 쳐들어 구경꾼을 향해 의젓하게
답례했다.

뜻밖에 귀한 손님이 찾아왔다. 새하얀 머리칼에 흰 수염을 휘날
리며 아기처럼 얼굴이 붉은 조의선인(皁衣仙人) 우두머리가.

백마 탄 노인 주위에 북두칠성같이 일곱 장로(長老)가 호위하며

─────
● 〈풀무노래〉, 《조선민요의 세계》(평양출판사)에서

그림자처럼 조용히 따랐다. 흰옷 입은 장로들은 변치 않는 마음을 나타내는 푸른 소나무 가지와 싱싱한 겨우살이를 들었다.

양만춘은 사열대에서 급히 뛰어내려 와 영접했다.

"태을상인(太乙上人)께서 몸소 오시다니요."

상인은 그의 두 손을 덥석 잡았다.

"10년 동안 정성을 다해 이처럼 튼튼한 성을 쌓았거늘 어이 축하하지 않겠소. 때가 오면 기꺼이 어깨를 나란히 해 싸울 것이오."

갑자기 남문(南門)에서 들려오는 요란한 북소리. 뒤이어 꽹과리와 징소리가 울려 퍼지며 풍년을 가져오는 황소대가리 신이 잘 여문 오곡 이삭을 손에 들고 성문 안으로 고개를 내밀었다. •

한 무리 농악대(農樂隊)가 '농사야말로 세상에 으뜸가는 일'(農者天下之大本)이라 쓴 깃발을 앞세우고 성안으로 밀려왔다. 이들은 장단에 맞춰 어깨춤을 추며 북과 장구를 힘차게 두들기고, 어깨에 멘 작은북을 치는 여인과 머리 위로 긴 상모(象毛)를 휘두르는 젊은이도 신나게 춤사위를 펼쳐 흥을 돋우었다. 여러 마을에서 온 농악대가 원을 그리며 한마당 풍물놀이를 펼친 후 소리가 자지러들더니 우두머리의 우렁찬 징소리에 맞추어 광장으로 들어왔다.

풍년이 왔네 풍년이 왔네. / 요동벌판에 풍년이 왔네.
올해도 풍년 내년에도 풍년 / 해마다 풍년이로구나.
지화자 좋다 얼씨구 좋다.

• 축제에 등장하는 여러 신들은 모두 고구려 벽화에 보이는 신들임.

흰 수건을 머리에 질끈 맨 견우(牽牛)가 검은 소 등에서 피리를 불고, 누른 소가 끄는 수레의 베틀에서 직녀(織女)가 베를 짰고, 뒤따라오던 젊은 농부와 아가씨들이 덩실덩실 춤을 추며 풍년가를 불렀다.

축제를 위해 마련한 김이 무럭무럭 나는 시루떡과 백설기를 실은 소달구지, 향기로운 냄새를 풍기는 술독, 잘 영근 오곡과 과일을 가득 실은 수레들이 뒤를 이었다.

구경꾼은 좋은 수확물을 볼 때마다 환호성을 질렀는데, 올해 인기상은 요하를 지키는 둔전병(屯田兵)이 탔다. 몇 해 전 서역(西域)에서 가져온 박을 재배하는 데 성공해 김장독만큼 커다란 박을 가득 싣고 오자 가장 우렁찬 함성이 터졌으니.

모두 광장에 모이자 제천의식(祭天儀式)이 거행되었다. 산과 바다에서 잡은 크고 살찐 짐승과 물고기, 들에서 거둔 오곡과 과일을 제단에 올리고, 흰옷 입은 사제(司祭)가 하늘에 제사를 드리자, 양만춘이 경건하게 축문(祝文)을 읽었다.

"높고 높은 하늘이시여! 우리가 잡고 거둔 가장 크고 좋은 것을 바치오니 이 제물을 어여삐 받으시고, 해마다 풍년이 들어 당신의 아들딸이 기쁨에 넘쳐 살게 보살피시며, 전쟁의 날에는 안시성이 나라를 지키는 튼튼한 방패가 되어 백년이 지나도 우뚝 서고, 천 년 후도 잊혀지지 않게 하소서."

뿔 나팔 소리가 울려 퍼지며 무예시합이 시작되었다.

금년 시합 우승자를 니루로 임명한다고 약속한 때문인지 어느 때보다 많은 사람이 참가했다.

활쏘기는 고구려 젊은이들에게 가장 인기가 높았다. 더구나 금년에는 생머리를 뒤로 묶어 내린 버들가지 같은 아가씨가 처음으로 대회에 참가해서, 축제에 온 젊은 여인들이 응원하러 모여들어 그 열기가 무척 뜨거웠다.

가냘픈 아가씨가 한쪽 눈을 살포시 감고 가을 물같이 맑은 눈으로 과녁을 노려보았다. 그녀가 쏜 화살이 한가운데를 꿰뚫을 때마다 함성이 높아갔다. 열두 발 모두 과녁을 명중해 결승에 오르자 여인들이 흥에 겨워 덩실덩실 춤을 추었고, 결승전 기마속사(騎馬速射)에서 아쉽게 한 발이 빗나가 우승을 놓치니, 발을 동동 구르며 울음을 터뜨렸다.

태껸 결승전도 사내들의 눈길을 끌었다.

시커먼 얼굴에 검은 곰같이 우람한 대장장이와 흰 얼굴에 호리호리한 젊은 꺽다리, 생김새부터 너무나 다른 두 사람은 마주보고 인사를 나누었다.

멋있게 조우관(鳥羽冠)을 쓴 꺽다리는 새가 날듯 두 손을 활짝 펴 활갯짓을 하며, 왼발 오른발을 굼실거리고 춤추듯 앞뒤와 옆으로 끊임없이 품(品) 자를 밟으면서 검은 곰의 빈틈을 노렸다.

대장장이도 곰이 사슴을 덮치듯 두 손을 머리 위로 추켜들어 위협적인 활갯짓을 하며 거리를 좁혔다. 검은 곰은 꺽다리 가까이 다가가다가 "이크" 하는 기합소리와 함께 육중한 덩치에 어울리지 않게 제비같이 날래게 덮쳤다.

엄지와 검지를 벌려 칼재기로 얼굴을 노리는가 싶더니, 다음 순간 비호(飛虎) 같이 솟구쳐 뛰어올라 머리를 후려 차고, 구경꾼의 "악" 하는 비명소리가 끝나기도 전에 회오리바람처럼 휘돌아 몸통을 걸어찼다.

아슬아슬하게 곰의 발길을 피한 꺽다리는 어느 틈에 그 뒤로 돌아가서 무릎치기로 허벅지를 걸어차고서 무너져 내리는 곰의 명치를 곧은 발질로 내질렀다.

흙먼지가 가라앉으면서 뻗어있는 사내를 부축해 일으키는 걸 보고 구경꾼 눈이 화등잔만큼 커졌다. 쓰러진 게 곰같이 우람한 대장장이이었기에.

활쏘기에 우승해 주몽(朱蒙, 활 잘 쏘는 자)에 선발된 소년은 기쁨으로 얼굴이 빨갛게 상기되어 있었다.

"수많은 젊은이를 물리친 우승자가 이렇게 어린 소년이라니. 어디 사는 누구 아들이더냐?"

"천산 솔마을 사냥꾼 아들 수봉이라 합니다."

양만춘은 바람의 세기에 따라 활의 위치와 시위를 당기는 힘을 조절하는 것도 마음에 들었지만, 손가락 사이에 3개 화살을 끼고 첫째 화살이 과녁에 닿기 전에 다음 화살이 시위를 떠나는 속사(速射)의 재빠름도 만족스러웠다. 그 정도면 실전(實戰)에도 충분히 통할 뛰어난 활꾼[弓手]이어서 흐뭇한 마음으로 앳된 얼굴을 굽어보았다.

"너를 니루로 임명한다. 어디서 근무하겠느냐?"

"아직 어리고 활 솜씨도 부족합니다. 조의선인 수련장에서 좀더 실력을 닦은 후 성주님 말씀에 따르겠습니다."

총명하게 빛나는 맑은 눈동자를 보노라니 마음이 따뜻해졌다. 양만춘은 문득 저 소년같이 어렸을 때 돌궐에 가는 사절단을 따라가 5월 축제 활쏘기 대회에서 메르겐(명사수)에 뽑히고 자스미 공주와 인연이 맺어졌던 추억이 그립게 떠올랐다.

"그렇게 하렴. 좋은 스승을 내가 알아보마."

양만춘은 아쉽게 우승을 놓친 여자 활꾼도 불렀다.

"무예시합에 여자는 참가할 수 없다고 하자, 활쏘기는 힘이 아니라 마음 모으는 데에 있다며 떼를 썼던 바로 그 아가씨구먼. 훌륭한 솜씨였다. 바라는 게 있으면 말해 보아라."

아례는 슬기롭게 반짝이는 눈을 들어 올려보았다.

"성주님, 여자들도 글을 배우고 무예를 익힐 수 있는 배움터가 있으면 좋겠습니다."

"보기와 달리 꿈이 야무지군. 가냘픈 아가씨가 그렇게 활을 잘 쏠 줄 몰랐다. 앞으로 대회 참가뿐 아니라 여인의 배움터(경당)도 세울 테니, 니루가 되어 활쏘기를 가르치거라."

태껸에 우승한 젊은이는 한쪽 무릎을 끓어 싸울아비식 인사(軍禮)를 올리더니 우렁찬 목소리로 외쳤다.

"갈대고개를 지키고 있는 살수(청천강) 선바위마을 우소가 성주님께 인사드립니다."

"아니, 살수가 고향이라고. 어찌하여 이렇게 먼 곳까지 와서 병사로 근무하느냐?"

"넷, 어려서부터 드넓은 요동벌에서 말 달리는 게 소원이었습니다. 아버지께서 미천한 집안 자식이 공(功)을 세워 이름을 드날리려면 안시성에 가라고 말씀하셨습니다."

"큰 공을 세워 네 꿈이 이루기를. 니루, 우소!"

마지막으로 상대방을 번쩍 들어 메어치는 들배지기로 통쾌한 한 판승을 거둔 씨름판 우승자가 걸어 나왔다. 멧돼지처럼 완강한 체격으로 얼굴에 칼자국이 난 험상궂은 땅딸보였다.

"어디서 온 누구인가."

"요동성 토박이로 보로라고 합니다."

"자네는 훈련소 니루를 맡아 병사의 체력을 단련시켜 주게."

보로 얼굴에 실망하는 표정이 스쳐가는 걸 보면서 양만춘은 머리를 갸우뚱했다.

"안시성엔 말갈은 물론 거란인, 돌궐인, 실위(室韋)인까지 근무하고, 이들을 조금도 차별하지 않는다. 그런데 왜 굳이 출신지를 숨길까. '보로'라면 돌궐어로 갈색(눈동자)이란 말이고, 얼굴의 흉터도 그들 관습에 따라 부모가 죽으면 슬픔을 나타내려 스스로 내는 상처. 더구나 들배지기 솜씨는 젊은 날 보았던 돌궐 기병대의 격투기술이거늘."

양만춘은 축제의 마지막 행사인 줄다리기 시합을 알리는 북소리가 들리자 언짢은 생각을 털고 일어났다.

동맹축제의 절정은 달맞이였다.

어둠의 뜨거운 열기가 이글거리는 밤 축제야말로 젊은이 마음을 몽땅 사로잡는 무언가 신비로운 힘이 넘쳐흐른다. 사내들은 제각기 힘과 재주를 뽐내며 여인의 눈길을 끌기 위해서라면 못할 짓이 없었고, 여인들도 수줍은 듯 내리깐 눈을 사방으로 굴리며 마음에 드는 짝을 찾아 두리번거렸다.

모닥불가 대장장이 총각 곁엔 어느 틈에 눈을 맞췄는지 베 짜는 아가씨가 찰싹 달라붙어 사내의 우람한 팔뚝을 자랑스레 쳐다보았고, 젊은 농부는 수줍어하는 사냥꾼 딸을 꼬이려 열에 들떠 소곤거렸다. 이미 짝을 찾은 아가씨는 눈이 빛나고 입가엔 웃음이 감돌았다.

"산중에 귀한 건 머루 다래고, 사람 중에 소중한 건 정든 님이라"고 노래하는 여인은 이미 짝을 찾은 듯했다. "숲속으로 나를 끌고 들어갔던 사내 / 생김새도 모르고, 집도 모른다오. / 먼 들의 꿩은 시끄럽게 짝 지어도 아무 말 않으면서 / 나는 몰래 잤는데도 사람들이 떠들어대네(328쪽 참조)"라고 야한 노랫가락을 걸쭉한 소리로 짖어대는 녀석은 아직 짝을 못 찾아 심술이 잔뜩 난 껄렁이겠거니.

춤과 노래, 웃음과 고함 속에 밤이 깊어가면서 광장은 젊은이 열기로 가득 차고 원초적(原初的) 욕망과 환희가 일렁거렸다.

양만춘은 호위무사 다로를 데리고 축제 현장을 둘러보다가, 문득 현명한 시빌 카간[施畢可汗]의 말이 떠올라 미소를 지었다.

"안다[義兄弟]여! 타브가치(중국인) 놈들은 투르크(돌궐) 사람을 오랑캐라고 부르며 우리 5월 축제를 음란하다고 욕을 한다지. 시건방진 것들. 고약한 카간[可汗]이라도 품고 싶은 몇 사람을 욕보

일 뿐이지만, 선량하다는 타브가치 황제조차 만 명 넘는 젊은 여인을 궁궐이란 감옥에 가두어놓고 시들어 죽게 만들지 않는가. 그들은 권세와 돈에 따라 딸을 노예처럼 내주지만, 투르크 여인은 자유민이기에 사랑하면 서슴없이 합하나, 싫어하면 몸을 허락하지 않아. 부모 뜻에 따라 가축같이 팔려가는 타브가치 여인과 5월 축제에서 좋아하는 사내를 고르는 투르크 아가씨 중 누가 더 행복하고 자연의 법칙을 따르는 것일까?"

옛 일을 회상하던 양만춘 귀에 축제의 소음과 다른 다급한 말발굽 소리가 들려왔다. 오른손에 횃불을 쳐든 채 급히 말을 달려오는 파발꾼(소식을 전하는 군사)을 보자 가슴이 철렁 내려앉았다.

"지난달 16일 평양성에서 큰 피바람이 불었답니다. 소식이 늦어진 건 마자수(압록강) 나루터에서 통행을 막았기 때문입니다."

언제나 웃음을 잃지 않던 얼굴이 납덩이처럼 굳어가자 다로가 무거운 침묵을 깨뜨렸다.

"성주님, 축제를 중지시킬까요?"

"아닐세. 백성이 언제 다시 이렇게 흥겨운 축제를 즐기겠나. 다만 내가 말할 때까지 다른 사람에게 알리지 말도록!"

양만춘은 착 가라앉은 목소리로 지시하고 무너져 내리듯 의자에 주저앉아 두 사람에게 물러가 달라는 듯 손을 저었다.

피바람 휘몰아치니

642년(영류태왕 25년) 9월 15일.

보름달이 휘영청 밝은 사수(蛇水, 보통강) 강가에 다른 사람보다 머리통 하나쯤 더 큰 키에 우람한 몸집의 사나이가 물끄러미 강물을 내려다보았다. 그의 몸짓엔 한 점 두려움도 보이지 않았지만 얼굴은 잔뜩 굳어 있었다. 이윽고 결단을 내린 듯 고개를 들었다.

'뭐라고. 나를 제거한다고? 그렇다면 먼저 손쓸 수밖에.'

몇 마장 떨어진 연병장에는 병사들이 횃불을 대낮같이 밝히고 내일 열병식(閱兵式) 준비를 마무리하느라 분주했다.

"고연수(高延壽)는 어디 있는가?"

"대인(大人), 부르셨습니까?"

풀벌레 소리가 뚝 끊기면서 강가 버드나무숲 그늘에서 검은 그림자가 소리 없이 다가왔다.

"백인대장(百人隊長) 이상 모든 장수를 불러 모으게."

강변 풀밭에는 완전무장한 십여 명 사내가 긴장한 얼굴로 연개소문(淵蓋蘇文)을 둘러쌌다.

"모두 편히 앉게. 잘 알다시피 못난 왕과 간사한 대신들이 나라를 멸망의 구렁텅이로 몰아가고 있다. 더구나 화평파 놈들은 얼마 전 대양왕자(大陽王子) 전하를 암살하더니, 이제 우리까지 씨를 말리려 한다. 나라를 구하고 선조의 영광스러운 역사를 바로 세우려면, 악한 무리를 그대로 둘 수 없다. 내일 열병식에서 이놈들을 깡그리 박살내고, 궁성에 들어가 악의 뿌리까지 뽑아버리자!

고연수, 준비는 끝났는가?"

"넷, 대인. 명령만 내리십시오."

고연수가 벌떡 일어나 부동자세를 취했다.

예상하지 못한 것은 아니지만 태왕(太王, 고구려 국왕)까지 시해(弑害)하겠다는 말은 너무 충격적이어서 둘러앉은 사내들은 벼락이라도 맞은 듯 창백한 얼굴로 멍하니 굳어 있었다.

연개소문은 이글이글 불타는 눈을 들어 다짐하듯 부하의 얼굴을 하나하나 뚫어지게 내려다보다가, 품속에서 종이를 꺼냈다.

"내 말에 찬성하는 사람은 이 연판장(連判狀)에 이름을 쓰도록."

"대인, 반정(反正, 쿠데타)으로 나라를 좀먹고 있는 벌레를 제거하자는 말씀엔 소장도 뜻을 같이합니다만, 폐하까지 시해한다면 이는 반역이고 불충(不忠)입니다. 태왕께 충성을 맹세한 싸울아비로서 이 일에 참여할 수 없습니다."

무거운 침묵을 깨고 조의선인(皂衣仙人) 출신 막여해가 자리에서 벌떡 일어나 가슴을 펴고 말을 마치더니, 한쪽 무릎을 꿇어 정중하게 군례(軍禮)를 올리고 눈을 감았다.

숨 막히는 정적에 뒤이어 벼락 치듯 고함소리가 터졌다.

"가장 믿고 아끼던 네놈이 감히 … ."

연개소문은 번개같이 칼을 뽑아 막여해의 목을 내리쳤다. 순간 밤공기는 얼어붙고 찬바람이 휘몰아쳤다. 부하장수들이 부들부들 떨며 연판장에 서명하는 모습을 차갑게 내려다보다가, 그는 백인

대장 고죽리(高竹離)를 불러 시체에서 갑옷을 벗겨 강물에 던지라
고 지시하고 고연수에게 돌아섰다.

"살생부(殺生簿)를 나누어 주고, 내일 거사(擧事)에 한 치 어긋
남이 없게 철저히 점검하도록."

9월 16일 날이 밝았다.* 구름 한 점 없는 상쾌한 아침이었다.

천리장성 감독관으로 쫓겨나게 된 동부대인(東部大人) 연개소문
이 그동안 저지른 잘못을 후회해 화평파 대신에게 머리 숙이고, 성
대한 열병식(閱兵式)을 열어 화해하려 한다는 소문이 평양성 성내
에 퍼졌다. 이러한 소문에다가 연개소문이 값진 선물을 돌리며 간
곡히 초청한 때문인지 고구려를 움직이는 대신과 장군들이 모두 모
였다.

연병장 한가운데에 호화롭게 꾸민 계단식 사열대가 세워지고,
맞은편에는 주인을 따라온 시종들이 기다릴 큰 천막을 쳤다. 초청
받은 사람들은 고운 옷을 차려입은 소녀의 안내로 지정된 좌석에
앉았다.

오늘 열병식의 주빈이 된 태대형(太大兄, 2위 관직 정 2품) 온문은
붉은 비단으로 만든 책(모자)을 쓰고 자줏빛 비단옷에 금띠를 두른
재상의 옷차림으로 나타났다. 몸이 불편해서 참석하지 못한 대대
로 부소 대신 사열대 상좌(上座)에 높이 앉자 기분이 좋은지 연방

___

* 《삼국사기》에는 연개소문이 쿠데타를 일으킨 때를 10월로 기록하고 있으
  나, 정효운·김용만 같은 역사연구자들이 밝혔듯이 당시 역사적 사실을 살
  펴볼 때 《일본서기》에 기록된 9월이 타당하므로 그에 따랐음.

24

너털웃음을 터뜨리며 좌우를 둘러보았다.

권력의 실세 화평파 대신과 장군들은 모두 자기 주위에 앉았고, 왕의 신임을 잃은 강경 자주파가 통로를 사이에 두고 따로 동쪽에 모여 있는 게 조금 찜찜했지만, 연개소문이 화평파에게 잘 보이려고 머리를 썼구나 싶어 대수롭지 않게 여겼다.

이른 새벽, 고정의(高正義)는 조카 고연수의 문안인사를 받았다. 성품이 대쪽 같은 백부이기에 거만한 고연수도 고개를 깊이 숙였다.

"큰아버님, 그간 강녕(康寧)하셨습니까? 날이 밝기도 전에 찾아 뵙게 되어 죄송합니다."

"나야 늙은이라 새벽잠이 없지만 꼭두새벽부터 웬일이냐?"

고연수는 무릎걸음으로 다가가 품에서 살생부인 간신(奸臣) 명부를 꺼냈다.

"드디어 연 대인(淵大人)께서 거사하기로 결단을 내렸습니다."

"폐하께 불미스러운 행동을 하지 않겠지?"

사실대로 말하면 큰아버지가 어떤 태도를 취할지 너무 잘 알기에 눈을 딱 감고 거짓말을 했다.

"결코 그런 일은 없을 것입니다."

고정의는 살생부를 보고 눈살을 찌푸렸다.

"큰일을 이루려면 한 손엔 칼을 들더라도 다른 손은 사람 마음을 따뜻하게 보듬어야 하거늘. 혈기가 왕성한 젊은이라서 그런지 살생부에 너무 많이 올렸구나. 반대파라도 유능한 대신, 용감한 장군에게는 기회를 주어야 옳지 않겠느냐?"

그는 명단을 자세히 살펴보기도 전에 못마땅하다는 듯 혀를 끌끌 찼다.

"해금선이라. 이 사내는 거문고 타는 풍류(風流) 남아가 아닌가? 아무래도 여기서 많은 사람을 빼내야겠다."

"이미 살생부가 정해졌으므로 제 힘으로 어쩔 수 없습니다. 다만 연 대인이 큰아버님을 매우 존경하고 의지하오니, 오늘 열병식에 참석하시어 구하고 싶은 사람을 주위에 앉히소서."

울절(鬱折, 3위 관직 종2품) 고정의는 태자 환권(桓權)이 당나라에 사신으로 가는 것을 끝까지 반대해 영류태왕의 눈 밖에 난 데다, 지난 6월 태왕의 이복동생 대양군이 암살당하자 병을 핑계로 바깥 출입을 하지 않았다.

뜻밖에 고정의가 상복(喪服)을 입고 열병식장에 나타나자 장내가 술렁거렸으나, 세상인심은 야박해서 태왕의 총애를 잃은 재상이라 생각해선지 곧 고개를 돌렸다.

그의 참석을 예상하지 못한 주최 측은 황급히 사열대 동쪽에 귀빈석을 마련했으나 온문이 앉은 상좌(上座)에 비해 너무 초라했고, 자리에 앉고 나서야 황급히 들국화를 가져와 치장하느라 법석을 떨어 강경파 대신들이 분통을 터뜨렸다.

• 남생의 묘지(墓誌)를 근거로 연개소문이 609~619년 사이에 태어난 것으로 추정된다. 《새로 쓰는 연개소문 전》(김용만 저), 《민족사를 바꾼 무인들》(황원갑 저) 참고. 그렇다면 반정 당시 연개소문은 기껏해야 30대 초반의 젊은이였다.

고정의는 심부름꾼을 보내 화평파의 유능한 인물들을 불러 모아 주위에 앉혔다. 평소 근엄한 성격과 달리 먼저 말을 걸어 안부를 묻고, 이것저것 질문을 퍼부으면서 필사적으로 옷소매를 붙잡았다. 그 모습은 권력을 잃어버린 늙은 재상이 이를 되찾기 위해 지푸라기라도 잡으려고 허우적거리는 몸부림 같아 애처롭게 보였다. 몇 사람은 노골적으로 소매를 떨치고 일어났지만, 대부분은 평소 그를 깊이 존경하던 터라 차마 일어서지 못한 채, 옷깃을 붙잡고 늘어지는 늙은 재상의 주책을 받아주고 있었다.

화려한 열병식이 시작되었다. 행렬 선두에 검은 말을 탄 우람한 몸집의 기수가 거드름을 피우며 주작(朱雀)을 수놓은 붉은 깃발을 높이 쳐들었고, 군악대가 흥겨운 행진곡을 연주하며 나왔다.

연개소문은 눈부시게 빛나는 은빛투구 갑옷차림에 등에는 다섯 자루 비도(飛刀, 던지는 칼)를 어깨 위로 삐죽 나오도록 꽂고서 백마 위에 올라앉아 위풍당당하게 나타났다. 뒤를 이어 말에 갑옷을 입히고 쇠 투구에 미늘갑옷으로 중무장한 철갑기병대와 가벼운 가죽 갑옷 차림에 칼을 찬 날렵한 경(輕)기병대, 긴 창을 하늘로 곧추세운 장창대(長槍隊)와 활을 손에 든 궁수대, 마지막으로 전투용 큰 도끼를 어깨에 둘러멘 짧은 바지 도끼부대가 뒤따랐다.

연개소문은 사열대 한가운데에 이르자 말을 멈추어 세우더니, 이글이글 타오르는 눈으로 쏘아보았다. 칼로 찌르는 듯한 눈빛에 온문은 찬물을 뒤집어쓴 듯 온몸이 오그라들었다. 갑자기 징소리가 날카롭게 울려 퍼지더니, 그 여운이 끝나기도 전에 "쳐라!"라는 우렁찬 호령과 함께 연개소문의 오른손이 온문을 가리켰다.

그 명령에 따라 도끼부대가 우르르 사열대 통로로 달려가고, 장창대가 창을 꼬나들고 함성을 지르며 사열대로 돌진했다. 같은 시각 철갑기병대는 화평파 대신의 호위병과 시종이 쉬고 있던 천막을 짓밟았다. 뜻밖의 사태에 놀란 온문이 외마디 비명을 지르며 일어서자 어디선가 화살이 날아와 그 자리에서 꼬꾸라졌다.

고정의는 자리에서 벌떡 일어나 차고 있던 장검을 뽑아 들었다. 위급한 상황이 벌어지자, 좌우에 앉았던 화평파 젊은이들이 늙은 재상을 지키려 앞을 막아섰다.

"물러나라 선도해(先道解). 다른 사람도 모두 내 뒤에 서라!"

늙었다고 하나 좌우에 모은 인재를 지키려는 고구려 제일 검객(劍客) 고정의 눈빛은 불꽃같이 타올랐고, 사자가 울부짖는 듯한 기백은 삼군(三軍)을 질타하던 영웅답게 서릿발처럼 매서웠다.

통로로 몰려온 도끼부대는 강경파가 자리 잡은 동쪽 좌석들은 거들떠보지 않고, 일제히 화평파 대신들을 에워싸더니 큰 도끼를 휘둘렀다. 느닷없이 벌어진 기습이어서 전쟁터를 누비고 다녔던 용맹한 장군조차 손 한 번 제대로 써보지 못하고 쓰러졌고, 도망치려던 그 누구도 장창대 창이나 궁수대 화살을 피할 수 없었다. 푸른 하늘에는 밝은 해가 환히 빛나건만, 열병식장은 차마 눈뜨고 볼 수 없는 아수라장으로 변했다.

연개소문은 성난 호랑이같이 외쳤다.

"모두 나를 따르라! 왕궁으로 간다. 고혜진(高惠眞)은 부소의 집에 가서 한 놈도 남김없이 씨를 말려라. "

　평양 내성(內城) 수문장 좌비루는 동부 사람으로 같은 패거리여
서 반란군이 다가가자 순순히 성문을 열었다. 연개소문은 군사를
급히 휘몰아 내성 안에 있는 왕궁 정문인 주작문에 들이닥쳤다.
늙은 수문장(守門將) 해명은 새까맣게 몰려오는 군사를 보고 어이
가 없었다.
　"어찌 이런 일이 … . 이렇게 많은 군사가 대궐로 몰려올 때까지
아무 연락도 받지 못하다니. "
　급히 아들 해량을 불러 변고(變故)가 일어났음을 태왕께 알리게
하는 한편, 부장(副將)에게 대궐 문을 굳게 닫아걸고 힘껏 싸워 시
간을 끌라고 지시하고 혼자 말을 달려 반란군에 다가갔다.
　"나는 주작문을 지키는 수문장이오. 지휘관을 만나고 싶소. "
　"해명 장군. 폐하께 드릴 말씀이 있으니 문을 여시오. "
　"연 대인, 할 말이 있으면 절차를 밟아야지, 벌건 대낮에 군사를
몰고 오다니 … . "
　"이야기를 나눌 틈이 없소. 장군을 해치고 싶지 않으니 물러나
시오. "
　"무례하오. 싸울아비더러 도망치라니. "
　해명은 칼을 뽑기도 전에 화살을 맞고 쓰러졌다.
　반란군은 철갑기병대를 앞세워 물밀듯이 주작문으로 돌진했다.
치밀하게 준비한 천 명이 넘는 반란군을 백 명도 안 되는 궁성근위
대가 어찌 막을 수 있으랴.

오래지 않아 주작문은 깨어지고, 줄사다리를 타고 대궐 담을 넘은 보병들이 궐내로 몰려갔다. 어디선가 불길이 치솟고 여기저기서 궁녀의 비명소리가 들렸다.

영류태왕(榮留太王, 재위 618~642년)은 반란이 일어났음을 듣자, 태왕에게 충성을 바치는 수비대가 대성산성에 있으니 어서 몸을 피하라는 내시의 말도 물리쳤다.

"반군이 왕궁에 쳐들어올 때까지 몰랐던 것은 짐(朕)이 덕을 잃어 백성의 마음이 떠났음이라. 어찌 구차하게 도망쳐 조상을 욕되게 하랴. 어서 의관(衣冠)을 가져오고, 국내성에 머물고 있는 태자 환권에게 이 변고를 알리도록 하라."

태왕은 조례(朝禮)를 받을 때처럼 왕관을 쓰고 곤룡포를 갖추어 입고 위엄 있게 옥좌(玉座)에 앉았다. 시중드는 근신(近臣)과 궁녀가 어디로 도망쳤는지 넓은 대전(大殿)이 썰렁했지만, 평상시와 다름없이 태연한 얼굴로 앞을 바라보았다.

대전으로 들어오던 연개소문은 이미 도망쳤으리라 짐작한 태왕이 당당하게 옥좌에 앉아 있는 것을 보고 멈칫했다.

'썩어도 준치라더니 과연 패수(浿水)의 영웅답구나.'

"동부대인 연개소문, 경(卿)은 어찌 이리 무례한가? 난병(亂兵)을 이끌고 대궐을 범(犯)하다니!"

그는 성큼성큼 걸어가 태왕 앞에 서서 날카롭게 번득이는 눈길로 쏘아보았다.

"폐하께서 충성스러운 신하를 멀리하고 부소 같은 무리에게 정권을 맡겨 백성을 도탄에 빠뜨리고, 밖으로 당나라에 평화를 구걸하는 짓으로 나라님의 위엄을 잃었기로 소신이 여기 왔나이다."

"전쟁의 무서움을 과연 알기나 하는가? 우리가 수나라 침략군을 물리쳤으나 얻은 것보다 잃은 게 더 많았다. 경은 나이가 어려 잘 모르겠지만, 승리 뒤에 감추어진 처참한 비극, 뒤이은 기근(飢饉)으로 수많은 백성이 굶어 죽고 국토가 황폐해진 참상을 짐(朕)은 두 눈으로 똑똑히 보았노라. 평화를 지키려 애쓴 게 그렇게도 큰 잘못이던가?"

"평화라고요? 당나라 요청을 받자 1만여 명 포로를 돌려보냈소. 그런데 우리는 무엇을 얻었습니까? 백제와 신라 사신이 오가는 길을 막았다고 트집 잡자 사신을 보내 사과한 것은 그렇다 칩시다. 동맹국 돌궐의 멸망을 축하하는 얼빠진 국서를 보낸 것도 모자라서, 봉역도(封域圖, 고구려 영토의 경계선을 표시한 지도)를 바쳐 선조의 피와 땀이 밴 요하 서쪽 땅을 싸움 한 번 하지 않고 포기하였소. 이것이 그대가 그렇게나 지키고자 한 평화란 말이오?"

태왕은 신하 입에서 '그대'라는 막돼먹은 말이 튀어나오는 순간, 이미 왕과 신하의 관계가 끝났음을 느끼고 눈을 감았다.

'중국 대륙을 통일한 자는 항상 주위 나라에 세력을 뻗쳐 왔다. 당나라에서 밀려오는 거센 바람으로부터 이 나라를 지키려, 짐은 자세를 낮추어 그들을 달래고 사직(社稷)을 보전하고자 애썼다. 당나라와 평화를 지키려던 외교정책이 결코 잘못된 건 아니었지만, 백성의 소리에 귀를 기울이고 그들의 불만을 달래는 노력을

게을리한 탓에 오늘 반역의 신하 연개소문에게 이런 치욕을 당하는구나.'

연개소문은 말을 하면 할수록 목소리가 높아지고 무성하게 자란 붉은 턱수염이 푸들푸들 떨렸다.

"온 백성의 반대에도 불구하고 수나라를 무찌른 영광스러운 '승리의 탑' 경관(京觀)을 훼손시키고, 태자를 당나라에 보내어 조공을 바치더니, 작년에는 사신이랍시고 와서 유람을 핑계 삼아 우리 방어시설을 염탐한 진대덕에게 성(城)을 보여 주기를 거절한 성주를 칭찬하기는커녕 책망하였소. 그대는 과연 고구려 태왕이오? 아니면 당나라 개요? 전쟁에 대비하지 않은 자는 평화도 누리지 못하는 법이거늘, 이런 얼빠진 짓이 평화를 지키기 위해서라고? 이제 이세민이 출병(出兵)하겠다고 위협하면 나라마저 갖다 바치겠구려."

연개소문은 좌우를 돌아보고 소리쳤다.

"무엇을 망설이느냐? 쳐라!"

비록 폭군이라 하더라도 왕을 시해하는 짓은 정당성을 부여받기 어렵다. 하물며 영류태왕은 혼군(昏君, 어리석은 왕)이라면 몰라도 폭군은 아니었다. 그러므로 반정(反正)을 일으켜 왕을 제거하기보다 그 뒤처리가 더욱 어려운 법이다.

고구려 건국 후 신하가 폭군을 쫓아내고 새로 왕을 옹립한 적은 있었지만, 이번같이 백수십 명 반대파 대신과 장군을 한꺼번에 죽인 유혈참사는 한 번도 없었다. 그러나 연개소문은 길이 막힐 땐

돌아가고, 머리를 숙여야 할 때는 서슴지 않고 엎드릴 수 있는 교활한 사내였기 때문에 엄청난 짓을 저지르고도 뒤처리에 자신만만했다.

'몇 년 전 아버지 연태조가 돌아가고 그 뒤를 이어 동부대인 자리를 물려받을 때도 화평파 늙은 대신들이 맹렬하게 반대했지만, 납작 엎드려 허리를 굽히고 선물로 구워삶아 위기를 모면했다. 이번에도 백성의 신망이 높은 고정의를 대대로에 추대하고, 억울하게 죽은 대양군의 맏아들 고장(高藏)을 왕위에 앉힌다면 어렵지 않게 수습되리라.'

연개소문은 부하들에게 몇 번이나 다짐했다.

"혼란이 일어나선 안 된다. 혹시라도 화평파 잔당(殘黨)이 힘을 모아 날뛸지 모르니 눈을 똑바로 뜨고 잘 살펴라."

"어찌 이런 무참한 짓을⋯. 반정을 하면 어느 정도 피가 흐르리라 짐작했지만, 존귀한 천손(天孫)이신 태왕을 시해하고 그 시신(屍身)마저 토막 내어 시궁창에 던지다니!"

고정의는 집으로 찾아온 조카를 보자 분노가 폭발했다.

"이 거짓말쟁이 놈!"

한 소리 크게 외치고 칼을 뽑아들었다.

깜짝 놀란 고연수는 큰아버지께 대대로를 맡아달라거나, 보호하고 있는 화평파 대신의 처리문제는 입도 벙긋 못 하고, 간신히 목숨을 건져 도망쳐 나왔다.

연개소문은 흥국사의 주지 자혜 스님을 찾아가 고정의가 마음을 돌리도록 중재해 달라고 간곡히 부탁했다. 스님은 여윈 얼굴에 흰 상복을 입은 늙은 재상을 보자 한숨을 쉬며 말머리를 꺼냈다.

"아, 이렇게 망극한 일을 보다니. 이 늙은 중이 너무 오래 살았나 보오."

고정의는 아직도 분노를 다스리지 못한 얼굴로 탄식했다.

"지금은 어느 누구도 만나고 싶지 않고, 세상 이야기라면 귀를 막고 싶군요. 저도 스님처럼 이 더러운 속세를 벗어나 출가(出家)하고 싶습니다."

"하고 싶은 대로 살 수 있다면 이 세상을 어찌 고해(苦海)라 하겠습니까? 내키지 않지만 불쌍한 백성을 생각하니 어리석은 중조차 나서지 않을 수 없구려. 연 공자는 이제 호랑이 등에 올라탄 꼴이니, 앞으로 얼마나 더 많은 피가 흐를지 …. 지금 시주님께서 멈춰 세우지 않으면 고구려는 걷잡을 수 없는 혼란에 빠지고 끝내 멸망할 수밖에 없을 것 같구려."

자혜 스님의 얼굴에 짙은 고뇌가 배어 나왔다.

눈을 감고 깊은 생각에 잠겼던 고정의가 한 식경이 지나서야 입을 열었다.

"저더러 나서라지만, 이렇게 참혹한 짓을 저지르는 무리를 만나 본들 내가 설 자리가 어디 있겠습니까?"

괴로운 얼굴로 다시 눈을 감은 고정의는 스님이 일어날 때도 아무 말이 없었다.

병사를 이끌고 국내성으로 달려간 고혜진이 태자 환권의 행방을 알 수 없다고 보고하자, 연개소문은 온갖 걱정으로 잠을 설치고 깊은 시름에 빠졌다. 그는 고정의가 사심(私心) 없는 사람임을 잘 알고 있었다. 자혜 스님이 고정의와 나누었던 이야기를 듣고, 그 마지막 말에서 실낱같은 희망을 찾았다.

연개소문은 몇 차례나 헛걸음치다가 아예 고정의 집 문 앞에 자리를 깔고 밤이 깊어도 일어나지 않았다.

고정의 집에 숨어 있던 선도해가 무릎을 꿇고 간청했다.

"태왕이란 하루도 없어서는 안 되는데, 이미 여러 날 왕위(王位)가 비었습니다. 세 분 국상(國相, 재상) 중 두 분이 목숨을 잃은 지금, 나라 중심에 서 계신 분은 오직 고 대인뿐이십니다. 지금 누가 나서 새로 왕을 옹립하고 돌아가신 영류태왕 장례를 치르겠습니까? 연개소문이 그자답지 않게 몸을 낮추어 애타게 찾아오는 걸 보니, 깊이 생각하는 바가 있을 겁니다. 노여움을 푸시고 그의 말을 한번 들어보심이 어떻겠습니까? 천방지축 어디로 튈지 알 수 없는 무리를 다스려 국난(國難)을 막고 더 이상 피 흘리는 짓을 끝내실 분은 대인밖에 없습니다."

고정의가 대대로 취임을 승낙하자 사태 수습의 실마리가 풀렸다. 5부 귀족회의를 열어 대양군의 맏아들 장을 보장태왕(寶藏太王, 재위 642~668년)으로 추대하고, 영류태왕 시신을 수습해 장례식을 치르도록 국상(國喪)을 공포했다.

"선왕께서 덕을 잃었다고는 하나, 25년 동안이나 고구려를 다스리신 태왕이시고 천손(天孫)의 후예이시다. 국상기간은 봉상왕(재위 292~300년, 폐위되어 자결한 폭군) 전례에 따라 3개월로 단축하니,

오늘부터 술 마시고 춤추는 것을 금지하노라."

연개소문은 반정군의 추대로 막리지(莫離支)에 올랐다. 막리지라는 관직은 그 지위가 대대로(재상)보다 낮았으나 인사권(人事權)과 군사권을 쥔 권력의 실세였다. 이제 평양성을 떨게 하였던 공포 분위기도 잦아들고 국경의 왕래도 다시 열려, 방문 중에 반정이 일어나 발이 묶였던 왜(倭)의 사신도 푸짐한 선물을 받고 귀국했다. •

잠 못 이루는 밤

반정(反正) 소식은 마른하늘에 날벼락 치는 듯한 충격이었다. 양만춘의 눈에서 걷잡을 수 없이 굵은 눈물이 떨어졌다.

불쌍한 영류태왕. 넓은 이마, 시원하게 뻗은 콧날에 빛나는 눈을 가졌던 젊은 날 패기만만하던 모습이 떠올랐다. 사람들은 패수(대동강)에서 수나라 내호아의 수군(水軍)을 깨뜨렸던 젊은 건무(建武) 왕자인 그에게 얼마나 열광했던가!

처음은 좋아도 끝을 아름답게 매듭짓기가 어렵다던 옛사람 탄식처럼 젊은 전쟁영웅은 왕위에 오르자 사람이 달라지기라도 한 듯,

---

• 《일본서기》에 642년(고교쿠 원년) 2월, 고구려 사신이 왜의 나니와(오사카)에 도착했고, 이듬해 6월 쓰쿠시(북규슈)에 도착했음을 조정에 보고한 기록이 있다. 《일본서기》를 지은 자가 일부러 자기네 사신 보낸 사실을 감춘 것일 뿐 양국은 빈번하게 사신을 교환했다.

백성의 뜻을 외면하면서까지 당나라에 자세를 낮추어 평화를 지키려 노력했다. 당태종 이세민에 속고, 끝내 신하에게 목숨까지 빼앗기다니.

'태왕이시여. 수나라에 승리한 이듬해 온 나라를 휩쓸었던 처참한 기근을 똑똑히 기억하나이다. 그 당시 백성 없는 나라가 어찌 서겠느냐며, 권문세가(權門勢家)와 부호에게 욕을 먹으면서도 굶주린 백성을 구하려 애쓰시어 큰 칭송을 받으셨지요. 그때부터 평화주의자가 되신 것은 이해하지만 너무 외골수로 빠지신 건 가슴 아프나이다. 태왕이시여! 소나기가 쏟아질 때는 처마 밑에서 비를 피하라는 말처럼 폐하의 평화외교가 옳은지도 모르겠군요. 사람들은 소신을 강경파라 하지만 평화가 얼마나 소중하고 나라를 지키는 일이 얼마나 어려운지 잘 압니다. 현실을 외면한 채 거창하게 대의명분(大義名分)이나 내세우는 위선자들이 얼마나 나라에 큰 해독(害毒)을 끼쳤는지 많이 보았으니까요. 그러나 왜 백성에게 현실을 일깨워주고, 너그럽게 다독거리지 못하셨나이까?'

비운(悲運)의 늙은 태왕 얼굴에 연개소문의 야심만만한 모습이 겹쳐졌다. 날카롭게 쏘아보는 눈, 붉은 빛 감도는 탐스런 턱수염과 무성한 구레나룻, 너털웃음을 터뜨리며 거침없이 행동하던 다부진 몸매가 떠올랐다.

'그대가 기어이 반정을 했구려. 반정을 성공하려면 반대파도 끌어안고 되도록 피를 흘리지 않아야 하거늘. 꼭 그렇게 많은 목숨을 빼앗아야만 했던가?'

축제의 밤이 깊을 무렵 양만춘 성주의 집무실로 온사문(溫沙門) 이 들어왔다.

"늦은 시간 죄송합니다. 불이 켜져 있기에 …. 하직 인사드립니다."

온사문은 한쪽 무릎을 꿇어 양만춘을 우러러보며 군례(軍禮)를 드리고 굵은 눈물방울을 쏟았다.

"갑자기 무슨 일로 …."

"반정이 일어나 폐하께서 시해되고, 소장(小將) 아버지도 해를 입었답니다. 제가 여기 머물면 성주님께 폐를 끼치겠기에 떠나려 합니다."

"어디 가서 몸을 숨긴단 말인가. 혹시 당나라에라도?"

"제 가문은 할아버지 온달(溫達) 장군 이래 나라의 은혜를 두텁게 입어왔습니다. 갈 곳을 정하지 못했지만, 목숨을 잃을지언정 어찌 적국에 몸을 의탁하겠습니까?"

온사문이 칼끝처럼 뻗은 짙은 눈썹을 찌푸리며 고개를 떨구자, 눈을 감고 생각에 잠겼던 양만춘이 얼굴을 들며 말했다.

"영양태왕(재위 590~618년)께서 정하신 법(法)에 따르면 부모 허물을 자식에게 묻지 않게 되어 있네. 더구나 자네는 충성스럽게 나라를 지켜온 장수일세. 나를 믿고 기다려주게."

그리고 돌아서면서 중얼거렸다.

"내가 옳다고 믿는 것을 지키지도 못한다면, 성주란 자리가 도대체 무슨 의미가 있단 말인가."

온사문은 그의 뒷모습을 향하여 깊숙이 고개를 숙여 절하고 발걸음 소리를 죽여 물러갔다.

뜬눈으로 밤을 지새운 양만춘이 말을 타고 천산(千山) 기슭 널 다리마을에 사는 현자(賢者) 돌고를 찾아 나섰다. 화강암이 풍화 되어 굵은 모래알이 된 마사토 길에는 낙엽이 두텁게 깔렸고, 그 위에 하얗게 내린 무서리가 겨울을 재촉하는데, 바람소리조차 을 씨년스럽게 스산했다.

작은 언덕을 넘어 양지바른 소나무숲에 들어서니, 숲의 정적을 깨는 새들의 합창, 이른 새벽 공기의 청량한 맛, 밤새 내뿜은 싱그 러운 솔향기가 어지러운 마음을 차분하게 가라앉혀 주었다.

갈 곳 몰라 헤매는 영혼을 깨우려는 듯, "쏴아!" 거센 파도소리 (松籟)를 내면서 흔들리는 숲. 행여 바람소리 속에서 하늘이 전해 주는 신령한 음성을 들을 수 있을까 싶어 경건하게 귀를 기울였다.

돌아가리라. 전원이 황폐해져 가니 어찌 돌아가지 않을쏜가./ 지나간 일 은 고치지 못하지만 닥쳐올 일이야 고칠 수 있으리니 / 어제가 그르고 오 늘이 옳음을 깨달았노라./ 누추한 집 보이기에 기쁨 안고 달려가니/ 어린 종 기뻐 맞고 아이들이 문간에 서있네./ 뜰에 길은 허물어졌지만 소나무 와 국화는 여전하구나./ 어린 것과 집에 드니 술동이에 술이 가득./ 술병 들어 따르고 뜰 안 나무 바라보며 기뻐하노라.

돌아가리라. 사귀는 일 멈추고 왕래도 끊으리./세속이 나와 어긋나거늘 다시 나가 무엇을 얻으리오./ 부귀는 내 소원이 아니고 벼슬도 바라는 바 아닐세./ 좋은 날을 아끼면서 홀로 노닐고 지팡이 의지하여 김을 매네./ 동쪽 언덕에 올라 노래 부르고 맑은 물 마주하여 시를 읊노라./ 한갓 자연 에 순응하며 사라지리니 / 천명에 순종함을 낙으로 삼을 뿐 의심할 것 무 엇이랴.•

노랫소리를 따라갔더니, 돌고 노인이 송이 채취를 끝낸 솔밭에서 켜켜이 쌓인 솔가리를 호미로 긁어 숲 바닥 비옥한 흙이 밖으로 나오도록 매만져주고 있었다.

돌고는 언제나 미소를 잃지 않던 양만춘의 얼굴이 딱딱하게 굳어있는 것을 보고 큰일이 일어났음을 눈치 챘으나 내색하지 않고 물었다.

"새벽부터 까치가 울더니 귀한 손님께서 찾아오셨구려. 축제가 한창일 텐데, 성주께서 누추한 곳에 어인 일이십니까?"

"혼자 감당하기 너무 벅찬 일이 생겼기에 가르침을 받을까 하고 새벽같이 달려왔습니다."

"그러고 보니 얼굴이 몹시 상했군요. 마침 송이 향내 짙은 계절이니, 늙은이 집에 들러 쓴 술이라도 한잔 나누시지요."

사람 사는 땅에 흠 없는 게 어디 있으랴만 7백 년 유구한 역사를 이어온 고구려만큼 자랑스러운 나라가 세상에 있을까?

젊은 날 양만춘은 돌궐과 수나라는 물론 대상(隊商)을 따라 서역(西域)을 거쳐 땅끝 사마르칸트까지 둘러보았지만, 조국 고구려만큼 자유롭고 밝은 나라를 찾아볼 수 없었다.

중국은 황제 한 사람이 모든 걸 거머쥐고 제멋대로 다스리는 전제국가였다. 평화로운 때에도 밤에 성문을 닫으면 장안(長安) 108개 방(坊) 사이로 왕래하는 것조차 막아, 사람을 가축처럼 우리에

● 도연명(365~427년)의 〈귀거래사〉 일부.

가두는 답답한 사회였다.

고구려 사람은 하늘 백성이고 자유민이라, 만백성의 어버이 태왕은 하늘 아들〔天孫〕로 군림했지만, 수백 년 지켜온 법(法)과 5부 귀족회의의 결정에 따라 나라를 다스렸다. 태왕은 가장 높은 벼슬인 대대로를 마음대로 임명하지 않고, 3년마다 이 회의 결정에 따라 선출했다. 그리고 고을마다 '두레'가 있어 중요한 일이 생기면 모여 서로 의논하는 공화정(共和政)이었다.

고구려의 자랑거리는 마을마다 있는 경당(扃堂)이었다. 이곳은 활쏘기와 글만 가르친 게 아니라 우수한 학생을 가려 싸울아비나 조의선인(皂衣仙人)으로 뽑았고, 이들이야말로 고구려를 지탱하는 핵심세력이었다. 그러므로 가난한 소작인의 자식도 실력만 있으면 장군이나 대신이 될 수 있는 길이 열려 있었다.

고구려 영웅 중에는 건국 초기부터 명문귀족이던 을(乙)씨 가문 출신 을지문덕 같은 사람도 있지만, '바보 온달'(溫達)처럼 찢어지게 가난한 과부의 외아들로 태어나 태왕의 부마(駙馬)가 된 이도 있었다. 수문제 30만 대군을 섬멸한 강이식(姜以式) 장군도 이름 없는 집안에서 태어났다. 심지어 지금 위세당당한 귀족 연(淵)씨 가문조차 장수태왕의 평양 천도 전에는 한갓 대장장이 집안에 불과했다.

양만춘도 성골(聖骨)이니 진골이니 하며 조상의 뼈다귀나 따지는 이웃나라 신라에 태어났다면 과연 '대모달'로 발탁되고 성주에 오를 수 있었을까 생각하니 새삼스럽게 하늘 백성으로 태어난 게 자랑스러웠다.

'고구려는 인재를 포용하는 열린사회이기에 나라가 위태로우면 모든 백성이 한마음으로 뭉친다. 그러기에 두 번이나 서울을 빼앗기는 국난(國難)을 당하고도 불사조(不死鳥)처럼 다시 일어나 말갈을 끌어안고 요하 상류 거란인과 흥안령 기슭 실위족까지 호령하는 동북아 최초 제국(帝國)을 세울 수 있었겠지.'

장수태왕(재위 413~491년)이 서울을 평양으로 옮기고 남진정책(南進政策)을 펼치면서, 고구려에는 먼저 신라와 백제를 통일해야 한다는 남진북수파(南進北守派)와 북쪽 대륙으로 뻗어가자는 남수북진파(南守北進派)가 대립했으나 고구려의 발전에 걸림돌이 되지 않았다.

어느 나라인들 파벌이 없으랴. 화평파와 강경파가 수레의 두 바퀴처럼 나라를 지탱하는 축(軸)이 되어, 그때그때 상황에 따라 서로 견제하며 균형 있게 국정을 운영하면 바람직한 일이다. 그러나 파당을 지어 서로 헐뜯기만 일삼고 다투기만 한다면 나라를 위태롭게 하는 당파싸움일 뿐이다.

영류태왕은 당나라와 평화에 너무 집착해 화평파를 감싼 탓에 강경파의 원망을 받았지만, 그렇다고 반정을 일으켜 화평파 대신과 장군을 깡그리 없앤 것은 잘못된 짓이었다.

돌고는 평양성에서 일어난 변고(變故)를 듣자 눈이 뚱그레졌다. 한동안 생각에 잠겼다가 주위를 둘러보며 목소리를 낮추었다.

"그 젊은이는 아버지 연태조를 이어 동부대인에 오를 때도 성품이 흉포(凶暴)하다고 해서 많은 귀족이 반대했다고 들었소. 그런 자가 폐하를 시해하고 정권을 잡았다고 하니 나라 장래가 염려되는군요. 아직 자리가 잡히지 않았을 테니 요동 여러 성주들과 뜻을 모아, 태자 환권을 받들고 반정군(反政軍)을 토벌함이 어떻겠습니까?"

양만춘도 그와 같은 생각을 가졌으나 그 뒤에 올 혼란을 감당할 자신이 없었다. 오랫동안 땅만 내려다보다 무겁게 입을 열었다.

"그자의 잔인한 행동을 전해 듣고 나도 돌고 님과 같은 걱정을 했지만, 젊은 싸울아비들은 지난 20년간 영류태왕의 평화정책에 반감이 컸으므로 반정군을 지지하는 세력은 의외로 뿌리가 깊을 것입니다. 이제 깃발을 높이 들어 반정군을 토벌하다 싸움이 길어져 내전(內戰)에 빠지게 되면, 호시탐탐 기회를 노리는 당태종에게 침략할 빌미를 줄까 두렵습니다."

돌고는 고개를 끄덕이며 한숨만 쉬다가, 온사문으로 화제를 돌렸다.

"성주께서는 자신의 운명과 관계된 일이라 부하들과 상의할 수 없어 이 늙은이 의견을 물어본다지만, 이미 혼자서 어려운 결단을 내렸군요. 태대형 온문의 자식을 지켜주겠다고 약속한 건 반정군과 맞설 수도 있다는 뜻 아니겠습니까?"

"다른 건 몰라도 죄 없는 부하를 버리진 않을 것입니다. 당태종의 뛰어난 대신과 장군 중에는 한때 적이었던 자들도 많다더군요. 당나라도 그렇게 인재를 아끼거늘 우리 대고구려가 나라의 기둥이 될 재목을 어찌 함부로 버릴 수 있겠습니까."

"아무리 옳은 일이라도 지킬 힘이 없다면 바로잡을 수 없지요. 과연 혼자 힘으로 감당할 수 있을까요?"

돌고는 근심스러운 얼굴로 양만춘을 쳐다보았다.

돌고의 커다란 둥근 눈이 쉴 새 없이 뱅글뱅글 돌자 양만춘은 '부엉이'라는 그의 별명이 절로 떠올라, 심각한 대화를 나누는 중인데도 웃음이 나왔다.

"그렇게 할 것입니다. 다만 이 일로 우리 가문이 피해를 입을까 두렵지 않으나 혹시라도 나라를 위태롭게 하지나 않을까 염려될 뿐입니다."

"나라의 명운(命運)은 하늘에 달렸습니다. 사람이 최선을 다해 노력한다면 그 결과는 하늘에 맡겨야겠지요. 옛 사람이 말하기를 어진 사람은 망설임 없이 바른 길을 걸으니 마음에 근심이 없고, 지혜로운 사람은 사리(事理)를 꿰뚫으니 흔들리지 않고, 용감한 사나이는 두려움이 없다더군요. 성주께서 자신의 위태로움도 돌아보지 않고 어려운 결정을 내렸거늘, 어리석은 늙은이가 무슨 말을 더 보태겠소."

그리고는 여느 때 돌고 노인답지 않게 깊숙이 허리를 숙였다.

"성주를 모시는 부하는 물론, 우리 안시성 백성은 진정 행복합니다."

영류태왕 국상(國喪) 선포와 보장태왕 등극을 알리고 백성들의 마음을 어루만지는 조서를 지닌 사자(使者)가 전국 방방곡곡으로 달려갔지만, 민심이 안정되기는커녕 더욱 흉흉해지고 온갖 유언비어가 나돌았다. 벼슬아치들은 서로 눈치 보기 바빴고, 살해된 화평파 대신 자식과 부하는 물론 관계가 있던 자들까지, 앞날을 예측하기 어려워 전전긍긍하며 숨어 다녔다.

화평파 재상의 아들 온사문에 대한 체포령을 안시성 성주가 한마디로 거절했다는 소문이 퍼지자, 나라 밖으로 탈출하지 않았던 쫓기는 자들이 희망을 품고 안시성 통치 지역으로 숨어들었다.

연개소문은 이러한 소문을 듣자 심복 고연수를 보냈다.

"고연수가 막리지의 사자(使者)로 나를 찾아온다고 한다. 그는 대체 어떤 사람인가?"

호위대장이며 정보를 모으는 책임을 맡은 다로가 보고했다.

"고정의 대인 조카이고 왕족 후예로, 병법을 깊이 연구해 군사에 대해 천하제일이라 뽐냅니다. 그동안 소형(小兄, 정7품) 한직에 있다가 반정에 참여했고, 벼슬이 몇 단계 올라 대형(大兄, 정5품)이 되어 연개소문 직속 중앙군의 북부군을 지휘합니다."

양만춘은 고정의 조카라니까 호감을 느꼈으나, 병법의 대가(大家)라는 데 의아심을 가졌다.

"나이는 얼마나 되고 어느 싸움에 참가했던가?"

온사문은 양만춘의 눈길이 그에게 머물자 마지못해 입을 열었다.

"소장과 같은 나이로 서른넷입니다. 한 번 책을 보면 글자 한 자 틀림없이 줄줄 외우고 시문(詩文)에도 뛰어나, 어려서부터 신동이란 소문이 자자했어요. 다만 자부심이 너무 큰 탓인지 남의 말에

귀를 기울이지 않아 재승덕박(才勝德薄)이란 평도 있었지요. 이제
까지 싸움터에 나가거나 싸울아비로 근무한 적은 없습니다."

고연수를 너무 헐뜯은 게 아닐까 싶었던지 온사문이 얼굴을 붉
히고 굳게 입을 다물자, 양만춘은 고개를 갸우뚱거렸다.

"싸움터에서 죽음과 맞서 본 적도 없이 감히 병법의 대가라고?"

"대형 고연수 님, 승진을 축하드립니다. 이렇게 멀리까지 오시
느라 고생이 많았군요."

양만춘의 인사를 받자 고연수는 우쭐해져 목에 힘을 주고, 바로
찾아온 용건을 털어놓았다.

"막리지께서 성주님을 대선배로 존경했사온데, 요즈음 역적 자
식을 너무 두둔한다고 걱정이 대단하십니다. 어찌하여 서신을 받
고서도 역적의 괴수 온문의 아들을 체포해 평양성으로 압송하지
않습니까?"

"고 대형은 태학(太學, 고구려 최고 교육기관)의 수재이니 잘 아시
겠지만, 영양태왕 신법(新法)에는 부모가 지은 죄를 자식에게 묻
지 않게 되어 있소. 더구나 온사문은 안시성에서 국경을 지켜온
유능한 장수요. 어찌 죄 없는 자를 압송할 수 있겠소?"

양만춘은 미소를 지으며 차분하게 대답했다.

"정말 답답하군요. 이런 비상시에 공맹(孔孟, 공자와 맹자) 같은
말씀만 하시다니. 이제 막리지께서 대의(大義)의 깃발을 높이 들
어 썩은 반역의 무리를 깨끗이 제거했습니다. 잡초는 뿌리까지 뽑
아야 한다는 평범한 이치를 어찌 그리도 모릅니까?"

거들먹거리며 잘난 체하는 젊은 고연수의 말투에도 애써 웃음을 잃지 않고 달랬다.

"농부가 밭에서 깜부기를 보면 그 줄기만 꺾지 뿌리까지 뽑지 않는 까닭은, 뿌리가 뒤엉켜 있어 보리까지 상할까 염려되기 때문이오. 고연수 님, 이미 많은 피가 흘렀소. 아비 잘못으로 왜 죄 없는 자식까지 처벌해야 하오? 그대는 《유기》(留記)와 《신집》(新集)을 읽어보지 않았소?

양원태왕 원년(545년) 추군(麤群)과 세군(細群)의 내란으로 2천 명이 넘는 인재가 죽었소. 그 결과 국운이 쇠약해져 신라 같은 작은 나라에 아리수(한강) 이남 땅을 빼앗기는 수치를 당한 게 그리 오래된 일도 아니지요. 지금 호시탐탐 우리나라를 노리는 당나라를 앞에 두고 유능한 인재를 하나라도 더 구하려는 제 마음을 막리지 대인께 잘 전해주시구려."

양만춘은 고연수 손을 붙잡으며 간곡히 부탁했다. 젊은이의 이마에 힘줄이 불끈 솟더니, 잡힌 손을 뿌리치고 목소리를 높였다.

"양 성주께서 이렇게 완고하게 나오면 그 화가 어디까지 미칠 것 같소. 힘을 가진 자에 맞섬은 계란으로 바위를 치는 것처럼 어리석은 짓. 후회해도 이미 때가 늦을 것이오!"

따뜻하던 양만춘의 눈동자가 강철같이 차가워지고 눈길이 아래로 깔리며 혐오감을 짙게 나타내더니, 얼음처럼 싸늘해진 얼굴로 탄식하듯 내뱉었다.

"어리석은 젊은이 같으니. 사람의 마음은 헤아리지도 않고 협박이나 하려 들다니. 태학에서 글줄이나 배웠다기에 말이 통할 줄 알았더니 이제 보니 꽉 막힌 놈이군. 너같이 속아지 좁은 자가 막리지 오른팔이라니 ….”

용과 범의 싸움

兩雄爭鬪

입춘도 지났건만 북녘 땅엔 겨울이 깊었다. 푸른 하늘 아래 온 누리가 새하얗게 눈으로 덮이고, 아침햇살이 눈부시게 반짝였다.

'귀족이란 열이면 아홉은 나라보다 가문(家門)을 먼저 생각하는 족속이 아니었던가? 그렇기에 막리지에 올라 대권을 거머쥐자, 마음속으로야 어떤 생각을 품었든 모두 나에게 고개를 숙였다. 그런데 이 양만춘이란 자는 ⋯.'

연개소문은 압록진(의주) 백마루(白馬樓)에 서서 강 너머 병풍을 친 듯 펼쳐진 금석산 연봉(連峰)을 바라보다가, 오른손을 번쩍 쳐들었다. 뿔 나팔 소리가 우렁차게 울려 퍼지며 중무장 철갑기병대가 꽁꽁 얼어붙은 마자수(압록강)를 건너기 시작했다.

안시성을 둘러 뽑아라

643년(보장태왕 2년) 정월. 영류태왕 국상기간이 끝나기 무섭게 연개소문이 요동 지역을 둘러보려 평양성을 떠난 지도 열흘이 지났다. 이 혹독한 추위에 순시를 나선 까닭은, 요동 성주들이 새로 등극한 국왕에게 충성을 맹세했으나 아직 태자 환권의 행방을 찾지 못했고, 많은 귀족이 마음속으로 그에게 반감을 품고 있었기 때문이다.

그 중심에 서 있는 자가 바로 안시성 성주 양만춘.

이제 가려 뽑은 중앙군 정예 1만을 이끌고 위풍당당하게 무력시위(武力示威)를 펼치면서, 요동성에서 열리는 성주 모임에 가는 길이지만 마음은 그리 편치 않았다. 고죽리를 부르자 큰 키에 삐쩍 마른 사내가 깊숙이 고개를 숙였다.

"안시성에서 자랐다니 그 고장을 잘 알겠군. 어떤 곳인가?"

"예전엔 요하 강물이 해마다 범람해 벌판이 물에 잠기고, 천산 골짜기는 메마른 땅이라 요동에서 가장 가난했어요. 소인이 해성(海城) 고을(안시성 행정중심지) 파발꾼에 뽑혔을 때, 양만춘 대모달이 성주 사위가 되어 가을철엔 강바닥 흙을 파 올려 제방을 쌓고, 쇠가마[製鐵所, 안시성 부근 안산에 중국 최대 철광산이 있음]를 세우면서 사람들이 모였지요. 성주가 되어 강가에 포구(浦口)를 만들고 시장을 열자, 요동은 물론 당나라 장사꾼까지 몰려들어 번창하기 시작했습니다. 고향을 떠난 지 벌써 10년이 지났으니 지금 형편은 잘 모르겠습니다."

"흠, 쇠와 돈이라. 그렇다면 군대를 양성하기도 쉬웠겠군. 안시성에 숨어 들어가 살펴보고 오라."

마자수를 건너면서 연개소문은 고정의가 한 말이 마음에 걸렸다.

"수나라와 전쟁 때 양만춘과 함께 요서에서 싸우셨다고 들었습니다. 어떤 장수였습니까?"

그의 물음에 고정의는 망설임 없이 대답했다.

"고구려 장군 중 가장 뛰어난 장수일세. 아무리 어려운 상황에도 결코 적에게 패배하지 않았으니까."

"아니, 그게 무슨 말씀입니까. 어떤 경우도 패하지 않다니요?"

고정의는 고개를 갸우뚱거리는 연개소문에게 자상하게 설명해주었다.

《손자병법》에 '자기를 알고 상대방을 알면 백 번 싸워도 위태롭지 않다'(知己知彼 百戰不殆)는 말이 있지 않던가. 양만춘을 대담한 사나이라 감탄하는 사람이 많지만, 승리할 자신이 없을 때는 싸움을 피하는 무척 신중한 장수라네. 이기기 어렵거나 이길 수 있어도 부하의 희생이 클 것이라 판단하면 도망칠지언정 싸우지 않았다네. 오직 한 번 예외가 있었지. 철수하는 수양제 행차(行次)를 습격했던 때라네. 성공할 가능성이 거의 없음을 잘 알면서도, 전쟁을 끝내고 평화를 되찾을 유일한 기회라며, 무모한 공격을 했지. 그 결과 가장 아끼던 부하는 죽고 자신도 목숨을 잃을 뻔했지만."

항상 근엄한 표정의 늙은 고정의가 소년같이 낯을 붉히고 눈을 가늘게 뜨며, 그리운 듯 옛 일을 떠올리고 있었다.

"그때부터 그 멋진 사나이를 사랑하지 않을 수 없었다네."

"그자가 태자 환권과 손을 잡는다면 아주 위험하겠군요."

"아닐세. 나라를 위험에 빠뜨릴 짓은 결코 하지 않을 것일세."

고정의는 연개소문을 안심시키고, 왕명(王命)으로 양만춘을 평양성에 불러들이자는 주장에 끝내 반대하면서 못을 박았다.

"그는 멧돼지 같은 용장(勇將)이 아니라, 싸우기 전에 열두 번도더 따져보는 세심한 지장(智將)이라네. 그런 사나이는 운명의 수레바퀴가 거꾸로 돌아갈 때도 쉽사리 무너지지 않지. 그처럼 대단한 영걸(英傑)을 궁지에 몰거나 적으로 삼지 말게."

박작성은 험준한 호산(虎山) 두 봉우리를 감싸 안고 서쪽으로 애하 물줄기를 두른 데다, 남으로 마자수를 앞에 두어 강물을 거슬러 올라오는 적을 한눈에 감시할 수 있는 요충지에 자리 잡았다. 성주 소부손(所夫孫)이 성 밖 10리 애하까지 마중 나와 연개소문을 영접하고 충성을 맹세했다.

소부손이 길을 인도해 중앙군은 장백산맥 서쪽 끝자락 험한 고갯길을 넘었다. 눈앞에 봉황이 날개를 활짝 펼친 듯 까만 화강암 바위덩어리인 오골산(烏骨山, 봉황산 930m)이 우뚝 솟아 있었다.

오골성은 오골산과 고려산의 기암괴석과 가파른 절벽으로 둘러싸인 자연이 만든 거대한 요새로 북쪽과 동쪽은 애하 강줄기가 감싸 안았다. 이 산줄기를 따라 성을 쌓았는데 둘레가 무려 16㎞에 달하여 고구려 산성 가운데 가장 큰 성이었다.

이곳은 북으로 백암성을 거쳐 요동성에, 남으로 박작성에서 마자수를 건너 평양성에 이르는 고구려의 가장 중요한 간선도로가 지나고, 서쪽으로 수암 지역 여러 성을 거쳐 안시성으로 가는 길목이다. 따라서 전쟁 때는 요동 여러 성을 지원하는 후방 중심기지였다.

저녁 무렵 오골성의 추정국(鄒定國) 성주가 주변 여러 성주와 함께 마차 수십 대에 술과 음식을 가득 싣고 찾아와, 추운 겨울철 순시(巡視)를 위로했다. 연개소문은 백암성 성주 손벌음(孫伐音)을 따로 불렀다.

"온사문의 일은 어찌 되었소?"

"양만춘은 자기 품속으로 날아온 새를 어떻게 해치겠느냐며, 저의 중재(仲裁)를 거절했습니다. 막리지 대인, 제 나름으로 노력했지만, 그 태도가 워낙 완강해서 어쩔 수 없었습니다."

"그자 체면을 세워주려고, 온사문을 장군직에서 파면하고 요동성으로 끌고 오면 죄가 없을 때엔 풀어 주겠다고 양보했음에도 이를 외면하다니. 간이 배 밖에 나온 놈이로군."

연개소문은 자존심이 상해서 여름 하늘 천둥 치듯 고함을 지르다가, 밤이 깊었는데도 막료회의를 소집했다.

"막리지 대인, 지금 양만춘의 아내가 병들어 평양성에서 치료 중이고 둘째아들 진(眞)이 시중을 들고 있습니다. 이들을 인질로 잡고 위협하면 어떠실지."

뇌음신(惱音信)이 어처구니없다는 듯 고혜진을 노려보았다.

"여느 뼈대 있는 싸울아비에게도 통하지 않겠거늘, 나라 근본을 바로 세우고 법을 지키겠다면서 가문의 운명조차 걸고 버티는 사나이에게 그따위 짓이 먹혀들 것 같소?"

"그건 뇌 장군 말이 옳다. 사람들 웃음거리가 될 뿐이야. 길을 바꾸라! 요동성으로 가기 전에 먼저 안시성부터 손봐야겠다."

새벽녘 오골성을 출발한 중앙군 선봉 철갑기병대는 밤을 지새우며 행군을 재촉해 안시성 동쪽 검은바위고개〔黑石嶺〕에 이르렀으나, 천산산맥 험한 고갯길을 지키는 안시성 병사를 찾아볼 수 없었다. 이른 아침 사철하에 이르니, 시냇가 사철(沙鐵) 채굴지에서 일하던 광부들이 난데없이 나타난 철갑기병대를 어리둥절한 표정으로 바라보았다. 기습작전은 완전히 성공한 것 같았다.

선봉대는 거침없이 안시성으로 몰려갔다.

다로는 밤이 깊어 새벽이 가까운 시각인데도 꼿꼿한 자세로 불이 꺼진 집무실에 앉아 있는 양만춘을 보았다.

"겨울바람이 찹니다. 이제 눈을 좀 붙이시지요."

"잘못하다간 같은 겨레끼리 피를 흘릴지도 모르는데 어찌 잠이 오겠는가?"

"성주님, 빈틈없이 준비를 끝마쳤습니다."

"다시 한 번 말하지만 이번 싸움에서는 승리하는 게 전부가 아니라는 걸 명심하게. 가능하면 피 흘리지 않고 우리 목적을 이루고 싶네."

"염려 마십시오. 병사들에게 성주님 뜻을 잘 알려 놓았습니다."

다로는 시름에 잠긴 양만춘의 얼굴을 보며 과연 막리지가 그 반만큼이라도 나라를 위해 고민할까 생각하니 가슴속에 울화가 치밀었다.

"막리지 군대는 지금 어디까지 왔는가?"

"선봉대가 검은바위고개를 넘었다는 보고를 받고 달려오는 길입니다. 선봉장은 고연수랍니다."

양만춘은 씁쓸하게 웃으며 돌아보았다.

"병법의 대가라던 그 젊은이 말인가? 이제 그 병법이 입으로만 떠드는 죽은 병법인지, 실전에도 통하는 산 병법인지 볼 수 있겠군."

안시성은 말발굽 같은 두 개 산줄기에 둘러싸여 분지를 이룬 곳으로 그 능선을 따라 성을 세웠다. 요동성처럼 큰 강을 끼지도 않고, 오골성같이 험한 산으로 둘러싸이지도 않았으며, 백암성같이 아름다운 석성(石城)이 아닌 평범하게 보이는 토성(土城)으로, 크기가 요동성의 절반도 되지 않았다.

동문 앞에 멈춘 철갑기병대가 우렁찬 함성을 지르며 긴 창을 하늘 높이 쳐들었다. 창날이 햇빛에 반사되어 눈이 부셨고, 쇠투구와 미늘갑옷 번쩍이는 모습이 고구려 최정예군답게 위풍당당했다. 고연수가 선두에 나서 깃발을 흔들자 기병 뒤에 정렬한 보병이 성을 타고 넘을 줄사다리를 메고 일제히 동문으로 달려갔다.

바야흐로 싸움이 시작될 즈음, 양만춘이 성문에서 하늘로 효시(嚆矢, 우는 화살)를 쏘았다. 조용하던 성안에서 북소리가 울려 퍼지며, 성가퀴마다 병사들이 우뚝 서더니 일제히 활을 겨누었다.

뒤이어 동문 밖 250보(1步는 약 1.5m)에 모인 철갑기병대를 향해 수십 대 투석기[弩砲]에서 김장독만 한 물체가 발사되고, 성벽으로 달려가던 보병에게 빗발치듯 화살이 쏟아졌다. 종래의 투석기는 사정거리가 200보도 되지 않아 안전거리에서 안심하고 공격명령을 기다리던 철갑기병대는 날벼락을 맞아 걷잡을 수 없는 혼란에 빠졌다.

고연수는 급히 후퇴명령을 내리지 않을 수 없었다. 그런데 그처럼 맹렬한 기습공격을 당하고도 죽거나 크게 다친 자가 없었다. 안시성에서 투석기로 날려 보낸 건 돌덩이가 아니라 재와 흙을 퍼담은 가마니였고, 화살은 살촉을 뽑은 훈련용 화살이었다.

우람한 몸집의 장수가 성문 위에서 우렁찬 목소리로 외쳤다.

"성주님 말씀을 전하겠다. 가마니와 훈련용 화살이 다 떨어졌기에 부득이 다음부터 예의를 갖출 수 없게 되었다."

저녁 무렵 연개소문이 도착해 부하장수를 불러 모아 작전회의를 열었다.

"선봉군이 싸워 보니 어떠하던가?"

고연수가 얼굴을 붉히며 변명했다.

"오늘은 단지 겁을 주려던 것이어서 준비가 부족했고, 투석기의 사정거리를 잘못 알아 낭패를 당했습니다. 공성준비를 충분히 갖추어 다시 공격하면, 그까짓 시골 잡병(雜兵)을 짓밟고, 작은 토성 하나 점령하는 것쯤이야 식은 죽 먹기가 아니겠습니까?"

뇌음신이 어두운 얼굴로 조심스럽게 입을 열었다.

"막리지 대인, 소장의 어리석은 생각으로는 안시성을 공격하는 게 그리 간단치 않을 것 같습니다. 평상시와 조금도 다름없다는 듯 때를 맞추어 시각을 알리는 저 종소리, 장수의 신호에 따라 기계같이 정확하고 일사불란하게 움직이는 군사들, 예측하지 못했던 우수한 투석기, 협상할 때를 위하여 미리 준비한 것으로 보이는 흙 가마니나 연습용 화살까지 모두 예사롭지 않습니다. 안시성이 비록 평범하게 보이는 작은 토성이라 하나, 성이란 사람이 지키는 겁니다. 뛰어난 장수와 용감한 병사가 지키는 성은 쉽게 무너지지 않습니다."

바깥이 소란스러워지더니 농부 옷을 입은 고죽리가 들어왔다.

"그래, 적의 동향은?"

"대인의 명을 받들어 안시성 해성고을을 둘러보고 오는 길입니다. 제가 도착한 날 밤 해성 망루(望樓)에서 횃불을 휘두르자, 연이어 산봉우리마다 봉화(烽火)가 타올랐습니다. 봉홧불이 오르니 마을마다 완전무장한 젊은이들이 질서정연하게 대오(隊伍)를 지어 해성으로 모여들었습니다. 오늘 아침까지 기병 이삼천, 보병 칠팔천이 이미 소집을 완료했습니다."

연개소문의 눈이 화등잔같이 커지며 의자에서 펄쩍 뛰어올랐다.

"뭐라고? 우리가 계획을 변경해 안시성으로 길을 바꾼 게 사흘도 되지 않았거늘, 그렇게 빨리 전투태세를 갖추다니."

"우리 군이 검은바위고개에 닿기도 전에 안시성 민병대 소집이 시작되었습니다. 그리고 해성 목책 밖에서 검은색 삼족오(三足烏) 깃발 아래 모인 한 무리 조의선인(皂衣仙人)을 보았습니다."

"깊은 산중에서 눈을 가리고 무예를 연습한다는 신비로운 밤의 싸울아비 말인가요?"

말석에서 기록을 담당하던 젊은 문관이 호기심에 눈을 반짝이며 입을 열다가, 여러 사람의 눈길이 쏠리자 황급히 손으로 입을 가렸다.

밤이 되니 동문 밖 눈 덮인 벌판은 중앙군이 피운 화톳불로 장관을 이루었다. 여기저기 횃불을 대낮같이 밝혀놓고, 군사들이 밤을 새워 가며 공성무기를 조립하느라 부산하게 움직이는 게 내려다보였다.

동틀 무렵 보초병이 급히 달려와 보고했다.

"성주님, 동령(東嶺)에서 횃불을 흔들고 있습니다."

양만춘이 안시성 동쪽 산줄기를 바라보니, 산봉우리에서 밝게 타오르는 세 자루 횃불이 눈에 들어왔다.

'연개소문이 내가 파놓은 함정에 걸려들었군. 이제 사로잡는 것도 그리 어렵지 않으리라. 그는 독선적인 야심가니, 어쩌면 나라를 그르치는 역신(逆臣)이 될지도 모른다. 지금이 반정군을 박살내고 태자 환권을 내세울 좋은 기회가 아닐까?'

머릿속에 뿌리치기 힘든 유혹이 떠올랐으나 천천히 숨을 고르며 마음을 가라앉혔다.

'이제 가까스로 안정되기 시작한 나라를 뒤흔들 수 없다. 대대로 고정의는 믿을 만한 분이니, 연개소문이 잘못된 길로 빠지지 않게 잘 이끌어 나라를 바로잡을 수 있으리라.'

양만춘은 돌아서서 돌고에게 허리를 숙였다.

"돌고 님, 위험한 임무를 맡아주어 감사합니다."

"사람 마음엔 신(神)이 깃들여 있소이다. 진심으로 대하는데, 막리지 마음인들 어찌 움직이지 않겠습니까? 설혹 그렇지 않다 해도 살 만큼 산 늙은이가 무엇이 두렵겠소. 다만 성주님 깊은 뜻이 받아들여져 피 흘리지 않고 마무리되기를 바랄 뿐입니다."

연개소문은 검은 쇠 투구에 미늘갑옷을 차려입고 등에는 언제라도 뽑아 던질 수 있게 다섯 자루 묵직한 비도(飛刀)를 꽂았다. 왼손에는 다른 병사보다 두 배는 됨 직한 창을 들고서, 전신을 쇠 마갑(馬甲)으로 감싼 검은 준마 위에 걸터앉아 철갑기병대 선두에 섰다.

'이번 전투는 반정 후 첫 싸움이고, 감히 반정에 맞서다가 어떤 꼴을 당하는지 만백성에게 보여줄 본보기다. 쇠뿔은 단김에 빼라고, 다소 희생이 생겨도 과감히 공격해 단숨에 안시성을 둘러 뽑으리라. 오늘 싸움은 시간과의 싸움이니, 안시성 민병대가 싸움에 끼어들기 전에 끝내버려야지.'

창칼과 도끼로 무장한 보병들은 공성무기 옆에 줄을 지어 공격명령을 기다렸고, 그 뒤에 이들을 엄호하기 위해 투석기와 활 부대도 발사준비를 마쳤다.

의기양양하게 사방을 둘러보던 연개소문의 눈길이 문득 안시성 뒷산에서 동으로 뻗어나간 북쪽 산마루에 이르자 깜짝 놀라 멈추었다.

그는 보았다. 산등성이마다 깃발이 휘날리고, 희뿌연 새벽안개

속에 창과 칼의 무겁고 둔탁한 빛이 번쩍거리는 것을. 그리고 기다렸다는 듯 안시성 봉화대에서 불길이 활활 타오르는 것도.

뱀이라도 밟은 것처럼 등에서 식은땀이 흘러내렸다.

'아뿔싸, 너무 방심했구나. 밤사이 안시성 민병대가 전략적 요충지를 점령한 것도 몰랐다니. 성을 공격하면 민병대가 우리 뒤를 칠 게고, 저들을 물리치려면 앞뒤로 적을 맞아 고전을 면치 못하겠군.'

병법에 밝은 연개소문은 곧 자신의 처지를 깨달았다.

'정말 무서운 사나이로군. 이제 보니 이곳은 미리 준비한 싸움터였구나. 이 함정은 버티면 버틸수록 불리한 죽음의 땅. 한 번 북을 쳐 협공한다면, 아군은 꼼짝없이 뒷덜미를 잡히겠구나.'

양만춘을 가장 뛰어난 고구려 장수라던 고정의 말이 실감났다.

'철갑기병이 무적(無敵)이라고 하나, 벌판에서 맞부딪칠 때 이야기. 험한 지형을 방패삼아 수비하는 민병대를 돌파하는 건 많은 희생만 불러오는 어리석은 짓이다. 일단 장기전(長期戰)이 되면 그들은 성안에 쌓아놓은 양식을 나눠먹으며 쉽게 버티겠지만, 아군은 엄동설한 추위로 시간이 지날수록 어려움이 커질 게다. 병법에는 이런 때 머뭇거리지 말고 물러서는 게 최상책이라 했으나, 지금 모든 백성이 눈을 부릅뜨고 이 싸움을 지켜보고 있다.

여기서 물러선다면 세상의 비웃음거리가 되고 움츠렸던 반대파가 고개를 쳐들 테니, 반정이 물거품이 되고 생명조차 보존키 어려우리라.'

나아가기도 물러서기도 어려운 진퇴양난이었다. 수렁에 빠진 연개소문은 순간적인 충동에 따라 안시성을 공격하기로 결정한 자신의 경솔을 뼈저리게 후회하면서, 자연의 지형(地形) 뿐 아니라 정치 형세까지 꿰뚫어 보는 양만춘에게 처음으로 두려움을 느꼈다.

모의전투

해가 떠오르자 굳게 닫힌 동문이 활짝 열리더니 작달막한 늙은이가 흰 깃발을 손에 들고 말을 달려왔다. 돌고가 찾아온 것은 연개소문에겐 뜻밖에 내민 구원의 손길이었다.

"막리지 대인, 우리 성주께서는 외적(外敵)을 앞에 두고 고구려인끼리 피 흘리는 건 어리석은 짓이라 생각하십니다."

연개소문은 고개를 끄덕이고 물었다.

"그럼 어떻게 하자는 말인가?"

"양쪽에서 500명 용사를 뽑아 서로 겨루어, 승리한 쪽 요구를 다른 쪽에서 받아들이기로 하시지요. 모의전투(模擬戰鬪)이니 무기는 사람을 상하지 않게 훈련용을 사용하고, 상대방 군기를 먼저 빼앗는 쪽이 승리한 것으로 하면 어떻겠습니까?"

'정말 이해할 수 없군. 양만춘이 왜 자기의 유리한 패(牌)를 버리고 자연스럽게 물러설 자리를 마련해 줄까? 나라면 궁지에 빠진 적을 사정없이 몰아붙일 텐데.'

여유를 되찾은 연개소문이 온몸을 흔들며 호탕하게 웃었다.

"성주께 전하시오. 기꺼이 제안을 받아들이고 정정당당하게 모의

전투를 진행하겠소. 그런데 중앙군은 전국에서 뽑은 용사 중의 용사들이오. 양 성주가 안시성 군을 얼마나 잘 훈련시켰는지 모르겠으나, 벌판에서 일대일로 우리와 겨룰 수 있을지 염려스럽구려."

"성주님, 어찌하여 압도적으로 유리한 고지(高地)를 스스로 버리고 이처럼 위험한 제안을 하셨습니까?"

온사문이 짙은 눈썹을 모으며 걱정스럽게 말하자, 모든 장수가 침울한 낯으로 양만춘을 쳐다보았다.

"외적(外敵)을 앞에 두고 같은 겨레끼리 싸울 수 없어 부득이한 선택이었소. 다행히 우리는 여러 차례 모의전투를 연습하지 않았소? 이제 머리를 맞대고 이길 궁리나 합시다."

양만춘이 미소를 띠고 주위를 둘러보았으나, 모두 어두운 얼굴로 누구 하나 입을 열지 않았다.

"막리지는 모의전투에 어떤 부대를 내보낼까?"

호위대장 다로가 일어나서 차분한 목소리로 대답했다.

"반정 후 중앙 5개 군을 각각 1만 명으로 보강했는데, 최정예는 뇌음신이 이끄는 철갑기병대랍니다. 그중에 용사들만 가려 뽑았다는 칼루치의 연개소문 호위대가 이번 전투에 나오지 않을까요?"

"칼루치라면 완전무장한 채 쌀 두 가마를 짊어지고 평양성 성벽을 훌쩍 뛰어넘었다는 그 용사 말인가요?"

해성 수비대장 금모루가 두려운 낯빛으로 입을 열자, 온사문이 찌푸렸던 얼굴을 활짝 펴고 양만춘을 쳐다보았다.

"그자의 장기는 정면돌파입니다. 아마도 성난 멧돼지처럼 돌격해 올 겁니다."

"멧돼지 사냥이라면 우리 말갈 기병을 따를 자가 없을 터인데."

두려움을 모르는 털북숭이 아라하치가 곰 같은 덩치를 흔들며 호탕하게 웃었다. 그의 웃음에는 전염성이 있는지 모두 밝은 미소를 지었다.

"멧돼지를 잡으려면 정면으로 부딪치기보다 사냥개처럼 뒷다리를 물고 늘어져야 한다던데요."

군사문제에 좀처럼 참견 않는 돌고 노인조차 농담을 던졌다.

다음 날 날이 밝자 연개소문은 최정에 철갑기병대를 선발했다. 철갑기병이란 적의 창검이나 화살로부터 몸을 보호하려 쇠로 만든 갑주(갑옷과 투구)로 온몸을 감싸고, 타고 있는 말에까지 쇠갑옷을 입힌 기병을 말하는데 철기(鐵騎) 또는 개마무사(鎧馬武士)라고 한다. 머리에 눌러 쓴 투구 양 옆엔 날카로운 뿔이 돋았고 투구 꼭대기는 새 깃털로 장식했다. 쇠 미늘갑옷은 발목과 손목까지 온몸을 덮었고 목 가리개를 귀 높이까지 올려 목을 보호했다. 끝이 뾰족한 쇠못을 박은 신발로도 적을 공격할 수 있다. 철갑기병이 전투 대형을 갖추고 긴 창을 휘두르며 돌격하면, 강철 주먹처럼 강력한 파괴력 때문에 감히 누구도 그 앞을 막아설 수 없다.

칼루치가 이끄는 철갑기병대는 안장에 활을 매달고 가죽으로 창날을 감싼 장창을 손에 쥔 채 네모꼴 밀집대형을 만들었다. 대형 한가운데 거인(巨人) 칼루치가 붉은 바탕에 황금빛 주작을 수놓은 깃발을 높이 쳐들어 힘차게 흔들었다.

안시성 군은 밤낮 하루 동안 성벽을 의지해 사방 30보 목책성(木柵城)을 세웠다. 금빛 해님 속에 날개를 활짝 편 삼족오 깃발을 장대(將臺)에 세우고, 붉은 갑옷을 입은 온사문이 그 위에 올라섰다. 짧은 저고리 갑옷만 입은 수비병 2백 명 중 반은 활을 메고 목책 안쪽으로 정렬했고, 나머지 백 명도 가벼운 무장을 한 채 투석기 옆에 모였다.

목책 밖 50보와 100보 앞에 10자 남짓 너비의 참호가 둥글게 빙 둘러싸고 있는데, 말이 뛰어넘기 어려운 장애물이 될 것 같지 않았다. 참호 바깥엔 다로가 지휘하는 경기병대, 금모루의 해성 기병대, 큼지막한 몽둥이를 든 말갈족장 아라하치가 선두에선 말갈 기병대가 제각기 다른 색깔 군복을 입고 세 무리로 나뉘어 대기했다.

모의전투 시작을 알리는 나팔소리가 울려 퍼지자, 철갑기병은 고슴도치 털같이 빽빽하게 모여 정사각형 대형을 짓고, 검은 강물이 밀어닥치듯 서서히 그러나 압도적인 기세로 삼족오 깃발을 향해 전진했다.

안시성 경기병대는 대열도 갖추지 않은 채 재빠르게 흩어지더니, 철갑기병을 향해 쏜살같이 달려갔다. 경기병은 주작 깃발을 거들떠보지도 않고, 철갑기병 밀집대형(密集隊形) 좌우와 뒤쪽에서 벌떼같이 재빠르게 덤벼들다가 모기떼처럼 흩어지며, 철갑기병을 혼란시켰다. 철갑기병은 성가신 벌떼 따위는 아랑곳하지 않고 벌통의 꿀을 노리는 곰처럼 질서정연하게 한 덩어리로 목책성을 향해 밀려들었다.

세 명씩 조를 짠 경기병은 사냥개같이 뒤로 접근해 창대로 철갑기병 말 뒷다리를 후리치거나, 무릿매를 휘둘러 돌을 던지기도 하고, 동그랗게 매듭지은 밧줄을 던져 대열 뒤쪽 철갑기병을 끌어내렸으나, 칼루치가 '기병대를 상대하지 말고 오로지 삼족오 깃발을 향해 나아가라'고 외쳤기에 그들의 전진을 멈추게 할 수 없었다.

철갑기병대가 목책성 앞 300보까지 접근하자 니루 우소가 목책에 서서 외쳤다.

"목책 앞에 마름쇠●를 뿌려 놓았으니 조심하구려."

마름쇠를 밟은 말들이 미친 듯 날뛰자, 철갑기병은 제대로 대오(隊伍)를 유지할 수 없었다. 쇠 방패를 든 선두병력이 말에서 내려 마름쇠를 치우고 길을 열었다. 목책 수비병이 투석기로 여러 종류의 마름쇠를 계속 뿌리며 그들의 전진을 막으려 애썼으나, 밀물처럼 밀려오는 철갑기병의 진격속도를 조금 늦출 뿐 막을 수 없었다.

칼루치가 코웃음 쳤다.

"어리석은 놈들. 이따위 마름쇠로 우리를 어떻게 하겠다고? 이제 목책성과 거리는 불과 백수십 보, 승리는 우리 것이다."

칼루치는 얼마 떨어지지 않은 곳에서 펄럭이는 삼족오 깃발을 바라보면서 자신만만한 미소를 짓더니 우렁차게 외쳤다.

"누가 저 깃발을 가져오겠느냐?"

칼루치는 삼족오 깃발을 가져오는 용사를 백인대장에 임명한다고 약속했다. 저 금빛 깃발이야말로 출세와 영광으로 가는 길. 철

● 마름쇠란 사방에 뾰족한 쇠가시가 돋아 있는 어린애 주먹만 한 무기로서 이를 밟은 사람이나 말에게 상처를 입히는 원시적인 지뢰.

갑기병은 승리의 함성을 지르며 목책성을 향해 앞다투어 돌진했다.

"쏴라!" 온사문이 황금삼족오 깃발을 휘두르며 호령했다. 귀를 찢을 듯한 징소리가 울리자 수비병들이 목책성을 둘러싼 참호를 향해 일제히 불화살을 날렸고, 투석기도 불타는 나무토막을 퍼부었다. 징소리가 끝나기도 전에 건초더미와 기름 먹인 통나무를 가득 메운 참호에서 시뻘건 불길이 치솟았다.

불타오르는 참호 사이에 갇혀 깜짝 놀라 울부짖으며 미쳐 날뛰는 말들. 말에서 떨어져 신음하며 땅바닥을 기는 철갑기병들. 목책성 앞은 순식간에 불과 연기로 뒤덮인 아수라장으로 변했다.

'승리가 내 손안에 들어온 줄 알았는데.'

칼루치는 타오르는 '불의 성'(城)을 바라보며 넋을 잃었다.

철갑기병이 한 덩어리 밀집대형으로 돌진할 때는 그 강한 돌파력으로 무시무시한 위력을 발휘하지만, 흩어지면 중장갑 무게 때문에 동작이 느려 땅 위에 올라온 거북처럼 무력한 존재가 되기 마련이다. 더구나 말에서 떨어지기라도 하면, 경기병(輕騎兵)과 달리 중상을 입거나 일시적으로 전투력을 상실할 수밖에 없다.

말에서 내린 철갑기병 역시 아무리 강한 체력을 가졌더라도 무거운 갑옷과 투구 때문에 오래 싸울 수 없다. 뿔뿔이 흩어진 철갑기병은 날쌘 경기병대의 사냥감이 되었다.

서로 마음을 열고

양만춘은 약속시간이 되자 수행원을 이끌고 사철하 강변 정자로 갔다. 뜻밖에 연개소문이 마중 나왔다.

"아니, 막리지 대인께서 먼저 나오시다니."

"패자가 승자를 맞이하는 것은 당연한 예의가 아니겠소."

연개소문이 불꽃이 일렁거리는 듯한 눈으로 양만춘을 쏘아보자, 따뜻함을 머금은 봄 물결 같은 눈길이 그 불꽃을 식혀버렸다. 연개소문은 무엇이 그리 우스운지 온몸을 흔들며 너털웃음을 터뜨렸다.

"우리가 철갑기병으로 밀어붙일 것을 미리 아시고 그렇게 기발한 작전을 세우다니 정말 탄복했소이다."

연개소문은 자만심이 강하고 난폭해 그리 착한 사람은 아니었으나, 앞뒤를 잴 줄도 알고 싸울아비답게 명예와 신의를 지키는 호걸이었다. 그리고 졌을 때는 사내답게 깨끗이 승복(承服)하는 솔직함도 지녔다.

인사를 나누다가 양만춘의 등 뒤에 서 있는 사나이를 보더니 두 눈이 둥그레졌다.

"자네, 다로 아닌가. 이게 얼마만인가? 우리가 묘향산 국선도장에서 '비도(飛刀)의 소문', '수리검(手裏劍)의 다로'라 불리던 때가 엊그제 같은데 벌써 여러 해가 지났군."

"산에 들어가 수련하다 나온 지 그리 오래되지 않습니다."

"자네같이 뛰어난 싸울아비가 겨우 호위무사라니."

연개소문은 희귀한 보물을 발견한 장사꾼처럼 침을 꿀꺽 삼키며 탐욕스럽게 눈을 희번덕거리다가 열없었던지 능청을 떨었다.

"저런 인재는 나라의 대들보요. 넓은 물에서 마음껏 능력을 펼치게 하는 것도 좋은 일 아니겠소?"

양만춘은 빙그레 미소를 띠며 뒤돌아보았다.

"죄송합니다. 저는 이미 주인을 찾았습니다. 싸울아비가 마음을 바칠 수 있는 주군(主君)을 만나는 게 얼마나 큰 행복인지 아마도 대인께서는 알지 못할 겝니다."

연개소문은 양만춘을 향해 한쪽 눈을 찡긋 감았다가 뜨더니, 다로에게 짓궂게 물었다.

"나도 싸울아비거늘 사내가 진짜 사나이에게 반하는 그 마음을 왜 모르겠나. 그런데 양 성주의 무엇에 그리 끌렸는가?"

"정(情)을 따르되 법(法)을 어기지 않고, 법대로 집행하면서도 마음을 상하게 하지 않습니다."

'양만춘이 제아무리 명궁이라 해도 가까운 거리에야 쓸모없지.'

연개소문 마음속에 어두운 그림자가 스쳐 지나갔다. 그 순간 무예의 고수(高手)답게 가을 호수같이 가라앉은 다로의 눈길과 마주치자 가슴이 서늘해졌다. 다로는 그의 속셈을 잘 안다는 듯 빙그레 웃었다.

오른손을 엉덩이에 가볍게 올린 저 독특한 자세. 언제라도 수리검을 뽑아 던질 수 있는 몸짓이었다.

'나의 비도(飛刀)가 양만춘을 향하는 순간 다로 허리춤에 꽂은 수리검이 내 이마에 박히겠지.'

뜻밖에 양만춘은 승리자의 권리를 내세우지 않았다. 회담은 화기애애하게 진행되어 서로 술잔을 권하고 가슴을 활짝 여니 켜켜이 쌓였던 오해도 하나둘 풀리고, 마음의 벽도 허물어졌다.

연개소문이 등에 꽂은 다섯 자루 비도를 풀어놓자, 다로도 두 손을 상(床) 위에 얹어놓고 술잔을 기울였다.

"이번 요동성 모임은 나에게 무척 중요한 행사요. 마음속이야 어떻건, 성주들 모인 자리에서 무릎을 꿇고 엎드려 줄 수 없겠소?"

연개소문은 한껏 자세를 낮추며 은근한 목소리로 부탁했지만, 순간 모든 시선이 양만춘에게 쏠리며 팽팽한 긴장이 감돌았다. 그러나 주위 분위기를 아는지 모르는지 대범하게 대답했다.

"성주가 막리지께 예의를 갖추는 거야 당연하지 않겠습니까?"

연개소문은 문득 '양 성주야말로 한 점 사심(私心) 없이 나라 장래만 걱정하는 정인군자'(正人君子)라며 충고하던 고정의 얼굴이 떠올랐다. 호탕하게 웃으며 두 손을 덥석 잡자, 그도 마주 잡으며 속마음을 털어 놓았다.

"백두산이 높은 건 어떤 흙이든 가리지 않고 받아들여서이고, 바다가 깊은 까닭은 작은 물줄기도 품에 안기 때문이지요. 당나라에 맞서 나라를 지키려면 온 백성이 한마음 한뜻으로 뭉쳐야 합니다. 제가 바라는 건 나라를 지키는 것뿐. 막리지께서도 넓은 아량을 베풀어 나라를 위한 뜻만 같다면, 의견이 다르고 눈에 거슬리는 사람이라도 다시 한 번 생각해 포용하십시오."

"양 성주, 그동안 내가 너무 옹졸했구려. 이제부터 더 넓고 깊이 생각하리다. 그런데 온사문이 어떤 사내이기에 가문의 운명까지 걸고 지키려 하였소? 한번 만나보고 싶구려. "

"오늘같이 좋은 날 당연히 인사드려야지요. 그리고 그 사나이뿐 아니라 부모 허물 때문에 어둠 속을 헤매는 많은 젊은이를 생각했기 때문이지요. 대인, 평범한 자는 부모 제사라도 지내게 하고, 뛰어난 사내에게는 가문의 영광을 되찾을 기회를 줍시다. "

연개소문은 진지해진 양만춘의 모습을 보더니, 손을 휘휘 내저으며 웃음을 터뜨렸다.

"아핫하하, 알겠소. 추군과 세군의 난리와 그때 죽임을 당한 이천 명 인재(人材) 이야기도. 그런데 그 사내가 어떤 인물인지 궁금하구려. "

양만춘은 소년 온사문이 아버지와 뜻이 맞지 않아 홍국사 자혜 스님을 찾아갔다가, '너는 살기(殺氣)가 너무 강하고 선골(仙骨, 도를 깨우칠 성품)과 인연이 없어 사문(沙門, 스님)이 될 그릇이 아니다'라며 내쫓겼던 일. 신분을 속이고 병졸로 안시성 군에 들어왔는데, 생각이 깊고 유능해 장군으로 발탁하고서야 온달 장군 손자임을 알게 되었다고 털어 놓았다.

"정말 대단하오. 용과 범이 아무렇게나 모여드는 게 아니구려. "

천산(千山)은 천산산맥 줄기가 서쪽으로 불쑥 고개를 내민 산 덩어리로 요동벌판 동쪽에 우뚝 솟아, 북엔 요동성과 백암성, 남으로 안시성이 자리 잡았다. 천산은 연꽃이 활짝 핀 모습 같아서 연화산(蓮花山)이라고도 불리는데 요동에서 가장 경치가 빼어난 명산이다.

최고봉 선인대(708m)를 비롯해 999개 수려하고 기묘한 화강암 봉우리가 우뚝우뚝 솟았다. 산봉우리 사이 숲이 우거진 계곡마다 기암괴석(奇巖怪石)을 따라 옥구슬 같은 시냇물이 쏟아져 내리고, 냇가에 10여 개 맑은 샘과 온천이 솟아올라 인간세계 티끌을 벗어 났다. 요동 지역 성주들의 모임 장소는 천산 서쪽 기슭에 있는 노 천온천(露天溫泉, 탕강자 온천)이었다.

양만춘은 모임에 참석하려고 다로가 이끄는 백여 명 호위대와 함께 해성고을을 나섰다. 갈대고개(蘆嶺)에 이르자 봄눈이 펑펑 쏟아져 고개 위 초소에서 하룻밤을 머물렀다. 갈대고개는 요동성 에서 안시성을 거쳐 건안성, 비사성까지 이르는 요동남로(南路)의 길목에 자리 잡은 전략적 요충지로 그가 이 고개를 넘을 때마다 '미래의 전쟁터'로 눈여겨보는 곳이었다.

양만춘은 눈이 쏟아지는데도 초소장(哨所長)이 목동과 함께 말 을 훈련시키는 것을 흐뭇하게 바라보았다. 고삐를 잡고 말을 타는 건 문인(文人)이나 여인이고, 싸울아비는 전쟁터에서 두 손에 무 기를 쥐고 싸워야 하므로 무릎과 발로 말을 조종한다. 초소장이 넓은 목장에 개를 풀어놓자 목동들이 고삐 없이 말을 몰아 그 뒤를 쫓았다. 개가 이리저리 방향을 바꾸며 도망쳐도, 목동들은 끈질 기게 뒤쫓아 가 말이 좌우로 급히 방향을 꺾도록 길들였다.

이튿날 새벽 다행히 눈이 그쳐 갈대고개 서쪽 등성이에 오르니, 새벽 여명 속에 웬 사나이가 요동벌판을 내려다보고 있었다.

"누군가? 거기 있는 젊은이는."

"성주님, 일찍 일어나셨군요. 갈대고개 초소장 우소입니다."

젊은이는 씩씩한 목소리로 군례를 드렸다.

"지난번 동맹축제 때 태견 우승자로군. 꼭두새벽에 웬일인가?"

"눈 아래 아득히 펼쳐진 벌판과 요하를 바라보면 고향 살수(청천강)가 떠오릅니다. 어제 눈이 내렸기에 둘러보러 올랐습니다."

양만춘은 슬며시 장난기가 일어났다.

"자네는 큰 공을 세워 이름을 드날리고 싶다고 하던데, 어떻게 해야 할지 궁리해 보았는가?"

"넷 성주님. 이 고개는 별로 높지 않지만 사방 30리가 눈 아래 내려다보입니다. 여름이면 여기는 햇볕이 쨍쨍 내리쬐어도 저 아래는 물안개가 피어올라 늪지대를 뒤덮고, 무수한 강줄기가 얽혀 말은 물론 사람도 지나기 어렵습니다. 적군을 저 늪지로 몰아넣을 수만 있다면 살수싸움같이 큰 승리를 거둘 겝니다."

양만춘은 눈을 크게 뜨고 우소를 다시 쳐다보았다.

'오늘 엄청난 물건 하나를 건졌는지 모르겠군. 예로부터 군사 만 명은 모으기 쉬우나 좋은 장수 한 사람 얻기가 어렵다 했거늘.'

우소의 어깨를 두드리며 다정하게 말했다.

"지형(地形)을 볼 줄 아는 눈이 있구나. 자네가 장군이라면 여기서 어떻게 적을 무찌를지 작전계획을 세워 한 달 후 찾아오너라."

"감사합니다, 성주님."

우소의 눈이 별처럼 빛났다.

북으로 부여성에서 남쪽 끝 비사성까지 요동 지역 모든 성주가 천산으로 모여들었다. 천산 서쪽 높은 봉우리 오불정(五佛頂)에서 성주의 도착을 알리는 봉홧불이 연이어 타올랐고, 온천장 동쪽 산기슭에는 이들이 머물 천막이 들어섰다.

야트막한 언덕 위에 회담장을 새로 지었는데, 건물 뒤로 검푸른 천산 봉우리들이 병풍을 친 듯 아름답게 펼쳐졌다. 회담장엔 가까운 고을 여인네들이 음식을 마련하느라 분주하게 오갔으나, 반정이 일어난 지 얼마 되지 않아서인지 흥겨운 축제 분위기보다 어딘가 무거운 기운이 드리워져 있었다.

양만춘이 나타나자 회담장이 술렁거렸다. 막리지 중앙군이 안시성 군과 싸워 참패했다느니, 안시성이 항복하고 성주가 막리지에게 목숨을 구걸했다는 수군거림까지 온갖 유언비어가 떠돌았다.

우렁찬 군악 소리가 울려 퍼지며 은빛 투구와 갑옷 차림의 막리지 연개소문이 백마에 걸터앉아 호위 행렬을 이끌고 위풍당당하게 나타났다.

"선왕(영류태왕)의 어리석음으로 땅에 떨어진 국위(國威)를 바로 세우고 나라를 지키기 위해 반정은 불가피했지만, 그 과정에서 너무 많은 피가 흘렀소. 이제 그 어두운 그늘에서 벗어나 우리 모두 한마음으로 뭉쳐 자랑스러운 조국 고구려를 우뚝 세워야겠소. 나는 태왕 폐하의 뜻을 받들어 선언하오! 여러분은 반정 이전보다 더욱 마음을 가다듬어 백성을 잘 다스리고 국방에 빈틈없도록 힘쓰기 바라오. 또한 오늘부터 반정 때 죽은 자의 자식과 부하 모두가 사면되었음을 선포하니, 태자 환권이나 당나라로 도망친 부소의 아들 부구(夫仇) 무리와 관계된 반역행위가 아니라면, 반정 후

다소 잘못이 있었다 하더라도 그 허물을 묻지 않겠소!"

연개소문이 연단에 설 때부터 잔뜩 긴장해 불안한 표정을 짓던 성주들과 그 수행원으로부터 우레와 같은 함성이 터졌다. 만족한 얼굴로 환호성이 그치기를 기다리다가 양만춘을 단상(壇上)으로 불렀다. 모두 마른침을 삼키며 두 사람을 쳐다보았다.

"그동안 양 성주의 훌륭한 통치소식에 흐뭇했는데, 안시성에서 모의전투를 치러 보니 듣던 것보다 훨씬 더 뛰어났소. 하여, 양 성주를 조의두 대형(皁衣頭大兄, 5위 관직, 종3품 堂上官)으로 승진시키고, 안시성을 욕살(褥薩, 큰 성을 다스리는 성주의 직위)이 다스리는 큰 고을로 높일 뿐 아니라, 천리장성을 수축(修築)하는 총감독과 요동 지역 남부사령관에 임명하도록 태왕 폐하께 추천하려 하오. 여러분이 내 뜻에 찬성한다면 환호로서 답해 주시오."

처음에는 어리둥절하던 사람들도 여기저기서 함성이 터지자 곧 온 광장으로 퍼져나갔다.

"성주들을 재신임하고, 역적의 자식들에게 대(大) 사면령을 내리신 것은 이해가 됩니다. 하오나 감히 대인에게 맞섰던 자를 만인 앞에서 낯을 세워주시고, 그 직위까지 크게 높여주셨을 뿐 아니라, '그대가 간절히 요청하면 아무리 어려운 일도 반드시 들어주겠네'라고 맹세하신 것만은 소장의 어리석은 소견으로 도저히 납득되지 않습니다."

불만에 가득 찬 고연수의 말에 다른 막료(幕僚) 장군들도 고개를 끄덕이며 연개소문의 얼굴을 쳐다보았다.

"양만춘은 수풀 속에 웅크린 호랑이야. 어떤 값을 치르더라도 적으로 내버려둘 수 없지. 너희도 모의전투 때 그 사나이가 부리던 재주를 두 눈으로 보지 않았던가. 얻고 싶은 걸 모두 챙기면서도 겸손하게 내 체면을 세워주며 마음까지 얻던 솜씨를. 그런 사나이와 다투어 무엇을 얻겠는가? 차라리 내 사람으로 끌어안는 게 더 현명하지 않겠나. 더구나 올곧은 성격에다 정치적 야심조차 갖고 있지 않으니."

연개소문은 빙그레 미소를 띠며 이제 알겠느냐는 듯 부하장수들을 둘러보았다.

"여간해서 사람을 칭찬하지 않는 고정의 대대로 영감님이 뭐라고 했는지 아는가? 어떤 상황에서도 패배하지 않을 장수라면서 나라의 안녕을 위해 반드시 끌어안아야 한다고 했네. 우리의 가장 큰 적은 당태종. 당나라가 침략하려면 반드시 넘어야 할 가장 큰 장벽은 안시성 성주가 아닐까? 나는 앞으로 그가 원하는 게 있으면 무엇이든 들어줄 생각이야."

그리고는 지그시 눈을 감으며 선웃음을 지었다.

'당태종이 얼마나 대단한 싸움꾼인지 모르겠으나 그 사나이와 한판 붙는다면 볼 만할 거야. 일단 전쟁이 일어나면 당태종은 내가 지불한 것보다 백배 천배 값을 치러야겠지.'

바람에 흩날리는 꽃들

亂世群英

평양성에 이름난 기녀(妓女) 두 사람이 있었다.

백매화(白梅花)는 '깊은 산 눈 속 홀로 핀 매화'라고 사람들이 입을 모았으나, 도화홍(桃花紅)은 벼랑 끝에서 짙은 향내를 뿜으며 '누군가의 손길을 기다리는 붉은 꽃'이라 하였다.

도화홍은 작은 얼굴, 큰 눈, 유난히 피부가 하얀 여인. 살집 도톰한 뺨은 앳된 소녀 같았으나, 초승달 같은 눈썹 아래 살짝 치켜 올라간 검은 눈동자의 요염한 눈빛은 무르익은 여인의 향기를 내뿜었다. 그녀는 붉은 모란을 수놓은 다홍색 옷을 즐겨 입었는데, 옷 색깔 탓인지 발그레한 뺨 때문인지 '도화홍'이라 불렸다.

도화홍은 자신의 아름다움을 누구보다 잘 알았다. 그녀는 사내 마음을 편하게 녹여주는 따뜻한 가슴을 지녔지만, 눈짓 한 번만으로 사내의 기를 꺾는 법도 터득하였다. 향기로운 꽃이 피면 벌과 나비가 모이듯 젊은 귀족과 활량[閑良]들이 앞다투어 몰려들었지만, 누구도 이 여인을 꺾었다는 이야기는 없었다.

햇살 비치는 사랑

해금선은 그 핏줄이 멀리 부여왕가(扶餘王家)에까지 이르는 해(解)씨 집안이지만, 가문의 명성보다 거문고 명인으로 잘 알려진 인물이었다. 젊은 날 우연히 눈먼 늙은이가 타는 거문고 소리를 들었다. 2백 년 전 이웃나라 신라의 백결(百結) 선생이 설날 가난한 아내를 위로하려 지은 〈방아타령〉이었다.

동쪽 이웃 방아소리 / 서쪽 이웃 다듬이 소리
동서 이웃의 방망이 소리 / 설 쇨 채비 풍성하건만
우리 집에는 항아리 비었고 / 상자 안에는 천 조각도 없네.
누더기 옷에 나물국을 먹어도 / 거문고로 배부르고 따스했네.
여보, 여보, 속상해 마오. / 부귀는 하늘에 달렸으니 어찌 구하리.
팔 베고 자도 사는 맛 지극하니 / 양홍과 맹광은 천생연분이었네.

해금선은 마음속 깊은 곳에서 노랫가락의 샘이 솟아나는 걸 느끼고 미친 듯 거문고에 매달렸다. 연주 기교를 터득하는 것은 그리 어렵지 않았지만, 듣는 이를 감동시키고 자기 마음을 흡족하게 할 음(音)을 찾기란 쉬운 일이 아니었다.

'왕산악(王山岳, 4세기 무렵 고구려인)이 거문고를 타면 어디선가 학이 날아와 춤을 추었다는데, 나도 사람 영혼을 울리는 음악, 귀신조차 감동시킬 가락을 찾자.'

그는 큰 뜻을 품고 깊은 산에 들어갔다. 몇 해가 지나 해금선이 깨달음〔得音〕을 얻어 산을 내려왔다는 소문을 듣고, 대동루 넓은 대청에 음악을 사랑하는 사람들이 모여들었다.

달은 휘영청 높이 떠 해금선을 비추었다. 사나이의 길고 가는 눈은 시원했고, 우뚝 솟은 콧마루는 귀족다운 기품이 어려 있었지만, 도화홍의 눈길을 사로잡은 것은 손이었다. 사람마다 독특한 개성을 지녔다지만 저렇게 아름답고 표정이 풍부한 손이 있을까?

그는 넋을 잃고 쳐다보는 여인을 보자 고개를 끄덕이며 빙그레 웃어주었다. 사나이의 다정한 눈길이 머물자 여인의 얼굴은 홍당무가 되었고, 사내를 바라보는 게 눈이 부시어 감아버렸다.

해금선은 단정한 자세로 꿇어앉아 옆에 놓인 거문고를 무릎 위에 놓았다. 거문고 줄을 감아 부들에 고정시키고 음을 고르더니, 이윽고 달콤한 산조(散調)를 연주하기 시작했다. 조였다가는 풀고 농현(弄鉉, 음을 흔들어내는 기법)의 멋을 더하니, 물 위로 뛰어오르는 잉어의 몸놀림 같은 날렵한 손가락 움직임에 따라 여인의 마음도 구름 위에서 춤을 추었다.

한 곡이 끝나고 손을 드니 제자가 비단 보자기를 받쳐 들고 올라왔다. 보자기를 풀자 대춧빛처럼 검붉고 윤이 나는 거문고가 나왔다. 나이테가 촘촘한 몸체는 바위틈에 자라다가 말라죽은 야생 오동나무로 만든 명품(名品)이었다.

이번 곡은 손수 지은 〈봄의 축제〉.

거문고에서 엄청난 소리가 울려나왔다. 봄을 알리는 우렛소리일까. 뒤이어 가볍고 무거우며, 맑고 탁하며, 가늘고 굵은 소리가 자연스레 어울렸다. 하나의 줄을 눌러 여러 소리를 내기도 하고, 왼손으로 줄을 껴잡고 음을 내리는 퇴성법(退聲法, 어떤 음을 낸 다음 한 율 또는 두 율 낮게 끌어내리는 기법)을 쓰는가 하면 앞소리와 뒷소리를 조화시켜 신기한 화음(和音)을 내니, 모든 이가 황홀경에 빠졌다. 구름이 가고 시냇물이 흐르듯 이어지고 꽉 막혔다가 툭 터지면서 펼쳐내는 가락이 변화무쌍하니, 사람들은 술 마시기를 멈추고 귀를 기울였다.

해금선의 거문고가 고운 소리를 내면서 봄의 향연이 펼쳐졌다. 개울가 버들강아지의 소곤거림, 눈부시게 차려입은 흰 목련의 웃음, 골짜기마다 피어나는 산벚꽃의 기쁨에 찬 노랫가락, 온 산에 울려 퍼지는 진달래의 합창. 차례차례 선보이는 꽃들의 노래는 그대로 한마당 축제. 거문고 가락은 마치 버들가지가 흔들리고 꽃잎이 날리듯, 봄 강물의 아름다움을 달빛이 희롱하듯 이어져갔다.

갑자기 가락이 계면조(界面調)로 바뀌면서 구슬프게 퍼져가는 소리에 슬픈 기운이 뼛속에 스며드니, 모두 수심에 젖어 한숨을 쉬며 자기도 모르게 눈물이 맺혔다.

이윽고 우조(羽調). 우렁찬 소리가 거문고 밑바닥으로부터 울려나와 굳세고 빠른 곡조를 쏟아내니, 바람에 파도가 일어 용솟음치는 물결이 하늘에 닿을 기세. 해금선의 힘찬 손길을 따라 백만 대군이 깃발을 높이 세워 북 치며 일어나고, 숲이 꿈틀거리고, 산과 골짜기가 흔들렸다. 듣는 이가 정신이 번쩍 들어 기운이 샘솟고 자기도 모르게 몸을 흔들어 어깨춤을 추며 손뼉을 쳤다. 이윽고 기러기발을 쭉 그으며 연주를 마치니 우렛소리가 지난 다음처럼 여음(餘音)이 남았다. ●

도화홍은 가슴이 울렁이고 숨이 막힐 듯 진한 감동으로 무아지경(無我之境)을 헤맸다. 하염없이 흐르는 눈물은 슬픔이 아니라 기쁨의 예감. 가슴속에 찬란한 '봄의 축제'가 펼쳐지면서, 넘쳐나는 생명의 흐름과 삶의 기쁨이 벅차올랐다. 오랫동안 가슴 깊이 잠자던 열정이 둑을 허물고 용솟음치자 수줍음을 털어버렸다.

'내 행복은 내가 찾으리. 어떤 어려움에 부딪히거나 아무리 비싼 값을 치르더라도 결코 놓치지 않으리라.'

이제 해금선은 그녀의 운명이 되었다.

도화홍은 백여시(흰 여우)란 기녀와 가깝게 지냈는데, 그녀가 아직 머리를 올리지 않았던 새끼 기녀 때, 백여시는 생강을 가득 실은 장사꾼 배 한 척을 하룻밤 사이 꿀꺽 집어삼켰다 해서 평양성을 떠들썩하게 했던 피가 뜨거운 여걸이었다. 눈가에 잔주름이 생기기 시작한 지금도 사내 눈길을 끄는 애교가 철철 흐르는 색(色)이 짙은 여인이어서, 들리는 소문에 젊은 사내 서너 명을 끼고 산다고 했다.

백매화는 천한 여인이라며 멀리했지만, 백여시의 성격이 사내같이 서글서글하고 통이 큰 탓인지 도화홍과 죽이 맞았다. 그녀는

● 거문고 연주기법은 《열정: 천한 광대 악인(樂人)의 비범한 삶》(서신혜 저)을 참고.

가끔 도화홍을 찾아와 술을 마시며 허물없이 수다를 떨었다.

"늙어가니까 그런지 믿고 의지할 사람 생각이 간절해."

"언니는 사내 후리는 데 둘째가라면 서러워할 여시 아니에요. 그 소문난 솜씨로 꽉 붙들어 매구려."

"이것아, 이불 속 재주로 수컷 홀리는 건 쉽지만 붙잡아 맬 수는 없어. 진짜 귀한 건 마음이야, 마음."

백여시답지 않게 긴 한숨을 쉬더니 도화홍의 손을 잡고 충고했다.

"동생! 기녀의 봄은 빨리 지나가. 좋은 시절 가기 전에 멋진 사내를 보거든 서슴지 말고 잡아."

여시는 목이 타는지 연거푸 술을 들이켰다. 몇 잔 술이 들어가자 언제 그랬느냐는 듯 명랑해져서 남자를 사로잡는 법에 열을 올렸다.

"이것아, 점찍은 젊은이가 있어도 꼬리를 살랑거리며 암내만 피워 사내가 먼저 몸이 달아 쫓아오게 해야 돼."

여시가 일어나 수컷을 홀리는 여우의 온갖 표정과 몸짓을 흉내 내며 풍만한 엉덩이를 살래살래 흔들었다.

"잊지 마. 사내란 자기가 여자를 꼬였다고 여겨야 만족하는 동물이야. 너를 쫓아오도록 유혹해서 못 이긴 척 맺어져야만 오래간다는 걸 명심하라고. 그렇지 않으면 나 같은 꼴이 되고 말아."

옥같이 고운 살결이건만 피부를 희고 미끄럽게 다듬어 준다기에 목욕을 하고 나서 다시 율무가루로 세수를 했고, 그녀의 피어나는 젊음은 화장하지 않는 게 오히려 더 빛난다는 걸 알면서도 오랜 시간 거울 앞에 앉아 얼굴을 가다듬었다. 도화홍은 온몸을 야릇하게 드러내는 운포금(雲布錦) 속옷을 꺼내 입고 얼굴을 붉히더니, 눈보다 흰 고려백금(高麗白錦) 치마저고리를 만지작거리다가, 옷장 깊숙이 넣어 두었던 자지힐문금(紫地纈紋錦) 겉옷을 찾아냈다. 자줏빛 비단 바탕에 붉은 물결무늬를 세로로 수를 놓고 흰색 아름다운 꼬불무늬, 물결무늬, 점무늬를 배합한 왕후만이 입는다는 화려한 옷감. 처음 기녀가 되던 날 머리를 얹어 준 고귀한 왕족이 예단(禮單)으로 보냈는데 10년 만에 처음 꺼내 입었다.

"백여시 언니가 무엇이라 하건, 내 마음이 내키는 대로 당당히 부딪쳐 햇살처럼 눈부신 사랑을 할 테야!"

문 두드리는 소리에 선잠을 깬 해금선은 달빛 아래 피어난 한 송이 하얀 모란을 보았다. 눈이 번쩍 뜨이며 잠이 멀리 달아났다.

"밤바람이 차군요. 어서 들어오시지요."

버들가지처럼 가는 허리를 한들거리며 다가오는 여인은 거문고 연주 때 보았던 낯익은 얼굴이었다. 걸음걸이마다 창포꽃같이 은은한 향내가 코에 스며들고, 그녀 숨소리가 귓가를 간지럽혔다.

"도화홍이라 해요. 달빛에 이끌려 여기까지 왔답니다."

수수께끼 같은 미소를 지으며 여인의 눈이 요염하게 빛났다. 가까이서 보니 숨 막힐 만큼 아름다워 소년처럼 가슴이 울렁거리고 입안이 바짝바짝 타들어 갔다.

'이게 꿈은 아니겠지.'

해금선은 이미 혼인한 마흔 가까운 나이에 활량으로 소문났던 사나이지만, 오랜 수련 기간 여자를 멀리했기에 젊은 여인을 대하니 어색해 쭈뼛쭈뼛하였다. 도화홍은 스스럼없이 화려한 겉옷을 벗으며 촉촉하게 젖은 눈을 들어 그를 올려다보았다.

"목이 말라요. 마실 게 없나요?"

술을 몇 잔 들이켜고 나서야 사내는 입이 풀리고 눈도 밝아지며, 그녀 눈 속에서 은밀하지만 대담하게 반짝이는 유혹의 불꽃을 보았다.

"오늘 너무너무 행복했어요, 당신의 거문고 타는 모습을 보면서. 그렇게 황홀한 느낌은 난생처음이에요."

여인은 타는 듯한 시선으로 올려다보며 몸을 꼬았다. 그녀는 기녀(妓女)여서 사내를 너무나 잘 알지만 음탕한 여인은 아니었다. 오히려 어느 활량도 만만히 꺾을 수 없는 높은 벼랑 위에 핀 꽃. 그러나 오늘은 해금선이란 멋진 사냥감을 찾아 나선 사냥꾼이었다.

그도 젊은 날 뭇 여인을 울렸던 바람둥이. 운포금 속옷 안에 훤히 내비치는 요염한 몸도 몸이지만, 이렇게 아름다운 여인이 사랑받기를 원하며 스스로 찾아왔다는 사실에 감격했다. 술잔이 거듭되자 사내는 오랫동안 잊고 있던 욕망이 되살아났다.

'성급하게 굴지 말자. 하룻밤 풋사랑만이라면 모르겠지만, 마음까지 사로잡으려면 천천히 더욱 더 천천히.'

사내는 성난 말같이 내닫는 마음을 다독이며 여인에게 슬그머니 다가갔다. 순간 가슴속에 두려움이 밀려들었다.

'여러 해 동안 여인을 가까이하지 않았는데, 제대로 사내구실을 할 수 있을까?'

당돌한 겉모습과 달리 도화홍은 작은 새같이 떨고 있었다.

'이 여인도 나처럼 떨고 있구나.'

해금선은 마음이 착 가라앉으면서 자신이 생겼다.

'마음과 마음이 서로 통한다면 무엇이 문제랴. 밤은 길거늘 잘 못되어도 다시 시작하면 될 것을.'

여인은 사내를 처음 만나는 소녀처럼 가슴이 두근거렸다. 사내의 따뜻한 손길이 머리칼을 가만히 쓸어내리자 여태껏 누구에게도 맛보지 못한 편안함을 느끼면서, 사내 어깨에 매달려 단단한 가슴에 볼을 대고 싱그러운 살냄새를 들이마셨다. 풍성하게 틀어 올린 머리에서 봉황을 아로새긴 금비녀를 뽑아 검은 머리칼이 허리로 흘러내리자, 그녀는 고개를 뒤로 젖히고 눈을 내리깔며 요염하게 웃더니, 사내 혼을 뽑는다는 백여시 춤을 살래살래 추면서 속치마 끈을 풀어 내렸다. 사내는 마른침을 삼키며 애타게 갈망하는 여인의 몸을 눈으로 어루만졌다. 뜨거운 눈길이 머무는 곳마다 여인은 불에 데기라도 한 듯 온몸이 죄어들었다.

푸른 달빛 아래 은은한 빛을 내뿜는 풍만한 몸. 탐스럽게 흔들리는 먹음직한 젖가슴. 사내는 강렬한 욕망으로 온몸이 단단해졌다. 그녀는 가볍게 스쳐도 아름다운 소리를 내는 신비한 악기. 사내는 귀한 도자기 만지듯 부드럽게 쓰다듬다가, 두 손으로 가슴을 받쳐 들고 봉곳하게 내민 붉은 오디를 입술에 머금고 굴리더니, 제단에 바치는 성스러운 예물처럼 조심스럽게 받쳐 들고 침상으로 걸어갔다. 사내는 신(神)이 만든 걸작품인 높은 산맥, 깊은 계곡, 향기로운 샘과 숲의 아름다움에 감탄하며 몸을 굽혀 입을 맞추었다. 입술 닿는 곳마다 불길이 일고 전율이 퍼졌다. 오만하게 솟아

오른 젖가슴이 뜨거운 입속으로 빨려 들어가고, 허기진 혀가 끈질기게 희롱하자 여인의 입에서 열에 들뜬 신음소리가 터지며 낚시에 걸린 잉어처럼 발버둥 쳤다.

사내는 마법사였다. 손길 머무는 곳마다 시뻘건 낙인(烙印)이 찍히고, 움직일 때마다 새로운 불길이 이글이글 타올랐다. 여인은 눈을 감고 밀려오는 쾌감의 파도에 몸을 맡겼다. 갑자기 허리 아래서 솟구치는 뜨거운 열기에 깜짝 놀라 온몸을 비틀면서 허리를 힘껏 내밀었다. 속절없이 몸이 활짝 열리자 기다렸다는 듯 사내가 덮쳤다. 어마어마한 불기둥이 불두덩이 너머 계곡 깊숙이 밀려들며 생각도 못한 강렬한 느낌에 허리가 활처럼 휘어지며 자지러지듯 외마디 비명을 토했다. 사랑하는 이와 하나로 되는 게 이렇듯 좋은 걸까. 여인의 몸속 깊이 '봄의 축제'를 알리는 선율이 울려 퍼졌다. 구름을 밟고 춤추듯 달콤한 산조(散調), 왠지 슬퍼지고 눈물이 흐르는 계면조, 신이 나서 온몸이 절로 흔들리고 거센 바람과 거대한 파도가 용솟음치는 우조 가락이. 이윽고 깊고 깊은 곳에서 우렁차게 봄의 교향곡이 울려 퍼졌다. 갑자기 머리에서 발끝까지 번개가 내리치면서 격렬한 떨림이 온몸을 휩쓸었다. 여인은 울었다. 왠지 그치고 싶지 않은 길고 긴 울음을.

해금선은 젊은 날 많은 여인을 겪어 보고 남녀 관계란 더 이상 새로울 게 없다며 흥미를 잃었다. 그러나 도화홍을 만나고 나서 생각이 달라졌다. 일찍이 느끼지 못한 강렬한 절정을 맛보았고, 숨 가쁘게 내지르는 비명은 새로운 욕망을 불러일으켰다. 이제 밤이 기다려지고, 그녀가 가까이 다가오면 언제나 뜨거운 화산이 불타올랐다. 여인을 안을 때면 개구쟁이처럼 짓궂게 희롱했다.

"드리워진 남근(男根) 꺼내어 / 파 박아 눕히네. / 미워하지는 마소." 그러면 도화홍도 아양을 떨며 맞장구쳤다. "잇단 곳이 아주 거칠어 / 내 여음(女陰) 불쌍도 하이."•

세상 어떤 비밀도 여인의 예리한 눈길을 피할 수 없는 건지 백매화가 도화홍을 찾아와 호되게 꾸짖었다.

"이 철없는 것아. 몸을 함부로 굴리는 창기(娼妓, 창녀) 더냐? 도둑고양이같이 늦은 밤에 사내를 찾아다니다니. 낮말은 새가 듣고 밤말은 쥐가 듣거늘, 그런 불장난은 오래지 않아 사람 입방아에 오르내리고 네 명성에 먹칠할 걸 왜 모르니?"

"언니, 불장난이 아니라 사랑에 빠졌어요. 하루 종일 그이 모습이 눈앞에 어른거린다고요. 그이 사랑을 붙잡아 매기 위해서라면 지옥 불구덩이라도 뛰어들 거예요."

백매화는 깜짝 놀라 찬찬히 살펴보았다. 도화홍의 얼굴은 봄비 맞은 나무같이 싱싱하고, 표정도 꽃봉오리가 피어나듯 행복해 보였다.

"그래도 남의 눈이 있잖니. 사내가 찾아오도록 해야지."

"언니는 학처럼 깨끗하고 고상하지만 저는 백여시같이 피가 뜨거운 걸까요? 사람들이 뭐라 하건, 사랑하는 이의 아내가 되지 못하면 종으로도 그 곁에 머물고 싶은데 어떡해요. 언니도 알다시피

• 6, 7세기 일본의 옛 노래임, 《노래하는 역사》(이영희 저)에서 옮김.

저는 늘 당당하고 긍지 높은 기녀였지만 그이에게만은 부끄러움조차 버렸어요. 여인이 사내에게 줄 수 있는 즐거움이라면 무슨 짓이라도 기꺼이 베풀겠어요."

"부럽구나, 도화홍."

백매화는 물끄러미 쳐다보다가, 서글픈 미소를 지으며 떠났다.

도화홍을 쫓아다니던 사내 중 하나인 고연수가 술에 잔뜩 취해 찾아왔다. 소형(小兄) 벼슬의 젊은 수재였으나, 잘난 척하는 말투와 경박한 성품이 마음에 들지 않아 되도록 피했는데, 어디서 소문을 들었는지 그녀의 사랑을 비난하고 행패를 부렸다.

지금까지 보아왔던 귀족 활량은 사랑하던 여인이 짝을 만나 떠날 때면, 여인의 행복을 지켜주려고 옛 일을 가슴에 묻어버리건만, 이 고약한 젊은이는 있지도 않은 일까지 떠벌리고 다녔다. 도화홍은 기녀의 생활이 끝났음을 깨닫고, 해금선에게 함께 살기를 애원했다. 뿌리는 다르지만 줄기와 가지는 서로 얽혀 둘이면서 하나인 연리지(連理枝) 같이.

해금선의 품속에서 살아가는 생활은 즐거웠다. 어린 시절의 배고픔, 기녀로 살던 외로움은 먼 옛 일이 되었고, 한 지아비만을 바라보고 사는 여인의 행복과 따분함도 알게 되었다. 봄비에 움이 돋고 꽃눈을 틔우듯 여러 해 동안 행복한 나날이 꿈같이 흘러갔지만, 호사다마(好事多魔) 라더니 그녀의 행복에 먹구름이 드리웠다.

연개소문이 반정을 일으켜 화평파 대신들을 살육하던 날 해금선도 그 열병식에 초대되었다. 고정의가 이 거문고 타는 사나이를 구하려고 여러 차례 심부름꾼을 보내 불렀건만, 음악을 좋아하던 온문이 붙들고 놓아주지 않아 반정군의 칼날을 피하지 못했다.

연인(戀人)의 죽음을 전해들은 도화홍은 그 자리에서 까무러쳤다. 밤늦게 깨어난 그녀는 고연수의 질투심 때문에 연인이 살생부에 올랐다는 사실을 알고 분노의 불길이 목구멍까지 치밀어 올랐다. 어떻게 해서라도 이 원한을 갚고 말리라 굳게 맹세하며, 아랫입술을 피가 맺히도록 깨물었다.

거미줄에 걸린 나비

괴유는 요동성 갑부(甲富)로 무역상이었다. 무역이란 당나라 상인의 텃세가 심한 데다 부패한 관리에게 엄청난 뇌물을 바쳐야 하므로 위험이 큰 사업이었다. 그러나 다른 상인이 손해를 보는 때도 그의 상품은 에누리 없이 잘 팔렸고, 얼마나 흥정을 잘하는지 좋은 물건을 값싸게 들여와 큰돈을 벌었다. 상인들은 그가 만지는 물건마다 황금으로 변하게 하는 손을 가졌다며 부러워했다.

그는 무역에서 번 막대한 자금으로 운송사업을 시작했고, 오래지 않아 '괴유상단' 깃발을 단 마차와 수레가 요동은 물론 멀리 평양성까지 왕래했다. 더구나 벼슬아치와 잘 사귀고 뇌물 바치는 데도 큰손이어서, 평양성에도 감싸주는 권력자가 있었다. 사람들은 요동성 벼슬아치 중 그의 돈을 먹지 않은 자가 없다고 수군거리기도 했다.

괴유 주위에는 어두운 그늘이 드리워져 있었다. 청년이 될 때까지 만나본 사람이 없다거나, 요동성 암흑가를 뒤에서 움직인다는 이야기, 심지어 등을 돌린 강직한 벼슬아치나 상인의 죽음에 그의 손길이 뻗어 있다는 소문까지 나돌았다.

황금의 손을 가진 괴유도 뜻대로 되지 않는 게 하나 있었다. 해성포구(海城浦口) 상권을 장악하는 것이었다. 성주 양만춘을 휘어잡으려 거액의 뇌물을 바쳤으나 거절당하고, 상권을 쥔 대아찬을 설득해 상인단체에 파고들려던 작전 역시 실패했다.

연개소문 반정으로 시해당한 영류태왕을 조문(弔問)하려 당나라 사절이 요동성에 도착했다. 사신 수행원으로 온 장손무기의 집사 조홍이 여강루 밀실로 괴유를 불렀다. 조홍은 그의 보호자지만 가장 두려운 사람이어서 황금을 가득 담은 상자와 검은담비 털옷을 바치며 문안인사를 드렸다. 조홍은 뇌물을 거들떠보지 않고 여우같이 반짝이는 차가운 눈을 굴리며 그의 얼굴을 뚫어지게 쳐다보았다.

"장손무기 대인께서 자네에게 크게 실망하셨네. 직방낭중(職方郎中) 진대덕이 황제께 바친 《고려기》(高麗記)에 안시성이란 큰 빈틈이 있다 해서 그 내막(內幕)을 알려고, 2년 전부터 그렇게 독촉했거늘 여태껏 아무런 소식이 없는가. 고구려 정벌이 언제 시작될지 모르는 오늘까지!"

조홍은 화가 나거나 못마땅할 때 하는 버릇대로 염소 같은 턱수염을 비비 꼬았다.

"어르신, 《고려기》가 어떤 내용인지 알지 못하오나 소인이 그동안 운송사업을 하면서 평양성 가는 길과 여러 성에 대해 수집한 자료가 얼마나 자세했습니까? 다만 안시성 성주란 놈은 돈으로도 어찌할 수 없고, 정탐꾼을 보내도 철통같은 경계망을 뚫을 수 없었습니다."

조홍은 차갑게 웃었다.

"쓸데없는 변명. 내가 사람을 잘못 본 것 같군. 그동안 자네에게 쏟아부은 돈이 얼마인지 아는가? 형편없이 무능하거나 맡은 일에 성의가 없는 것 같아."

"죄송합니다, 어르신. 조금만 더 참아주시면 안시성 비밀을 꼭 캐내겠습니다. 이번에 낙양의 왈패 두목 살무사까지 안시성에 잠입(潛入)시켰으니까요."

"좋아. 반년만 기다리지. 그 후엔 자네를 보호하지 않을 거야."

조홍은 비웃는 얼굴로 한 마디 한 마디 힘을 주며 노려보았다.

"자네는 설마 14년 전 그 일을 잊지 않았겠지?"

괴유는 고구려인이 아니라 당나라 사람이었다.

중국 본토가 내란과 기근에 휩싸였던 수나라 말엽, 괴유는 길거리에 버려진 고아로 굶주린 들개처럼 쏘다니며 온갖 몹쓸 짓을 저지르는 밑바닥 삶을 살다가, 멀끔하게 생긴 얼굴과 몸을 밑천 삼아 뒷골목 꽃제비로 나섰다. 괴유에게는 벌레가 잘 익은 과일을 용케 찾아 파먹어가듯, 성(性)에 굶주린 여인을 귀신같이 찾아내는 재주가 있었다.

당나라는 중국 역사상 가장 개방적인 시대였다. 장안은 다양한 인종이 모여들어 동서 문화를 활짝 꽃피워 활기차고 번영하는 세계 중심이었고, 서로 앞다투어 호풍(胡風, 외국 풍속)을 따랐다.

여인의 삶도 활달하고 상류층 성 풍속도 개방적이었다. 귀부인이 말을 탈 때도 두 발을 모아 얌전하게 가로타는 게 아니라 사내처럼 두 발을 쫙 벌려 걸터앉아 몰고 다녔다.

이러한 장안 분위기는 이 난봉꾼에게 멋진 무대를 제공했다. 그에게 성이란 바로 권력이고 원하는 무엇이라도 얻어낼 수 있는 무기였다. 꽃제비는 손아귀에 들어온 귀부인을 구슬려 금오위(金吾衛, 치안을 담당하던 장안 관청) 교위 벼슬까지 올랐다.

괴유에게 파멸의 순간이 갑자기 찾아왔다. 그가 금오위 교위 자리에 있는 한, 돈 많은 장사꾼이나 체면 차리기 좋아하는 관리의 숨겨둔 여인을 유혹하는 것쯤 위험할 게 없었지만, 나는 새도 떨어뜨린다는 권신(權臣) 후군집의 애첩(愛妾)과 관련된 때는 사정이 달랐다. 고아 출신 천한 사내가 상류사회 귀부인들을 짓밟은 엽색(獵色) 행각은 장안을 벌컥 뒤집어 놓았고, 낱낱이 죄가 드러나면서 감옥에서 죽을 날만 기다리는 처량한 신세가 되었다.

629년(정관 3년) 가을. 장손무기의 집사(執事) 조홍이 사형수 괴유에게 관심을 가졌다. 한낱 고아로 금오위 교위까지 출세해 세상을 떠들썩하게 한 사내에 대한 호기심 때문에 감옥으로 찾아가 직접 심문했다. 당시 금오위의 수장은 장손무기였으므로 그의 신임이 두터운 조홍은 이곳을 쥐고 흔드는 숨은 실력자였다. 조홍은 그의 주인이 고구려에 침투시킬 세작(細作, 간첩)을 찾고 있음을 잘 알고 있었다. 공교롭게도 그 감옥엔 사기를 당해 파산하자, 사기꾼 동료를 죽여 사형을 받게 된 요동성 상인이 있었다. 조홍의 머릿속에 두 사형수를 엮을 기발한 방법이 떠올랐다.

괴유를 닮은 죄수의 사형이 공개집행되던 날, 조홍은 괴유를 데리고 장손무기를 찾아갔다. 장손무기는 머리부터 발끝까지 찬찬히 살펴보고 의미 모를 미소를 짓더니 조홍에게 명령했다.

"이자가 석 달 안에 고구려 말을 익히지 못하면 죽여 버리게."

조홍의 최후통첩을 받은 괴유는 옛 일을 떠올리며 두려움에 몸을 떨었다. 그는 안시성 성주의 약점을 여러모로 찾아보았다.

양만춘은 부인이 큰 병에 걸려 오랫동안 홀아비나 다름없는 처지였지만, 숨겨 둔 여인도 없었다. 50대 중반의 건장한 사내가 홀로 지낸다면 미인계(美人計)야말로 가장 멋진 덫이 될 터였다.

괴유는 반정 후 모습을 감춘 평양성 최고 미녀 도화홍이 머리에 떠올랐다. 장사치의 끈질긴 추적이 평양 치안을 맡은 고연수보다 빨라 요동성 변두리에 도화홍이 숨어 사는 거처를 알아냈다. 곧 요동성 왈패들은 그녀가 하녀를 내세워 차린 음식점을 드나들었고, 난봉꾼은 그곳 단골손님이 되었다.

장안 귀부인과 콧대 높은 기녀를 손아귀에 넣고 주물렀던 괴유는 사랑하는 사람을 잃고 혼자 사는 도화홍쯤은 손쉽게 후려낼 수 있으리라 생각했다. 그러나 여인이면 침을 흘릴 갖가지 선물과 황금 보석이나 온갖 달콤한 말로도 그녀 마음을 사로잡지 못했고, 이제 그를 피하는 눈치까지 보였다.

'아니. 이 깜찍한 꾀꼬리가 날아가려 하는군. 그렇다면 옴짝달싹 못하게 잡아맬 수밖에.'

나비도 쌍쌍으로 날고 꾀꼬리도 짝을 지어 희롱하건만
님이여, 빈방에서 홀로 잠자리에 듭니다.
푸른 요 붉은 비단 이불을 덮어도 따뜻하지 않고
얼굴을 단장해도 보아주는 이가 없군요.

도화홍은 해금선과 행복한 생활로 뜨거운 여인이 되었기에, 외로움에 잠 못 이루고 온몸을 비틀며 하얗게 밤을 새우곤 했다.

괴유가 접근해 왔을 때 그녀도 마음이 흔들렸다. 이제 서른을 바라보는 여인에게 분에 넘치는 신랑감이었으니. 그러나 그녀의 예민한 영혼은 사내가 풍기는 음침하고 역겨운 냄새가 싫어 요동성을 떠나야겠다고 마음먹었다.

"도화홍, 이 집 꽃이 이렇게 아름답게 핀 건 날마다 그대 거문고 소리를 듣기 때문이겠지요."

거들먹거리기 좋아하는 괴유가 너털웃음을 뿌리며 방안으로 들어섰다.

"이 술은 서역에서 온 포도주로, 신이 마시는 귀한 음료라오."

그는 하얀 도자기 마개를 따더니 피와 같이 붉은 술을 유리잔에 조심스럽게 따랐다.

"이런 좋은 술은 그대 같은 미인과 함께 마셔야 제 맛이 나지."

바람둥이는 여인의 마음을 뒤흔드는 검은 눈을 찡긋 감았다가 뜨더니, 포도주를 반쯤 따른 잔을 쥐고 흐뭇한 표정으로 향기를 즐기다가 한 모금 입에 머금고 지그시 눈을 감았다.

도화홍도 잘 익은 딸기 향을 풍기는 붉은 음료를 마셨다. 꿀같이 진하고 달콤했다. 부드러운 첫맛과 상쾌한 뒷맛이 너무나 좋아 권하는 대로 몇 잔을 받아 마셨다.

아랫배 깊숙한 곳에서 뜨거운 열기가 치밀어 오르고 목이 타들어가기에 침을 삼켜 목을 축였지만, 머리가 어찔어찔하고 마음이 싱숭생숭해지며 온몸에 피가 끓어올랐다. 뒤이어 숨이 답답해지고 피부가 달아올라 머리에서 발끝까지 전율이 퍼지며 젖꼭지가 부풀어 단단해졌다. 분명 무언가 잘못되었다. 그녀는 술에 약하지 않은 여인. 그까짓 몇 잔 술에 이런 일이 생길 리 없었다.

괴유는 거미줄에 걸려 파득거리며 몸부림치는 나비를 보고 침을 삼키는 거미처럼 음산한 웃음을 베어 물고 지켜보았다.

"독을? 내게 무슨 원한이 있길래 ⋯."

도화홍은 깜짝 놀란 눈으로 쳐다보았다.

"걱정 마, 이쁜이. 수줍음을 없애주는 사랑의 묘약(妙藥)이니까."

사내는 느물느물 웃으며 여인에게 다가왔다.

"가까이 오지 마라, 짐승 같은 놈."

그녀는 몸속 깊은 곳에서 치밀어 오르는 뜨거운 열기로 말을 잇지 못했다. 애써 참으려 입술을 깨물었지만 신음소리가 저절로 터져 나오면서 솟구치는 관능의 물결이 온몸으로 퍼지고 견딜 수 없게 이글이글 달아올랐다.

'감히 내 손아귀에서 벗어나겠다고 ⋯. 안 되지. 안 되고말고. 너의 잔에 넣은 약은 돌부처도 춤추게 할 강력한 춘약(春藥)이야,

춘약. 어떤 요조숙녀(窈窕淑女)에게도 실패한 적이 없지.'

사내가 여인의 붉게 달아오른 뺨을 쓰다듬었다. 피부가 너무 예민해져 가벼운 손길에도 저절로 온몸이 뒤틀리고 꿈틀거렸다. 달콤한 전율. 다리가 휘청거리고 맥이 풀리면서 몸속에서 솟구치는 소용돌이를 따라 발끝까지 넘쳐흐르는 쾌감. 여인은 거부의 몸짓을 해 보았지만, 마음과 달리 몸은 더 강한 애무를 바라고 있었다. 괴유의 검은 눈동자가 그녀를 빨아들였다. 그 눈빛이 너무 강렬해서 발가벗기는 것 같았고, 눈길 닿는 곳마다 부풀어 오르고 단단해졌다.

마음은 어서 도망치라고 소리쳤지만, 불길에 휩싸인 여인의 몸은 애타게 사내를 찾았다. 도화홍은 악인의 올가미에 걸려든 게 억울해 눈물을 흘렸으나, 끊임없이 솟구치는 증오에도 불구하고 밤이 오면 뜨거운 몸은 목마른 사슴이 물을 찾듯 사내를 기다렸다. 괴유는 밑바닥을 알 수 없는 무시무시한 늪이었다.

해금선과 함께 누렸던 밝은 해가 비치는 봄 동산과 달리, 그 늪은 절망을 안겨주는 어두운 지옥의 문이었고, 벗어나려 몸부림 칠 때마다 더 깊이 가라앉는 수렁이었다. 몸서리치는 치욕(恥辱)과 질척한 냄새가 너무나 싫었지만, 늪은 저항할 수 없는 마력으로 도화홍을 끌어당겼다. 그곳에는 숨이 멎을 듯 강렬한 쾌락이 소용돌이쳤지만, 그 순간이 지나면 남는 건 텅 빈 공허(空虛)뿐. 거기에는 사랑하는 이와 하나가 되었을 때 느끼는 기쁨이나 평화도, 서로를 감싸주는 따뜻한 마음도, 심지어 한 조각 믿음조차 없었다.

천리장성(千里長城)은 631년(영류태왕 14년)부터 16년간 당나라 침입을 막기 위해 쌓은 방어시설이었다.

당태종이 돌궐을 정복하자(630년), 고구려는 위험을 느끼고 수양제 침략(612~614년) 때 드러났던 방어의 허점을 보강하기로 했다. 적군을 효과적으로 막기 위해 요동 여러 성 뒤에 높이 솟은 천산산맥을 자연의 방어벽으로 삼고, 이 산맥을 횡단하는 고개 길목마다 요새를 건설해 철통같은 방어진지를 만들었다(328쪽 참조).

양만춘은 천리장성 축조 감독을 맡자, 첫 단계로 요동성에서 평양성을 잇는 '고구려 제1번 국도'의 방어를 한층 더 굳게 하기로 마음먹었다. 이 국도는 서울(평양성)과 요동을 연결하는 가장 짧은 거리로, 백암성에서 천산산맥을 넘어 오골성(봉황성)까지 마천령 험한 고갯길과 연산관의 깊고 가파른 협곡이 계속되므로 제대로 된 방어시설만 갖추면 한 사람 장수가 만 명의 적을 쉽게 막을 수 있는 곳이었다. 그렇게만 된다면 우문술과 우중문의 수나라 별동대 30만이 바로 평양성으로 진격했던 두려운 일이 또다시 되풀이되지 않으리라.

그는 새로운 방식으로 천리장성 공사를 시작했다. 지금까지 부역(賦役)에 동원된 농부는 스스로 먹을 것을 챙겨 와야 해서 공사에 온 힘을 기울일 수 없었다. 그러므로 인원을 반으로 줄이는 대신 부역에 뽑힌 자에게 식량을 비롯해 필요한 물건을 공급하고, 품삯까지 주었다. 필요한 비용을 부역이 면제된 자에게 부담시켰지만, 농번기에 농사를 짓게 된 농부에게는 반가운 일이었다.

새로운 공사방식을 택하니 전에 없던 보급문제가 생겨 괴유가 노리던 기회가 빨리 찾아왔다. 그는 요동에서 가장 큰 운송업체를 가졌고, 요동성은 공사현장에서 무척 가까운 보급기지였다.

대아찬이 안시성 성주 대리인으로 운반비를 흥정하니 괴유가 터무니없게 많은 돈을 요구해 협상을 포기했다. 그러자 괴유가 양만춘을 급히 찾아와 지금까지 버티던 게 믿기지 않을 만큼 싼값을 제안하고, 계약을 축하하는 잔치에 참석해 주길 간곡히 부탁했다.

도화홍은 괴유의 말을 듣고 억장이 무너졌다. 진작부터 믿을 수 없는 인간임을 잘 알았지만 자기가 손댄 계집을 팔아먹으려 하다니. 이제 타락하고 또 타락해 창기 짓까지 하게 되었다고 생각하니 북받치는 설움에 눈물이 앞을 가렸다.

"도대체 누구를."

난봉꾼은 그녀의 눈길을 피하며 히물히물 웃었다.

"목숨을 던져서라도 꼭 복수하고 싶은 놈이 있다 했던가? 이 나라에서 고연수에 맞설 사나이야 안시성 성주밖에 더 있겠어."

사람이란 자기변명을 찾는 데 능한 동물인가. '그래, 이왕 버린 몸. 내가 모진 목숨을 이어온 건 복수 때문이 아니던가.'

문득 어지간한 남자는 콧방귀도 뀌지 않던 백매화 언니가 언젠가 쫑알거리던 말이 생각났다.

"양만춘 같은 사내라면 모르겠지만 …."

강이 내려다보이는 여강루의 3층 특실. 수십 개 은촛대의 촛불이 방 안을 환하게 밝히고, 바닥에는 서역에서 가져온 붉은 주단

(카펫)이 깔렸다. 커다란 호두나무 탁자 위에 온갖 산해진미(山海珍味)가 수십 개 접시에 가득 담겨 있었다.

"평소 존경하던 고귀한 분을 모시게 되어 영광입니다. 대인을 위해 오늘 진귀한 술을 준비했습니다."

괴유는 백자 항아리를 열고 기련산 옥돌로 만든 야광배(夜光杯)에 피보다 붉은 술을 조심스럽게 따랐다.

양만춘은 야광배를 들어 천천히 술 색깔과 향기를 음미(吟味)했다. 부드러우면서 상큼한 맛. 붉은 장미 향내. 문득 끝없이 펼쳐진 사막을 건너가 고창국(투르판)에서 붉은 포도주를 마시며 목마름을 달래던 옛 기억이 떠올랐다.

"대인, 맛이 어떠하십니까?"

양만춘이 포도주를 제대로 음미하며 마시는 모습을 보고 호기심이 나서 물었다.

"눈앞에 화염산(火焰山)과 불타는 사막이 보이는 듯하구려."

괴유는 깜짝 놀라 눈이 둥그레졌다.

"과연 대단하시군요. 이 술은 포도주라 하여 서역에서 나는 귀한 술입니다. 수나라 때부터 태원에서 포도를 재배해 이제 내지에서도 생산되지만 귀족이나 부호가 아니면 맛보기 어렵지요."

양만춘은 내지(內地)라는 말을 듣자 이상한 생각이 들었다. 그 말은 장안에 사는 중국인이 시골 촌놈과 다른 신분이라고 으스대며 뽐내는 말이거늘. 이자는 도대체 누구란 말인가? 가슴속에 의심의 구름이 뭉게뭉게 피어났다.

무르익은 수밀도(水蜜桃) 같은 여인이 사람 넋을 뽑을 듯한 향내를 뿌리며 비단 휘장을 열고 들어왔다. 진한 속눈썹 아래 살짝 치켜 올라간 시원하게 큰 눈이 흑요석같이 반짝였다. 수줍어하면서도 대담하게 바라보는 검은 눈동자. 포도주에 취한 탓일까, 순간 양만춘은 그녀의 눈동자 속으로 빨려 들어가는 것 같았다.

"소녀, 부용이라 합니다."

여인은 스스럼없이 옆에 앉아 술잔을 채우고는 간드러지게 웃으며 요염하게 허리를 비틀었다.

'요동성에 이렇게 아름다운 여인이 살았던가?'

이때 늙은 집사가 조심스럽게 들어왔다.

"무슨 일이냐? 귀한 분을 모시니 방해 말라고 그처럼 일렀거늘."

괴유는 낮은 소리로 몹시 화가 난 듯 꾸짖었다.

"주인님, 용서하십시오. 당나라 비단상인이 막리지님의 누이 수연 아씨 혼례식에 쓸 혼수품을 싣고 도착했답니다. 길을 서둘러야 하므로 내일 새벽 성문이 열리는 대로 평양성으로 떠난다기에 그만…."

집사는 연신 고개를 조아리고 손을 부비며 안절부절못했다.

"으흠, 막리지댁 혼수품이라고?"

의외의 일에 당황한 듯 양만춘의 눈치를 살피며 입맛을 다셨다.

"중요한 일이 생긴 듯하니 이만 연회(宴會)를 끝마치시지요."

양만춘의 말을 듣자 손사래를 치더니 황급히 말했다.

"안 될 말씀입니다. 대인을 모시는 이날을 얼마나 기다려왔는데요. 큰 거래를 포기하더라도 그만둘 수 없습니다."

"소녀가 사모하던 분을 이제 막 모셨는데 이렇게 허무하게 끝나 다니 너무 원망스러워요."

여인도 큰 눈망울에 눈물을 글썽이며 하소연했다. 괴유는 난처 해 하는 양만춘의 모습을 보더니 그녀에게 찡긋 눈짓을 하고 슬그 머니 일어났다.

'이분이라면 수렁에 빠진 나를 건져내 새로운 삶을 줄 수 있으 리. 온몸과 마음을 기울여 매달려 보자.'

괴유가 자리를 피하니, 여인은 무거운 한숨을 내쉬고는 요염하 게 빛나는 눈을 들어 올려다보았다.

"소녀 원래 이름은 부용이 아니라 도화홍이에요."

눈빛이 흔들리더니 서러움에 북받쳐 고개를 떨구었다.

"소녀도 한때 사랑하는 사내가 있었더이다. 사랑 하나만을 의지 하고 님과 더불어 살기를 빌고 또 빌었는데, 하늘의 노여움을 산 건지 이제 외톨이가 되어 이렇게 어둠 속을 헤매고 있답니다. 이 작은 몸 맡길 분 만나는 게 이렇게나 어려운 일인지요?"

여인은 하얀 목덜미를 드러내고 하염없이 땅바닥을 내려다보다 가 가슴속 응어리가 풀리지 않았는지 한숨을 포옥 쉬며 뜨거운 몸 을 그의 어깨에 기대었다. 눈물 맺힌 얼굴은 아침 이슬을 머금은 탐 스러운 복숭아 같았고, 젖은 입술은 도톰하게 부풀어 올랐다.

마음을 뒤흔드는 짙은 살 내음. 얇은 비단 옷 사이로 비치는 무 르익은 젖가슴. 할딱이는 숨결 속에 흘러나오는 요염한 콧소리. 그녀에게서 사내의 몸 맛을 익힌 여인 특유의 육감적 매력과 욕정 의 냄새가 물씬 풍겨 나왔다.

여인은 분명 수컷의 혼을 빼앗는 위험하기 짝이 없는 향기 짙은 꽃이고 덫이었다. 그럼에도 어딘가 곱고 순수한 마음이 엿보였다. 그는 건강한 사내로 오랫동안 홀로 지냈지만, 위험이 두려워 매혹적인 여인의 유혹을 외면할 목석(木石)은 아니었다. 그녀가 내뿜는 사랑의 불길에 휩싸여 이끄는 대로 무너지고 싶었다.

불현 듯 젊은 날 그를 유혹했던 서하가 생각났다. 너무나 요염한 꽃이었던 서하는 악녀(惡女)였기에 별로 양심의 가책이 없었지만, 이 여인에게서 뿜어 나오는 순수한 그 무엇이 행동을 가로막았다.

양만춘은 도화홍이 헛된 희망을 품었다가 상처를 입지나 않을까 염려해 유혹을 피했을 뿐인데, 때로는 착하고 생각이 너무 많은 사내가 악한 인간보다 더 깊은 상처를 주는 수가 있다.

'사내 마음을 얻으려 얼마나 몸부림쳤던가. 평양 최고 기녀의 마지막 남은 자존심이나마 지켜보겠다고, 부끄러움을 무릅쓰고 매달리기까지 했건만, 그렇게 매몰차게 뿌리치다니. 얼마나 잘났기에 그렇게도 여자 마음을 몰라주는가?'

도화홍은 그녀가 내미는 손을 감히 외면하는 사내가 있으리라고 상상해 본 적이 없었다. 부끄러움보다 죽고 싶을 정도로 자존심이 상했다.

'내가 그렇게나 추해졌단 말인가?'

거울 앞에 앉아 몇 번이나 얼굴을 비춰 보았다. 그동안 더러운 삶 때문에 혹시나 지워지지 않는 얼룩이라도 생긴 게 아닐까 하고.

도화홍은 하늘도 땅도 사람도 모두 다 미웠다. 그녀의 마음은 한 겨울 강물보다 더 꽁꽁 얼어붙었다.

여자 염탐꾼 흑모란

외동딸을 귀여워하지 않는 아비가 어디 있으랴. 흑모란은 괴유의 유일한 기쁨이고 자랑거리. 그가 진정으로 사랑하는 게 있다면 오직 하나, 흑모란뿐이었다. 얼음같이 냉혹한 사내도 꽃봉오리같이 피어나는 딸을 바라볼 때면 입꼬리가 슬쩍 올라가고 얼굴에 웃음꽃이 피었다.

"아버지, 저 안시성에 갈래요."

아닌 밤중에 홍두깨도 분수가 있지. 깜짝 놀라 눈이 화등잔만큼 커졌다가 잘못 들은 게 아닐까 싶어 거듭 물었다.

"뭐라고, 안시성이라고?"

"예, 호랑이 굴이라는 그곳에요."

흑모란은 이미 마음을 정했다는 듯 담담한 목소리로 대답했다.

아버지란 딸에 대한 걱정이 유난히 많기 마련이지만, 바람둥이 일수록 귀한 살붙이에게 행여나 흠집이라도 생길세라 병적인 두려움을 갖는다.

"철없는 어린 게 무얼 안다고. 안 돼!"

"저도 이제 어린애가 아니라 알 것은 다 안단 말이에요. 조홍 어르신이 정한 날짜가 얼마 남지 않았고, 안시성에 숨어들어 갔던 살무사 아저씨도 죽고, 도화홍 아주머니까지 실패한 것도요. 그뿐인 줄 아세요. 이번엔 어르신이 아버지를 그냥 두지 않을 거라고, 늙은 집사와 장궤가 수군거리는 소리까지 들었다고요."

"안 돼, 죽으면 죽었지 너를 그곳엔 안 보내."

괴유가 성이 나서 고함을 질러도 보통 때와 달리 눈도 깜박하지 않고 말끄러미 쳐다보더니 또박또박 대답했다.

"염려 마세요. 난 아버지 딸 흑모란이란 말이에요. 지난번 안시성 성주라는 사람 여강루 옆방에 숨어서 처음부터 끝까지 다 훔쳐봤어요. 그까짓 바보맹추 하나 어쩌지 못해 쩔쩔매다니."

흑모란은 자신만만한 표정으로 눈을 빛내며 입을 삐죽거렸다. 먹이를 노리는 암표범같이 날렵하고 미끈하게 빠진 몸매는 이미 철없는 소녀의 모습이 아니었다.

양만춘 부인의 병환이 깊어지자 오골녀가 안주인 대신 저택을 지배했다. 부인의 몸종이었던 그녀는 억척스러운 살림꾼이어서 성주 의복부터 음식까지 모든 것을 깐깐하게 챙겼다. 부엌에서 일하던 하녀가 그만두어 새 하녀를 구하자, 해성고을 상인들과 싸울 아비들 집에서 앞다투어 자기 딸을 그 자리에 넣으려 했다.

오골녀는 요리를 잘할 뿐 아니라 자기 뒤를 이어 저택을 이끌어갈 지혜로운 여인을 고르려고 마음먹었기에, 눈에 차는 아가씨를 구하는 게 쉽지 않았다. 해성 수비대장이 장사꾼 자교 집에서 맛있는 음식을 대접받았다고 자랑하자, 솔깃해 찾아갔다.

자교 조카딸은 그리 빼어난 용모는 아니었으나 모란같이 기품이 있었다. 살갗이 까무스름한 게 흠이지만, 크고 검은 눈동자는 물기를 머금은 듯 빛나고 칠흑같이 윤기 흐르는 머리칼이며, 피어나는 꽃송이처럼 싱그러운 얼굴과 선명한 붉은 입술은 젊은 아가씨에게만 볼 수 있는 생명력을 눈부시게 내뿜었다. 소녀는 허리와 발목이 가늘어 걸음걸이는 버드나무 가지가 바람에 흔들리는 듯했다. 백조같이 우아한 모습으로 다가오자 새싹이 돋아나듯 향기가 감돌고, 미소를 지으니 즐거운 물결이 퍼졌다. 오골녀는 젊은 날성주 부인을 다시 보는 듯하여 눈을 크게 떴다.

"아가씨 이름은?"

"아랑이라 합니다. 나이는 이제 막 열여섯이고요."

소녀는 은방울 굴리듯 명랑하고 밝은 목소리로 또렷하게 대답하더니 눈이 마주치자 수줍어하며 손을 비볐다. 오골녀는 아랑이 마음에 들어 음식솜씨를 보기도 전에 새 하녀로 점찍었다.

흑모란(아랑)은 요동성에서 가장 큰 상단(商團) 주인의 금지옥엽(金枝玉葉) 외동딸로 상단 안에서 공주님이었고, 머슴애처럼 말타고 무예까지 익히며 구김살 없이 자라 두려움이라곤 모르는 말괄량이였다. 때로는 붙임성 많고 애교도 잘 부렸지만, 사내가 어설프게 희롱이라도 했다가는 생긴 모습과 달리 날카로운 발톱을 곤두세웠다.

사람들은 '앙칼진 검은살쾡이'라고 불렀고, 상단의 거친 일꾼조차 슬금슬금 자리를 피했다. 하녀들도 그녀가 입맛이 까다로워 음식투정이 심해서 '심술꾸러기 불여우'라며 입을 삐죽거렸다.

혹모란은 모질게 마음먹고 이름까지 '아랑'으로 바꾸어 양만춘의 저택에 숨어들었지만, 아직 어린 소녀였기에 아버지 앞에서 자신만만한 척 말한 것과 달리 '적의 소굴로 들어왔다'고 생각하니 가슴이 떨렸다.

'대체 이곳 주인이 얼마나 대단하길래 누구에게나 당당하던 아버지조차 이 사내 이름만 나오면 두려운 표정을 지을까? 내가 그 정체를 낱낱이 파헤치고 말리라.'

말발굽 소리에 고개를 들어 바라보니 커다란 검은 말을 타고 말갈기를 바람에 휘날리며 대문으로 들어서는 늠름한 무사가 눈에 들어왔다. 학같이 품위 있고 검독수리처럼 늠름한 사나이!

여강루 문틈으로 엿보았을 때, 도화홍에게 쩔쩔매던 못난 사내와 느낌이 전혀 다른 사나이였다. 말에서 내려 말갈기를 쓰다듬어주자 억센 종마(種馬)가 어리광부리는 강아지처럼 꼬리를 흔들며 주인 어깨에 머리를 얹었다. 가까이 다가오자 무사 특유의 땀 냄새와 가죽 냄새가 짙게 풍겼다. 큰 키, 실팍한 어깨, 균형 잡힌 몸매는 50이 넘은 중년(中年) 사내라고 도저히 생각되지 않는 젊음이 넘쳐흘렀고, 볕에 타서 까무잡잡한 얼굴은 해님처럼 당당했다.

그녀는 두메산골 숫처녀가 멋쟁이 사내를 처음 본 것처럼 낯이 화끈거리고 가슴이 설레었다.

"성주님, 이 아이가 이번에 새로 들어온 하녀 아랑이랍니다."

오골녀는 자랑스럽게 가슴을 내밀고 자신만만하게 소개했다.

"하녀라기엔 무척 품위 있는 아가씨로군."

바다같이 깊이 가라앉은 검은 눈이 그녀를 찬찬히 살펴보았다.

아기처럼 밝게 웃는 사나이의 서늘한 눈동자와 마주치자 머릿속이 하얗게 바래지면서 모든 생각이 흩어지고, 수줍음에 빨갛게 달아오른 얼굴로 발끝만 내려다보았다.

사나이는 소녀 마음에 돌팔매를 던졌다. 여태껏 사내를 우습게 여겨왔던 말괄량이 가슴에 작은 파문이 일어나 잔잔히 퍼져갔고, 소녀가 뿜어내는 싱싱한 젊음은 사나이의 심금(心琴)을 흔들었다. 봄 햇살을 받은 초원의 들꽃처럼 싱그러운 젊음의 향내를 맡으며, 무엇인가 깊이 생각하는 듯한 표정을 짓다가 집안으로 들어갔다.

 # 흑모란의 편지

아버지 저 참 잘났지요? 호랑이 굴에 둥지를 트는 데 성공했잖아요. 처음 생각과 달리 성주는 만만찮은 사람이란 느낌을 받았지만, 안주인 역할을 맡고 있는 오골녀를 잘 구워삶아 저를 친딸처럼 감싸주니, 염탐꾼이라는 게 드러날까 염려하지 마세요. 그녀는 짙은 눈썹에 살갗이 검고 몸집이 큰 여걸인데, 검소한 편이지만 매달 초하루면 예쁜 비단으로 손수 꽃을 만들어 부처님께 바칩니다. 때맞추어 비단 파는 방물장수 아주머니를 보내시면 연락하기 쉬울 것 같아요. 잊지 마세요. 아버지가 보낸 사람이란 증거로, 흰 비단에 검은 모란을 수놓은 손수건을 내보이는 것을.

강한 이웃은 근심거리

唐太宗

　당나라 태종 이세민(李世民)은 중국 역사상 가장 위대한 황제였고, 지금까지도 중국인이 몹시 사랑하는 인물이다. 많은 흠이 있음에도 그것을 덮고 남을 인간적 매력이 넘치고, 황하(黃河)의 거대한 흐름같이 보통 사람으로서는 가늠하기조차 어려우리만큼 그릇이 크고, 그 다스림이 빛났기 때문이리라.

　그의 통치에는 위징(魏徵)이라는 걸출한 인물의 뒷받침이 있었다. 두 사람은 좋은 정치적 동지로서 함께 정관지치(貞觀之治)라 일컫는 황금시대를 열었다. 위징은 백성의 편안한 삶을 먼저 생각하는 원칙주의자이고 평화주의자였을 뿐 아니라, 장마철 황하의 격류(激流)같이 거침없이 내닫는 당태종의 야망을 다스리는 튼튼한 제방(堤防)이고, 이 거인의 행동을 바로잡는 균형추(均衡錘)였다.

　위징의 죽음은 태종에겐 물론 고구려로서도 큰 손실이었다.

위대한 임금을 만든 사나이

643년(정관 17년) 말. 위징의 병세가 악화되더니 이듬해(당태종의 고구려 원정 1년 전) 정월 64세로 세상을 떠났다.

"구리로 만든 거울을 보며 옷차림을 바로잡고, 옛일〔歷史〕을 거울삼아 흥망성쇠의 이치를 살필 수 있으며, 올바른 사람을 거울삼으면 자신의 잘잘못을 알게 되는 법인데, 이제 위징이 죽었으니 짐(朕)은 거울 하나를 잃어버렸구나!"

태종은 슬픔에 잠겨 위징의 죽음을 아쉬워하다가 지난 일들이 머리에 떠올랐다.

돌궐을 정복해 외적의 침입에 대한 근심이 사라지고 몇 해 동안 연이어 풍년이 들자, 638년(정관 12년) 조정 대신들이 앞다투어 태산에 올라가 봉선(封禪, 태평성대임을 하늘과 산천에 아뢰는 제사)을 드리도록 권했다. 봉선이란 위대한 황제에게만 허락되는 지극히 명예로운 행사지만 엄청난 비용이 드는 일이었다.

"지난날 천하를 하나로 통일하고 사방의 오랑캐를 평정한 이는 오직 진시황제와 한무제뿐이었다. 내가 삼척검(三尺劍)으로 천하를 평정했으니 이 두 황제에게 전혀 뒤짐이 없다"고 뽐내던 태종은 신하들의 권유가 흐뭇했다. 그런데 홀로 위징만 반대했다. 그는 화가 나서 위징에게 따졌다.

"그대의 생각을 속 시원하게 털어놓아 보시오. 진시황제나 한무제에 비해 짐의 공로가 아직 모자라다는 말이오? 덕행(德行)에 문제가 있소, 아직 나라가 안정되지 않았소, 그렇지 않으면 풍년이 아니란 말이오? 어찌하여 봉선을 드려서는 안 된다는 것이오?"

"수나라가 혼란에 빠졌던 기간은 10년이 넘습니다. 폐하께서 전국의 혼란을 바로잡아 지금 천하가 안정되고 몇 해 계속 풍년이 들었다고 하나, 아직 곡식창고도 채우지 못했고, 국고(國庫)는 텅비었습니다. 지금도 서쪽 이수(伊水)와 낙수(洛水, 낙양)에서 동쪽 태산이나 동해에 이르기까지, 천 리 땅에 인적이 드문 형편입니다. 그러니 아직 봉선할 때가 아니라고 생각합니다."•

태종은 무척 아쉬웠지만, 위징의 말을 듣고 태산(泰山)으로 가는 일을 그만두었다.

위징은 국가적인 일[天下大事]뿐 아니라 개인적 품행이나 마음가짐에 대해서도 서슴지 않고 바른말[直言]을 했다. 한번은 황제의 자리란 항상 위험이 도사리고 있으니 늘 겸손한 마음으로 자신을 되돌아보아야 한다면서, 순자(荀子)의 말을 빌려 "임금은 배와 같고 백성은 물과 같다. 물은 배를 띄우지만 배를 뒤엎을 수도 있다"고 쓴소리[直言]를 뱉어 큰 충격을 주었다.

태종이 어찌해야 '어리석은 임금'이 되지 않고 '밝은 임금'이 되는지 묻자 위징은 수나라 대신 우세기를 예로 들었다.

"우세기는 양제에게 좋은 소식만 전할 뿐, 비위에 거슬릴 말은

• 606년(대업 2년), 수나라 시대 전국 호구수가 9백만 호(戶)에 달했는데 20년 후 정관 초기에는 3백만 호도 되지 않았다. 수의 고구려 침공과 뒤이은 내란으로 2/3나 감소한 탓이다. 따라서 당나라가 천하를 안정시키기 위해서는 피폐한 민생을 회복하는 것이 급선무였다.

하지 않았습니다. 그 결과, 수나라가 망했지요. 통치자가 여러 사람의 말에 귀를 기울이면 밝게 되고, 한쪽 말만 들으면 어둡게 됩니다."

위징은 심지어 황제의 사생활까지도 그냥 넘어가지 않았다. 태종이 사랑하던 딸 장락공주에게 과도한 혼수품(婚需品)을 주려던 것을 바로잡자, 그 말을 전해들은 장손황후가 크게 감탄했다.

"그동안 폐하께서 위징을 귀하게 여기시는 까닭을 몰랐는데, 이제 그분이야말로 폐하의 잘못된 일처리를 막는 데 가장 적합한 사람이라 믿어지는군요. 저는 아내이고 깊은 사랑을 받지만, 언짢아하실 말씀(諫言)을 드릴 때는 폐하의 안색부터 살핍니다. 위징은 저와 비교할 수 없는 처지임에도 감히 폐하 앞에서 서슴지 않고 쓴소리를 하니 충직한 신하라 아니할 수 없습니다."

이렇게 꼬장꼬장한 위징이다 보니 때로는 참기 어려울 때도 있었다. 조정에서 돌아온 태종이 머리끝까지 화가 나 펄펄 뛰었다.

"내 이 촌놈을 기어이 죽여 버리고 말 테야!"

"누구를 말씀하십니까?"

"위징이란 놈이 나를 못살게 군단 말이오."

장손황후는 그 말을 듣자 얼른 정장(正裝)으로 갈아입고, 공경스러운 자세로 뜰에 나가 섰다. 영문을 몰라 까닭을 묻자 공손하게 대답했다.

"임금이 밝아야 비로소 정직한 신하가 있게 된다 했습니다. 지금 위징이 바른말을 할 수 있는 것은 모두 폐하께서 명철하신 덕분입니다. 어찌 축하하지 않을 수 있겠습니까?"

태종은 그제야 기분이 풀어져 흐뭇해졌다.

당태종 이세민은 신중한 반면, 성격이 불같아서 한 번 무슨 일을 하겠다고 마음먹으면 어떤 어려움도 두려워하지 않고 밀어붙였다. 이런 고집쟁이에게 목숨을 걸고 바른말을 해서 그 마음을 돌리게 할 사람은 위징뿐이었다.

"굽어 살피소서. 소신 위징이 목숨을 바쳐 충신(忠臣)이 되어 그 이름이 청사(靑史)에 길이 빛나게 하지 마시고, 다만 폐하를 올바르게 보좌하는 평범한 신하[良臣]가 되도록 하여 주소서!"라며 떼를 쓰고 매달리며 잘못을 바로잡았다. 이 깐깐한 늙은이의 죽음은 태종에게 아쉬움과 함께 큰 해방감도 주었으리라.

이세민은 598년 무공(섬서성 서안 서쪽 마을)에서 고조 이연의 둘째아들로 태어났다. 그가 네 살 때 관상쟁이가 "이 아이는 장차 세상을 구하고 백성을 평안하게[濟世安民] 할 것이오"라고 예언해 이름을 세민(世民)이라 지었다고 한다.

615년(대업 11년) 수양제가 북쪽 지역을 순시하다 돌궐 시빌 카간[可汗]에게 기습당해 안문(산서성 대현)에 포위되자, 이세민이 참전해 이름이 세상에 알려졌는데 그때 그의 나이 겨우 열일곱 살이었다. 수나라 말엽 천하가 어지러워지자 아버지 이연을 충동질해 당나라를 세우는 데 결정적 역할을 했다. 수십 명 군웅(群雄)이 일어나 천하의 패권을 다투던 통일전쟁 때, 그는 겁 없는 용기와 군사적 천재성을 유감없이 발휘하여 중국 대륙을 평정했다.

젊은 시절 이세민은 항상 선두에서 싸운 용감무쌍한 전사(戰士)

였다. 그가 뛰어난 장군이었음을 보여 주는 무용담(武勇談)이 많았는데, 특히 당시 그의 장기(長技)였던 신속한 돌격과 악착스러운 추격을 가능하게 한 것은 새로운 기병부대 창설이었다. 그는 기병의 무거운 말 갑옷을 벗기고, 병사의 몸과 팔다리까지 감싸던 미늘갑옷 대신 양 어깨와 몸통만 가죽으로 덮고, 가슴 부분에 둥근 철판을 대는 가벼운 개량갑옷으로 기병의 장점인 속도와 기동력(機動力)을 살렸다.

황제 즉위는 피비린내 나는 살육으로 시작되었다. 626년(고조 9년) 6월 4일. 28세의 이세민이 쿠데타를 일으켜, 형인 황태자 이건성과 동생 이원길을 죽이고, 아버지 이연을 홍의궁에 가둔 후 옥좌에 오르니, 바로 '현무문(玄武門)의 정변'이다.

그는 냉혹하면서도 관대하고 도량이 넓어, 보통 사람이 도저히 이해하기 어려운 인물이었다. 현무문의 정변 때 친형제 두 사람은 물론 젖먹이까지 포함해 열 명의 어린 조카를 모조리 죽여 후환을 없애는 피도 눈물도 없는 잔인한 짓을 저지른 반면, 자기 생명을 노렸던 자라도 유능한 인재라면 서슴없이 포용하는 관대함을 보였다. 또한 신하를 믿고 껄끄러운 말조차 받아들이는 포용력을 지녔기에, 적 진영에 속했던 인물이라도 한 번 그의 아래로 들어오면 몸과 마음을 다해 충성을 바쳤다. 그 당시 최대 공신인 위징을 비롯해 저수량, 이정, 이적, 울지경덕 같은 현신명장(賢臣名將)이 반대세력에 있다가 포용된 사람이었다.

당태종은 내전으로 피폐해진 나라를 일으켜 세우려고 위징, 방현령, 두여해 같은 현명한 신하들을 등용하여 훌륭한 정치를 펼쳤

으므로 그의 통치시대는 당나라 300년 기틀을 굳건히 다졌을 뿐
아니라 중국 역사상 황금시대로 일컬어진다.

　걸출한 영웅이라도 자식만은 뜻대로 되지 않는 법이던가?
　그의 열네 명 아들 중 장손황후가 낳은 아들은 셋으로 맏아들 승
건, 넷째 태, 아홉째 치였다. 황태자 승건은 그를 빼어 닮았는데,
어렸을 때는 총명해 사랑을 한 몸에 받았으나 어머니가 죽고 나서
방탕한 생활로 아비를 실망시켰다. 야망이 큰 태는 아버지 마음이
점차 자기에게 기울자 태자가 될 꿈을 꾸었다. 태는 겉으로 겸손
한 태도를 꾸미면서 은밀히 세력을 키우고, 은근히 형을 헐뜯는
짓도 서슴지 않았다.
　황태자는 원칙주의자 위징이 맏아들인 자신을 밀어주어 안심했
다가 위징이 죽자 불안해졌다. 승건은 후군집의 도움으로 아버지
를 암살하려 했으나, 어설픈 계획은 미리 발각돼 후군집은 사형당
하고 그도 서인(庶人)이 되어 멀리 검주로 유배(流配) 당했다.
　황태자 자리는 넷째 태에게 가지 않았다. 형과 암투에서 보여준
야비한 행동은 장손무기 같은 원로대신에게 나쁜 인상을 주어, 아
홉째 아들 치(治)를 태자로 삼으라고 태종에게 권유했다.
　치는 이때 마음만 착할 뿐 평범하고 나약한 15세 소년이었다.
　"황제가 중심 없이 흔들리면 간신(奸臣)이 날뛰어 눈과 귀를 막
는다"고 입버릇같이 강조했던 태종은 이미 문벌화(門閥化)되어 다
루기 어려워진 관료를 휘어잡아, 나라 기틀을 반석 위에 올려놓고
싶어, 패기와 지도력을 두루 갖춘 영특한 후계자를 세우려 했다.

그런 태종에게 나약한 소년 치가 눈에 찰 리 없었다. 한때는 똑똑한 아들 각을 태자로 삼을까도 생각했지만, 원로대신이 적자를 두고 서자(庶子)를 세울 수 없다고 반대했다.

"세 녀석 모두 마음에 들지 않으니 마음 편한 날이 없구나. 당나라 천자(天子)는 짐이거늘 무엇 하나 뜻대로 되는 일이 없다니."

태종은 생각할수록 울화가 치밀어 칼을 뽑아 자살까지 생각했다. 오랜 고민 끝에 문득 피비린내 났던 현무문의 악몽이 머리에 떠오르자, 영특한 후계자를 세우겠다는 꿈을 접고, 대신들의 권유대로 치(李治, 후일 高宗, 628~683년)를 황태자로 삼았다.

'그런 가슴 아픈 일을 또다시 대물림할 수 없지. 태가 황제가 되면 그 성격으로 보아 승건이나 치가 무사하지 않겠지만, 치가 된다면 두 형 모두 생명을 잃지 않겠지'라고 자신을 타일렀다.

여인으로 태어난 용

현숙한 아내 장손황후가 36세 젊은 나이에 죽고, 태자 승건의 방탕한 행동으로 속을 썩이던 무렵, 그 빈틈을 파고 요사스러운 혜성(彗星)이 태종 곁에 나타났다. 중국 역사상 유일무이(有一無二)하게 여자황제가 된 측천무후(則天武后, 재위 690~705년)였다.

아들이 없던 무사확은 딸이 태어나자 어릴 때부터 남자 옷을 입혀 길렀다. 그가 이주도독에 부임했을 때 유명한 관상쟁이 원천강이 찾아와 무조(武照, 후일 측천무후)를 보더니 크게 놀랐다.

"이 도련님은 용의 얼굴에 봉황의 목을 지녔으니 부귀의 극치에 이를 것입니다."

그리고는 뒤돌아서면서 서운한 듯 중얼거렸다.

"애석하게도 사내군요. 여자라면 필시 천하의 주인이 될 텐데."

아버지가 죽고 2년 뒤 14살 되던 해 그 아름다움이 궁정에까지 알려져 후궁에 뽑혔다. 어머니가 슬퍼했으나 그녀는 담담했다.

무조는 사춘기에 갓 들어선 어린 소녀였지만, 검고 긴 머리칼은 비단결같이 부드러웠고, 맑고 아름다운 눈과 희고 고운 이, 넓고 반듯한 이마는 고귀한 기품이 풍겼고, 우윳빛으로 빛나는 피부, 살짝 부풀어 오른 가슴과 가느다란 몸매는 매혹적이었다.

황궁은 어린 소녀에게 너무나 신기했다. 황금빛 기와로 덮인 웅장한 대궐. 날아갈 듯이 멋진 문과 높이 솟은 담. 번쩍거리는 청동 갑옷 위에 붉은 비단 당의(唐衣)를 걸치고 어깨에 등나무 활을 메고 커다란 말 위에 앉은 늠름한 근위병(近衛兵) 조차도.

궁정에 들어와 5품 재인(才人)의 품계(品階)를 받던 날 그녀는 깊은 마음의 상처를 입었다. 강퍅하게 생긴 심술궂은 여관(女官)이 나타나 황제를 모시기에 부족함이 없는지 살펴본다며, 맥박을 짚어보고 머리카락과 입 냄새까지 세밀하게 검사한 것까지는 그렇다 하더라도, 그녀 다리를 벌려 음부의 폭과 길이, 형태와 색깔까지 일일이 기록한 후 숫처녀라 소리쳤으니.

태종은 황후의 죽음과 맏아들의 방탕한 생활로 점차 정치에 흥미를 잃고 행동도 거칠어졌다. 마음 붙일 곳 없어 심복 장손무기와 시종만 데리고 사냥을 나갔다. 승건의 어리석은 짓 때문에 아침부터 화를 낸 탓인지 사냥조차 시원치 않았다. 재수가 없으려니 돌아오는 길에 위징을 만났는데, 이 찰거머리 같은 늙은이는 그를 보기가 무섭게 잔소리를 늘어놓았다.

"정관 초기 폐하께서는 현명한 사람 구하시기를 목마른 사람이 물을 찾듯 하시고, 사람들 의견에 귀를 기울이며 항상 겸손했습니다. 그런데 요즘은 자신이 이룩한 공적의 위대함을 자랑하고 옛날 훌륭했던 제왕의 통치를 가볍게 여기면서, 자신의 지혜를 뽐내시고 현명한 사람 의견을 경멸하기까지 하십니다. 더구나 사냥 같은 유희에 빠져 나라의 통치에 무관심해졌습니다."

불같은 성깔의 태종은 위징의 쓴소리에 울컥했으나, 성군(聖君)의 체통을 지키기 위해 애써 참았다.

저녁이 되자 문안을 드리려 아홉째 아들 치가 들어왔다. 치는 효성스러운 아이였고, 그를 닮아 길게 치켜 올라간 눈은 초롱초롱 빛났지만, 얼굴빛은 창백하고, 좁은 어깨는 너무 빈약해 거칠게 다루면 부서질 듯했다. 원로대신들은 저 아이를 후계자로 삼으라고 권하지만, 저 착하고 연약한 아이가 과연 늑대같이 교활한 대신들을 휘어잡아 대당(大唐) 천하를 이끌 수 있을까?

생각할수록 짜증이 치밀어 기분 전환을 하려고 궁녀를 그린 책자를 들춰보다가, 건강하고 활달하게 보이는 소녀를 점찍었다.

황제를 처음 맞이하는 소녀는 누구나 머리 숙이고 부들부들 떨게 마련이다. 이세민이 16살에 결혼했을 때, 당시 13살이던 장손황후만 해도 첫날밤 내내 다소곳이 머리 숙이고 감히 그의 얼굴을 처다볼 엄두도 못 냈다. 그런데 열네 살짜리 이 말괄량이는 장난기가 많은지 살짝 끝이 올라간 입술에 알 수 없는 미소를 머금더니, 곁눈질로 흘깃 훔쳐보고 재빨리 눈을 내리깔았다. 당돌하기는 하나 귀엽게 보아줄 수도 있으련만, 호기심과 두려움에 반짝이는 눈을 보자 괜히 심술이 났다.

오늘 사냥터에서 화살이 빗나가자, 뒤돌아서 말끄러미 처다보다 도망친 여우 눈빛과 어찌 그리 닮았을까? 연약한 치의 모습과 비교되었음일까? 생기 넘치는 얼굴이나 나이보다 유난히 성숙해 여인 냄새를 물씬 풍기는 늘씬한 몸매까지 왠지 못마땅해 무언가 짓이겨 버리고 싶은 분노가 치솟았다.

황제의 부름을 받던 날 무조는 이루 말할 수 없이 설레었다. 궁녀들이 데려간 대리석으로 만든 욕조의 따뜻한 물에는 난초향기가 은은히 풍겼고, 붉은 꽃이 가득 떠 있었다. 목욕을 마치고 몸에 기름을 바르니 그윽한 꽃향내가 코끝에 맴돌았다.

어두워지자 건장한 내시가 나타나 흰 비단이불에 알몸을 싸서 들쳐 업더니 화려한 방 커다란 침상에 내려놓았다. 은촛대에 팔뚝만 한 촛불이 휘황하게 빛나고 세발 청동향로에 백단나무가 은은한 향내를 뿜으며 타고 있었다. 이윽고 거대한 몸집의 사나이가 들어왔다.

전쟁과 사냥으로 단련된 넓은 가슴과 억센 팔, 매서운 눈매와 볕에 탄 붉은 얼굴에 위엄이 서려 있었다. 말로만 들은 위대한 황제였다. 무조는 호기심에 못 이겨 곁눈질로 살짝 훔쳐보았다.

무엇이 못마땅한지 잔뜩 화난 무서운 표정이었다. 가까이 다가와 그녀를 살펴보고 심술궂은 미소를 짓더니, 대뜸 곰같이 육중한 몸이 사납게 덮쳐 거칠게 파고들었다. 머리 위로 사내가 내쉬는 거센 숨결이 밀려왔다. 황제의 무지막지한 행동에 어린 소녀는 너무 놀랐다. 무슨 일이 있어도 거역해선 안 된다는 늙은 궁녀의 거듭된 주의가 있었지만, 죽을지 모른다는 두려움에 휩싸였다. 칼날 같은 콧수염과 곱슬곱슬한 구레나룻에 숨이 막히고 바위 같은 몸에 짓눌리자, 자기도 모르게 다리를 오므리고 두꺼운 가슴을 밀치며 발버둥 쳤다.

황제는 마흔이라지만 무쇠같이 억센 사나이. 은어처럼 팔딱이며 앙탈부리는 소녀의 울부짖음이 오히려 사내의 성깔을 부채질했다. 말 뒷발같이 묵직한 두 다리로 꼼짝 못 하게 옭아매더니, 거침없이 봄꽃처럼 여린 몸을 열고 묵직하게 밀고 들어왔다. 뭔가 속을 가득 채우며 날카로운 아픔이 온몸을 꿰뚫자, 끔찍한 공포에 사로잡혀 자지러지게 비명을 지르며, 상처 입은 들짐승처럼 손톱을 곤두세워 마구 할퀴며 저항했다. 비명소리가 높아질수록 사내 행동은 더욱 거칠어졌다. 그때부터 시작된 길고 긴 악몽. 끝내 무조는 정신을 잃어버렸다.

이제껏 잠자리를 같이했던 여인들은 고통을 참기 위해 얼굴을 찡그리고 이를 악물지언정 하나같이 죽은 듯 순종했는데, 이 말괄량이는 서슴없이 자기가 느끼는 대로 행동했다. 이마에 송골송골 땀방울이 맺힌 채 넋을 잃은 아직 여인이라기에는 너무 앳된 얼굴을 보고 있노라니, 거칠어졌던 황제도 애처로운 마음이 들었다.

오늘 있었던 불쾌함을 죄 없는 어린 소녀에게 쏟아붓다니. 그는 부끄러움으로 얼굴을 붉혔다. 그리고 인형이나 다름없는 궁정 여인과 달리 야생마처럼 날뛰던 몸부림으로 오랜만에 살아있는 여인을 품은 듯한 만족감도 느꼈다. 내시를 불러 찬 물수건을 가져오게 하여 이마에 맺힌 땀방울과 눈물자국을 손수 닦아주었다. 눈을 뜬 무조가 처음 본 것은 온몸을 정성스레 닦아주고 있는 털북숭이 사내였다. 그녀는 당황하고 부끄러워 온몸이 빨갛게 물들었다.

영웅호색(英雄好色)이라지만 태종은 35명 자녀를 가진 호색한이고, 말〔馬〕과 여인을 보는 안목이 뛰어났다. 문득 이 야생마가 흔히 찾기 어려운 진귀한 보물이 아닐까 싶어 그의 눈이 야릇하게 빛났다.

'멋진 말이나 여인이라면 정성껏 훈련시킬 값어치가 있지!'

새벽 동틀 녘까지 시달림을 받은 무조는 상처 입은 꽃술이 견딜 수 없이 쓰리고 허리가 끊어질 듯해 걷지 못하고 내시의 등에 업혀 방으로 돌아왔다. 꿀같이 달콤하리라 여겼던 첫날밤이 고작 이런 것이라니. 결혼한 모든 여인이 매일 이러한 치욕과 고통을 당하면서, 겉으로 아무 일 없었다는 듯 즐거운 얼굴로 살아가는 걸까. 후들거리는 다리로 간신히 침대에 오른 그녀는 그대로 쓰러져 잠들었다. 다음 날 열이 오르고 여기저기 아프지 않은 곳이 없었다. 그러나 주위의 내시나 궁녀가 바라보는 눈길이 달라졌다. 황제의 은총을 받은 여인. 그것도 새벽까지.

황궁이란 저마다 아름다움을 뽐내는 만 송이 꽃이 오직 하나뿐인 사내, 황제라 불리는 호랑나비만 쳐다보고 사는 곳. 이 나비를 잡기 위해 온갖 음모, 시기, 질투와 다툼이 벌어진다. 수많은 꽃이 제각기 아름다운 색깔, 매혹적인 향기, 간드러진 교태와 몸매로 그 눈길을 끌어보려 하지만, 한 번이라도 품속에 안기는 행운은 쉬운 일이 아니었다. 이 봄 동산에서 대부분의 꽃들은 호랑나비 그림자도 보지 못한 채 끝없는 기다림에 지쳐 시들어갔다.

무조가 황제의 은총을 입은 지 사흘도 지나지 않아 다시 부름을 받자 궁녀들은 부러움과 시새움으로 들끓었다. 조련사가 뛰어난 탓일까. 그녀는 자기 몸의 신비로움에 놀랐다. 어느 틈에 뜨거운 몸을 갖게 되어 황제를 보기만 해도 마른나무 더미에 불꽃이 떨어지듯 순식간에 불타오르고, 잠자리에서 여우같은 몸짓과 교태를 부리는 여인이 되었다. 이제 밤을 애타게 기다리고 부름이 늦어지면 잠을 이루지 못했다.

사랑을 받으면서 피부는 눈에 띄게 싱싱하게 피어났고 머리카락은 윤기를 더했으며, 옷 아래 감춰진 젖가슴은 부풀어 오르고 엉덩이도 풍만해졌다. 마른 이끼가 물을 빨아들이듯 조련사 가르침에 따라 어찌해야 기뻐하고 만족하는지 꼼꼼히 기억했다가, 사내의 마음을 사로잡기 위해 온몸과 마음을 기울였다.

무조는 총명하고 통찰력이 뛰어난 비범한 여인이었다. 원래 사내란 싫증을 잘 내는 동물이니 지금은 몸이 풋풋하고 매력이 있어 눈길을 끌더라도, 그것만으로 수많은 여인과 경쟁해 오랫동안 황제 마음을 붙들어 맬 수 없다고 느꼈다. 그녀는 태종이 역사에 길이 남을 성군(聖君)이 되려고 애쓰는 것을 알고, 대화를 나누려고 틈틈이 《춘추》(春秋)와 《사기》(史記)를 읽어 지식을 넓혔다. 그뿐 아니라 황궁의 여인과 다른 그녀만의 독특한 매력을 가꾸기로 마음먹고, 좋은 말을 한 마리 갖고 싶다고 졸랐다.

무조는 어린 시절 머슴애처럼 자랐기에 말을 타고 달리는 게 좋았다. 말타기는 그녀에게 독특한 매력을 주었다. 볕에 그을린 황금빛 피부, 짧은 소매와 바지 사이로 드러난 싱싱한 몸매는 창백한 얼굴에 바람이 불면 쓰러질 듯 가냘픈 궁녀와 전혀 다른 느낌을 풍겼다. 그녀의 변신을 누구보다 기뻐한 건 태종이었다. 사냥 갈 때면 으레 사내 옷을 입혀 곁에 데리고 다녔다. 이제 그녀는 잠자리를 즐겁게 하는 연인일 뿐 아니라, 사냥 시중에다 재치 있는 이야기꾼까지 되었다. 황후가 죽은 후 속마음을 털어놓고 편안하게 이야기할 상대가 없었던 황제에게 뜻밖의 기쁨을 주었다.

마음을 헤아려주고 대화를 나눌 만한 젊은 여인을 갖는 게 중년 사내에게 얼마나 큰 위안을 주는가. 그는 무조를 미랑(媚娘, 예쁜이) 또는 무미(武媚, 아름답고 사랑스런 무조)란 애칭으로 불렀다.

정관 16년 가을. 사자총이란 불꽃 타오르듯 붉은 털의 거대한 준마(駿馬)를 서역에서 바쳤다. 통일전쟁 때 낙양성 외곽 전투에서 타고 싸웠던 삽로자를 생각나게 하는 늠름한 말이었다. •

그는 사냥터에서 얼근하게 취하자 사자총을 길들이는 걸 보고

• 태종은 말을 무척 사랑하여 자기의 무덤인 소릉에다 통일전쟁 때 타고 다녔던 여섯 필의 말을 부조로 새기게 했다. 삽로자는 이 소릉 육준상의 말들 중 하나로 돌궐어로 용감하고 건장한 자줏빛의 준마란 뜻.

싶었다. 이 괴물은 야생마 핏줄을 이은 탓인지 사람 태우기를 싫어했다. 훈련관이 등에 오르자 성난 말은 앞다리를 들어 몸을 일으켜 세웠다가 펄쩍 뛰어오르는가 하면, 빠른 속도로 미친 듯 질주하다가 갑자기 멈춰서며 뒷다리를 올리고 사납게 몸부림쳐 말 탄 사람을 땅에 떨어뜨렸다.

"저 말을 길들일 자가 아무도 없느냐?"

훈련장에 있던 사람들이 난처해 대답을 하지 못하고 서로 얼굴만 쳐다보았다. 주위를 둘러보던 황제가 몸소 사자총을 타겠다며 소매를 걷어붙이자, 대신들이 앞다투어 말렸다.

"폐하, 소녀가 저 말을 길들여 볼까 하오니 허락해 주소서."

사냥터에서 황제가 권한 술에 취했던 무조가 당돌하게 말했다.

"건장한 사내도 저 괴물을 어쩌지 못하거늘 어떻게 길들이겠단 말이냐?"

의아한 눈길로 쳐다보았다.

"쇠 채찍과 철퇴(쇠몽둥이) 그리고 비수(匕首)를 주십시오. 채찍으로 따끔한 맛을 보여 주고, 여전히 말을 듣지 않으면 철퇴로 머리를 내려치고, 그래도 복종 않으면 비수로 목을 자르겠나이다."

"참으로 좋은 방법이로군."

태종은 씹어 뱉듯 한마디 던지더니 자리에서 일어났다. 무조의 말에 얼음물을 뒤집어 쓴 듯 깜짝 놀라 술이 확 깼다.

'내 품에 안겨 밤새도록 뻐꾸기 소리를 내며 울던 열여덟 살짜리 소녀 입에서 저런 거친 말이 나오다니.'

여러 해 동안 사랑스런 애완물로 키워왔기에 속속들이 잘 안다고 믿어왔던 여인 속에 저런 야수 같은 모습이 감춰져 있을 줄이야. 하나의 예감이었을까. 순간 머릿속에 무서운 예언이 떠올랐다.

"3명의 제왕(帝王)을 거친 후에 여자가 당나라 황제에 오른다"는 비기(秘記, 예언서)가 떠도는 걸 그도 알고 있었다.

'무슨 소리, 이 넓은 중국 36주를 한갓 아녀자가 다스리다니.'

태종은 미신이나 예언 따위를 믿지 않아 이런 터무니없는 소릴 무시했다. 그런데 왜 이 허무맹랑한 예언이 갑자기 머릿속에 떠올랐을까? 곧 머리를 흔들어 어리석은 생각을 떨쳤으나 찜찜한 기분은 어쩔 수 없어 아쉽지만 무조를 멀리하기로 마음먹었다.

당태종은 무조에게 신(神)이나 다름없었다. 마술사처럼 만날 때마다 색다른 기쁨을 주었고, 엉뚱한 행동은 놀라움의 연속으로 그때마다 낯선 세계를 보여 주었다. 바위틈에 솟는 샘물처럼 달콤한 감각과 격렬한 쾌감은 무엇과도 바꿀 수 없었지만, 그다음 밀려오는 은은한 여운도 한없이 즐거웠다.

황제를 노여워하게 해 은총을 잃어버렸다는 소문이 퍼지자, 어제까지 우러러 떠받들던 사람들 눈길이 얼음같이 싸늘해진 것은 열여덟 살 소녀에게 견디기 어려운 일이었다. 그녀는 황제의 은총을 입는 일, 곧 권력이 얼마나 대단하고 무서운지를 가슴속 깊이 새겼다. 강인한 정신력을 가진 무조는 언젠가 사랑을 되찾고 어리석은 실수를 되풀이하지 않겠다며 입술을 깨물었다. 그녀에게 아직 한 가닥 희망은 남아 있었다. 말을 잘 타는 궁녀가 없어 황제가 사냥 갈 때 곁에서 시중들 여인은 그녀밖에 없다는 사실에.

처음 황궁에 들어왔을 때, 열 살이 된 황자 치가 자기 또래 친구도 없이 궁전에서 살았다. 무조는 나이에 비해 키가 크고 성숙한 데다 선머슴같이 성격이 활달해서 몸집이 자그마하고 수줍은 소년에게 서슴없이 다가가 말을 걸었다. 후궁 여인에겐 황제 이외 사내에게 접근하는 걸 금지하는 무언(無言)의 규율이 있어 궁녀들도 어린 소년을 외면했고, 권력에 민감한 내시 역시 평범한 황자에게는 관심이 없었다. 항상 외로웠던 치는 그녀의 따뜻한 마음이 고마웠다. 소년은 몸이 허약해 자주 현기증을 일으켰는데, 어느 날 후원 연못가를 산책하다 돌부리에 걸려 넘어져 무릎을 다쳤다. 지나가던 무조가 달려가 피를 닦아주고 울먹이는 소년을 다독거렸다. 남동생이 없었기에 네 살 아래 철부지가 귀여워 누나같이 따뜻하게 보살폈고, 숫기 없던 치도 그녀에게만은 마음을 열었다.

그가 열네 살에 성년(成年)식을 치르고 이마 위로 흘러내린 머리카락을 올려 상투를 틀자, 대신들은 후궁에 사내가 머무는 건 옳지 않다고 연일 상소를 올려 황궁을 떠나게 되었다.

무조는 사냥을 떠나는 태종에게 문안인사를 드리러 온 황태자 치를 다시 보았다. 열여섯 살이 된 그는 이제 어엿한 사내로 코밑에 거뭇거뭇 수염자리가 잡혔다. 가벼운 눈인사에 활짝 미소 짓는 것으로 보아 그녀를 기억함을 알 수 있었다. 황제를 따라 사냥하는 동안 태자 얼굴이 머리에서 지워지지 않았다.

며칠 뒤 무조는 황궁 침전(寢殿) 옆을 지나가다가 황제에게 아침 인사를 드리러 기다리던 태자를 발견하고는, 고개를 숙이고 조심스럽게 그 뒤로 돌아갔다.

"무재인?"

그는 뒤통수에 눈이 달리기나 한 듯 알은체했다. 2년이란 세월이 흘렀건만 여전히 그녀의 독특한 몸 냄새를 기억하고 있다니. 무조의 가슴이 숨 가쁘게 울렁거렸다.

'아직도 나를 잊지 않고 있구나.'

고구려 정복의 꿈

태종은 그리 많이 배우지 않았음에도 역사와 경서(經書)에 밝아 대신과 나랏일을 의논하는 데 꿀리지 않았다. 거기엔 숨은 비밀이 있었다.

젊은 시절 이세민은 술집에서 늙수그레한 사나이가 찢어진 부채를 휘두르면서 적벽대전(赤壁大戰)을 구수하고 익살스럽게 읊조리는 걸 들었다. 이야기꾼 최현은 산동 명문(名門) 출신 학자였지만, 난리를 피해 산서성 태원(太原) 땅까지 흘러와서 만담(漫談)으로 푼돈을 벌어 겨우 끼니를 이어갔다. 남루한 옷차림이었으나, 이세민은 그의 지혜롭게 빛나는 눈과 깊은 학문을 보고 비서로 채용했다. 그때부터 최현은 《춘추》와 《사기》를 쉽게 풀어 재미나게 들려주었다. 황제에 오르자 박학다식한 승지(承旨, 비서관)가 곁에 있었으나 고리타분해 재미가 없었다. 태종은 최현을 불러 그를 도울 젊은 이야기꾼을 찾도록 명령하고, 그해 과거(科擧) 시험관을 맡았던 방현령을 불러 그를 뽑게 해 한림학사로 임명했다. 이들은 역사적 사건을 이야기로 엮어 황제가 휴식을 취할 때마다 구수하게 읊어주었다.

정관 4년 북방초원의 돌궐을 정복해 근심거리가 없어지자 태종은 눈을 동쪽으로 돌렸다. 그때부터 이야기꾼에게 맡긴 새 임무는 수양제의 고구려 원정을 자세히 분석하는 일이었다. 이들은 《수서》(隋書)를 편찬하던 관청에 들러 온갖 자료를 샅샅이 뒤져 재미난 전쟁 이야기로 꾸며 들려주었다. 그런데 요서에서 소수병력으로 유격전(遊擊戰)을 펼쳐 수나라 군량수송에 막대한 손실을 끼쳤던, 별로 알려지지 않은 양(楊)씨 성을 가진 젊은 고구려 장수의 활약을 태종이 꼬치꼬치 캐물어 진땀을 흘렸다.

위징은 자신이 잘 모르는 군사문제에 별로 참견하지 않았다. 그러므로 돌궐 정복 때는 침묵했지만 고창국을 정벌하려 하자, 사막 건너 멀리 떨어진 땅을 빼앗아도 그로써 얻는 이익보다 점령군을 유지하는 데 비용이 더 많이 들 테니 쓸데없는 짓이라며 볼멘소리를 했다. 설연타가 돌궐의 뒤를 이어 초원의 지배자가 되어 쳐들어왔을 때 이적을 비롯한 여러 무장(武將)이 설연타 근거지를 깡그리 소탕하여 후환(後患)을 없애야 한다고 주장하자, 위징이 반대해 태종의 마음을 돌렸다.

"폐하, 양이 늑대에게 물려죽자 목장 주인이 크게 화를 내, 사냥꾼을 불러 모아 늑대를 깡그리 없애버렸지요. 그런데 그해 겨울 추위에 목장의 양이 모두 얼어 죽었나이다. 늑대가 있을 때는 살아남으려고 도망치며 체력을 단련했으므로 모진 겨울추위를 쉽게 이겨냈지만, 늑대가 없어지자 양들이 게을러져 움직이기조차 싫어했으니 어찌 매서운 추위를 견디겠나이까? 돌궐을 멸망시키니 그 땅에 설연타가 들어섰듯, 이들을 없애면 다른 오랑캐가 들어설 게 분명합니다. 오랑캐가 초원을 통일해 강력한 제국을 세우려 하면 막는 게 옳겠지만, 늑대에 불과한 설연타를 정벌하는 짓은 부질없이 백성을 피곤케 할 뿐입니다."

이러한 위징이니, 고구려 원정 이야기만 나오면 펄쩍 뛰었다.

어느 날 태종은 가까운 몇몇 신하와 오붓한 술자리를 가졌다. 흥이 오르자 위징에게 술잔을 권하며 넌지시 속마음을 드러냈다.

"내가 양제였다면 고구려는 이미 중국 땅이 되었을 터이오. 그렇지 않소이까, 위공(魏公)?"

"폐하, 전쟁의 승패란 그렇게 간단한 게 아닙니다. 고구려란 나라는 여러 차례 강적(强敵)의 침략을 받아 서울을 빼앗기는 국난(國難)을 당했을 때도 오뚝이처럼 다시 일어나 동방의 주인이 된 강국입니다. 더구나 돌궐과 달리 분수(分數)를 지키는데 명분 없이 이웃나라를 정벌하는 일은 옳지 않습니다."

태종은 껄껄 웃다가 슬그머니 심술이 나서 빈정거렸다.

"고구려를 정벌하려면 위공부터 조정에서 내쫓아야겠구려."

위징은 빙그레 웃으며 대답했다.

"그러시면 도끼를 짊어지고 대궐 문 앞에 가서 거적을 펴고 앉아 소신의 목부터 베어달라고 시끄럽게 떠들겠습니다."

순간 태종의 성난 눈꼬리가 위로 치켜 올라갔다.

"경(卿)의 간(肝)이 얼마나 큰지 한번 꺼내보고 싶구려."

위징은 미소를 지으며 속마음을 솔직하게 털어놓았다.

"폐하께서 소신의 쓴소리를 받아들이신다는 걸 잘 알기에 감히 직간(直諫)해 왔습니다. 그렇지 않다면 소신의 간이 아무리 크다 한들 어찌 거리낌 없이 상소를 올릴 수 있겠습니까? 어느 시대 어느 나라엔들 소신같이 고지식한 신하가 어찌 한둘이었겠습니까만, 폐하처럼 너그러운 마음과 열린 귀를 가진 군주(君主)가 없었을 뿐입니다."

당나라 건국 초기 고조 이연이 황제였을 때는 고구려와 매우 평화로웠다. 고조는 수양제의 제2차 고구려 침입 때 최전선이었던 요서(遼西)에서 군량보급을 감독하는 직책에 있었기에 고구려의 강력한 힘을 뼈저리게 느꼈고, 야심이 그리 큰 인물도 아니었다.

영류태왕 역시 당나라 건국 당시 적극적으로 외교활동을 펼쳐 우호적인 태도를 보였다. 622년(영류태왕 5년) 이연은 사신을 보내 고구려와 수나라 전쟁 때 사로잡힌 양측의 포로 교환을 요청했고, 태왕도 이에 응하여 양국의 사신 왕래가 끊이지 않았다.

세계제국 건설이란 야망을 품은 태종이 황제에 오르자, 630년(정관 4년) 돌궐을 정복했다. 5년 후 서쪽 변경 토욕혼(청해 지역)을 무찔렀고, 뒤이어 토번(황하 상류)을 굴복시켰고, 640년 실크로드의 요충지 고창국을 점령해 서역 교통로를 열었다.

북방 유목제국의 침입이 사라지고 서쪽 여러 나라 정복이 순조롭게 진행되자, 태종의 가슴속에 고구려 정복의 꿈이 꿈틀거리기 시작했다.

641년(영류태왕 24년) 태종은 진대덕을 사신으로 파견해 고구려에 대한 군사정보를 은밀히 모았다. 진대덕이 올린 《고려기》(高麗記)를 살펴본 후 마침내 본심을 털어놓았다.

"고구려 영토는 본래 한사군(漢四郡) 땅이다. 내가 군사 수만을 동원해 요동(遼東)을 공격하면 온 국력을 기울여 이를 구원하려고 할 게다. 그때 수로군(水路軍)을 동원하여 해로로 평양에 이르게 한 다음 육로군(陸路軍)과 합세하여 공격한다면 쉽사리 정복할 수 있을 터이다. 다만 산동지방이 피폐해 회복되지 못했으므로 군사를 일으키지 않을 뿐이다."

642년(영류태왕 25년) 11월 16일, 태종은 강경파 연개소문이 반정을 일으켜 화평파인 영류태왕을 시해하고 반당(反唐) 정권을 세웠다는 소식에 귀가 번쩍 띄었다. 여러 차례 트집을 잡았으나 부드럽게 빠져나가는 영류태왕 때문에 고구려 정벌 구실을 찾지 못하던 차에 바람의 방향이 바뀌었음을 알리는 신호였다.

그의 가슴속에 위대한 정복황제(征服皇帝)가 되고 싶은 야망이 부풀어 올랐다. 황제의 속마음을 짐작한 박주자사 배사장이 고구려 정벌을 건의했으나 조정 대신 대부분이 고구려 정벌에 반대함을 누구보다 잘 알고 있던 태종은 능청을 떨었다.

"남의 국상(國喪)을 이용하여 정벌하는 것은 예의에 어긋나고, 아직 산동 지방이 피폐해 있으니 군사를 동원할 수 없노라."

태종은 영류태왕의 국상을 조문(弔問)하는 사신을 파견해 고구려 정세(虛實)를 엿보면서 은밀하게 원정계획을 진행시켰다.

"고구려같이 작은 나라에서 반정으로 180명이 넘는 귀족과 대신이 죽임을 당했다고 한다. 이들은 모두 고구려 지도층일 테니, 그 부하인 용맹한 무사와 유능한 관리 역시 죽거나 설 자리를 잃어 뿔뿔이 흩어지고, 능력이야 있건 없건 반정을 일으킨 자의 추종자로 메워졌으리라. 그렇다면 지배층은 분열되고 흔들림에 틀림없다. 어찌 이 좋은 기회를 놓칠 수 있으랴."

태종은 몇 번이나 고구려 정벌 의사를 넌지시 비쳤지만 조정대신들은 한결같이 반대했다. •

"고구려는 우리 영토를 침략하지 않았고, 서역같이 정복하기 쉬운 작은 나라가 아니라 국력을 기울여도 승패를 장담할 수 없는 강국이다. 무엇 때문에 그런 위험한 불장난을 한단 말인가?"

이러한 분위기 때문에 심복인 장손무기조차 말렸다.

"개소문••은 제 죄가 큼을 알고 있기에 대국(大國, 당)의 정벌이 두려워 엄히 수비하고 있을 겁니다. 폐하께서 꾹 참고 계시면 안심하여 나태해질 테니, 그런 후에 치더라도 늦지 않습니다."

성군(聖君)을 자처하는 태종이 고구려를 원정하려면, 먼저 조정대신과 백성을 납득시킬 대의명분(大義名分)이 절실히 필요했다.

• 당시 고구려 원정을 논의한 당나라 조정회의에서 찬성한 자는 이적 한 사람뿐. 방현령, 저수량, 장량, 강행본 등 반대자가 6명이나 되었다. 《당대사의 조명》(아서 라이트 외 저, 위진수당사학회 역) 참고.

•• 중국 기록에는 당 고조 이연(李淵)의 '연'자를 기피하여 연개소문 이름을 '천(泉)개소문' 또는 '개소문'으로 기록하였음.

몰려오는 먹구름

戰 雲

    산벚꽃이 지고 냇가에 송홧가루가 사방으로 흩날릴 즈음, 돌고는 용머리 청려장(靑藜杖, 명아주 줄기로 만든 가볍고 단단한 지팡이)을 짚고 산등성이 너머 천산 참나무골 화전민(火田民) 마을을 찾아 나섰다.

    그 마을에 사는 노인은 어인마니(경험 많은 산삼 캐는 사나이)로 철따라 캔 귀한 물건들을 구럭에 가득 담아 오곤 했다. 그러기에 돌고도 이따금 해성 장터에서 소금처럼 요긴할 물건을 구해 산(山)마을을 찾곤 했다. 이 계절에는 골짜기 산뽕나무에 까맣게 익은 오디가 지천으로 열리고, 노인이 내놓는 향기로운 오디술 맛에 군침이 돌았다.

    노인이 다가와 산까치와 까치의 싸움을 알려 주었다. 참나무골은 예부터 산까치 왕국. 산까치(어치)는 몸집이 작고 눈 주위가 검으며 깃털은 갈색이지만, 밝은 청록빛 날개엔 특이하게 광택이 감돌고 검은색 굵은 띠에 흰 반점이 있는 멋진 유선형 몸통을 자랑했다. 산까치는 '수줍은 숲 속 신사'라는 별명처럼 무척 낯가림을 해서 까치와 달리 사람이 가까이 하기 쉽지 않다.

    도토리 여물 무렵, 산까치는 바위틈이나 숲속 땅바닥에 구멍을 파서

도토리를 집어넣고 낙엽이나 이끼로 덮어 감추었다가 겨울철에 찾아먹는다. 참나무골에 헤아릴 수 없이 무리를 지어 살아 큰 눈이 내릴 기미라도 보이면 온 계곡이 떠나갈 듯 시끄럽게 운다.

얼마 전 널다리촌 까치 한 쌍이 노인네 마당가 백양나무에 둥지를 틀었다. 참나무골 터줏대감인 산까치 몇 마리가 거친 울음소리로 침입자에게 경고하면서 까치둥지를 몇 바퀴 돌자, 순식간에 수십 마리 산까치 떼가 몰려들었다. 겁먹은 까치가 황급히 도망쳐 싸움은 싱겁게 끝나버렸다. 가끔 있던 일이라 노인은 그리 신경 쓰지 않았다.

그런데 며칠 전 "카야, 카야" 흥분한 산까치 떼가 울부짖는 소리에 노인은 잠에서 깨어났다. 수십 마리 까치가 개울가 백양나무 위에서 "꺅꺅, 깍깍" 우짖으며 기세등등하게 진을 치고 있었다.

순식간에 새까맣게 몰려든 산까치는 날개를 펴 떨며 "카야, 카야" 날카롭게 경고음을 내더니, "케엑, 케엑" 성난 외침과 함께 갈색 화살처럼 날아가 침입자를 습격했다. 산까치가 사방에서 한꺼번에 까치에게 덤벼들었다. 몸집이 작은 갈색 산까치 떼와 흑백(黑白)이 선명한 억센 까치들의 공중전이 처절하게 벌어졌다.

새도 살아갈 터전을 잃으면 삶을 빼앗긴다. 산까치가 제 영토를 지키려 결사적으로 싸웠기 때문일까. 덩치가 훨씬 크고 억센 까치도 쫓겨 갈 수밖에 없었다. 깃털이 수북이 쌓인 땅바닥 여기저기 많은 까치 주검이 널렸고, 그 주위엔 더 많은 산까치가 흩어져 있었다.

"30년 전, 천산 마천령 골짜기에서 산까치와 까치의 큰 싸움이 벌어졌다는 선배 어인마니 말을 듣고 얼마 되지 않아 수양제 침략이 있었소. 이번에도 무슨 일이 벌어질까 몹시 걱정되는구려!"

늙은 어인마니는 심각한 얼굴로 돌고를 쳐다보았다.

김춘추란 사나이

642년 호랑이해(선덕여왕 11년, 의자왕 2년)에 고구려뿐 아니라 이웃나라 신라와 백제에서도 큰 사건이 터졌다.

이해 7월 백제 의자왕(義慈王)은 몸소 군사를 이끌고 신라를 침략해 미후성 등 신라 서쪽 40여 개 성을 점령하고, 8월 신라에서 당나라로 가는 길목인 당항성(경기도 화성군 남양면)을 위협하는 한편, 윤충(允忠)이 신라 서쪽 요충지 대야성(경남 합천군)을 함락시켰다. 신라는 이 패배로 낙동강 서쪽을 백제에게 빼앗기고 낙동강 동쪽 압량(경북 경산)까지 후퇴하는 큰 위기를 맞이했다.

대야성이 함락될 때 대야성 도독 김품석과 그 부인 고타소랑(古陀炤娘)이 백제 군에 살해당했다. 김춘추는 첫 번째 아내 보량공주 사이에 태어난 유일한 자식 고타소랑을 끔찍이 사랑했다. 그는 딸의 죽음을 전해 듣자 넋을 잃고 하루 종일 기둥에 기대서서 눈도 깜짝하지 않았고, 사람이 지나가도 알아보지 못했다.

김춘추는 하늘을 우러러 맹세했다.

"반드시 백제를 멸망시켜 이 원한을 갚으리라. 필요하다면 악마와 손을 잡는 한이 있더라도."

김춘추(金春秋, 602~661년)는 얼굴이 준수하고 지혜가 있어 선덕여왕(善德女王)의 총애를 받아 이찬(伊湌, 2품 관직) 벼슬에 있었다. 그는 진지왕의 손자이고, 어머니가 진평왕의 딸이었으므로 여왕과 6촌 남매가 되고, 외가(外家)로 따지면 이모가 되니, 진골

(眞骨) 중에도 왕위계승 서열 안에 들어가는 왕족이었다. 야망이 큰 사나이여서, 금관가야국 왕족의 후예로 새로 진골에 편입된 유력한 군벌(軍閥) 김유신(金庾信)과 손을 잡아 후일 왕위(태종무열왕, 재위 654~661년)에 오른 인물이기도 하다.

딸을 잃은 슬픔으로 몸져누웠던 김춘추에게 고구려에 숨어들어갔다 돌아온 세작(細作) 훈신(訓臣)이 문안인사를 드리면서, 연개소문이 반정을 일으켜 영류태왕을 시해하고 화평파 대신 백수십 명을 살해했다는 정보를 알려 주었다.

'지금이야말로 고구려와 협상할 좋은 기회로군. 새 정권이 나라를 안정시키고 당나라와 대결하려면 배후에 있는 우리와 잘 지내려 할 테지. 군사동맹을 맺는다면 말할 것 없고, 최소한 휴전이라도 가능하리라.'

김춘추는 훈신을 데리고 선덕여왕에게 나아갔다.

"우리는 백제의 공격을 받아 큰 위기에 빠졌습니다. 지금 고구려까지 백제를 도와 연합작전이라도 펼친다면 나라의 존망(存亡)마저 예측키 어렵습니다. 다행히 지난 9월 고구려에 큰 정변이 일어났답니다. 저를 사신으로 보내주시면 그들을 설득해 양국 간 불편한 관계를 끝내고, 군사를 빌려 백제에 원한을 갚고자 합니다."

여왕은 적국인 고구려에 가는 건 위험한 일이라고 만류했으나 김춘추가 워낙 간절히 애원해 그 뜻을 꺾지 못하고 허락했다.

그는 길을 떠나기 전에 김유신을 찾아갔다.

"우리는 기쁨과 슬픔을 함께 나누었고, 한마음으로 나라 일을 맡아왔소. 이제 적은 가능성이나마 믿고 나는 고구려로 떠나려고 하오만, 혹시 그곳에서 해(害)를 입게 되면 그대는 어찌하겠소?"

"춘추공(春秋公)께서 돌아오지 못하신다면 나의 말발굽이 반드시 고구려와 백제 두 임금의 뜰을 짓밟을 것이오."

김춘추는 감격해 서로 손가락을 깨물어 피를 나눠 마시고 생사(生死)를 함께하기로 맹세했다.

"내가 고구려로 들어가 60일이 지나도 돌아오지 못하면 우리는 다시 만나볼 수 없을 게요."

"이상하군. 적국인 신라가 어찌 이렇게 빨리 축하사절을 보냈을까?"

"폐하, 나라 안에 신라 세작이 있어 지난번 반정을 알게 된 듯합니다. 당나라로 소식이 전해지지 않게 마자수(압록강)와 요하 나루터를 물샐틈없이 막았사오나 남쪽 경계는 허술했나 봅니다."

"막리지! 그들을 어떻게 맞이하는 게 좋겠소?"

"이번 사신은 조정에서 막강한 영향력을 행사하는 실력자이고 왕족이라 합니다. 우리 허실(虛實)을 살피러 온 듯하니, 트집을 잡아 없애 버리는 게 상책입니다."

김춘추가 보장태왕의 즉위를 축하하는 선덕여왕의 교서를 전하고 나서 하소연했다.

"백제가 무도하여 뱀과 돼지처럼 흉포하고 탐욕스럽게 우리 국토를 침략합니다. 여왕께서는 대국(고구려)의 군사를 빌려 이 치욕을 씻고자 도움을 간청하십니다."

보장태왕이 김춘추를 노려보았다.

"죽령은 본래 우리 땅이다. 너희가 죽령 이북을 돌려준다면 군사를 내어 도와주겠노라."

김춘추는 혹을 떼러 갔다가 혹 하나를 더 붙이게 된 꼴이었다.

"제가 임금님 명령을 받들고 군사를 빌리려 왔사온데, 태왕께서는 이웃나라 환난을 구원해 친선하실 뜻은 없고, 사신을 위협해 땅을 돌려 달라 하시니 다만 죽음을 각오할 뿐입니다."

태왕은 그의 말이 공손하지 않다고 트집 잡아 별관에 가두었다.

김춘추를 따라간 훈신은 이러한 사실을 본국에 알리는 한편, 신라와 무역하는 상인에게 부탁해 외교를 맡고 있던 선도해를 찾아갔다.

백제에게 패전한 데다 유력한 왕위계승자가 고구려에 사신으로 갔다가 갇혔다는 사실이 알려지자, 서라벌 민심이 극도로 흉흉해졌다. 혈통을 중요하게 여기는 신라는 원래 양쪽 부모 모두 왕의 피를 이은 성골(聖骨)이라야 왕위에 오를 수 있었지만, 세월이 흐르면서 성골 남자의 대가 끊어져 부득이 여왕이 왕위에 올랐다. 그러므로 선덕여왕 치세(治世)가 끝나면 부모 중 한 쪽의 왕족 피를 이은 진골(眞骨)이 왕위에 올라야 하는 전환기였다. 보수적인 귀족들은 알천을 여왕의 후계자로 밀었으므로, 김춘추는 당시 유력한 세력으로 떠오른 김유신과 손을 잡고 기회를 노렸다.

김유신은 삼국통일의 꿈을 키우고 있던 걸물이고, 여러 차례 거듭된 승리로 가야계 군벌 핵심으로 우뚝 섰으나, 신분은 정복된 금관가야 왕족 후예로 겨우 진골 아랫자리를 차지했을 뿐이었다. 그는 일찍부터 김춘추의 가능성에 주목해 자기보다 일곱 살이나 손아래인데도 깍듯이 받들었고, 계략을 써서 누이동생 문희를 후처(後妻)로 주어 혼인동맹을 맺었다.

김춘추야말로 김유신이 꿈을 이룰 희망이고 지렛대였다. 김춘추를 구출하지 못하면 그의 꿈도 물거품이 될 수밖에 없기에 고구려에 갇혔다는 소식을 듣자 즉시 결사대 3천을 뽑아 국경으로 달려갔다.

그해 섣달, 당나라 조문사절이 국경에 닿았다는 소식을 알리는 파발(把發)꾼이 평양성에 다다랐다. 사신을 맞을 대책을 의논하는 자리에, 세작으로 신라에 갔던 덕창(德昌) 스님이 들어섰다.

"김춘추가 옥에 갇힌 걸 알고 김유신이 구출하러 오고 있습니다. 그는 김춘추 매부로 생사를 함께하기로 맹세한 사이랍니다."

'잘되었군. 이를 빌미 삼아 신라를 정벌할 구실이 생겼구먼.'

연개소문이 눈을 부라리며 좌중을 둘러보았다.

"막리지. 지금 신경 써야 할 곳은 신라가 아니라 당나라일세. 반정으로 아직 국내가 안정되지 않은 데다, 당태종이 호시탐탐 우리 틈을 노리는 이때, 작은 일로 말썽을 일으켜 허점을 보이는 짓은 바람직하지 않네. 차라리 돌려보내는 게 어떨까."

고정의가 차분하게 타일렀다.

"대대로 어른 말씀이 옳습니다만, 우리가 그자를 감금한 후 아무것도 달라진 게 없는데, 신라 군이 쳐들어온다고 해서 아무 명분 없이 풀어 주면 모양새가 이상하지 않겠습니까?"

말석에 앉은 대형(大兄) 연정토가 조심스럽게 자기 생각을 털어

놓았다. 모두 난처한 표정으로 입맛만 다시자 선도해가 일어났다.

"명분이 문제라면 소신에게 좋은 생각이 있습니다."

선도해는 김춘추를 찾아가 함께 술을 마시다가 웃으며 말했다.

"그대는 '토끼와 거북' 이야기를 들은 적이 있는가?●

옛날 동해 용왕이 병이 들었는데 의원이 토끼 간을 얻어 약을 지으면 치료할 수 있다고 했다네. 거북이 용왕의 허락을 받아 육지로 나와 토끼를 발견하고, 온갖 감언이설로 속여 토끼를 등에 업고 헤엄쳐 가다가 바다 한가운데서 진실을 알려 주었지.

토끼가 안타까운 표정을 짓더니, '일전에 속이 거북하기에 간(肝)을 꺼내 잘 씻어 바위 아래 두었으니 간을 가지러 돌아가야겠다. 그러면 넌 구하는 걸 얻게 되고 나는 간 없어도 살 수 있으니, 우리 모두 좋은 일 아니겠느냐'고 달랬다네. 토끼가 거북의 등에서 뛰어내려 언덕에 오르면서 '너는 어리석기도 하다. 간 없는 자가 어찌 살겠느냐' 하고 도망치니, 거북이 멍하니 쳐다보다 말없이 물러갔다네."

김춘추는 토끼와 거북 이야기를 듣고 그 뜻을 깨닫자 태왕께 글을 올렸다.

"죽령(竹嶺) 이북은 본래 대국(大國, 고구려) 땅입니다. 귀국하면 여왕께 말씀드려 돌려드리겠습니다. 저 밝은 해를 두고 맹세합니다."

● '토끼와 거북' 이야기는 《삼국사기》에서 옮김. 다만 《삼국사기》는 김춘추가 선도해에게 뇌물(?)로 청포 300필을 주고 지혜를 빌린 것으로 기록하였음.

큰 바람 앞에 두고

혹독한 겨울이 가고 황사(黃砂) 바람이 몇 차례 불더니 기러기 울음이 나팔소리같이 울려 퍼지며 요하 상류 초원에도 봄이 왔다. 북쪽 땅에 늦게 찾아온 봄은 무엇이 그리 급한지, 강가 버드나무 줄기에 물이 올라 연둣빛으로 물드는가 싶더니, 어느 틈에 여기저기서 꽃망울이 부풀어 올라 하루아침에 초원을 꽃으로 뒤덮었다.

대지에는 봄이 왔건만 태자 환권의 가슴속엔 찬바람만 불었다. 분노할 때는 그런대로 살아있음을 느꼈고, 꿈이 남아있을 때는 쫓겨 다녀도 견딜 만했다. 이제 희망이 사라지니 따르던 자도 하나둘 모습을 감추고, 몸도 마음도 지쳐갔다.

"강 건너 당나라로 가서 후일을 기약하심이 어떻겠습니까?"

늙은 내시가 고개를 숙이고 울먹거렸다.

"해량, 자네는 어찌 생각하나?"

"연개소문은 싫지만 어찌 조국에 등을 돌리겠습니까? 차라리 실위나 몽골로 가시지요. 소신 땅끝까지 따르겠습니다."

"어디 간들 추격의 손길을 피하겠는가? 그렇다고 발기(發歧)● 같이 중국인 앞잡이가 되어 조국에 창을 겨눌 수도 없고."

환권은 메마른 얼굴에 쓴웃음을 짓더니 해량에게 권했다.

"양만춘은 연개소문 눈치를 보지 않는다더군. 자네는 안시성에

● 발기(?~197)는 고국천왕이 죽은 후, 왕비 우 씨의 농간으로 큰동생인 자기를 제치고 아우 연우가 산상왕으로 즉위하자, 분노하여 요동의 공손 씨에게 투항하고 조국을 공격하다 패배하여 자살하였음.

가서 새 삶을 찾게. "

그는 늙은 내시에게 눈을 돌렸다.

"내 머리를 가져가면 막리지도 푸대접하지 않을 테지. "

환권은 손을 들어 두 사람의 말을 가로막고 몸을 곧추세워 당당
하게 걸어갔다.

"부질없는 욕망을 쫓다가 나라에 걸림돌이 되어선 안 되겠지.
사는 건 마음먹은 대로 못했지만 죽는 것만은 내 뜻대로 하겠네. "

환권은 벌판에 창을 세우고, 말을 달려 창에 뛰어들어 한 많은
삶을 마쳤다. 그날 저녁 두 사람은 태자의 시신을 이름 모를 언덕
양지 바른 곳에 정중히 묻었다.

양만춘은 봄이 무르익어 가는 해성포구(海城浦口)●를 찾았다.
포구는 해성 남서쪽 10여 리 떨어진 곳으로, 요하 본류로 흘러 들
어가는 해성강을 끼고 있었는데, 바닷바람을 막아주는 해송(海松)
숲에 둘러싸여 있었다.

이곳은 바다와 큰 강이 만나므로 요하를 거슬러 오르면 멀리 부
여성과 거란 땅 초원에 이르고, 요하 지류(支流) 대량수(태자하)를
따라가면 요동성과 백암성에, 야래강(혼하) 물길로 나가면 신성과
개모성에 닿는다. 요동 모든 물산(物産)이 강을 따라 모여들고,
발해를 건너면 당나라의 유주(幽州)나 산동반도 등주도 멀지 않아

● 해성은 현재 발해만에서 100여 리 떨어진 내륙에 자리 잡고 있으나〔랴오닝
성(遼寧省)〕, 6~7세기의 해안선은 지금보다 40㎞ 이상 내륙으로 들어와
있었으므로 안시성 행정중심지 해성고을은 바다에 가까웠다.

142

항구로서 유리한 조건을 갖추었다.

강을 따라 내려가니 봄 안개가 피어오른 벌판은 하늘과 맞닿았고, 대요하가 꿈틀거리며 바다로 들어가는 하구(河口)도 멀지 않았다. 바다가 가까워지니 물에는 갯내가 짙어지고 갈매기 떼가 끼룩거리며 날았다. 부둣가에는 당나라는 물론 백제와 왜에서 온 교역선(交易船)도 보였고, 싱싱한 물고기와 소금을 싣고 온 어선들이 짐을 부렸다.

양만춘은 계절이 바뀔 때마다 이곳에 들러 상인들의 골칫거리를 해결해 주었는데, 이번에 찾은 건 살인사건 때문이었다.

사람과 돈이 모여드는 시장거리에는 왈패가 꼬여 들고, 이들을 지배하는 두목이 있게 마련이다. 이곳에 포구를 열 때부터 주작 노인이란 정체가 아리송한 자가 두목 노릇을 하고 있었다.

왈패 두목은 한 번도 남에게 얼굴을 내보이지 않은 신비로운 사내로 무법자(無法者)임이 분명했지만, 정의감을 지닌 협객(俠客)으로 의리 있고 심지(心志)가 곧은 자였다.

양만춘은 치안을 맡은 도두(都頭)에게 나라 질서를 어지럽히지 않는 한 눈감아 주도록 지시했고, 주작 노인도 포구에서 발생한 범죄인을 잡는 데 도움을 주어 치안을 유지하기 어렵지 않았다. 그런데 이번 살인사건은 완강하게 협조를 거부한다기에 무슨 곡절이 있으리라 싶어 직접 노인을 만나기로 했다.

상가 뒷골목을 거쳐 후미진 솔밭으로 올라가니, 낡아빠진 삼베옷에 허름한 삿갓을 눌러 쓴 왜소한 사나이가 소나무 뒤에서 절름

거리며 나왔다. 날카로운 눈매로 천천히 주위를 둘러보더니 다른 사람이 없음을 확인하고서야 삿갓을 벗었다.

애꾸눈 사나이. 이마에 깊이 팬 주름살로 나이를 짐작키 어려웠고, 남루한 옷차림에 나무 지팡이를 짚은 모습은 영락없는 거지꼴이었다. 다만 고양이같이 부드러운 몸놀림이나 안정된 몸가짐은 예사 거지가 아닌 느낌을 주었고, 인술(忍術, 어둠 속에서 펼치는 빠른 기습무술) 을 수련한 무예인 특유의 어두운 분위기가 안개처럼 피어올랐다.

양만춘은 수십 명 왈패를 휘어잡은 밤의 제왕(帝王) 답게 비단옷에 당당한 모습이리라 상상하고 있었기에 얼떨떨했다.

"소인, 주작이라 하오."

허리를 꼿꼿이 편 채 머리만 까딱 숙이는데, 외모와 달리 목소리만은 종소리같이 울려, 사람을 위압하는 무게가 느껴졌다.

"주작 노인, 부탁이 있어 이렇게 찾아왔소."

"말씀하시지요."

"그대는 지금까지 포구의 질서를 지키는 데 협조해 왔다고 들었소. 그런데 이번 사건은 어찌하여 거절하시오?"

"조직 내부 일이니까요."

"1년 전 부하가 범죄를 저질렀을 때 자진해서 치안을 맡은 벼슬아치에게 범인을 넘겼다더군요."

"이번 일은 심각한 사연이 있기 때문이오."

"그 사연을 내가 알면 안 될까요?"

주작 노인은 무심한 얼굴로 하늘만 쳐다보다 조심스레 주위를 살피고 나서 무겁게 입을 열었다.

"죽은 자는 요동성 흑룡방에서 우리 조직에 침투시킨 염탐꾼이 었소. 더구나 염탐꾼치곤 괴상한 짓을 하는 데다 나를 없애고 두 목 자리를 빼앗으려 해서 부득이 손쓸 수밖에 없었소. 그런데 놀 랍게도 그놈 솜씨는 우리 무예가 아니라 당나라 전통무예였소."

"괴상한 짓이라니 … ."

양만춘은 노인의 이야기를 들을수록 궁금증이 더해갔다.

"안시성에 대한 정보를 모으려고 큰돈을 뿌린다거나, 무역상의 뒷조사를 하려고 사람을 포섭하는 일은 단순한 왈패가 할 짓이 아 니겠지요. 하여, 나도 요동성에 침투시켰던 부하를 통해 흑룡방 움직임을 은밀하게 살펴보았다오. 몇 년 전부터 요동성 거상(巨 商) 괴유로부터 엄청난 자금이 흑룡방으로 흘러 들어간다는 사실 을 알아냈지만, 아직 밝히지 못한 일이 많소이다."

양만춘은 단순한 살인사건이 아님을 깨달았다.

상인이란 이익을 남기려면 세상의 흐름을 잘 살펴야 하고, 성공 한 상인으로 살아남으려면 전쟁이나 정치의 변화를 냄새 맡을 예 민한 코가 있어야 한다. 그러기에 상인의 움직임을 잘 살펴보면 세상 흐름을 짐작할 수 있다.

양만춘도 이 포구에 파견한 몇 명 벼슬아치보다 훨씬 더 많은 정 탐꾼을 풀어 상인의 움직임을 살피고, 무역상 고용인으로 위장한 세작을 당나라 본토에 진출시켜 정보를 모았다.

주작 노인 이야기를 듣자 양만춘은 안시성이 양국 간 정보전의 소용돌이에 빠져들었음을 깨달았다. 그들은 이제 이 포구 왈패조직에까지 침투해 안시성을 살피려 하고 있었다.

양만춘의 침묵이 부담스러웠던지 주작 노인이 눈치를 살폈다.

"웬만하면 부하를 범인으로 자수시켜 왈패 간 칼부림쯤으로 끝낼까 생각했지만, 죽은 자의 실력이 워낙 뛰어났기에 흑룡방의 의심을 피할 수 없지요. 그러니 저희는 이번 사건을 모르는 체할 수밖에 없소."

"그들이 보복하거나 다른 자를 파견하지 않을까요?"

그제야 노인이 빙그레 미소 짓더니 허리를 깊숙이 숙였다.

"저도 무척 염려됩니다. 반정(反正) 때 안시성으로 피해 온 싸울아비 가운데 무예가 뛰어난 젊은이 두세 명만 보내주시면 … ."

해성포구 상인대표 대아찬을 찾아가 좋은 활을 만드는 데 요긴한 물소 뿔, 전쟁 때 필요한 유황과 염초의 수입량을 조사하는데 치안을 맡은 도두가 쇠로 만든 손목토시를 가지고 들어왔다.

"젊은 서역인이 성주님께 이 물건을 전해달라고 간청했습니다."

어리둥절해 쇠토시를 살피던 양만춘 얼굴에 웃음꽃이 피었다.

"당장 모셔오게. 귀한 손님이니."

건장한 30대 사나이가 어눌한 발음으로 자기소개를 했다.

"사마르칸트에서 온 석고려입니다. 저를 기억하시겠습니까?"

"그럼 알고말고. 자네 이름을 내가 지어주었거늘. 아버지께서 여전히 건강하겠지?"

"지난해 돌아가시면서 성주님을 찾아가라고 하셨습니다."

"좋은 사람! 그때 약속을 잊지 않다니. 자네도 사막을 건너 여기까지 오느라 고생 많았겠구먼."

양만춘은 오랫동안 만나지 못한 사이 어른이 된 아들을 대하듯, 대견스럽게 젊은이를 바라보다 보니 30년 전 젊은 날이 그립게 떠올랐다.

"그래, 강마루와 카시우스는 어떻게 지내던가?"

"두 분 모두 돌아가셨지만 강요가 아버지 뒤를 이어 고구려 친목회 회장을 맡아 이제 회원이 500명이 훨씬 넘습니다. 아참, 자스미 공주님 큰아들 아시나 메르겐께서는 소그드 상단 우두머리로 사마르칸트 상계(商界)를 주름잡고 있는데, 아버지 나라 사람이라며 고구려 친목회를 자주 찾아와 격려해 주시고, 성주님이 세우신 대장간을 소그디아에서 제일 큰 규모로 키웠습니다. 그리고 동로마제국 수도 콘스탄티노플에 갔을 때 둘째아드님도 만났는데, 그곳 로마 근위군단 수석 백인대장으로 저에게 큰 도움을 주셨습니다."

양만춘은 그가 뿌린 씨앗이 무럭무럭 자라나 알차게 열매가 맺힌 걸 알자 가슴 뿌듯했으나 이제는 볼 수 없는 먼 나라에 사는 자식에 대한 그리움으로 짜릿한 아픔을 느꼈다.

"그럼, 자네는 그동안 무얼 하고 지냈나?"

"열여덟까지 아버지 밑에서 대장장이를 하다가, 그 후 10년 동안 콘스탄티노플 병기창에 다녔지요."

"무슨 일을 했는데?"

"주로 바리스타(로마 군 투석기)를 만들었습니다."

"뭐. 바리스타라고? 이렇게 좋은 일이!"

양만춘은 자기도 모르게 벌떡 일어나 석고려의 두 손을 꽉 잡더니 기쁨에 벅차 안시성으로 데려갔다.

양만춘이 집무실에서 신형 바리스타의 설계도면을 꼼꼼히 살펴보고 있는데, 다로가 들어와 단검 하나를 바쳤다.

"성주님, 예사로운 물건이 아닌 듯해서 … ."

한 자도 되지 않는 작은 칼, 손잡이에 황금으로 봉황을 아로새겼고, 새까맣게 옻칠한 칼집에는 왕실 문장(紋章)이 상감(象嵌) 되어 있었다.

"칼을 가져 온 자를 들라 하게."

키가 크고 여윈 젊은이는 총명하게 빛나는 눈만 아니면 영락없이 털북숭이 산(山)사나이였다. 양만춘은 눈을 감고 해량의 긴 이야기를 묵묵히 들었다.

"삶이란 누구에게나 무거운 짐이지만 그래도 참고 견디며 묵묵히 살거늘, 고귀한 신분(身分)이 오히려 감당하지 못할 짐이 되셨구나! 그렇지 않았다면 부처에 귀의(歸依) 할 수도 있었으련만."

어느덧 양만춘의 눈에 이슬이 맺혔다.

"태자님 죽음은 정말 안타깝네. 제대로 꽃 한 번 피워보지 못하시고 그렇게 젊은 나이에 … . 그분 죽음은 누구에게도 알리지 말게. 젊은이가 나무를 깎아 묘비를 세웠다니 세월이 지나면 어느 길손 눈에 띄어 세상에 알려질 날이 오겠지."

양만춘은 길게 한숨을 쉬다가 말을 이어갔다.

"그대는 이름을 '가림토'로 바꾸게. 내가 받아들이겠네. 다로는 이 젊은이를 데리고 해성포구로 가게. 주작 노인은 인술(忍術)에 뛰어난 무인이고, 허다한 곡절을 겪은 분이니 좋은 스승이 되겠지."

가림토는 눈물을 훔치고 허리를 깊이 숙였다.

반정 이후 전쟁 기운이 짙어지면서 괴유 얼굴에도 주름살이 늘어갔다. 당나라에서 수입한 비단이나 값진 물건이 잘 팔리지 않았고, 다른 사업도 신통치 않았다. 그나마 매달 꼬박꼬박 보내는 딸의 편지가 유일한 기쁨이었다.

특별한 내용이 없어 보이는데도, 어찌된 영문인지 조홍이 흑모란의 편지를 읽어보고 매우 만족하여 매달 빠짐없이 챙기면서 괴유를 크게 칭찬하는 게 조금 위안이 되었다. 오월 초이레가 되자 어김없이 방물장수 아주머니가 편지를 가져왔다.

아버지 곁을 떠난 지 어느덧 일 년이 지났군요. 처음에는 두렵고 외로워 혼자 울기도 했지만, 이제 자리도 잡히고 요리 솜씨를 인정받아 저택 으뜸 주방장이 되었답니다. 이 집 주인은 정말 재미없는 사내랍니다. 좋은 요리를 만들면 아버지는 하녀를 칭찬도 하고 상금도 듬뿍 주었는데, 아무리 맛있는 음식을 내놓아도 칭찬하는 사람은 오골녀뿐이라 힘이 쭉 빠져 버리지요. 하긴 어쩌다 고기가 불에 타도 불평 한마디 없이 잘 먹는 건 고맙지만요.

하녀가 멋있는 새 옷을 입고 나오면 아버지는 예쁘다고 침이 마르도록 추켜세웠는데, 내가 아무리 예쁜 옷을 차려입고 눈이 번쩍 띄게 멋을 부려도 이 멍청이 아저씨는 꿀 먹은 벙어리같이 눈만 끔뻑거리고는 무덤덤해요. 매력 없는 것도 매력이라면 매력 만점이라고나 할까. 정말 멋대가리 없는 무뚝뚝한 사내.

지난달 오골녀를 따라 성주님 부인 연실이란 분을 만나러 몸에 좋다는 음식과 약을 마차에 가득 싣고 평양성에 갔어요. 부인은 아버지 어 성주처럼 심장이 약해 요동의 명의(名醫)들을 다 불러 보였으나 효험(效驗)이 없어 이곳에서 치료중이랍니다. 그분은 결혼생활이 행복한 여인만이 갖는 포근하고 환한 미소를 띤 노부인이었는데, 자애로운 어머니처럼 따뜻하게 맞이하며 내 손을 꼭 쥐어 주었어요. 성주는 무슨 음식이든 잘 먹지만, 송이버섯과 노루고기 산적을 무척 좋아한다면서 요리법과 불의 조절까지 자세히 알려주더군요. 부인에게는 두 아들이 있는데 큰아들 신(信)은 재작년 넓은 세계를 둘러보겠다며 친구들과 중원(中原)으로 떠났고, 둘째는 조의선인으로 지금 묘향산에서 훈련 중이랍니다.

성주 집에는 매달 2번 저녁식사에 사람을 초대하는데, 오골녀가 워낙 짠 소금이라 아버지가 베풀던 접대와 비교되지 않게 초라합니다. 다만 5년 묵은 매실주만은 넉넉히 내놓아요. 손님 중 약방에 감초는 작은 키에 똥똥한 몸집의 부엉이 영감인데, 반찬 투정에다 술고래라 그녀는 이 영감만 보면 눈살을 찌푸린답니다. 여기에는 '돌고의 석 잔 술'이란 말까지 있답니다. 부엉이 영감이 식탁에 앉아 연거푸 술 석 잔을 주욱 들이켜면 그날 저녁은 조용히 지나지만, 술잔을 거들떠보지도 않으면 시끄러워지지요. 주인 행동이나 다스림[統治]의 잘못을 인정사정없이 몰아붙이니까요. 때로는 주인의 잘못을 바로잡겠다는 다짐을 받고 나서야 술을 마신답니다. 한번은 참을성 많은 주인도 화가 머리끝까지 올라 얼굴을 붉히며 자리를 박차고 나가더니, 한참 후 세수하고 다시 돌아와서 부끄러운 듯 고개를 숙이고 사과하더라구요. 그렇게 욕을 얻어먹고도 손님 초대 날이 다가오면, 어김없이 부엉이 영감님이 참석하느냐고 알뜰히 챙기는걸 보면 신기합니다.

저택에는 온갖 사람이 찾아오는데, 최근 별난 손님은 서역 옷차림의 중년남자로 발음은 어색했지만 유창하게 고구려말을 하더군요. 성주가 이 사내를 반기는 모습이라니. 좀체 내놓지 않는 용정차를 끓여 집무실을 들어서니, 사내가 무슨 기계 같은 괴상한 물체의 그림을 펼쳐놓고 열심히 설명하더군요. 주인은 어린애처럼 신이 나서 "400보(步)나 날아간단 말이지. 그래, 됐어" 라고 외치며 너털웃음을 웃더군요. 성주란 사람이 채신머리없기는.

또 하나 괴짜는 철 따라 해산물을 가져오는 털북숭이 뱃사람인데, 장산도 수군 장수라나요. 누가 뱃놈 아니랄까봐 술에 취해 얼마나 큰 소리로 웃고 떠들던지. 이번에 말린 전복과 해삼, 알배기 굴비와 왕새우 같은 귀한 먹거리를 마차 가득 실어 왔다더군요.

며칠 전 천산 기슭 시냇가 쇠가마(제철소)에서 말린 해산물 한 보따리 전해주러 갔어요. 사내같이 뻣뻣한 오골녀가 새하얀 머리에 소년같이 얼굴이 붉은 땅딸보 영감에게 얼마나 공손히 허리를 숙이고 사근사근하게 굴던지 깜짝 놀랐어요. 영감님은 요동 제일 대장장이로 한평생 쇠에 미친 사람이래요. 10여 년 전 성주가 영감님을 모시려고 세 번이나 찾아갔으나 거절하다가, 서역에서 가져온 인도 강철로 만든 단검을 내보이며, 이런 쇠를 얻고 싶다고 애걸해서 간신히 승낙을 받았답니다. 가마 앞에는 불에 타는 검은 돌(石炭)이 산같이 쌓였는데, 백여 명 젊은이가 웃통을 벗어부치고 자홍색으로 달구어진 쇳덩이를 쉴 새 없이 두드렸어요. 여기서 나오는 쇠는 가볍고 튼튼한 데다 칼날조차 예리하여 보통 강철보다 갑절 값을 받는다는군요. 이 좁은 바닥에 왜 이리 괴짜와 별난 사람이 많이 모여드는지 이상한 생각이 들어요.

　　최근 여러 날 동안 주인 얼굴을 볼 수 없었는데 내일 돌아온다고 해서 오골녀와 함께 집무실을 청소하러 들어갔답니다. 이곳은 오골녀만 드나들고 우리는 출입이 금지된 곳. 여기 온 지 일 년이 넘었건만 처음으로 샅샅이 둘러보았어요. 집무실은 넓었으나 주인이 워낙 검소한지라 가지런히 정돈된 책 외에 별로 눈을 끌 만한 건 없었습니다. 다만 수백 년은 넘은 듯한 느티나무 책상이 멋진 물건이었어요. 오래된 느티나무에서 향나무보다 은은하고 맑은 향내를 내뿜었어요. 책상 위에는 먼지가 옅게 앉은 커다란 그림 지도가 펼쳐져 있었어요. 도대체 연산관(連山關)이란 곳이 어딘가요? 높은 산맥과 개울이 그려진 긴 계곡 여기저기에 붉은 색으로 그려진 동그란 표시와 부호들이 잔뜩 적혀 있었답니다. 오골녀가 문 앞에서 기다리다가 열쇠를 잠가 그 지도를 옮겨 적을 틈이 없었습니다.

전쟁의 수레바퀴 굴러가고

643년 토끼해[癸卯年]로 접어들면서 고구려와 당나라 사이에 파도가 서서히 높아지기 시작했다.

이해(보장태왕 2년) 봄. 고구려에 보낸 조문사절이 돌아오고, 사신으로 갔던 등소가 회원진에 군사를 증강해 압력을 가하자고 건의하니, 태종은 '먼 나라 사람이 복종하지 않으면 덕을 닦아 스스로 깨닫게 해야지 군사로 위협함은 옳지 않다'고 능청을 떨었다.

3월 조문사절의 답례차 온 고구려 사신이 당태종의 환심을 사려고 당나라 국교인 도교(道敎)를 받아들이고 싶다는 보장왕의 국서를 바치자, 숙달 등 여덟 명 도사를 고구려로 보냈다. 이러한 당나라의 표면적인 화평정책은 겉으로 웃지만, 허점만 보이면 언제든지 칼을 뽑을 거짓 평화였다. 그런데 고구려 정벌에 가장 큰 걸림돌은 대신들의 반대였다. 강력한 반대자 위징은 병이 깊어 조정에 나오지 않았으나, 방현령, 저수량 같은 대신이 하나같이 반대하고 이정이나 울지경덕 같은 원로 장군조차 소극적이었다.

9월이 되자 김춘추가 사신으로 당나라에 왔다.

고구려는 물론 왜(倭)와 교섭마저 실패해 사방이 적으로 에워싸이게 되자, 신라는 당나라에 매달리는 게 살아남을 유일한 선택이었다. 고구려 원정 구실을 찾던 태종에게 신라 사신은 무척 반가운 손님이었다. 강적 등 뒤의 신라를 동맹국으로 삼는 것도 구미가 동했지만, 이번 사신은 고리타분한 벼슬아치가 아닌 왕위계승 꿈을 지닌 배포 큰 인물이란 말을 들었기 때문이었다.

태종은 몸소 김춘추를 접견했다. 그는 훤칠한 키에 준수한 얼굴의 중년 사나이로, 지극히 공손한 태도여서 무척 호감이 갔다.

"지금 고구려와 백제가 힘을 합쳐 당나라로 오는 길목 당항성을 공격하려 합니다. 그리되면 우리나라는 사직의 보존이 어려우니, 바라옵건대 대국(당나라)에서 구원군을 보내주시기 바랍니다."

"신라가 두 나라 침략을 당하고 있다니 심히 동정하는 바이다. 그렇잖아도 여러 차례 사람을 보내 세 나라가 서로 화친하도록 권고했으나, 그들은 우리 사신이 발길을 돌리자마자 약속을 뒤집어 버리니, 이는 그대 나라를 빼앗아 갈라 먹겠다는 심보가 아니겠는가. 무슨 뾰족한 대책이라도 있는가?"

"우리 임금께서 막다른 곳에 몰렸고, 마땅한 대책도 없어 급한 사정을 대국에 말씀드려 나라가 보전되기를 바랄 뿐입니다."

당태종이 김춘추를 내려다보며 거드름을 피웠다.

"내가 변방 군사를 일으키고 거란과 말갈을 충동질해 요동에 쳐들어가게 하면, 그대 나라는 한동안 공격에서 벗어날 수 있겠지만 우리 공격이 계속되지 않으면 다시 시달릴 게야. 또 하나 방법은 붉은 깃발과 붉은 당나라 군복 수천 벌을 줄 테니, 두 나라가 쳐들어올 때 붉은 깃발을 휘날리고 당나라 군복을 입은 병사를 앞세우면, 저들은 우리나라 군대가 온 줄 알고 달아나겠지."

태종은 호탕하게 웃더니 김춘추에게 얼굴을 들라 했다.

"신라는 여자를 임금으로 삼았기에 두 나라가 가볍게 여겨 편안한 날이 없었다. 내 친척 한 명을 임금으로 삼았다가, 나라가 안정되면 왕위를 돌려주려 하는데 그대 생각은 어떠한가?"

통역이 셋째 계책을 신라말로 옮겨 들려주는 동안, 김춘추가 어떤 반응을 보이는지 뚫어지게 쳐다보았다. 어처구니없는 무례한 제안에 김춘추는 가슴속에서 불덩이가 불끈 치밀어 올랐으나, 곧 얼굴에 나타났던 분노의 기색이 사라졌다.

'폭군이라도 감히 할 수 없는 모욕이거늘, 사려 깊은 황제로 알려진 당태종이 사신 얼굴을 마주보며 그따위 얼토당토않은 말을 할 때는, 분명히 무슨 꿍꿍이를 감추고 있을 텐데 … .'

김춘추가 황제의 속셈이 무엇인지 캐내려 올려다본 순간 두 사람의 눈이 마주쳤다.

김춘추는 신라에 대한 당태종의 호의는 확인했지만 속마음을 알 수 없어 사신 접대소에 돌아오자 통역하던 자를 불렀다. 그는 당나라 정치 사정에 어두워 별로 도움이 되지 않았으나, 황제의 가장 가까운 측근 장손무기에게 접근할 길을 알려 주었다.

장손무기는 수나라와 당나라 초기까지 권력의 핵심을 이루었던 무진천(내몽골 지역)을 중심으로 형성된 관롱군벌(軍閥) 출신이었다. 아버지 장손성은 대외공작 전문가로 돌궐을 동서로 분열시킨 일등공신이었고, 누이동생 장손황후는 당태종 부인이 되었다. 장손무기도 당태종의 죽마고우(竹馬故友)로 황제 마음을 누구보다 잘 헤아리는 심복이었다. 그는 기다렸다는 듯 선선히 만나주었다.

"폐하께서 그대 인품을 높이 평가하시며, 큰 그릇이니 소홀히 대접하지 말라고 하시었소."

"황제께서 우리나라에 깊은 관심을 가지신 걸 느꼈지만 워낙 어리석어 폐하의 세 가지 계책 중에 미처 깨닫지 못한 바가 있기에 대인을 찾아뵈오니 너그럽게 가르침을 베풀어 주십시오."

장손무기가 무릎을 치며 감탄했다.

"이번 신라 사신은 외교가 무엇인지 제대로 아는 자라고 말씀하셨는데, 과연 귀하는 빼어난 영재(英才)구려."

두 사람은 40대로 나이도 비슷했지만 상대방 마음속을 훤히 꿰뚫어 보는 통찰력을 가졌다. 게다가 필요하면 거짓말쯤이야 눈도 깜박하지 않고 능청스레 할 수 있는 배짱에, 어지간한 일은 능글능글 웃으며 받아넘길 만큼 너구리 같은 사나이라 죽이 척척 맞아 서로 필담(筆談)을 나누며 마음을 털어놓았다.

장손무기는 고구려 정벌에 대한 당나라 조정 대신의 분위기를 알려 주면서, 넌지시 당태종의 속마음까지 귀띔해 주었다.

김춘추는 눈앞이 환히 밝아왔다. 당태종은 고구려를 정벌할 야심을 품고 있다. 세 번째 제안의 참뜻은 신라를 도와 고구려 원정에 나서려면, 당나라 사람이 신라 왕이 될 정도로 양국 간 긴밀한 관계를 맺어야 한다는 뜻일 뿐이고, 고구려를 정벌할 구실[名分]을 신라가 만들어 달라는 게 진심이었다. 두 나라가 싸우면 당연히 고구려의 위협은 사라지리라.

'우리가 살아남으려면 당나라에 매달려 환심을 사고, 고구려와 분쟁이 생길 때마다 끊임없이 사신을 보내 호소할 뿐 아니라, 황제의 허영심을 부채질하면서 두 나라를 이간질해야겠군.'

자존심이 강하고 고집스러운 당태종 얼굴이 떠오르자 김춘추는 회심의 미소를 지었다. 바로 신라가 철저한 친당정책(親唐政策)을 택하게 되는 순간이었다.

644년(용해)이 되자 고구려와 당나라 사이의 파도가 더욱 거칠 어졌다. 당태종은 김춘추의 하소연을 받아들여 제멋대로 중재자 역할을 맡아 무례하게 고구려를 압박하다가, 이해 정월 상리현장을 사신으로 삼아 보장태왕에게 조서를 보냈다.

"신라는 우리를 정성껏 섬기고 조공(朝貢)도 빠짐없이 잘 바쳐 황제께서 어여삐 여기시니 군사를 거두시오. 만약 다시 신라를 공 격하면 내년에 군사를 일으켜 그대 나라를 칠 것이오."

상리현장이 평양에 도착했을 때 연개소문은 신라를 공격해 성 두 개를 빼앗고 신라 군을 뒤쫓는 중이었다. 보장태왕의 부름에 마지못해 돌아와서 사신에게 벌컥 화를 냈다.

"고구려와 신라는 원수가 된 지 이미 오래되었소. 지난날 우리 나라가 수나라와 싸울 때 그 틈을 타서 우리 땅 500리를 빼앗았 소.• 그 땅을 돌려주지 않으면 싸움을 그만둘 수 없소."

상리현장도 목소리를 높였다.

"지난 일을 따져서 어쩌자는 것이오. 그렇게 따지면 요동 여러 성도 한때 중국 땅이었으나 우리는 그에 대해 말한 적이 없거늘, 어찌하여 고구려만 옛 땅을 되찾으려 한단 말이오."

• 신라가 한강유역을 차지한 것은 551년(진흥왕 12년)으로, 연개소문의 말이 역사적 사실과 어긋나지만, 여기서는 《삼국사기》에 기록된 '대화'를 그대로 인용했음.

연개소문은 상리현장의 말을 들은 척도 하지 않았다.

이 같은 태도를 전해들은 당태종은 격분했다. 당태종은 고구려 정벌의 구실을 얻기 위해 영류태왕 시해사건을 정면으로 꾸짖는 사신을 파견하기로 했다. 고구려 최고 실권자의 죄를 물으러 가므로 이번 임무가 얼마나 위험한지 잘 알기에 아무도 사신으로 가겠다고 나서지 않았다.

젊은 장수 우둔위 병조참군 장엄이 사신으로 가겠다고 자원했다. 그는 황제가 고구려 정벌의 구실을 찾는다는 것을 잘 알았고, 그 임무를 완수하기 위해 죽음을 각오했다.

한갓 신하된 몸으로 태왕을 시해한 죄를 묻는 당태종의 국서(國書)는 연개소문을 격분케 했고, 계급도 하찮은 천둥벌거숭이 장엄의 무례한 말과 태도는 그 분노에 기름을 끼얹었다. 선도해의 간곡한 만류에도 불구하고 연개소문은 국서를 찢고 그를 토굴에 가두라고 명령했다. ●

병석에 누워있던 고정의가 이 일을 전해 듣고 길게 탄식했다.

"연개소문이 군사를 부리는 건 조금 아는지 모르겠으나, 외교가 무엇인지 전혀 모르는구나."

이제는 두 나라 사이에 전쟁을 피할 수 없게 되었다(332쪽 참조). 연개소문이 사신을 잡아 가두자 당나라 조정에서도 고구려 정벌이

● 전쟁의 불씨가 된 장엄은 6년 후 무사히 귀국해 당고종 때 높은 벼슬까지 하며 77세까지 살았다. 연개소문은 흔히 생각하듯 직선적이고 불같은 성격의 무인이 아니라 속을 헤아리기 어려운 인물이었다.

거역할 수 없는 대세로 굳어져 버렸다. 당시 고구려가 당나라 영토를 침략한 것도 아니고, 멀리 떨어진 이웃나라 고구려와 신라 사이의 다툼이 결코 원정의 대의명분이 될 수 없었지만, 황제의 사신을 투옥한 일은 사정이 달랐다. 당나라는 국가 체면을 지키기 위해서라도 전쟁을 피할 수 없게 되었다. 당태종은 신하의 만류를 뿌리치고 전쟁을 선포했다.

"신을 충신이 되게 하지 마시고, 양신(良臣)이 되도록 해주소서" 라고 떼를 쓰며 목숨을 걸고 가로막던 위징이 죽은 후, 불같은 성격인 태종의 고집을 막을 신하는 없었다.

고구려 정벌이 결정되자, 대신들은 차선책(次善策)으로 태종의 친정(親征, 황제가 직접 원정군을 이끄는 것)만이라도 막으려 애썼다.

"고구려 죄가 크니 정벌함이 마땅하오나, 두세 명 맹장에게 사오만 군사를 주어 보내면 쉽게 고구려를 취할 수 있을 것입니다. 태자를 새로 세워 아직 나이도 어리신데, 폐하께서 장안을 떠나 험난한 요하와 바다를 건너시는 것은 천하를 지배하시는 황제로서 너무 가벼운 처신이 아니신지 심히 염려됩니다."

저수량이 상소를 올렸으나 태종의 결심은 바위같이 굳었다.

'연작(燕雀, 참새와 제비)이 어찌 대붕(大鵬, 전설 속의 엄청 큰 새)의 뜻을 알랴. 개소문(蓋蘇文)을 혼내는 것이 목적이 아니다. 하늘에 해는 하나! 감히 중국에 맞서는 동방 유일한 문명강국(文明强國) 고구려를 정벌해 우리 땅으로 만들고자 함이 짐의 참뜻이다. 한무제는 평생 걸려서도 못 한 북쪽 초원 정복을 나는 한 해 만에 쉽게

이루었거늘 어찌 고구려라고 빼앗지 못하랴!'

　태종은 뛰어난 전략가인 이정과 병법(兵法) 문답을 즐겼다. 고구려 원정준비가 한창일 때 그는 이정의 의견을 물었다.
　"고구려가 신라를 침입하기에 짐이 사신을 보내 타일렀으나 듣지 않아 정벌하고자 하는데 그대 생각은 어떠한가?"
　늙은 전략가는 깊은 생각에 잠겼다.
　'병(兵)이란 흉기이고, 전쟁은 국가의 흥망을 좌우하므로 부득이한 경우가 아니면 피해야 한다. 전쟁이란 아무리 승리할 조건을 갖추었다 하더라도 그 누가 감히 승리를 장담할 수 있으랴. 한 장수가 고구려를 정벌하다가 패전하는 것쯤이야 병가지상사(兵家之常事)니 별 문제가 아니지만, 온 나라 힘을 기울여 황제가 친정(親征)하면, 두 나라 중 하나가 쓰러질 때까지 전쟁은 끝나지 않을 터이다. 이는 나라의 흥망에 관계되는 일이다.'
　이정은 짐짓 대수롭지 않다는 듯 대답했다.
　"신이 듣기로는 개소문이란 자가 병법을 좀 안다고 우쭐거리고, 또 우리가 멀리 떨어져 있어 저들을 쉽게 정벌하지 못하리라 생각해 폐하 명령을 따르지 않고 있습니다. 신에게 정병(精兵) 3만을 주신다면 그놈을 사로잡아 바치겠습니다."
　그는 신중하기로 소문난 늙은 장수의 장담에 기가 막혔지만, 무슨 기발한 전략이라도 있는가 싶어 물었다.
　"3만의 적은 병력으로 고구려를 정벌한다고. 어떤 전법으로?"
　"신은 정공법(正攻法)으로 공격하겠습니다."●

태종은 마음속으로 분노를 삼켰다.

'겁 많은 대신이야 그렇다 치더라도, 돌궐 정복자이고 당나라 최고 명장인 이정까지도 나의 친정을 반대하고 있구나.'

태종은 좋은 낯으로 문답을 계속했으나 이정의 속셈을 알아차리고 이 뛰어난 전략가를 원정군에서 제외시켰다.

"아침에 피었다 저녁에 시드는 초원 유목제국 돌궐과 달리 고구려는 700년을 이어온 뿌리 깊은 나라다. 험한 성과 사나운 병사가 완강하게 버티는 강국이어서 국력을 다 쏟아부어도 그 뿌리를 뽑기가 쉽지 않겠거늘 겨우 3만이라니."

그러나 늙은 명장은 이미 알고 있었으리라. 그가 창안하고 완성시킨 전술은 대회전(大會戰)을 벌여 보병을 전진시키고, 기병으로 적군 측면(側面)이나 후면을 강타(强打)해 포위한 후, 날랜 기병으로 도망치는 적을 끝까지 추격해 완전 섬멸하는 것이었다. 이러한 전술은 중국 대륙의 평원이나 넓은 초원 돌궐에나 가능하지, 쇠사슬같이 서로 연결된 성과 요하의 늪, 천산의 험한 지형으로 짜인 고구려 방어진을 뚫는 데 별로 효과가 없으리라는 사실을.

7월, 당태종은 먼저 고구려와 인접한 지역인 영주(요서 지역)와 유주(북경 지역)에 동원령을 내리고, 영주도독 장검에게 요동을 공격하게 했다. 한편 중국 내륙의 홍주, 요주, 강주 3개 주에 군량을 싣고 갈 배 400척을 만들라고 독촉하고, 대리경 위정을 군량수송 책임자에 임명해 전국의 군량을 고구려 국경지대로 옮겼다.

● 고구려 원정에 대한 이 대화는 이정이 지은 《이위공문대》(李衛公問對, 중국 7대 병법서 중 하나) 중 당태종과 이정 간의 문답에서 옮겼음.

대대로 고정의가 병들어 나라 일에 참여하지 못한 사이 연개소문이 당나라 사신을 토굴에 가두었다는 소식을 전해 듣고 양만춘은 울화통이 터져 대낮부터 혼자서 술잔을 기울였다.

　"어리석은 인간 같으니, 당태종이 파놓은 함정에 걸려들다니. 전쟁이란 국가 흥망을 좌우하는 일이지 어린애 놀이가 아니다. 전쟁은 불과 같아 이를 가지고 장난하다 잘못하면 자신조차 태운다. 분노 때문에 군사를 일으킴은 어리석은 짓이고, 화가 나서 전투해서도 안 된다. 화를 냈다가도 즐거워질 수 있지만, 한 번 나라가 망하면 더 이상 존재할 수 없고, 죽은 자는 다시 살지 못한다. 그러므로 현명한 임금과 장수는 전쟁을 무척 신중하게 결정한다.● 누구나 평화를 원하지만 싸워야 할 때는 싸워야 한다. 그러나 지금은 싸울 때가 아니다. 반정(反正)한 지 두 해밖에 되지 않아 국내도 제대로 안정되지 않았거늘, 막리지는 무얼 믿고 화약고에 불을 지르는 걸까? 설마 당나라와 불장난을 하면 국내 반대세력을 잠재울 수 있으리란 가증스러운 계산을 한 건 아니겠지?"

　양만춘은 새삼스레 2년 전 연개소문을 제거할 기회가 있었건만, 당태종에게 침략할 빌미를 주게 될까 염려해서 포기했던 게 과연 잘한 결정이었는지 의심스러워졌다.

　연개소문은 당나라 움직임에 무척 당황해 자세를 낮추어 선도해를 사신으로 보내고, 백금(白金)을 공물로 바치면서 귀족자제 50명을 보내 태종을 숙위(宿衛)하겠다고 유화정책을 썼지만, 이미

────────

● 《손자병법》'화공'(火攻) 편에서.

때늦은 조치여서 전쟁의 수레바퀴를 멈출 수 없었다.

선도해가 돌아오는 길에 안시성에 들렀다.

"수고하셨소. 가셨던 일은 어찌되었습니까?"

선도해는 한숨을 쉬고 고개를 떨구었다.

"전혀 소득이 없었소. 평화는 우리 손에서 떠난 것 같소이다."

"그러면 전쟁뿐이란 말씀이구려."

양만춘이 술잔을 권하자 선도해가 어두운 낯으로 물었다.

"태종이 온 국력을 기울여 친정(親征) 한다는 소문이 장안에 쫙 퍼져 있더이다. 과연 저들을 막을 수 있겠소?"

오랜 침묵 끝에 양만춘이 입을 열었다.

"지금 당나라 군은 북방초원 돌궐의 날쌘 기병까지 덧붙여져 호랑이 등에 날개를 단 형세이니, 수양제 원정군보다 훨씬 더 위협적이오. 그러나 우리는 두 차례나 외적에게 서울을 빼앗기는 시련도, 수나라 백만 대군의 침략을 당한 적조차 있었지만, 한마음 한뜻으로 굳게 뭉쳐 이를 극복하고 불사조(不死鳥)처럼 다시 일어나 더욱 강한 나라를 건설한 위대한 민족이거늘 무엇이 두렵겠소. 나는 하늘의 도우심과 우리 민족이 가진 백절불굴의 힘을 믿소."

양만춘의 가슴속에 산이라도 무너뜨릴 듯한 굳은 결심이 섰다.

"선 대인께서 장안에 계실 때 혹시 당나라 공주와 설연타 추장의 혼인 이야기를 듣지 못했소?"

선도해는 웬 뜬금없는 소리냐는 듯 그의 얼굴을 멀거니 쳐다보았다.

"태종은 우리와 싸울 때 뒷걱정을 없애려고 설연타 추장 이남을 철륵왕에 봉하고 신흥공주를 시집보낸다는 말을 들었소. 그런데 지난 7월 동원령을 내린 후 해성포구에 당나라 상인의 발걸음이 끊어지고 우리 세작의 연락도 제대로 되지 않아서 …."

그제야 선도해가 고개를 끄덕이며 기억을 더듬었다.

"그러고 보니 홍려시(외교를 담당하는 관청) 관리 말이 생각나는구려. 오랑캐 추장이 혼례예물인 말과 양을 약속한 분량의 반도 보내지 않아 황제가 조서를 내려 혼사를 중단시켰다더군요."

"선 대인, 설연타는 돌궐제국 멸망 이후 막북(漠北, 고비사막 북쪽)을 지배하는 초원의 강자요. 그들과 동맹을 맺으면 전쟁을 막을 수는 없겠지만, 적 후방을 어지럽게 해서 승리하는 데 큰 도움이 될 게요."

선도해는 밝은 얼굴이 되었다가 이내 어두워졌다.

"그들은 탐욕이 많아 이익이 없으면 움직이지 않는다는데, 우리가 무엇을 줄 수 있겠소?"

"있고말고요. 담비 무역독점권이지요. 담비 털가죽은 초원의 카간(可汗)과 귀족이 귀하게 여기고 서역 왕과 제후도 무척 탐내는 물건이오. 담비는 대부분 우리나라 개마고원과 흑수(黑水, 흑룡강)나 송화강 숲에서 잡히오. 설연타의 경제는 서역인(소그드인)이 좌우하니 이들에게 접근하면 가능성이 있을 것이오. 지금 추장 이남이 혼사가 깨어져 분노하고 있을 테니 좋은 기회요."

선도해가 일어나 깊이 허리를 굽히며 감사했다.

"비록 전쟁은 못 막았지만, 나라를 구할 좋은 방도를 찾았구려.

평양에 돌아가는 대로 대대로 고정의 어른과 상의해 막리지께 건의하겠소."

"나도 담비 무역을 하는 바카투르 상단에 부탁하겠소."

당태종은 장안 동쪽 용수원 언덕에 백성을 불러 모아 고구려 원정군의 화려한 전투시범을 선보였다. 원정군은 무수한 깃발을 휘날리며 반듯한 사각형 대열을 지어 북소리에 맞추어 늠름하게 행진했다. 깃발과 창검이 햇빛에 번쩍이고, 지휘자 선창(先唱)을 따라 외치는 병사의 함성이 벌판을 가득 메웠다.

나팔소리가 울리자 검은 갑옷에 검은 말을 탄 흑기병이 일사불란하게 전투대형을 갖추고 검은 깃발을 휘날리며 용수원을 가로질렀다. 이윽고 지휘자 호령에 따라 하늘로 치켜세웠던 장창을 일제히 수평으로 겨누고 땅이 흔들릴 듯한 함성을 지르며 돌진했다.

1만 명의 기병대가 마치 한 사람이 움직이듯, 열(列)과 오(伍)를 지어 절도 있게 움직이는 모습은 정교한 기계의 움직임 같았다. 뒤이어 북소리에 맞추어 붉은 갑옷을 입은 1만 명의 장창부대가 나타났고, 활과 쇠뇌부대며 무거운 공성장비를 끄는 말과 소들이 뒤따랐다.

갑자기 북소리가 자지러지듯 다급히 울리자 장창부대가 산을 무너뜨릴 듯한 함성을 지르며 적진을 향해 달렸다. 붉은 파도처럼 삽시간에 병사의 물결이 용수원 넓은 벌판을 뒤덮었다. 옥에 티라면 병사의 함성소리에 놀란 소가 공성탑 한 개를 둘러엎어 구경꾼을 즐겁게 했다. 오랫동안 준비했던 원정군 모습을 보고 사람들은

감탄했다. 이번 원정군은 마지못해 끌려 나왔던 수양제 군과 달리
사기가 높고 군기가 엄정했다. 저 군대라면 고구려 군을 이길 수
있으리라. 출세를 꿈꾸는 전국 각지 젊은이는 물론 장안과 낙양
뒷골목의 힘깨나 쓰는 무뢰배까지 지원병으로 몰려들었다. 원정
에 참전하는 건 죽음의 길이지만, 전쟁은 영웅을 만들고 벼락출세
의 지름길이니.

644년(정관 18년) 10월 14일. 당태종은 장안을 떠나 원정길에 올
랐다. 원정군이 낙양을 향해 행군하고 있을 때, 30년 전 수양제를
따라 종군했던 전 의주자사 정원숙을 불렀다. 정원숙은 용기를 뽐
내는 원정군을 한참 지켜보다가 입을 열었다.

"폐하, 요동은 길이 멀어 군량수송이 어렵고, 고구려인은 용감
한 궁수(弓手)로 성을 잘 지켜 항복받기가 쉽지 않을 겁니다."

당태종은 이번 원정군은 수나라 군대와 달리 잘 훈련된 정예병
이고, 고구려와 싸워 승리를 거둘 여러 조건을 내세우며 반박했지
만, 입맛이 떨떠름해지는 것은 어쩔 수 없었다. 그러나 몸소 고구
려를 정복하려는 뜻은 흔들림이 없었다.

울지경덕은 통일전쟁 때 가장 용맹하게 싸워 큰 공을 세웠던 장
수였으나 나이가 많아 이미 조정에서 물러나 있었다. 늙은 장수는
간절한 마음으로 상소했다.

"폐하께서 요동으로 떠나시고 태자가 정주(定州)에 머물면 나라
의 심장인 장안과 낙양은 텅 비게 되니 혹시라도 불상사(不祥事)가
생길까 두렵습니다. 고구려 따위 작은 나라를 정벌하는데, 어가

(御駕, 황제의 수레)를 수고롭게 할 가치가 없사오니, 바라옵건대
한 장수에게 일지군(一枝軍, 소수의 병력)을 주어 치게 하옵소서.
곧 멸망시킬 수 있을 것입니다."

태종은 옛 심복(心服)의 간절한 충언(忠言)을 귀담아듣지 않을
뿐 아니라 괘씸한 생각이 들었던지, 그를 좌일 마군총관(左一 馬軍
總管)에 임명하고 원정에 참여시켰다.

11월 2일. 낙양에 도착하자 원정 준비를 재점검했다.
태종의 큰 자랑거리는 중국의 전통적 정책인 이이제이(以夷制
夷, 오랑캐를 이용하여 다른 오랑캐를 제압하는 정책)의 실현이었다.

10만에 달하는 북방초원 출신 용맹한 돌궐 기병대는 이번 원정
에서 고구려 기병대를 제압하고 요동벌판을 석권할 테니, 원정군
전력에 큰 힘을 보태줄 게 틀림없었다. 또 신라에도 사신을 보내
고구려 남쪽 국경선을 위협하라고 독촉하였다.

두 번째는 원정에서 가장 큰 골칫거리인 보급에 대한 대비책이
었다. 지난 전쟁 때 수나라는 군량수송을 주로 사람 힘에 의존해
큰 어려움을 겪었다. 태종은 군량을 소와 말에 싣게 하고 양떼를
뒤따르게 하여, 군량을 다 먹으면 운반하던 가축을 식량으로 삼게
했다. 모든 준비가 갖춰지자 낙양을 출발할 날짜를 잡았다.

'내년 봄 요하를 건너 그해 안으로 평양성을 들어 엎으리라.'

동에서 소리 지르고 서쪽을 치라

奇襲

644년 용해[甲辰年, 정관 18년] 7월 26일, 당태종은 본격적으로 고구려 원정에 나서기에 앞서 영주도독 장검에게 영주와 유주의 지방군, 거란과 타타비[奚]에서 모집한 기병으로 요동 지역을 습격하라고 명령했다.

장검은 얼마 되지 않는 병력으로 고구려에 쳐들어가는 게 겁이 나 우기(雨期)에 범람한 요하 강물이 줄지 않아 도하(渡河)가 어렵다는 핑계를 대고, 이따금 소규모 정찰부대만 보내 요동 지방 날씨와 지형에 대한 정보만 모았다.

11월. 드디어 천하에 전쟁을 선포하는 조서를 공포했다.

당태종은 영국공(英國公) 이적(李勣)을 요동 방면 행군대총관(총사령관)으로 임명해 선봉군으로 삼고, 형부상서 장량을 평양 방면 수군대총관으로 삼아 전함 500척을 타고 바다를 건너도록 명령했다.

고구려와 당나라 전쟁의 막이 오르면서 용해도 저물어갔다.

뒤통수를 얻어맞다

645년 뱀해[乙巳年, 보장태왕 4년, 정관 19년]가 밝아오면서 전쟁의 불길이 거세게 타올랐다.

요동도 행군대총관 이적은 2월 상순 낙양을 출발해 하순에 유주에 이르렀다. 3월 초 최전선 기지 영주에 도착하자, 영주도독 장검의 지방군을 의무려산(醫巫閭山) 남쪽 대릉강 중류에 집결시키도록 명령했다.

이적의 선봉군은 통일전쟁 때 용맹을 떨쳤던 당나라 최정예 흑기군(黑旗軍)을 주력으로 기병과 보병 6만. 이에 더해 항복한 돌궐인으로 구성된 용맹한 초원의 기병대를 보강한 10만 대군이었다.

그는 "전쟁의 승리는 기습에 있다"고 믿는 영악한 장수였다. 대릉강을 따라 동쪽으로 진군해 장검의 지방군 집결지에 도착하자, 선봉군을 지방군 숙영지에 머물러 편히 쉬게 했다. 대신 장검의 지방군에게 선봉군 깃발을 주어 마치 선봉군처럼 꾸미고, 여봐란 듯 요란하게 국경지대인 요하 하류 회원진으로 진군시켰다.

한편 선봉군은 고구려 세작과 정탐병 눈을 피해 은밀하게 의무려산 기슭을 따라 북쪽으로 진격했다.

당태종이 원정길에 올랐다는 첩보를 받고 고구려는 3월 초 요동성에서 군사회의를 열었다. 연개소문은 당나라 군이 쳐들어와도 서너 장수가 몇만 명 군사를 이끌고 오리라 예상했다가, 황제가 친정(親征)에 나섰다는 소식을 듣자 몹시 당황해 어쩔 줄 몰랐다.

"당태종 원정군이 몰려온다는데, 어디로 올 것 같소?"

"적 주력은 회원진에서 요하를 건너 요동성으로 쳐들어올 겁니다. 그 길이 지름길이고, 보급품 공급도 쉬울 테니까요. 우리는 강력한 요하 방어선만 물샐틈없이 굳게 지키면 되겠군요."

요동성 성주가 입을 열자 다른 성주도 고개를 끄덕였다.

"회원진에서 요하를 건넌다면 오래전부터 세작을 그물같이 깔아 놓았으니 적군의 움직임을 샅샅이 알 수 있을 겝니다."

정보를 담당하는 연개소문의 막료가 자신 있게 장담하자 회의에 참석한 성주와 장군들이 미소를 지었다.

양만춘은 이번 원정군이 일찍이 본 적 없는 강력한 군대(333쪽 참조)이니 무척 힘든 싸움이 되리라 짐작하고 심각한 얼굴로 앉아 있었다. 그의 침묵을 알아차린 연개소문이 궁금한 얼굴로 물었다.

"양 성주는 우리와 다른 의견을 갖고 있는 것 같구려."

"영주-회원진-요동성으로 오는 길은 침공하기 편한 길인 게 사실입니다. 그렇게 와 준다면 우리도 방어하기 쉽고요. 그런데 적의 선봉장 이적이란 자는 전쟁 경험이 많은 뛰어난 장수라 들었습니다. 병법에는 '공격하는 자는 적군이 어디를 지켜야 할지 모르게 뜻밖의 방향에서 공격하라'고 했습니다. 노련한 싸움꾼 이적이 이러한 병법 이치와 달리 수나라 때 이미 세 차례나 침공로로 사용됐고, 누구라도 쉽게 예측할 수 있는 길로 나올지 의심스럽군요."

양만춘이 말을 마치자 찬바람이 회의장을 감돌았다.

"양 성주는 적이 어느 방향으로 올 것이라 보십니까?"

박작성의 젊은 성주 소부손이 조심스럽게 물었다.

양만춘은 한숨을 내쉬었다.

"그것을 예측할 수 없어 침묵을 지키고 있었소. 지난날 수양제가 패전한 가장 큰 원인이 군량보급이었고, 이번에도 가장 심각한 문제는 보급 문제일 것이오. 그런데 '최근 2년 동안 영주도독부에서 값을 따지지 않고 초원에서 소와 양을 마구 사들인다'던 거란 상인 말이 왠지 마음에 걸리는구려."

이적이 영주에 닿던 날. 면회를 요청하는 편지와 초대장이 큰 쟁반에 수북이 담겨 왔다. "이 자식들, 내가 여기 놀러 온 줄 아나" 하며 뜯어보지도 않고 쓰레기통에 던져 넣다가 그의 눈길이 초라한 편지 겉봉에 머물렀다.

"부구(夫仇)라? 필시 곡절이 있는 자렸다. 불러들여라."

사내는 남루한 옷에 초라한 모습이었지만, 길게 드리워진 짙은 눈썹이 무척 인상적인 귀티 나는 흰 얼굴에, 총명하게 빛나는 눈과 꼿꼿하게 허리를 편 자세가 범상치 않았다. 이적이 늘 부하장수를 뽑을 때 입버릇같이 내세우는 복상(福相, 관상학의 복 있는 얼굴)이었다.

"무슨 일로 나를 만나자 했는고?"

목소리를 부드럽게 하여 사내에게 물었다.

"장군께서는 요하 하류 회원진에서 요동성으로 진격하지 않는 게 좋을 겝니다. 고구려 군이 함정을 파 놓고 기다리니까요."

그는 불안한 얼굴로 어눌하게 중국말을 하는 사나이에게 바짝 호기심을 느끼고 은근히 재촉하였다.

"계속 말해 보게나."

"의무려산 뒤로 돌아가 요하 중류 통정진 쪽으로 나간다면 쉽게 고구려 군 뒤통수를 때릴 수 있을 것입니다."

누구에게도 말한 적 없는 속마음을 엿본 정체 모를 인물의 입을 막기 위해 자기도 모르는 사이 이적의 손이 칼 손잡이로 갔다. 얼음같이 싸늘해진 이적을 보고 사나이는 말을 심하게 더듬거렸다.

"자넨 누군가? 대답에 따라서는 목을 벨 테다."

호통소리를 듣자 사나이는 오히려 침착한 낯빛으로 고개를 치켜세웠다. 얼굴 가득 비웃음을 띠며 수많은 군사를 호령했던 무인(武人)의 당당한 기개(氣槪)가 서리었다.

"큰 그릇이라기에 찾아왔더니 잘못 보았군. 더 할 말이 없으니 어서 베시오."

이적은 성급한 성격을 사과하며 사나이의 손을 잡았다.

"실수했소이다. 너그럽게 용서하시오. 이름이 괴상한 데다 내 속마음을 훤히 들여다보기에 나도 모르게 못된 성깔이 튀어 나왔구려."

부구는 요동 방어군 참모장으로 근무하다가 반정 때문에 아버지 부소가 죽고 온 가족이 몰살당해 피눈물을 흘리며 망명했다. 원수를 갚을 것을 맹세하고 이름을 '부구'(夫仇)로 바꾼 일, 통이 크다는 이적이 요동도 행군대총관에 임명됐다 해서 만나려고 애썼는데 뜻밖에 쉽게 만났다는 뜻을 힘찬 붓글씨로 종이에 적었다.

이적은 생각도 못한 사이 엄청나게 큰 고기(越尺)를 낚아 올린 셈이었다. 어찌 어설픈 백 명의 세작과 바꿀 수 있으랴.

"고구려 군을 깨뜨리기 위한 최선의 전략은 방비가 없는 곳, 미처 생각지도 못한 데를 기습공격하는 것이오. 나도 그대처럼 방어가 허술한 통정진을 공격 방향으로 정했지만 이 작전의 성공은 아군의 빠른 진격속도에 달려 있구려. 고구려 군이 우리의 위장전술을 알아채기 전에 요하를 건널 수 있다면 완전히 기습에 성공할 것이오. 이를 위해 수백 개 양가죽 뗏목을 준비했으나 10만 대군이 건너려면 많은 시간이 걸리겠지요. 좋은 수가 없겠소?"

이적은 솔직하게 툭 터놓고 부구의 의견을 물었다.

"요하 강물이 넘쳐흐르는 때는 일 년에 두 번. 이른 봄 눈 녹을 때와 여름 장마철인데 이때는 강을 건너기 어렵지요. 3월 초순이면 봄 홍수가 끝납니다. 대총관께서는 혹시 '태왕여울'이라고 들어보았소? 요하 중류 통정진 북쪽 10여 리 밖에 있는데, 옛날 광개토태왕께서 비려(거란)를 정복하실 때 그곳을 지나셨답니다. 지금은 3월 하순이니 기병은 쉽게 건널 수 있습니다."

"그대는 나의 장자방(유방의 명참모) 이구려."

이적은 그의 두 손을 잡고 흔들며 기뻐했다.

"대총관께서 통정진으로 진격하면 틀림없이 기습에는 성공하겠지만 한 가지 문제가 있습니다."

부구는 걱정스러운 얼굴로 쳐다보았다.

"소수 정예기병을 이끌고 그리로 진격하는 데는 그다지 어려움이 없겠지만 10만 대군을 이끌고 진격하는 건 무리입니다. 그곳에는 길다운 길도 없고 고구려 영토에 들어간다 하더라도 식량이 될

만한 것은 모두 옮기거나 불태우는 청야작전(淸野作戰)으로 대군을 먹일 식량을 구할 수 없을 테니까요."

"핫하하. 그 점은 조금도 염려 마시오. 폐하께서 수양제의 잘못을 되풀이하지 않기 위해 이미 충분한 대비책을 세우셨다오. 우리 선봉군에는 수천 마리 소와 수만 마리 양 떼가 뒤따르는데, 이 가축에 실은 보급품을 병사들이 먹다가 나중에 가축을 군량으로 삼을 테니 별다른 보급 없이 한두 달은 너끈히 버틸 것이오."

이적은 그가 장군감으로 충분하다고 판단해 중랑장의 직위를 주고, 산서 출신 사냥꾼 부대와 돌궐 기병 천 명을 부하로 주었다.

꿩이 울면 봄이 왔다는 신호. 장끼가 까투리를 찾아 큰 소리로 울었다. 배에서 우러나오는 굵고 긴 소리가 뒷산에서 시작되어 이곳저곳에서 꿩 울음소리가 그치지 않았다. 올해 꿩 울음소리가 들리자 누초(고구려 군 중급지휘관) 마리치는 걱정이 태산 같았다. 곧 요하 강물이 줄어 태왕여울을 말과 사람이 걸어서 건널 수 있을 텐데 그곳을 지킬 병력이 너무 적었다.

캄캄한 그믐밤. 태왕여울 뒷산 봉화대에 검은 옷과 두건을 두른 한 무리 병사가 어둠을 뚫고 소리 없이 숨어들었다. 봉화대를 지키던 십여 명 수비병을 처치하는 데 그리 오랜 시간이 걸리지 않았다. 먼동이 트려는지 어둠이 걷혀가자 부구는 봉화대에 올랐다.

그는 요동 방위군 참모장 시절 요하 방어 최전선인 이곳을 시찰했던 적이 있었다. 옛 생각에 잠겨 강 너머 서쪽 의무려산을 바라보는 순간 어둠에 묻힌 산기슭에 다섯 가닥의 횃불이 흔들리는 게 보였다. 적군이 침공해 왔음을 알리는 긴급 신호였다.

"흑기군이 여울에 접근하는 걸 고구려 정탐병이 알아챘군. 조금만 늦게 봉화대를 점령했다면 기습작전이 실패할 뻔했구나."

그때 찰칵 하는 부싯돌 소리가 나면서, 쓰러져 있던 고구려 병사가 엉금엉금 기어 봉화대에 불을 붙이려 했다. 부구 뒤에 서 있던 사내가 달려가 한 칼에 병사 목을 베고 횃불을 비벼 꺼버렸다.

4월 초하루. 새벽 순찰로 태왕여울 언덕 둔영지(屯營地, 방어진지)를 둘러보던 마리치가 강 건너 의무려산 기슭에서 다급하게 흔들리는 다섯 가닥 횃불을 보고, 즉시 비상을 알리는 징을 쳐 병사를 소집했다. 그런데 뒷산 봉화대에 봉홧불이 타오르지 않았다.

"군기가 빠질 대로 빠졌군. 단단히 혼을 내 주어야지."

니루 돌쇠를 불러 위급을 알리는 봉홧불을 올리라고 명령하고, 여울을 지키는 감시조에 증원 병력을 보냈다. 둔영지 목책에서 미처 방어태세를 갖추기도 전에 적 기병대가 돌진해 왔다.

'적병은 아직 태왕여울을 건너지도 않았거늘 도대체 어디서 온 군사란 말인가?'

원래 이곳 둔전병은 1천 명이었는데, 당나라 군이 회원진에 몰려왔다고 며칠 전 5백 명을 그쪽 전선으로 이동시켜 버렸다. 여울을 지켜내기 어려운 절망적 상황이었지만 누초 마리치는 싸울아비답게 싸우다가 죽기로 각오하고 긴 칼을 뽑아 들었다.

벌써 둔영지를 둘러싼 목책에서는 격렬한 전투가 벌어지고 있었다. 적군은 모두 기병으로 아군보다 서너 배 많은 데다 이곳 방어

176

진지의 약점을 너무도 잘 알았다.

　마리치는 밀리는 곳에 달려가 힘을 보태며 적을 물리쳤고, 그림자같이 충직한 거인 부분노가 긴 창을 휘두르며 뒤를 받쳐 주었다. 이따금 눈을 들어 봉화대를 안타깝게 바라보았으나, 돌쇠가 닿았을 시간이 지났건만 어찌된 영문인지 봉횃불은 타오르지 않았다.

　아침 햇살이 퍼지는 여울목에 헤아릴 수 없는 적 기병이 강을 건너고 있었다. 수천일까 수만일까? 거친 고함소리에 고개를 돌리니 목책 한 모퉁이가 뚫리고 기병 한 무리가 달려왔다.

　맨 앞에 달려오는 장수는 뜻밖에 아는 얼굴이었다. 어찌 그 얼굴을 잊으랴. 산신령처럼 눈을 덮다시피 길게 아래로 늘어진 짙은 눈썹과 빛나는 눈. 바로 부구였다.

　이적은 조주(산동성) 출신으로 본래 성은 서(徐)씨에, 이름은 세적(世勣)이었다. 가난한 뒷골목 출신으로 "열두서너 살 때 처음으로 사람을 죽였으며, 열네댓 살엔 기분이 나쁘면 죽였고, 열일곱이 되자 전쟁터에서 싸우다가 스물에 대장이 되었다"고 고백할 만큼 거친 삶을 살아왔으나 무뢰배(遊俠) 특유의 의리가 있었다.

　수나라 말 내란이 일어나자 이밀을 섬겨 우무후 대장이 되었다. 이밀이 당에 귀순하자 서세적(이적)은 옛 주군을 위해 사심 없고 의롭게 행동했다. 그의 의리 있는 행동에 감동한 당고조 이연이 연주 총관에 임명하고, 이(李)씨 성을 하사해 황족에 편입시켰다.

　훗날 이밀이 반역을 꾀하다 죽임을 당하자, 주위의 시선을 두려워 않고 이세적(李世勣)은 옛 주인에게 의리를 지켜 상복을 입고 시신을 거두어 장례지내는 것을 허락해 달라고 청할 만큼 충직한 성품이었다. 그 뒤 이세민(李世民)이 황제에 오르자 그 이름 글자를 피하여 스스로 이적으로 바꾸었다.

이적은 학문을 배우거나 병법을 익힌 적이 없음에도 군사적 재능이 뛰어나 명장 이정과 함께 동돌궐을 정복하고 여러 차례 큰 공을 세웠다. 그는 뒷골목에서 목숨을 걸고 싸우다가 익힌 무예도 뛰어났지만 부하의 심리도 잘 읽었다. 싸움에 이길 때마다 공을 부하에게 돌리고 빼앗은 재물을 아낌없이 나누어 주었기에 이적이 명령하면 부하들은 물불을 가리지 않고 뛰어들었다.

그가 병부상서가 되어 장수를 뽑을 때 병법이론이나 심지어 무술실력도 보지 않고 관상을 보아 복상(福相)인 사람을 뽑았다. 누가 그 이유를 물었더니 "빈상(貧相)인 사람은 빨리 죽어 공명(功名)을 이루지 못하기 때문이다"고 말했다는 괴짜이기도 했다.

이적은 병사란 이익이 있어야 힘써 싸우고, 소득이 없으면 용기를 뽐내지 않는다고 믿는 사나이여서 싸움에 이기면 공을 세운 병사에게 공정하게 논공행상(論功行賞)을 베풀었다.

"이번 요하 도강(渡江) 작전에서 가장 큰 공을 세운 사람은 고구려인 부구다. 중랑장 부구. 그대가 원하는 것을 말하라."

"대총관님, 사로잡은 둔전병을 모두 석방해 주십시오. 이곳 사람은 봄가을 강물이 마를 때 이 여울을 거슬러 오르는 배를 밧줄에 매어 끌어주고, 그 품삯으로 살아가는 불쌍한 백성입니다."

"좋다. 그렇게 하라."

아직 옛 나라 백성, 부하에 대한 미련을 떨치지 못한 부구에게 찜찜한 생각이 들었으나, 그는 마음속 깊이 군신(軍神) 관우의 의로움(義)을 사모했기 때문에 부구의 청을 선선히 허락했다.

"똥개도 길러준 주인의 은혜를 잊지 않거늘 짐승만도 못한 놈이 무슨 낯짝으로 나를 찾아왔소?"

마리치는 부구를 보자 얼굴에 가래침을 뱉었다. 뒤에 섰던 부하가 칼을 뽑아 들자 급히 손을 들어 막고 결박을 풀었다.

"마리치, 그대는 싸울아비로서 부끄럽지 않게 끝까지 잘 싸웠소. 상처를 다스리고 내일을 기약하시오."

"잘 싸웠다고? 봉횃불을 올려 적의 침략을 알리지도 못했거늘."

마리치는 눈물을 펑펑 쏟으며 고함을 질렀다.

"최악의 상황에 대비해 봉화대 봉우리에 군영(軍營)을 세우라고 권하시던 그분 말씀에 조금만 귀를 기울였더라면!"

마리치는 머리칼을 쥐어뜯으며 괴로워하다 칼을 뽑아 제 목을 찔렀다.

요하를 건넌 지 사흘째. 당나라 선봉군은 아무런 저항도 받지 않고 전선에서 멀리 떨어진 현도성에 나타났다. 현도성 군민(軍民)은 소리 없이 나타난 당나라 군사에 놀라 겁을 집어 먹고 우왕좌왕했다.

"적군이 어떻게 여기까지 … ."

이적은 부대총관 이도종에게 신성을 공격케 하는 한편, 자신은 흑기군 주력을 이끌고 현도성을 겹겹이 둘러쌌다.

"오늘밤 날이 새기 전에 반드시 성을 함락시켜야 한다. 공격 1진은 흑기 제 1대가 맡도록 하고, 실패하면 다음 공격 차례는 나머지 부대 대장들이 추첨으로 정하라."

"대총관, 아직 운제나 충차 같은 공성무기가 준비되어 있지 않습니다. 며칠만 여유를 주시면 … ."

이적이 행군총관(사단장급 고위지휘관) 장사귀의 말을 막았다.

"우리가 준비하면 적도 그리할 것. 기회가 왔을 때 신속하게 공격하는 게 용병(用兵)의 생명이라네."

대총관이 성을 함락시키는 데 큰 공을 세운 자를 중랑장으로 승진시키고, 하루 동안 마음껏 약탈하는 걸 허락한다고 약속하자 흑기군의 사기가 드높아졌다. 흑기군 제 1대란 옛날 수나라의 고구려 원정 때 죽은 군인의 자식을 따로 뽑아 특수훈련을 시킨 특공부대로, 적개심에 불타고 싸움에 익숙한 전문 전투집단이었다.

흑기 제 1대를 선봉으로 뽑으니 이 부대에 속하지 않은 병사까지 몰려들자, 이를 단속하는 참모에게 이적이 한마디 했다.

"군의 명령(軍令)은 산과 같이 무겁고 엄해야 하지만, 병사의 사기가 하늘을 찌를 듯 높이 솟구쳐 적을 향해 달려갈 때는 그 기세를 그대로 살려 주는 것도 장군이 해야 할 일이라네."

눈썹처럼 가느다란 초승달이 뜰 무렵. 온몸을 검은 옷으로 감싼 무리가 짙은 어둠을 뚫고 조용히 성벽으로 접근했다.

앞장선 병사는 고구려 군 불화살이 쏟아질 때마다 방패를 들어 화살을 막으며 죽은 듯 엎드려 있다가, 불화살 공격이 끝나자마자

벌떡 일어나 앞으로 달렸다. 뒤따르는 무리도 두 사람씩 사다리를 메고 기다리다가 일제히 그 뒤를 쫓았다.

성벽에 달라붙은 선두 병사들은 등에 맨 봇짐에서 밧줄을 맨 쇠갈고리를 꺼내어 하늘로 던졌다. 쇠갈고리가 성가퀴에 걸리자 날쌔게 밧줄을 타고 올랐고, 뒤이어 달려온 무리도 긴 사다리를 성벽에 걸치더니 기어올랐다. 현도성 수비병은 죽을힘을 다해 싸웠다. 재빠르게 성벽을 타오르는 적병. 베어도 베어도 끝없이 기어오르는 검은 그림자. 뒤이어 처참한 백병전이 이어졌다.

새벽이 오기 전에 현도성은 함락되었다.

부구는 흑기군 사령부에 배치되었다. 흑기 제1대가 성을 점령했는지 성안에서 불길이 치솟아 올라 성문으로 달려갔다.

깨진 성문 안에서 들리는 처절한 비명소리. 아낙네와 애들의 애간장 끊어지는 울부짖음까지 섞여 있었다. 그곳은 생지옥. 미친 야수가 날뛰는 아수라장에서 들려오는 소리에 귀를 막고 힘없이 말머리를 돌렸다.

'가슴에 사무쳤던 연개소문에 대한 복수. 그러나 한갓 사사로운 원한 때문에 우리 겨레에게 얼마나 못쓸 짓을 저질렀단 말인가?'

오랫동안 잊었던 눈물이 하염없이 흘러내렸다.

무너지는 요하 방어선

"최전선 회원진에서 수백 리나 떨어진 현도성이 소리 없이 나타난 적에게 하룻밤 사이에 무너지다니. 당태종이 이끄는 중앙군은 아직 전선에 나타나지도 않았는데 …."

현도성 함락은 마른하늘에 날벼락처럼 전국에 극심한 공포와 혼란을 불러왔다. 고구려 방어군 지휘체계가 무너지고, 성과 성 사이 긴밀한 협조관계조차 흔들렸다. 모두들 크게 놀라 성문을 굳게 닫고 스스로 지키기에 바빴다.

당나라 군이 요하 건너편 회원진에서 도하작전을 준비하고 있다는 세작의 보고만 믿고 느긋하게 강변 방어선을 지키던 요하 방어군 사령부에 전령이 달려와 현도성이 함락되었음을 알렸다.

전방 방어군 사령부도 혼란에 빠졌다. 사령관 요동성 성주 해진우는 허둥지둥했고, 장군들은 낯빛을 잃었다.

"양 성주께서 걱정하던 일이 기어이 터지고 말았군요."

박작성 성주 소부손이 탄식하자, 해진우가 침통한 얼굴로 무겁게 입을 열었다.

"이대로 있다가는 앞뒤로 적을 맞아 돌아갈려야 돌아갈 곳조차 없겠구려. 여러분, 어찌해야 이 난국을 타개할 수 있겠소?"

모든 사람들의 눈길이 양만춘에게 쏠렸다.

"요하 방어를 포기하고 즉시 자기 성으로 돌아가야 합니다. 안시성 기병대는 여러분이 철수하는 동안 엄호하다가 맨 나중에 떠나겠습니다."

감독관으로 파견 나온 뇌음신 장군이 몹시 괴로운 듯 신음하며 무겁게 입을 열었다.

"여러 해 동안 피땀 흘려 쌓은 방어선인데 한 번 싸워보지도 않고 포기한다는 것은…."

양만춘은 자리에서 일어나 뇌음신과 모든 장수를 둘러보았다.

"미련을 버려야지요. 지금은 비상사태니 한가하게 막리지 허락을 기다릴 여유가 없습니다. 이미 우리는 첫 싸움에서 졌습니다. 그러나 전쟁에 패배한 건 아닙니다. 신속히 철수해서 제각기 자기가 맡은 성을 굳게 지키고 천산산맥 방어선에서 적을 막을 수 있다면, 최후의 승리는 우리가 차지할 것이오. 적군은 지금 기세등등하지만, 겨울이 와 추위가 닥치면 오래 버틸 수 없을 테니."

어둠이 내리자 요하 방어군은 깃발을 내리고 재빨리 방어진지에서 철수했다.

신성(新城)은 야래강 북쪽 험준한 북관산(고이산)에 쌓은 산성으로, 무순 평야를 내려다보는 요동에서 가장 유서 깊고 오래된 '욕살'(고구려 지방 5부의 으뜸 벼슬)이 다스리는 큰 성이다. 북부 지방 중심지 부여성으로 가려면 반드시 거쳐야 하고, 야래강을 거슬러 올라 국내성으로 가는 길목에 버티고 있어 고구려 초기 수도였던 국내성을 지키는 가장 중요한 관문이었다.

주봉인 장군봉(230m)에서 뻗어 내린 산등성이(70~140m)를 따라 동성, 서성, 남위성, 북위성, 남동소성 같은 여러 성이 모여 거대한 요새를 이루는 다곽식 산성으로서 신성은 그 둘레가 4km에 달하는데, 평지와 접한 남쪽에는 이중으로 성벽을 쌓았다. 성 남쪽에 야래강이 흐르고, '무서하'라는 하천이 북쪽과 동쪽을 감돌아 야래강에 들어가니 자연이 만든 해자로 둘러싸인 셈이다.

4월 5일. 신성 성주는 적군이 접근하고 있다는 정탐병 보고를 받고 장군봉에 올라 야래강 앞 벌판을 내려다보았다. 멀리 서쪽 현도성 방향에서 연기가 치솟는 게 보였다. 벌써 현도성이 함락된 것일까.

넓은 무순 벌판을 뒤덮은 건 온통 당나라 군이었다. 성주는 기세등등한 적군을 보자 농성작전(籠城作戰)에 들어가도록 명령했다. 농성작전이란 적에게 포위당한 상황에서 구원병을 기다리며 강력한 적을 방어하는 데 효과적이다. 더구나 성(城)의 나라 고구려는 성과 성을 연결해 입체적인 방어망을 펼치므로 농성이야말로 전통적인 방어작전의 하나였다. 즉시 봉횃불을 올려 이웃 목저성과 남소성에 구원을 청하고 국내성에도 위급을 알렸다.

신성 공격엔 당나라 군뿐 아니라 계필하력의 돌궐 기병대도 참가했다. 이도종은 성을 직접 공격하기보다 밖으로 유인해 싸우려고 했다. 절충도위 조삼량이 기병 십여 명을 이끌고 남문으로 가서 수비군에게 온갖 조롱과 욕설을 퍼붓자, 남문 수문장이 크게 노해 성문을 열고 나가 싸우려 했으나, 성주가 엄명을 내렸다.

"적이 싸움을 걸어와도 일체 응하지 말고 굳게 지키라. 성을 나가 싸우는 자가 있으면 군법으로 다스리겠다!"

여러 차례 도발해도 별 반응이 없자 이도종은 군사를 총동원해 맹렬하게 성을 공격했다. 하지만 고구려 군이 굳게 지켜 헛되이 희생자만 늘어났다. 계필하력이 피투성이가 된 포로를 끌고 왔다.

"이놈 품에서 빼앗은 편지요. 며칠 내로 국내성에서 기병 1천 명을 파견한다는구려."

"겨우 1천 명이라. 구원병치고 너무 적지 않소."

"긴급구원을 요청하니 날랜 기병부터 먼저 보내고 이동속도가 느린 보병이 뒤따르는 게 아닐까요?"

"구원군 병력이 그 정도라면 나는 신성을 계속 포위할 테니 계필장군은 돌궐 기병 3천을 이끌고 가서 적군을 깨뜨리시오."

고구려 경기병대가 선두에 정찰병을 앞세우고 조심스럽게 주위를 살피며 신성 동문 쪽으로 접근했다. 계필하력이 신성 동문 밖 20리 산기슭에 숨어서 고구려 군을 내려다보다가 코웃음을 쳤다.

"저것도 말이라고 타고 나왔나."

"저것은 과하마(果下馬)라 하여 과일 나무 아래서도 달릴 수 있다는 고구려 토종(土種) 말입니다. 몸집은 자그마해도 산을 잘 오르고 힘이 세다 합니다."

곁에 있던 늙은 백인대장이 과하마의 장점을 설명했다.

"아무리 그래봤자 저따위 꼬맹이가 무슨 쓸모가 있겠나. 우리 기병이 추격하면 한달음에 뒤쫓을 것을."

시간이 꽤 흘렀건만 경기병대는 주변을 샅샅이 살피며 나오느라 진격속도가 무척 느렸다.

"놈들, 어지간히 겁을 집어먹었구먼. 구원병이란 게 굼벵이처럼 꾸물거리다니."

성격이 불같은 계필하력은 거리가 꽤 떨어져 있음에도 더 참지 못하고 손을 높이 들어 공격신호를 보냈다. 여기저기 산기슭에서 요란한 북소리가 울려 퍼지며 돌궐 기병대가 쏟아져 나왔다.

경기병대는 돌궐 기병대의 사나운 기세와 몇 배나 되는 병력에 겁먹었는지 싸울 생각도 않고 황급히 달아나기 시작했다. 사기가 오른 돌궐 기병대는 부챗살같이 퍼져 우렁찬 함성을 지르며 추격했다.

과하마는 몸집은 작았지만 빠르게 도망쳤다. 나무가 무성한 곳이나 울퉁불퉁한 언덕에서는 초원에서 자란 돌궐 준마보다 더 재빨랐다. 십여 리를 맹렬하게 추격해 고구려 군을 거의 따라잡을 무렵, 산모롱이에서 징소리가 울리면서 수십 명의 고구려 기병이 튀어 나왔다.

돌궐 군의 추격이 주춤하자 새로 나타난 기병은 싸울 뜻이 없다는 듯, 패주하는 경기병대를 뒤따라 급히 도망치기 시작했다.

"장군님, 도망치는 군사치고는 대열을 지키며 질서 있게 물러나고 있습니다. 혹시 우리를 유인하는 게 아닐까요?"

"무슨 소리. 적이 우리 기세에 놀라 달아나거늘 무엇을 두려워하는가? 빨리 쫓아가 섬멸하라."

야래강 상류로 추격하자 계곡은 점점 좁아지고 주위 산세(山勢)가 험해졌다. 오래지 않아 돌궐 기병대는 고구려 기병대 꽁무니를 따라잡아 맹렬한 공격을 퍼부었다.

갑자기 골짜기 양쪽 능선에서 요란한 북소리가 울려 퍼졌다.

186

산이 무너지는 듯한 함성과 함께 빗발치듯 화살이 쏟아지더니 양쪽 산등성이에서 고구려 군이 쏟아져 나오고, 도망치던 경기병 대도 방향을 돌려 돌궐 기병대에 정면으로 맞섰다. 마치 사냥꾼이 짐승을 잡기 좋은 목에 숨어 기다리다가 몰이꾼이 몰아온 짐승을 사냥하듯 수천 명 고구려 군이 돌궐 군을 포위했다.

함정에 빠진 돌궐 군은 사방에서 퍼붓는 고구려 군의 협공(挾攻)에 무너져 내렸다. 계필하력은 눈앞이 캄캄했으나 간신히 정신을 차려 포위망을 뚫기 위해 죽을힘을 다했다. 고구려 군은 한 번 노린 사냥감을 놓칠 수 없다는 듯 그가 탈출로를 뚫을 때마다 산 위 감시병이 붉은 깃발을 흔들어 도망치는 방향을 가리켰다.

돌궐 군이 전멸의 위기를 맞았을 때, 서쪽 골짜기에서 함성이 일어나며 당나라 기병대가 나타났다. 이도종 군은 돌궐 군이 너무 깊이 적을 추격한다는 보고를 듣자 급히 뒤쫓아 와 퇴로를 뚫었다. 고구려 군은 더 이상 쫓지 않고 물러갔으나 돌궐 군 피해는 엄청나 수많은 전사자와 포로를 버린 채 서둘러 철수했다.

고구려 군이 이번 전쟁에서 거둔 최초의 승리였다.

이적은 선봉군 후속부대와 보급품이 모두 현도성으로 모이자, 선봉군 주력(主力)의 공격방향을 남동쪽으로 바꾸어 신성과 요동 성 중간에 있는 연결고리 개모성으로 진격했다. 그리고 '아사나사 마'(이사마)에게 날랜 돌궐 기병 1만을 이끌고 가서 고구려 후방 지 역인 야래강 유역 마을을 닥치는 대로 불태우고 약탈하라고 명령 했다. 공포가 요동 지역 전체에 퍼지도록.

4월 15일. 개모성을 물샐틈없이 포위한 이적은 성 앞 5백 보에 군영을 설치했다. 개모성 성주 모진우는 성문 위에 서서 멀리 눈길이 미치는 곳까지 온통 당나라 병사의 붉은 군복으로 뒤덮인 들판을 바라보았다. 이미 주변 성들과 연락이 끊어져 버렸다. 밤이 되자 밝은 보름달 아래 적군이 피운 화톳불이 벌판을 가득 메웠고, 공성무기를 만드느라 분주한 적병의 움직임이 내려다보였다.

"이 작은 성을 빼앗겠다고 저렇게 많은 대군이 몰려오다니!"

설상가상 雪上加霜

패전의 아픔이 가시기도 전에 양만춘에게 슬픈 일이 닥쳤다.

20여 년 함께 살았던 아내가 3년 동안 병마에 시달리다가 평양성에서 삶을 마쳤다. 후회란 항상 늦게 찾아오는 법인가? 소중한 사람을 잃고 나서야 비로소 그 빈자리를 뼈저리게 느끼다니.

아내가 살아 있을 때 별일도 아닌 일로 서로 티격태격하던 기억이 하나둘 떠올라 가슴이 아팠다.

사오월은 꾀꼬리의 번식기라 서안시성 뒷산 숲은 선명한 황금빛 암수 꾀꼬리 사랑 놀음으로 무척 시끄러웠다. "호호 휘오 휘호르" 하고 부드러운 휘파람 소리를 내다가는, "뺘으웃 뺘으웃" 서로 사랑을 확인하려는 듯 암수 꾀꼬리가 큰 소리를 내며 앞서거니 뒤서거니 숨바꼭질을 하고, 나뭇가지에 나란히 앉아 부리와 깃을 비벼대기도 했다.

겨우내 잠잠하던 동산이 이렇듯 수런거림은
고이 묻어둔 그리움이 솟구치기 때문일까.
꽃이 빨리 진다 아쉬워하지만
아름다움 빛나는 순간은 그리도 짧은 건지.
바람 지나는 길목 굽이굽이
그리움 가득 쌓인 꽃길이 되어
가는 님 보내는 노래가 되는가.

성주는 요즘 무척 낙심하고 있답니다. 아내의 주검을 안시성으로 모셔와 제대로 장례식을 치르려 했으나, 고약한 부엉이 영감이 전쟁 중에 그러는 건 옳지 않다 해서, 작은 항아리에 한 줌 재만 담아왔다는군요. 황소 같은 덩치의 사내가 슬픔에 잠겨 있는 모습을 옆에서 보자니 민망한 생각이 절로 듭니다.

> 피는 꽃 더불어 즐길 이 없고 / 지는 꽃 함께 슬퍼할 이 없네.
> 묻노니 사랑하는 이여 지금은 어디 / 꽃 피고 지는 이 봄날에.
> 한 포기 풀을 따서 마음을 묶어 / 내 마음 님께 보내려 하네.
> 돋아나는 시름 끊고자 하는데 / 봄새 한 마리 슬피 우는구나.

며칠 전 휘영청 달 밝은 밤이었어요. 은은한 달빛 아래 활짝 핀 하얀 박꽃을 보노라니 흥이 나서 〈춘망사〉(春望詞) 한 구절을 읊었더니, 언제 다가왔는지 말을 걸었어요. 너 같은 소녀도 그런 마음의 아픔이 있냐고. 어엿한 숙녀에게 소녀라니. 화가 나서 "이건 설도라는 기녀가 지은 널리 알려진 시라고요" 하고 쏘아주었지요. 참 무식하기 짝이 없는 사내지요? 다음 날 화가 풀리지 않아 뽀로통해 있으니 무슨 걱정거리라도 있느냐고 묻지 않겠어요? 아버지도 내 성깔 아시잖아요. 솔직하게 기분 나쁜 까닭을 말해 주었더니 잘못을 사과하고, 그다음부터 깍듯이 숙녀 대접을 해 주어요.

저는 사람들이 그분을 두려워하는 걸 이해할 수 없어요. 아무리 보아도 용감하거나 위엄 있는 장수감이 아니라, 멍청한 숫보기 아저씨일 뿐인데. 위대한 장군 관우처럼 서릿발 치는 위엄이나 호랑이 같은 기상은 전혀 없다고요. 하녀에게 절절매고 잘못을 사과하는 관우를 상상할 수 있나요? 장군다운 사람이 있다면 호위대장 다로일 거예요. 늘 옷차림이 단정하고 잘 생긴 무사인데 한 번도 웃는 낯을 본 적이 없고, 똑바로 쳐다보면 찬바람이 나서 누구라도 눈길을 피하게 되니까요.

이곳에 안국사 주지는 부처보다 성주를 더 떠받드는 법인(法仁)이란 괴상한 스님이에요. 이 돌중은 승리를 기원한다며 온 백성이 정성을 모으자고 나서서, 지금 가로 18자 세로 12자나 되는 큰 군기를 만들고 있어요. 힘센 장사도 못 들 깃발을 어디 쓰려는지. 안시고을 젊은 아낙네 만 명이 세 겹 고려 백금 바탕에 황금빛 실로 해님을, 그 속엔 날아오르는 세 발 까마귀를 한 땀 한 땀 정성스럽게 수놓는데, 변두리 마을을 모두 돌다 보니 이제 거의 완성되어 내일 해성마을에 닿는다는군요. 원 참, 저보고도 와서 한 땀 수놓으랍니다.

참, 말[馬] 이야기를 했던가요? 주인이 아끼는 말은 먹빛 같은 수말인데 옛날 돌궐에서 데려온 에시(돌궐말로 귀부인)의 손자라나요. 이놈이 얼마나 까다로운지 주인 외에는 몸에 손도 대지 못요. 아버지도 알다시피 제가 말을 얼마나 좋아해요. 매일 저녁 가까이 다가가 얼굴을 익히다가 어저께 갈기를 쓰다듬었더니 좋아하는데 마침 주인이 마구간에 들어오다가 눈이 똥그래지더군요.

"이 녀석은 낯을 무척 가리는데 이상하군. 말은 영리한 동물이라 관상쟁이보다 사람을 잘 알아본다던데 아랑은 착한 모양이지?"

소갈이 시익 웃으며 손을 내 어깨로 뻗어 오기에 "오마나" 하고 깜짝 놀란 시늉을 했더니, 소년처럼 얼굴을 붉히고 말을 더듬지 않겠어요. 아버지는 어린 하녀가 이쁜 짓을 하면 머리를 쓰다듬거나 방둥이까지 스스럼없이 두드리며 칭찬하는데. 이 멍청이 아저씨는 어깨에 손을 얹으려다가 겁을 먹고 어쩔 줄 몰라 하는 꼬락서니라니.

전쟁 소식에 민심이 흉흉할 줄 알았는데, 뜻밖에 이곳 사람은 그리 흔들림이 없고, 평상시와 달리 젊은이들이 완전무장을 하고 다니는 게 눈에 띌 뿐이에요. 다만 성주가 성안에 머무는 날이 많아 저택을 드나드는 사람은 전보다 줄었습니다.

저택을 찾는 이들 중 잉어와 가물치, 뱀장어 같은 물고기를 팔러 오는 메기입 아저씨가 가장 재미납니다. 항상 걸걸 호탕하게 웃기에 걸걸아저씨라 부르는데, 저만 보면 큰 입을 벌리고 싱글벙글하지요. 그는 흑수말갈 추장의 여섯 아들 중 막내인데, 성주의 흑수원정대에 따라다니며 함께 싸웠대요. 그에겐 열일곱 살짜리 아들 비우가 있는데, 안시성 말갈 기병대 중 가장 용감해 곧 니루가 될 거라며 아들 자랑에 입에 침이 말라요. 젊은 날 성주는 부족끼리 큰 싸움이 벌어져 아수라장이 된 흑수말갈을 평정하고 살기 좋고 평화로운 고장으로 만들어 말갈인들이 대추장으로 추대했답니다. 그래선지 성주님만 보면 다들 껌뻑 죽는 시늉을 해요. 수많은 말갈 젊은이가 여기서 병사로 근무하는데 가을이면 소금과 각종 쇠붙이를 가지고 흑수로 돌아가 사냥하다가 이른 봄 털가죽을 가득 싣고 옵니다. 이들이 고향으로 오갈 때면 해성마을에 큰 시장이 열립니다.

재미난 이야기 하나 하지요. 고구려인은 유난히 목욕을 좋아하는데 말갈인이나 거란인은 물에 들어가기를 싫어한대요. 성주가 꾀를 내 가벼운 죄를 짓거나 규칙을 어기면 물속에 집어넣는 벌을 내리도록 했답니다. 한번은 시장 거리에서 말갈인과 어깨를 부딪친 불량배가 더러운 말갈 놈이라고 시비를 걸어 한바탕 싸우다가 해성 관아에 잡혀갔대요. 불량배는 곤장을 30대나 맞았는데, 말갈인에게는 고작 시냇물에 들어가 목욕하라는 벌만 내렸답니다. 그래서인지 이곳 말갈이나 거란 사람은 목욕을 자주 한답니다. 재미난 벌도 다 있지요?

잇따라 무너지는 성들

暗 雲

비사성(卑沙城)은 험한 바위산인 대흑산(大黑山, 663m) 위에 우뚝 솟은 산성으로 서쪽과 남쪽 두 갈래로 뻗은 산줄기를 따라 성을 쌓았는데, 성벽 아래는 깎아지른 낭떠러지여서 유일하게 서문으로만 사람이 드나들 수 있는 난공불락(難攻不落)의 요새다.

이 성은 요동반도 끝머리가 호리병 목처럼 좁아졌다가 이어지는 연결 고리에 자리 잡아 서쪽으로 발해, 남엔 황해를 끼고 있어 양쪽 바다가 한눈에 내려다보이는 멋진 곳이다.

비사성에서 징검다리같이 놓인 묘도열도(廟島列島)를 따라 남서쪽으로 가면 산동반도 등주, 북동으로 배를 띄우면 요하를 거쳐 요동성이나 안시성까지 연결된다. 동으로 장산열도(長山列島)를 거쳐 압록강 하구와 평양성까지 가는 해상교통의 십자로이기에 당나라 수군이 바다를 건너 평양성을 공격하려면 반드시 거쳐야 할 전략상 요지였다.

비사성이 무너지다

645년 뱀해 2월. 당나라 수군대총관(총사령관) 장량은 함대를 모두 산동반도 내주(동래)에 집결시켰다. 병력은 강회, 영남, 삼협 지역에서 모은 병사 4만. 그리고 따로 장안과 낙양에서 모집한 용사 3천 명과 배를 부릴 뱃사람들이었다.

3월 중순. 원정 준비를 마친 당나라 함대는 돛을 올리고 내주에서 출항했다. 함대는 등주를 지나자 북동으로 방향을 바꾸어 묘도열도로 나아가 비사성으로 향했다.

4월 초순. 요동반도 끝자락이 바다를 향해 돌출한 노철산 산마루 고구려 경계병은 아침 안개를 뚫고 돛을 활짝 편 채 다가오는 함대를 발견했다. 거대한 전함이 무려 500척. 즉시 적의 침공을 알리는 봉홧불이 타올랐다.

성주 좌미려는 점장대(장수가 지휘하는 곳)에 서서 성 밖을 바라보았다. 그 옆에 얼음같이 찬 얼굴의 젊은 여인이 멀리 떨어진 바다만 멍하니 쳐다보며 오도카니 앉아 있었다. 그곳에선 금주만 해변과 수평선이 한눈에 들어왔다. 바닷가엔 장난감같이 자그맣게 보이는 수백 척 전함이 정박해 있었다.

"봉홧불이 오른 지 사흘 만에 상륙했군. 내일 저녁 무렵이면 서문 앞까지 오려나. 어리석은 것들. 감히 이 성을 공격하겠다고. 너희 어깨에 날개라도 달렸단 말인가?"

성주는 점장대 아래 깎아지른 벼랑을 내려다보며 호탕하게 웃다가 가라달(고구려 군 중급지휘관) 두루를 불렀다.

"적이 접근할 곳은 서문뿐이다. 올라오는 길옆 산등성이에 매복했다가 뜨거운 맛을 보여 주라."

수군대총관 장량은 5층 전함 사령탑에서 동쪽 험준한 검은 산을 쳐다보았다. 기암절벽을 따라 뱀처럼 꿈틀거리며 산 정상까지 뻗어간 성벽, 그 아래 깎아지른 듯한 절벽. 비사성을 본 장량의 입에서 저절로 신음소리가 흘러나왔다.

"저 산성은 하늘이 만든 난공불락(難攻不落) 철옹성이니 함락시키기 쉽지 않겠군."

장량은 모든 수군 장수를 불러 모아 말했다.

"비사성을 함락시킨 장수가 이번 원정에서 으뜸가는 공을 세울게요. 누가 선봉을 맡아 싸우겠소?"

부대총관 좌난당이 이끄는 선봉대가 깊은 골짜기를 지나 서문으로 가는 산길로 접어들 무렵 산 위에서 버들피리 소리가 들렸다. 그것이 신호였는지 양쪽 산등성이에서 바윗덩어리들이 계곡으로 굴러 떨어져 많은 병사가 깔려 죽고, 공성 무기가 부서졌다. 선봉대는 산 위에서 화살을 퍼붓는 고구려 군 습격을 받고 힘든 싸움을 치르다 상하가 이끄는 후속부대 도움으로 간신히 물리쳤다.

후속부대는 서둘러 길을 고르고 넓혔으나, 워낙 가파르고 굴곡이 심한 산길이어서 공성무기를 옮기는 데 여러 날이 걸렸고, 서문 앞에 넓은 공터가 없어 설치할 장소가 마땅치 않았다. 당나라 군은 성문에 공격을 퍼부었지만 별다른 성과 없이 피해만 늘어갔다.

좌난당은 원숭이같이 험한 산을 잘 타는 삼협(三峽) 출신 병사로

특공대를 편성해 몇 차례 야간기습을 했으나, 워낙 절벽이 가파르고 고구려 군이 완강하게 저항해 번번이 실패했다.

"적이 충분한 식량과 물을 준비했다면, 이따위 정면공격을 백 년 해 보았자 성을 함락시킬 수 없다. 방어가 허술한 곳을 찾아 적이 생각지도 못한 방법으로 공격하기 전에는."

노련한 행군총관 정명진이 투덜거리다가 부총관 왕대도를 불러 비사성 뒤쪽 대흑산을 정찰시켰다.

사냥꾼 구보는 할아버지 대부터 대흑산에 살아온 집안의 우직한 젊은이였다. 결혼한 지 얼마 안 된 젊고 예쁜 아내 '도미'와의 사이에 부부의 정이 무척 두터워 다른 사냥꾼들이 부러워했다.

3년 전 그는 늙은 사냥꾼을 따라 물개를 사냥하러 바위섬에 갔다. 임자를 만나면 수백 냥도 받을 수 있는 수물개도 잡았으나, 용왕님 노여움을 산 것일까. 돌아오는 길에 돌풍을 만났다.

구보가 깨어났을 때 파도소리 들리는 낯선 방에 누워 있었다. 고기잡이네 딸 도미는 예쁘기도 했지만 날렵하고 건강한 사향노루 같았다. 그녀는 스스럼없이 다가와 열에 들뜬 이마에 찬 물수건을 갈아주고, 땀에 젖은 몸을 정성스럽게 닦아주었다.

이따금 가느다란 쇠꼬챙이를 들고 바닷가에 나가 전복이며 소라를 잡아 맛있는 죽을 쑤고, 때로는 아비가 잡아 온 물고기를 몰래 숨겨 두었다 구워 주었다. 그녀가 곁에 있기에 구보는 아픈 몸이 빨리 회복되는 게 원망스러울 정도로 행복했다. 구보가 걸을 수 있게 되자 도미는 구보를 처음 발견한 곳으로 데리고 갔다.

고기잡이네 오두막에서 그리 멀지 않는 우뚝 솟은 바위절벽에는 천만 년 거센 파도에 파인 것일까, 적갈색 동굴이 바다를 향해 입을 벌리고 있었다. 밀물 때 세찬 물결이 동굴 깊숙이 밀려들면, 동굴은 괴로운 듯 웅웅거리며 신음하다가 하얀 물살을 토해냈다.

도미는 '사리 때나 폭풍이 거세게 몰아칠 때 동굴이 고통과 환희에 찬 온갖 소리를 내며 울부짖는데, 고기잡이들은 마녀가 사는 붉은 굴〔丹穴〕이라며 동굴 가까이 가기를 무척 두려워한다'면서, 혀를 날름 내밀고 웃었다.

구보는 왠지 동굴에 마음이 끌렸다. 도미는 동굴로 가는 길은 밀물 때 물에 잠기지만 썰물 때면 안으로 들어갈 수 있다며, 작은 암노루처럼 절벽에 난 오솔길을 따라 깡충깡충 뛰어 올라갔다. 여인의 날렵한 몸놀림은 춤추는 듯 황홀했고, 짧은 치마 아래 드러난 종아리는 밝은 햇빛 아래 싱싱하게 빛났다.

붉은 바위 동굴 속은 깊고 어둡고 아늑하였다. 주름진 벽은 파도에 할퀴어 무수한 골이 깊이 팼고, 잔잔하게 들려오는 파도소리는 태어나기 전 아기집〔子宮〕 속처럼 평화로웠다. 작고 뜨거운 손이 구보 품 안을 파고들며, 도미 눈동자가 어둠 속에서 머루알처럼 새파랗게 빛났다. 바람이 구름을 부르고 구름이 비가 되어 쏟아져 내렸다. 여인은 바다, 기쁨에 출렁이는 바다였다. 잔잔한 물결, 높은 파도, 거센 폭풍이 거침없이 휘몰아쳤다. 바닷물이 높이 부풀어 오른다는 한사리 때 붉은 동굴처럼, 여인은 소리쳐 울었다. 문득 뜨거운 몸을 차가운 바닷물이 식혔다. 밀물이었다. 여인은 깔깔 웃으며 사내를 깨워 동굴 밖으로 뛰쳐나왔다.

붉은 빛 사랑. 구보는 처음으로 황혼 때 하늘과 바다가 얼마나 아름다운지 알게 되었고, 산다는 게 얼마큼 즐거운지 깨달았다. 그날부터 구보의 하루하루는 햇빛 빛나는 봄 동산이었다.

지난해 이른 봄. 구보는 눈 덮인 대흑산에서 막 겨울잠을 깬 늙은 곰을 사냥하다가 발을 헛디며 벼랑에서 굴러 떨어져 크게 다쳤다. 구보는 비사성에 바칠 짐승 가죽을 마련할 수 없어 세금 바치는 날짜를 연기해 달라고 간청하자, 성주 좌미려는 구보의 청을 들어주는 대신 그의 아내 도미를 데리고 갔다. 구보는 사냥꾼 동료들에게 부탁해 가까스로 마련한 모피를 성에 바쳤으나 도미는 돌아오지 않았다. 그녀는 처음 몇 달 동안 슬픔에 잠겨 몸부림치던 구보에게 시녀를 보내 안타까움을 전하다가 언젠가부터 소식을 끊었다.

백중사리 날 구보는 사랑의 굴이라 부르며 도미와 즐겨 찾았던 바닷가 절벽 붉은 동굴 앞에 섰다. 바다는 사납게 소용돌이쳤다. 휘몰아치는 바람을 타고 바다 가운데서 하얀 파도가 일어서더니 미친 듯한 기세로 절벽을 향해 달려왔다. 절벽을 무너뜨릴 듯 부딪친 파도는 흰 거품을 내뿜으며 하늘로 치솟아 올라 비명을 질렀다. 도미의 환희에 찬 외침을 닮은 파도소리조차 이제는 고통과 원한의 신음소리로 들리다니.

바다에 뛰어들려던 구보는 죽기 전 한 번이라도 도미를 만나보고 싶었다. 여인은 언제나 웃으며 그의 사랑을 받아준 착한 아내였고, 마음과 몸을 송두리째 빼앗아간 요부(妖婦)였다. 이제까지 구보 어깨에 얹힌 삶의 무게는 무거웠으나 그녀가 있어 즐거움도 희망도 있었지만, 그녀 없는 삶은 너무나 가벼웠다.

"도미 없이는 살고 싶지 않아. 세월이 흐른다고 어찌 잊히며 그 무엇으로 위로가 되랴."

구보는 야윈 몸을 끌고 성주 저택을 찾아가 아내 얼굴을 한 번만 보면 멀리 떠나겠다며, 짐승 같은 울음을 터뜨리고 발버둥 쳤다. 얻어맞아 얼이 빠진 구보는 마을 사람의 동정과 비웃음을 받으며 비사성 아래 시장 거리를 떠돌다가, 언젠가부터 사람의 기억에서 잊혀졌다.

부씨 성을 가졌던 옛 성주는 좋은 통치자라 할 수 없었지만 그런대로 백성의 어려움을 헤아리는 너그러운 사람이었다.

화평파에 속했던 부 성주는 반정 때 죽임을 당했고 새로 부임한 성주가 좌미려였다. 그는 명문 좌씨 집안 출신이었으나 어려서부터 비뚤게 자랐고 파락호(破落戶)가 되어 평양성 유흥가를 주름잡았다. 그는 부끄러움을 모르는 파렴치한이었지만 도끼 휘두르는 솜씨만은 뛰어나 군관으로 발탁되고, 반정 때 큰 공을 세워 비사성 성주로 임명되었다.

'백성을 먼저 보살펴야 한다'는 지도자의 기본조차 갖추지 않은 인간이 성주가 되었으니, 제대로 다스리기는커녕 독선(獨善)이 판을 쳤고, 거듭된 못된 짓으로 민심이 흉흉해졌다. 닫힌 마음과 귀를 가진 통치자에게 어진 사람이 어찌 남으랴. 주변에서 진실을 말할 용기 있는 사람이 모두 떠나버렸다.

정명진은 왕대도가 사로잡아온 남녀를 살펴보고 고개를 갸웃거렸다. 낡은 가죽 잠방이를 입은 더덕더덕 땟국에 절은 사내와 달리 여인은 비단 옷차림에 향내까지 풍겼다. 그는 여인을 쳐다보는 애틋한 사내 눈길을 보고 빙그레 미소를 머금었다.

'어쩌면 비사성으로 가는 샛길을 찾겠는걸.'

구보는 뱀같이 번들거리는 정명진의 눈을 보자 기가 막혔다. 성이 포위당하자 목숨을 걸고 도미를 구해 간신히 탈출했더니, 늑대를 피하려다 호랑이를 만난 꼴이었다.

"성안으로 들어가는 길을 안내하면 살려주겠다."

"그런 건 모르오. 우린 여기 사는 사냥꾼일 뿐이오."

"저 여인은 높은 신분의 귀부인이다. 또다시 거짓을 말하면 용서하지 않겠다."

구보는 도미에게 애절한 눈빛으로 작별인사를 보내고서 퉁명스럽게 내뱉었다.

"죽일 테면 죽여라. 난 아무것도 모른다."

정명진이 칼을 뽑아 휘두르자 도미가 비명을 지르며 쓰러지고, 붉은 비단댕기로 묶은 머리채가 구보 발치에 떨어졌다.

"네깟 놈 목숨엔 관심 없다. 저 여인 머리칼이야 다시 자라겠지만, 팔다리가 잘린다면 그때는 어쩔 수 없을 테지."

그는 넋을 잃고 멍하니 서 있는 사내의 포승줄을 풀게 하고 부드러운 목소리로 달랬다.

"나는 약속을 꼭 지키는 사나이다. 길만 알려 주면 너희들을 고이 보내주겠다."

그날 밤 정명진은 수군대총관 장량에게 전령을 보냈다.

비사성이 자리 잡은 대흑산의 뒤쪽 산기슭은 사람 발길이 거의 닿지 않는 원시림이어서 울창한 숲 곳곳에 빽빽한 가시덤불이 통행을 가로막았고, 물기 머금은 이끼가 발걸음을 위태롭게 했다.

정명진은 산에 익숙한 병사를 선발대로 뽑고, 구보를 길잡이 삼아 출발했다. 선발대는 간편한 차림새로 낫을 들고 단검만 지닌 채 구보 뒤를 따라 계곡 샛길로 산을 올랐다.

숲속은 한낮에도 어두컴컴했다. 얼마 가지 않아 길은 끊어지고 짐승이나 겨우 다닐 듯한 오솔길이 계속되더니 깎아지른 절벽이 앞을 가로막았다. 구보는 등나무 넝쿨을 타고 절벽을 오르더니 절벽 사이 좁은 틈으로 사라졌다.

부총관 왕대도는 완전무장한 선봉부대를 이끌고 선발대가 늘어뜨린 밧줄을 뒤따라갔다.

황혼 무렵 별동대가 간신히 산 능선을 넘자, 비사성 북동쪽 성벽이 정명진 눈앞에 다가왔다. 성벽은 가파른 절벽 위에 우뚝 솟아 있었다.

구보는 괴로운 얼굴로 성벽에 오르는 오솔길을 가리켰다.

5월 초하루. 장량은 어둠이 내리자 불안해졌다. 과연 정명진의 별동대가 제대로 닿았을까 염려스러웠지만, 그와 약속한 대로 밤이 되자 비사성에 대한 총공격 명령을 내렸다. 성을 지키는 수비군 눈길을 서문 방향에 붙들어 매어 두기 위한 양동작전(陽動作戰)

이었다.

좌난당이 공성무기를 동원해 서문을 공격하는 한편, 칠흑 같은 그믐날 어둠을 이용해 수백 명 특공대가 줄사다리를 타고 점장대 아래 벼랑을 기어올랐다. 나머지 병력은 별동대가 성을 타고 넘어가면 서로 호응하려고 공격 준비를 마치고 기다렸다.

서문을 수비하던 가라달 두루는 적군의 치열한 공격을 막아 싸우다가 이상한 생각이 들었다. 공성무기에서 쏟아붓는 돌덩이나 불화살의 일제 사격이야 당연했지만, 하늘 높이 솟구치는 폭죽이나 요란한 꽹과리소리가 왠지 귀에 거슬렸다. 좌미려에게 전령을 보내어 적의 움직임이 심상치 않으니 성의 방어를 다시 한 번 살펴보라고 권했다.

좌미려는 두루의 경고를 무시하고, 오늘이야말로 적군을 역습해 지루한 수성전(守城戰)을 끝내버리겠다고 결심했다. 그가 성주로 부임한 후 가장 애착을 갖고 길러왔던 도끼부대를 모두 불러 모았다.

어둠을 틈타 벼랑을 기어오른 특공대를 모조리 무찔렀다는 부관의 보고를 듣자, 용기백배한 좌미려는 서문을 열게 한 후 도끼부대를 이끌고 적을 향해 돌진했다.

고구려 군이 성문을 열고 쏟아져 나오리라고 예상하지 못한 당군은 크게 놀라 공성무기를 팽개친 채 무질서하게 퇴각하기 시작했다.

어둠이 내릴 무렵, 정명진의 별동대 전원이 북동쪽 성벽 아래 숨어 있었다. 서문에서 격렬한 싸움이 벌어졌는지 요란한 꽹과리 소리에 섞여 고함소리가 들리고, 이따금 폭죽의 불꽃이 성벽 너머로 솟구치는 게 보였다. 약속대로 대총관의 양동작전이 시작된 것 같았다.

매시간 성벽을 둘러보던 고구려 군 순찰대의 발걸음 소리도 멀어지고 입술이 타들어 가던 긴장된 순간도 지나갔다. 정명진의 손짓에 따라 결사대가 하나둘 성벽 아래 절벽에 그림자처럼 찰싹 달라붙었다. 결사대는 원숭이처럼 재빨리 절벽을 타더니 성벽을 기어올랐다. 곧 수백 가닥 밧줄이 성벽 아래로 내려지더니 재빠르게 선발대가, 그다음 나머지 병력이 성벽을 넘었다.

칠흑 같은 어둠 속 성안에서 수많은 횃불이 켜지고, 여기저기 식량 창고와 민가에서 불길이 치솟았다. 뒤이어 횃불의 흐름이 서문을 향해 홍수같이 덮쳤다. 별동대는 수십 개의 징을 미친 듯 두드리고 폭죽을 터뜨리더니, 우렁찬 승리의 함성을 지르면서 돌격했다.

대흑산 정상엔 수비군 예비대로 백여 명 사냥꾼 부대가 주둔해 있었다. 거기선 바닷가에 정박한 당나라 함대와 군사는 물론 비사성 성안이 한눈에 내려다보였다. 예비대 임무는 적의 움직임이 보이면 즉시 점장대에 보고하고, 침투가 있으면 즉시 달려가 물리치는 것이었다.

성안에서 불길이 치솟고 수천 개 횃불이 일제히 켜지자 사냥꾼 부대 지휘관은 자기 눈을 의심했다.

'저렇게 많은 적군이 성안으로 들어올 때까지 아무도 몰랐다니,

산꼭대기 감시병은 어찌 발견하지 못했으며 성벽 순찰대는 무엇을 하고 있었단 말인가?'

지휘관은 급히 부대를 소집했으나 사냥꾼들은 이미 성벽을 넘어 산줄기를 타고 뿔뿔이 흩어져 버렸다. 그들은 구보의 아내를 빼앗은 일로 성주를 미워한 데다, 성안에 지켜야 할 가족도 없거늘 적을 막을 가능성조차 없는 싸움에 뛰어들어 왜 목숨을 버리겠는가? 성주를 대신하여 점장대를 지키던 부관(副官)도 용감한 싸울아비가 아니었다. 몰려오는 횃불에 겁을 집어먹고 갈팡질팡하다 반격할 기회를 놓쳤다.

성안에서 불기둥이 솟구치고 우렁찬 함성이 들리자, 장량은 별동대가 성공했음을 알고 즉시 서문 밖에 대기하던 예비대에게 총공격을 명령했다. 고구려 군 도끼부대의 급습(急襲)을 받고 놀라 도망치던 당나라 군사도 바람의 방향이 바뀐 것을 알자 용기백배해서 누구 명령을 기다릴 것도 없이 되돌아섰다.

거센 당나라 군 파도가 고구려 군을 밀어붙였다.

적을 앞에 두고 용감히 싸우는 병사도, 등 뒤에 들려오는 함성에는 맥이 풀린다. 기세등등하게 적군을 뒤쫓던 도끼부대는 성안에서 불기둥이 치솟고 귀청을 찢는 징소리와 함성이 들리자 간이 떨어졌다. 성주의 질타와 호소에도 하나둘 도끼를 땅에 놓고 무릎을 꿇었고, 마지막까지 저항하던 좌미려도 끝내 사로잡혔다.

서문을 지키던 두루는 등 뒤에서 당나라 군의 함성과 함께 횃불의 물결이 밀려오자 그가 두려워하던 최악의 상황이 다가왔음을 깨달았다.

"이제 내 운도 다하였는가?"

죽음 따위 조금도 두렵지 않았다. 다만 고구려에서 가장 험준한 철옹성을 이렇게 허무하게 빼앗기는 게 억울할 뿐이었다.

두루는 다가오는 적군을 하나둘 베며 단지 한 번만이라도 적장과 당당하게 맞서 싸울 기회가 오기를 빌었건만, 그의 바람도 부질없어 성문 가장자리까지 밀렸다가 화살을 맞고 절벽 아래로 떨어졌다.

5월 2일. 오랏줄에 묶인 포로들이 점장대 벼랑 위에 꿇어앉았다.

"네 여인을 데리고 가고 싶은 데로 가라."

행군총관 정명진이 구보에게 고개를 끄덕였다.

구보는 좌미려를 흘깃 쳐다보았다. 밤마다 가위에 눌리며 깨어나 이를 갈고 저주했던 원수가 저렇게 초라한 사내였다니. 그러나 굴비 엮듯 묶여 있는 성안 사람의 모습을 보자 구보 가슴에 찬바람이 일었다. 애써 이들을 외면하고, 도미의 손목을 잡았다.

"가자."

구보는 얼음같이 찬 표정의 여인을 일으켜 서문으로 걸어갔다.

"시작하라!"

장량의 명령이 떨어지자 당나라 군은 포로 한 사람 한 사람을 들어 낭떠러지 아래로 집어 던지기 시작했다.

불타버린 성문까지 걸어간 구보는 울부짖는 소리에 걸음을 멈췄다. 문득 가슴 깊은 곳에서 백중사리에 사납게 소용돌이치던 거친 파도소리가 들려왔다. 끊임없이 밀려 들어와 붉은 동굴 절벽을 무너뜨릴 듯 밤바다를 뒤흔들던 우렁찬 소리〔海潮音〕가 ….

뜨거운 구보의 눈길을 받은 여인이 말없이 고개를 끄덕였고, 옛날처럼 싱싱하고 밝은 미소가 되살아났다. 구보는 되돌아서서, 다시는 떨어지지 않겠다는 듯 찰거머리같이 목에 매달린 여인을 안고 낭떠러지를 향해 달렸다.

"여보, 잠깐만. 당신 품에 안겨 한 번만 더 붉은 동굴을 보고 싶어."

멀리 서쪽 바닷가에 우뚝 선 절벽이 아침 햇살에 빛났다. 가슴에 안긴 도미 얼굴에 햇살같이 행복한 웃음이 다시 피어나는 것을 보면서 사나이는 벼랑 아래로 뛰어내렸다.

개모성의 함락

개모성(심양 남쪽 30km)은 요동평야 한가운데 솟은 탁망산(탑산)에 자리 잡은 자그만 성으로, 그리 높지 않은 산을 등지고 남쪽 평지로 가슴을 활짝 편 듯한 모습의 산성이다.

성 주위 야트막한 언덕과 들판 너머 남쪽에 대량수(태자하) 지류인 사하가 흐르고, 멀리 천산 줄기가 보였다. 여기서 북동으로 가면 신성, 남서로 요동성이 위치해 두 성의 연결고리였고, 천산산맥을 넘으면 오골성으로 통하는 샛길이 있어 교통의 요지였다.

이적은 개모성을 포위하자 병사들을 주위의 숲에 보내어 나무를 베어 공성무기를 만들게 했다. 그리고 포차(투석기를 실은 수레)를 앞세워 밤낮을 가리지 않고 성을 향해 돌을 날리며 공격을 계속해, 고구려 군이 제대로 잠자거나 쉴 수 없게 했다.

"대총관께서 현도성에선 숨 쉴 틈도 주지 않고 몰아붙여 속전속결(速戰速決)하더니, 여기서는 공격하는 시늉만 하고 어찌하여 결정적인 공격을 퍼붓지 않습니까?"

행군총관 강확(강행본)이 찾아와 불만을 털어놓았다.

"적에게 한 번 재미 본 작전을 되풀이하면 실패한다는 걸 강 총관은 잊었소이까. 현도성에서는 적이 당황해서 혼란에 빠졌지만, 여기는 차분하게 대비하니 무리하게 급습하다간 아군 손해만 커질 게요. 적군은 소수라 아군이 교대로 공격하면 쉬지도 잠자지도 못하고 지쳐 떨어질 것이오. 그때 총공격을 퍼부으면 쉽게 성을 빼앗을 게요."

강확은 겉으로 고개를 끄덕였으나 불만이 가득한 얼굴로 물러갔다. 이적은 그의 표정을 보면서 마음속으로 생각했다.

'병법은 좀 아는지 모르겠으나 고구려를 몰라도 너무 모르는군.'

이적은 지난 전쟁에서 가장 큰 피해를 입었던 산동 사람. 수나라 때 고향마을에선 요동 원정에서 희생자가 생기지 않은 집이 없었다. 무뢰배 동료 중 전쟁터에 갔다 온 자도 많았고, 그들로부터 고구려인의 무서움, 뛰어난 용기, 투철한 희생정신을 많이 들었다. 비록 연개소문 반정(反正)으로 나라가 흔들리고 있다지만 고구려 사람을 얕잡아 볼 생각이 추호도 없었다. 전쟁이란 냉혹한 현실이니까.

다음 날 이도종이 계필하력과 함께 이적을 찾아왔다. 계필하력은 무릎을 꿇고 죄를 청했다.

"대총관, 저의 경솔함으로 많은 군사를 잃고 사기를 떨어뜨렸으니 패전의 벌을 달게 받겠습니다."

"싸우다 보면 승리하고 패배하는 것이야 흔히 있는 일〔兵家之常事〕 아니겠소. 너무 마음 쓰지 마시구려. 장군은 용맹한 '초원의 이리'지만 그들의 간사한 꾀를 잘 몰라 함정에 빠졌던 것이오. 훗날 놈들을 넓은 벌판으로 끌어내어 시원하게 복수하시오."

계필하력을 위로하고 나서 이도종을 크게 꾸짖었다.

"이 장군은 《손자병법》도 읽지 못했소? 어찌 적의 사간(死間, 일부러 사로잡혀 허위정보로 적군을 속이는 간첩)을 알아보지 못하고 돌궐군을 위험에 빠뜨렸소?"

이도종은 급히 무릎을 꿇고 용서를 빌었다.

강하왕 부대총관(副大總官, 부사령관) 이도종은 태종의 조카로서 용감하고 뛰어난 장수였으나 경솔한 게 흠이었다. 그러나 자기 허물을 솔직하게 인정하는 밝은 성격 때문에 미워할래도 미워할 수 없는 사나이였다. 이적은 그의 손을 잡아 일으키며 위로했다.

"두 분이 신성과 국내성의 고구려 군을 잘 막아 주어 쉽게 현도성을 함락시키고, 개모성을 포위했으니 그 공이 어찌 적겠소."

이적은 두 사람 마음을 풀어 준 후 정색을 하고 명령했다.

"계필 장군은 즉시 돌궐 기병대를 수습해 신성과 국내성 병력이 개모성을 구원하러 오는 걸 막아주시오. 이 장군은 신성에서 병력을 이동시켜 포위전에 참여하시고."

아사나사마가 이끄는 돌궐 기병대가 벌판을 휩쓸며 촌락을 불사르자, 피란민이 개모성으로 몰려들었다. 이곳은 몇만 평에 불과한 작은 성이어서 수용인원이 5천 명에 불과했다.

현명한 가라달 물치의 반대에도 불구하고, 마음이 따뜻한 개모성 성주 모진우는 이들을 불쌍히 여겨 수천 명 피란민을 수용해서 성안은 콩나물시루같이 되어 버렸다.

평화로운 때와 달리 전쟁 때는 장수가 백성을 너무 사랑하는 것도 패전의 원인이 된다더니 큰 문제가 생겼다. 물이 부족했다. 탁망산은 화강암으로 된 바위산이라 물이 맑고 깨끗했으나, 우물을 파는 건 쉬운 일이 아니었다. 물 부족을 해결하려면 남문 밖에 있는 우물이 필요했다. 목이 말라 위험을 무릅쓰고 그 우물로 숨어들어갔던 고구려 병사가 강확의 당나라 군이 곧 성을 공격하려는 사실을 알고 성주에게 보고했다.

"그렇지 않아도 우리가 공격하려던 참이었는데 적이 먼저 움직이다니. 유인해서 깨뜨린 후 우물을 확보하자."

성주 모진우는 기뻐하며 즉시 화공을 펼치려고 성안 남문 광장에다 마른 풀을 쌓아두고 기름을 뿌렸다.

"이까짓 작은 성 하나 빼앗는 데 무슨 전술이나 전략이 필요한가. 단번에 밟고 지나가면 될 것을."

강확은 대총관의 작전에 불만이 많았다. 그는 정규교육을 받은 귀족 출신 무장으로 무뢰배 출신 이적을 속으로 경멸했다.

'무식한 게 운이 좋아 몇 번 공을 세웠다고 우쭐거리기는.'

강확이 공격명령을 내리자, 막료 중 한 사람이 대총관의 지시에 어긋난다고 만류했다. 그는 화가 나서 외쳤다.

"오늘 밤 남문을 공격한다. 공격 선두는 내가 맡는다. 망설이는 자가 있으면 그 누구든지 베겠다!"

성벽을 공격한 군사는 수비군의 결사적 방어로 격퇴당했으나, 남문을 공격한 부대는 어렵지 않게 성문을 깨뜨렸다. 용기백배한 강확의 병사들이 물밀듯 성안으로 쏟아져 들어갔다. 그러자 성벽 위에서 불화살이 비 오듯 쏟아져 남문 안 광장에 쌓인 마른 풀 더미로 옮겨붙었다. 목책으로 둘러싸인 광장은 순식간에 불바다로 변하고 그곳에 들어온 적군은 솥 안에 삶기는 고기 신세가 되었다.

압도적인 군사력을 갖고도 행군총관 강확이 전사하자 선봉군은 큰 충격을 받았다. 즉시 이도종을 남문으로 파견해 군사의 동요를 막고, 10리 밖 사하 남쪽 제방까지 물러나 새 진지를 구축했다.

그날 밤 이도종이 순찰을 돌다가 이상한 것을 발견했다. 어둠을 틈타 서문을 빠져나온 고구려 군사가 위험을 무릅쓰고 사하에서 강물을 길어간 것이다. 다음 날 밤 강가에 매복한 당 군이 물 길으러 나온 병사들을 사로잡았다. 포로가 된 자들은 가시성에서 온 구원병으로 서문을 수비했는데 물이 부족해 고통받고 있었다.

이도종은 포로에게 엄청나게 많은 병력과 공성무기를 보여 주며 구슬렸다. 포로로 잡혔던 자들이 성으로 돌아갈 때 이들을 따라 물통을 짊어진 수십 명 당나라 특공대가 서문으로 스며들었다.

4월 26일. 때가 무르익었다고 판단한 이적은 어둠이 내려앉자 모든 병력과 공성무기를 총동원해 공격을 퍼부었다. 포차에서 날아오는 돌덩이가 비 오듯 성벽으로 쏟아지더니, 뒤이어 충차가 성문에 부딪치는 요란한 소리와 함께 수많은 병사들이 물밀듯 비루와 운제에서 성벽으로 뛰어내리고, 줄사다리를 타고 기어올랐다. 성주는 수비군을 다그쳐 몇 차례나 반격을 거듭했으나 밤이 깊어가며 한창 격렬한 싸움이 계속되던 중 서문에서 불길이 치솟았다. 가시성에서 온 700명 군사가 지키던 곳이었다.

가라달 물치가 마지막 남은 예비병을 이끌고 급히 달려갔으나 이미 둑은 터져버린 뒤였다. 개모성은 포위당한 지 열이틀째 되던 날 함락되었다. 개모성 북문 옆 장대(將臺)로 물러나 마지막까지 저항하던 성주 모진우도 장대가 불길에 휩싸이자 성과 운명을 함께했다.

요동성에 황혼 깃드네

이적이 이끄는 당나라 선봉군이 뜻밖의 길로 나타나 예상치 못한 곳을 공격했기에, 고구려 군 수뇌부는 적이 어디를 노리는지 알 수 없어 당황했다. 선봉군 주력이 개모성을 포위했다는 보고를 받고 나서야 적의 공격방향을 짐작했다.

"역시 적의 목표는 천산산맥을 뚫고 평양성으로 향하는 것. 그렇다면 다음 싸움터는 요동성일 테니, 요동성을 굳게 지키고, 천산 방어선이 뚫리지 않으면 적군을 막을 수 있겠군."

연개소문의 말이 끝나자, 건강을 되찾아 조정 회의에 참석했던 고정의가 입을 열었다.

"천산 방어는 내가 맡았으면 하네."

"대대로 어른께서는 연로(年老)하신 데다 아직 건강이 … ."

"아닐세. 싸울아비야 전쟁터에서 죽는 것이 명예로운 일이지. 이 늙은 몸 마지막으로 나라를 위해 바치고 싶군. 세작 덕창이 보고하기를 신라 군 3만이 한산정(漢山停, 현재 경기도 이천)에 집결해 우리 틈을 엿보면서, 선봉대가 칠중성(七重城, 경기도 적성)까지 진출했다지 않던가. 막리지는 서울에 남아 태왕을 보좌하면서 남으로 신라 군 움직임을 살피고, 혹시라도 바다를 건너올지 모를 당나라 수군에 대비하게."

연개소문은 기뻤다. 반정을 한 지 오래되지 않아 평양성을 떠나는 게 꺼림칙했는데 대대로가 자진해서 전방군의 총지휘를 맡아주겠다니, 반가운 일이었다.

늦은 밤, 안시성 양만춘 성주 저택에 마차 한 대가 닿았다. 깊숙이 삿갓을 눌러 쓴 노인과 수염이 얼굴을 덮은 젊은이가 집무실로 들어왔다.

"흑룡방에 파고 들어간 부하의 보고에 따르면 괴유는 당나라 세작단 두목이 틀림없고, 여강루가 소굴인 것 같소."

주작 노인은 괴유에게 포섭된 몇 사람 내간(內間, 관리 중 포섭된 자)의 이름까지 밝혔다.

"혹시 안시성에서 가담한 자는 없었소?"

"아직 밝혀내지 못했지만 있을 수도 있겠지요. 그자가 안시성에 대해 유난히 관심이 많으니까요."

가림토도 천산산맥 마천령 방어시설을 정탐하던 괴유의 운송업체 표두(鏢頭)를 사로잡아 추궁한 결과 당나라 세작임을 자백했노라고 보고했다.

"주작 노인께서 그자를 조용히 제거할 수 없겠소?"

"조직이 크고 무예가 뛰어난 자도 있어 제 힘만으로는 어렵습니다."

"그렇다면 요동성 성주에게 알려 처리할 수밖에 없겠구려."

웬일인지 주작 노인은 쓴웃음만 지었다. 양만춘은 어두운 얼굴로 다로를 돌아보았다.

"자네는 괴유의 손길이 안시성에 미쳤는지 잘 살펴주게. 바깥의 적보다 내부에 숨어든 적이 더 위험하니까."

요동성 성주 해진우는 양만춘이 보낸 서신을 읽어보고 얼굴색이 변했다.

"돌아가거든 양 성주께 감사말씀 전하시구려. 이 일은 워낙 엄청난 일이니 철저하게 조사하여 잘 처리하겠소."

해진우는 신임하는 장사(長史) 오준을 불러 서신을 보여 주었다. 요동성 벼슬아치 대부분이 그렇듯 오준도 오랫동안 신세를 져왔기에 괴유상단에 호의를 갖고 있었다. 그러나 서신 내용이 사실이라면 끔찍한 일이었다.

"해마루 장군에게도 알려야 하지 않을까요?"

"삼촌에겐 아직 알리지 말게. 그분은 성격이 급한 데다가 양 성주의 말이라면 팥으로 메주를 쑨다 해도 믿을 양반이니."

해진우는 손을 설레설레 내저었다.

"성주님, 그러면 제가 은밀하게 그 내막을 밝혀 보겠습니다."

어둠이 깔리자 오준은 포도대장을 거느리고 여강루를 찾았다.

피부가 흰 미인에게 칠흑같이 검은 색깔보다 더 화려한 게 어디 있을까. 검은 비단 옷이 도화홍에게 너무 잘 어울렸다.

오준은 여인의 은근한 눈짓에 왜 여강루를 찾아왔는지 까맣게 잊어버렸고, 그녀가 몸을 꼬면서 눈웃음을 치자 온몸이 후끈 달아올랐다. 여인은 사내가 이미 자기 손아귀에 들어온 것을 알았다.

'난 꼬리가 아홉 개 달린 여시. 넌 내 손바닥에서 벗어나지 못해. 혼을 뽑을 테니까. 요동성을 갖고 노는 맛도 그리 나쁘진 않겠지.'

여인은 벽에 세워 둔 자그만 장구를 어깨에 걸치고 손바닥으로 두드리며 간드러지게 춤을 추었다. 제비같이 날렵하게, 나비처럼 살포시. 한 마리 암컷이 수컷을 부르는 요염한 몸짓이었다. 허리는 한들한들, 방둥이는 빙글빙글, 한때 그렇게나 천하게 여겼던 창기의 춤을 추면서 서러움이 북받쳐 올랐다. 좋아하지도 않는 사내를 위해 이렇게 부끄러운 춤을 추다니. 도화홍은 입술을 깨물었다. 그녀의 상처 받고 비뚤어진 마음은 외곬으로 달렸다.

'이 짓은 다 네놈들 탓이야! 내 소박한 행복을 빼앗은 고연수, 그리고 그렇게 애타는 마음을 몰라주던 목석(木石) 같은 사나이.'

양만춘은 현도성에 이어 개모성까지 함락됐다는 소식에 먼 산만 바라보다가 뒤돌아섰다.

"요동성에선 아직 아무런 소식이 없단 말이오? 전쟁의 불길이 코앞에 닥쳤는데."

주작 노인은 굳게 입을 다물고 돌고는 고개만 저었다.

"적 세작 눈길을 끌지 않고 은밀하게 농성 준비를 마치려면, 뛰어난 감독관이 필요하오. 마땅한 인재가 없겠소?"

"가림토가 어떠실지."

삿갓 아래 드러난 주작 노인 입술에 자랑스러운 미소가 걸렸다.

"그는 내 밑에서 인술(忍術)을 배웠소. 열심히 수련도 했지만 타고난 재능이 빼어나 이제 어둠 속에도 야생동물같이 예민하게 반응하지요. 어디 내놓아도 빠지지 않을 것이오. 그뿐 아니지요. 처음엔 귀족 출신 아니랄까 봐 남을 무시하는 눈길로, 잘난 척 코를 치켜세우는 교만한 자세였는데, 이제 다른 사람 말에 귀를 기울이고 겸손한 마음도 몸에 배었다오."

양만춘은 노인의 손을 덥석 잡았다.

"과연 좋은 사부(師父)였군요. 그렇게 짧은 시간에 무예뿐 아니라 마음까지 단련시켰다니."

"선비는 사흘만 보지 않아도 달라진다지 않소. 뜻을 세우고 노력을 게을리하지 않는다면, 1년이란 짧은 시간이 아니지요."

양만춘은 무척 기뻤다.

"가림토에게 전해주시구려. 감독관은 백성 위에 군림하는 게 아니라, 법과 질서를 바로 세우는 자리라고요."

노인은 몸가짐을 바로 하더니 퉁명스레 말했다.

"그 애는 이제 내 제자가 아니라 성주 사람. 직접 말씀하구려."

두 사람이 대문으로 걸어 나오다가 돌고가 걸음을 멈추었다.

"당신은 혹시 30년 전 요동성에서 수나라 용사 심광이란 자를 막아 냈던 치우 장군 아니시오?"

"돌고 노인, 왜 그렇게 생각하오?"

"지난번엔 미처 눈치 채지 못했지만 종소리가 울리는 듯한 목소리는 그리 흔하지 않거든요."

주작 노인은 삿갓을 치켜올려 얼굴을 드러내 보이더니 호탕하게 웃었다.

"돌고, 늙었어도 예리한 눈은 변함없구만. 그런데 괴유 사건을 우유부단한 해진우에게만 알리고, 어찌하여 해마루 장군께 귀띔하지 않았나. 그래야만 제대로 해결될 것을 알 만한 사람이."

돌고는 길게 한숨을 쉬었다.

"왜 그런 생각을 하지 않았겠나. 다만 양 성주는 원칙을 지키고 바른길을 걷고자 애쓰는 정인군자(正人君子)네. 그 점이 마음에 들어 지기(知己)가 되었는데 어찌 그 뜻을 거스르겠는가? 그분은 밝혀진 사실을 이웃 성주께 알려 주는 것은 의무지만, 잘못을 바로잡는 건 본인이 해야 한다고 생각하신다네. 하늘도 애써 노력하는 사람만 도울 뿐인데, 스스로 지키지 못하는 성을 어찌 대신 지켜줄 수 있겠나?"

주작 노인도 탄식하며 슬퍼했다.

"백성에게 사랑받는 통치자 밑에 일하는 게 얼마나 행복했던가!

그 옛날 해부루 성주님을 모시고 한마음으로 똘똘 뭉쳐 수나라 백만 대군을 물리치던 시절이 새삼스럽게 그립구만."

"그렇네, 치우. 10여 년 전 진대법(賑貸法, 춘궁기에 백성에게 곡식을 빌려주고 가을 추수 때 돌려받는 빈민구호책)에 말썽이 생겼을 때 해진우 성주가 이를 바로잡겠다고 했으나 약속을 지키지 않아 백성의 믿음을 잃어버렸지. 그때 요동성은 이미 뿌리가 흔들렸네. 백성이란 좋은 지도자 아래서는 화강암처럼 뭉치지만, 그렇지 않으면 모래같이 흩어지지 않던가. 나는 바르게 다스리라고 쓴소리하다가 버림받은 사람. 그때 못했던 일을 지금엔들 어쩌겠나."

"자네 말도 일리가 있군. 그러나 나는 요동성에 은혜를 입었던 몸. 해마루 장군에게 괴유의 정체를 알려 주지 않을 수 없네."

돌고가 고개를 숙이고 있는 주작 노인에게 넌지시 권유했다.

"치우, 이제 안시성을 지키는 데 자네도 힘을 보태지 않겠나?"

주작 노인은 정색(正色)을 하고 냉랭하게 대답했다.

"나는 해부루 성주께 마음을 바쳤던 싸울아비고, 지금은 떠돌이 무사에 왈패 두목일세. 새삼 다른 주인께 허리를 굽힐 생각 없네."

돌고는 한숨을 쉬더니 치우의 손을 잡았다.

"요동성에서 당나라 군을 막을 수 있다면 그 이상 좋은 일이 없겠지만 이번에는 어려울 거라고 양 성주께서 걱정하더군. 이번 전쟁을 이기려면 반드시 연산관을 지켜야 한다고 태을상인에게 부탁하는 걸 들었네. 요동성이 잘못되거든 연산관을 지키는 데 힘을 보태게."

4월도 거의 끝날 무렵, 거란 야율부족의 추장 야율마기가 기병 300명을 이끌고 도우러 왔다. 옛 친구이고 요서벌판에서 같이 수나라 군과 싸웠던 야율고오의 아들을 보니 새삼스럽게 큰아들 생각이 떠올랐다.

양만춘은 몇 해 전 '아버지 젊었을 때처럼 넓은 세계를 둘러보고 우물 안 개구리에서 벗어나겠다'면서 친구 몇 사람과 함께 중국 땅으로 건너갔다가 전쟁이 일어난 후 소식이 끊어진 큰아들 신(信)이 어찌 지내는지 안타까웠다.

"아버님의 옛 전우가 위험에 빠졌으니 가서 도우라는 어머님 말씀을 듣고 우리 부족에서 가장 날랜 용사들을 이끌고 왔습니다."

"고맙네. 그 먼 곳에서 위험한 전쟁터를 뚫고 이렇게 찾아주다니. 자네를 보니 죽은 친구를 다시 만난 것 같네."

양만춘은 아버지를 쏙 빼닮은 젊은 야율 부족장을 끌어안았다.

"오는 길에 선물 하나를 주웠습니다. 당나라 군 수색대와 부딪혀서 한바탕 신나게 손바람을 내고 포로를 잡았는데 바로 이놈입니다."

젊은이가 얼마나 거칠게 다루었던지 잔뜩 겁을 집어먹은 포로는 뜻밖에 교위(당나라 대대장급 지휘관) 계급의 영주도독 장검 군 장교였다. 정말 대단한 선물이었다.

이곳엔 사람이 모였다 하면, 현도성은 무너지고 개모성은 포위되었다며 불안해하고 있어요. 평소와 다름없이 태평스러운 사람은 성주밖에 없는데, 한 가지 이상한 건 이 멍청이 주인님에게 마술사같이 사람 마음을 움직이는 힘이 있나 봐요. 다른 이가 그렇게 하자면 난리가 날 법한 일도 그의 말에는 순순히 따르니까요.

하도 이상해서 오골녀에게 그 까닭을 물었더니 한 번 세운 원칙은 어긋남이 없고, 일단 약속하면 어떤 어려움이 있어도 끝까지 지키시는 분이어서 백성의 믿음을 얻었기 때문이라나요. 나보다 두 살 어린 시동(侍童) 모개루는 한참 생각하더니, 그 녀석답지 않게 심각하게 말하더군요. '그분이야말로 안시성 그 자체니까'라고.

오늘 우연히 놀라운 사실을 알게 되었어요. 뒷마당 소나무 아래 평상에서 〈시경〉(詩經)을 읽고 있는데, 소년 병사가 다가와 '不如叔也 洵美且武'(님처럼 멋지고 씩씩한 사람이 없기 때문이오)란 구절의 뜻을 묻더군요. 병사가 글을 알고 있는 게 놀라워서 "글을 알기 때문에 저택 경비병으로 뽑혔느냐?"고 물어보았지요. 그는 저의 얼굴을 말끄러미 쳐다보다가, 안시성에서 글을 모르는 병사는 거의 없다는 거예요. 아버지, 어느 나라나 병사란 가난하고 무식한 백성 중에서 뽑히는 것 아니겠어요. 그 말이 믿기지 않아 자세히 물어보니, 3만 호(戶)밖에 안 되는 곳에 경당이 2백 개가 넘고, 아무리 산골 마을이라도 10리 안에 경당이 있다는군요.

천산 기슭은 땅이 메말라 살기 힘든 탓인지 주민이 끈기 있고 부지런해요. 요동성 사람들은 천산 사내를 거칠고 무뚝뚝한 촌놈이라며 업신여기지만, 겪어 보니 순박하고 의리가 깊더군요. 다만 급한 기질 때문에 다툼이 생기면 물불 가리지 않고 꼭 피를 보아야 한답니다.

주인이 성주 사위가 되자 먼저 고을 촌장들을 불러 모아 마을마다 경당을 세우라고 권했답니다.

"젊은이를 제대로 가르쳐 사람 구실을 하게 합시다. 우리가 잘 살려면 참된 교육밖에 없소."

경당은 무술이나 글을 익힐 뿐 아니라 마을 생활의 중심이고, 큰일이 생길 때에는 군대소집의 기초 단위도 되고요. 군대 안에서 경당을 졸업한 동기의 단결이 워낙 강하기 때문에 명예롭지 않은 행동을 한 무사에게 군법보다 더 무서운 건 동기생 사이에서 명예를 잃는 것이라나요.

그 소년 병사 말을 듣고서야 고구려인이 왜 그리 강한지, 아버지가 그렇게 안시성을 파고들려 했지만 실패한 까닭을 알겠더군요. 그리고 어딘지 멍청해 보이던 주인 얼굴을 다시 보게 되었답니다.

받았으면 갚아야지

反擊

해 뜰 무렵, 갈대고개에 수백 마리 큰 까마귀들이 모여들었다.

까마귀 떼는 날개를 퍼덕여 우아하게 곡선을 그리며 땅으로 낮게 미끄러지다가 가벼운 날갯짓으로 상승하는 바람[氣流]을 타고 하늘로 솟구쳤다. 그러더니 갑자기 검은 화살처럼 곤두박질쳐 땅 가까이 와서야 날개를 폈다. 까마귀 떼는 몇 차례나 상승과 하강을 되풀이하다가 거친 소리로 울더니 천산산맥 쪽으로 날아갔다.

바위투성이 험한 골짜기나 산속에 몇 마리 가족끼리 모여 사는 큰 까마귀가 이렇게 큰 무리를 짓다니. 더구나 이들은 늦가을에 집회를 갖는데, 5월 초 이렇게 모임을 갖다니 이상한 일!

까마귀 왕을 만나는 알현식이라도 열린 것일까? 예로부터 까마귀는 해님[日神]의 심부름꾼이고, 승리를 알려 주는 길조(吉兆)로 여겨졌다. 양만춘은 즉시 갈대고개 마루에 솟대를 세우고 하늘에 제사드렸다. 승리하리란 믿음을 가진 병사의 함성이 갈대고개를 뒤흔들었다.

갈대고개 싸움

저 멀리 벌판 북쪽에서 먼지구름이 피어올랐다. 고갯마루에서 망을 보던 감시병이 급히 달려와 보고했다.

"적입니다. 두 시각이면 여기 닿겠습니다."

포로가 밝혔던 대로 선봉을 맡은 부대는 영주도독 장검이 이끄는 남부군(南部軍) 소속 거란 기병대였다.

양만춘은 주위를 둘러보았다. 병사들 얼굴에는 웃음이 감돌고 다가올 싸움의 승리를 믿어 의심치 않는 모습이었다. 모래를 한 줌 쥐고 흘리면서 바람의 방향을 주의 깊게 살폈다. 남동풍이었다.

"작전계획 중 두 번째 것을 실시하라."

까만 가오리연(鳶)이 지휘소 언덕에서 날아올랐다. 아군이 매복한 숲 우듬지 위에 흔들리는 검은 깃발을 확인하고서 뒤돌아섰다.

"다로, 이번 전쟁은 힘든 싸움이 될 거야. 한 번 승리의 기쁨을 맛본 병사라야 어려운 고비가 와도 잘 버틸 테니, 첫 싸움에 크게 이겨 전쟁에서 승리하리란 믿음을 심어주어야 하네. 호랑이가 토끼를 잡는 데도 전심전력을 다하거늘, 조금의 빈틈도 있어서는 안 된다!"

천산 기슭과 갈대고개는 햇볕이 쨍쨍 내리쬐었지만, 요하 하류 늪지대는 강과 늪에서 피어오른 안개로 덮여 있었다. 천산 서쪽 구릉지에 매복한 붉은 깃발 기병대장 온사문은 적 선봉대가 갈대고개로 달려가는 것을 보자 온몸의 피가 끓어올랐으나, 눈을 감고 마음을 가라앉혔다. 그의 임무는 적군이 지나갈 때는 죽은 듯 엎드려 있다가, 전투가 절정에 달할 때 적의 뒤통수를 쳐서 깨부수고 승리를 거두는 것이었다.

'지휘관은 태산같이 무거워야 하거늘, 신출내기 병사처럼 흥분하다니. 성주님 지시는 거란 군을 많이 죽이는 게 아니라 요하 늪지대로 몰아넣어 사로잡는 것이다. 다만 전쟁이란 언제 그 형세가 바뀔는지 알 수 없는 괴물이니, 가을 물같이 고요한 마음으로 적의 빈틈을 지켜보다가 결정적 순간이 오면 번개같이 낚아채리라.'

기병대 선봉을 맡아 숲속에 숨어 있던 백인대장 우소는 첫사랑님을 만나는 소녀처럼 가슴이 설레었다.

'성주께서 내가 세운 작전계획을 그대로 받아주시고, 이번 싸움 선봉장의 명예까지 주셨다.'

문득 여자는 사랑해 주는 남자에게 보이려 몸단장하고, 싸울아비는 자기를 알아주는 주군을 위해 목숨을 바친다던 옛말이 떠올랐다.

'나를 믿어주신 성주님이시여, 그 뜻에 보답하겠습니다. 오늘 기병대의 날카로운 창끝이 되어 기필코 적장의 목을 베리라.'

우소가 부하들을 돌아보았다. 그들은 눈빛만으로도 서로 마음이 통하는 사이였다.

"우리 목표는 오로지 적장(敵將)이다!"

양만춘은 갈대고개를 지키는 민병대(民兵隊)를 둘러보았다. 이들은 아직 전투 경험이 없었기에 잔뜩 몸이 굳어 있었다.

"싸움이 다가왔다. 하늘의 보우(保佑)하심을 믿고 용감히 일어서라. 우리는 반드시 승리한다. 적은 요하 건너기가 무서워 선봉(先鋒)의 명예조차 빼앗겼던 장검의 잡병(雜兵)과 무지렁이 거란 기병이 아닌가! 처음 겪는 전투는 누구나 두렵다. 피와 살이 튀는데 어찌 손발이 떨리지 않으랴. 부끄러워 말라. 똑바로 앞만 보고 경당에서 배운 대로 침착하게 싸우면 된다. 누가 용감한 병사인가. 주어진 의무와 명예를 지키는 참 사나이가 바로 용사다."

거란 기병대 선봉장 카사크는 1천 명의 선두부대를 이끌고 텅 빈 마을이 보이면 불사르고, 미처 피란 가지 못한 주민을 만나면 거침없이 약탈하며 의기양양하게 요동벌판을 휘저었다.

정찰대 백인대장이 갈대고개에 다가가자 고개 입구 야트막한 언덕에서 급히 방어진지를 세우는 고구려 병사들이 보였다. 병력은 겨우 수십 명. 고갯마루에서 망보던 병사가 거란 군을 발견하자 깜짝 놀라 어지럽게 꽹과리를 치는데 그 당황한 꼴이 우스꽝스러웠다. 정찰대장은 서슴지 않고 돌격명령을 내렸다.

고개 입구 길목을 지키던 고구려 군은 거란 군을 향해 몇 대 화살을 날리는 시늉을 하더니 급히 고갯길로 뺑소니쳤다.

신나게 추격하던 거란 기병이 고개 중턱에 이르니, 양쪽 언덕에서 고구려 군이 빗발치듯 화살을 퍼부어 수십 명 기병이 말에서 떨어졌다. 정찰대장은 고개 중턱에 목책이 세워진 걸 보고 급히 후퇴했다.

검은 갑옷에 검붉은 준마를 탄 거인 카사크는 고집이 세고 자신만만한 사나이. 고구려 군이 굳게 방어하고 있다는 정찰대장 보고를 듣고 몸소 갈대고개를 둘러보았다. 산언덕을 따라 목책이 길게 늘어서 있었지만, 말이 뛰어넘지 못할 높이는 아니었다.

더구나 목책을 지키는 고구려 병사는 옷차림조차 제각기 다른 어설픈 장창(長槍) 민병대. 어디에도 기병은 보이지 않았다.

기병의 지원을 받지 못하는 장창 보병대는 치명적 흠이 있다. 방어진의 한쪽만 돌파당하면, 바로 기병대 밥이 된다. 그때 카사크의 눈에 고갯길을 급히 넘어가는 수십 마리 소 떼가 보였다.

'이렇게 큰 목장이면 수천 마리 소나 말을 기르겠군. 그렇다면 우리의 신속한 진격에 놀라 황급히 가축을 옮기고 있겠지.'

그는 오랜만에 풍성한 노획물을 발견하고 침을 삼켰다.

카사크는 칼을 뽑아 고갯마루를 겨누며 돌격명령을 내렸다. 거란 군은 일제히 말을 채찍질하며 민병대가 지키는 목책을 향해 연이어 화살을 퍼붓더니, 창을 치켜세우며 돌진했다. 그런데 어설프게 보이던 목책이 이렇게 까다로운 장애물일 줄이야.

목책으로 가는 길은 우거진 가시덩굴로 막혔고, 목책 앞 20보에 한 자 높이 창같이 뾰족하게 깎은 생나무가 땅바닥에 총총히 박혀 기병의 진로를 막았다. 게다가 사람 키 높이의 통나무를 촘촘히 박은 목책 뒤엔 비스듬히 하늘을 향해 장창(長槍)을 세워 창 밑동을 땅에 고정시켰고, 그 옆엔 궁수가 활을 겨누고 있었다.

목책 밖으로 내민 장창이 노리는 건 거란 기병이 아니라 말의 가슴과 목이었다. 맹렬하게 돌진하던 선두대열 말들이 장창에 찔리고, 땅에 박힌 생나무에 걸려 쓰러지자, 뒤를 따르던 기병도 이에 부딪혀 넘어져 대열이 흩어지고 뒤엉켰다. 이렇게 기동성(機動性)을 잃은 기병의 무리는 활과 투석기의 좋은 먹이가 되었다.

안시성 민병대 백인대장과 니루는 전투 경험이 있었지만, 병사들은 처음 전쟁터에 나왔다. 승리의 확신을 가졌다고 하나 용감한 자도 긴장해서 떨었고, 죽음의 공포에 짓눌려 창백한 얼굴이었다. 그런데 별다른 피해 없이 적군을 물리치고 승리의 단맛을 보자, 두려움이 사라졌다.

양만춘은 카사크 기병대가 혼란에 빠진 것을 바라보다 곁에 있던 니루 수봉을 불렀다.

"수봉아, 저 검은 말을 탄 적장을 사로잡을 수 있겠느냐?"

"한번 해 보겠습니다."

수봉은 카사크를 주의 깊게 살펴보더니 활을 들고 달려갔다.

거란 군 대장 아라드는 카사크 선봉대가 목책 방어선을 뚫으면 앞뒤에서 민병대를 포위해 섬멸하려고 주력부대에게 전투대열을 지어 기다리도록 명령했다. 그런데 눈앞에서 선봉대가 섬멸당하자 눈에 불이 났다.

남부군 총사령관 장검은 아라드에게 "안시성 수비군이 성문을 굳게 닫고 성을 지키느라 정신이 없을 테니 바로 건안성으로 진군해 수군대총관 장량 부대와 합류하라"고 지시했다.

'그런데 건안성으로 가는 길목에서, 제대로 군복조차 갖춰 입지 못한 안시성 민병대와 부딪혀 이런 부끄러운 꼴을 당하다니.'

늙은 족장 바까리가 그에게 다가와 충고했다.

"아라드, 적은 충분한 채비를 갖추고 기다렸던 모양일세. 마치 마른 이끼가 물을 빨아들이듯 우리 병사를 집어삼키지 않는가. 지금 물러났다가 장검 본대와 함께 공격하는 게 어떻겠나?"

갈대고개 능선은 그리 험하지 않았고 병력도 3천을 넘을 것 같지 않았다. 아라드는 족장의 충고를 무시하고 결단을 내렸다.

"바까리, 나를 웃음거리로 만들 작정인가? 이까짓 민병대가 무서워 후퇴하라니. 두고 보게. 적에게 다시는 행운이 없을 테니."

5명의 천인대장에게 다섯 방향으로 나누어 목책으로 돌진하게 하고, 자신은 직속 기병대를 이끌고 뒤를 받쳐 주기로 했다.

"적은 보잘것없는 오합지졸 민병대. 일제히 공격해 포위 섬멸하라. 한 곳만 돌파당하면 모래성같이 무너지리라."

천인대장들은 목책까지 거리를 가늠해 보더니, 기병대에게 장창을 뽑아 들고 전속력으로 달려 적진을 유린하라고 명령했다.

'거리는 불과 5백 보. 전속력으로 달리면 적은 두서너 번 이상 활을 당길 수 없으리라.'

공격을 알리는 북소리가 급하게 울려 퍼지자 거란 기병대는 간담을 서늘케 하는 함성을 지르며 성난 파도가 덮치듯 갈대고개 방어선으로 달렸다. 민병대가 어느 틈에 뿌린 것일까. 목책 40~50보 앞 사방에 날카로운 쇠 꼬치가 달린 마름쇠가 뿌려져 있었다.

마름쇠를 밟은 말은 발바닥 깊숙이 쇠 꼬치가 파고드는 충격으로 미친 듯 펄쩍 뛰어오르거나 아픔으로 움직이지 못했다. 고구려 궁수 화살 세례를 피한 말도 목책 앞에 고슴도치 털같이 빽빽하게 세워진 장창에 가슴과 목이 찔려 쓰러졌다.

뒤따르던 기병도 달리던 속도 때문에 멈추지 못하고 쓰러진 말에 부딪혀 뒤엉켰다. 구슬픈 말 울음소리, 죽어가는 자의 고통스러운 외침. 차마 눈 뜨고 볼 수 없는 처참한 풍경이 펼쳐졌다.

"후퇴하여 다시 열(列)을 지으라!" 하고 고함치던 아라드는 무엇인가 크게 잘못되었음을 몸서리치게 느꼈다. 바로 그때였다. 등 뒤에서 "우와" 하는 무서운 함성이 울려 퍼진 것은.

양만춘이 전쟁터를 내려다보다가 전투가 결정적 고비에 달했을 때 붉은 깃발을 흔들자, 고개 위 봉화대에서 시커먼 연기가 치솟았다. 거란 군이 미처 혼란을 수습하기 전에 붉은 깃발의 고구려 기병대 공격이 쇠망치처럼 머리 위로 떨어졌다.

산이 무너지는 듯한 함성을 지르면서 성난 파도처럼 벌판을 가득 메우며 달려오는 붉은 기병대 기세가 워낙 사나워 거란 군은 어떻게 해야 할지 갈피를 잡을 수 없었다. 전후좌우 보이는 건 고구려 군뿐. 한순간 공포가 전염병같이 퍼져 거란 군 병사들의 가슴을 얼어붙게 했다.

붉은 깃발 기병대 선두에 키 큰 젊은이가 긴 창을 앞으로 뻗으면서 일직선으로 아라드를 향해 말을 몰았다. 그를 뒤따르는 한 무리 용사는 미리 목표물을 정한 듯 우왕좌왕하는 거란 병사들은 거들떠보지도 않고, 송곳같이 날카롭게 파고들어 곧장 대장의 깃발을 향해 덤벼들었다. 마치 양 떼를 덮치는 성난 호랑이 같았다.

아라드 호위대가 우두머리를 지키려 앞을 가로막았다. 우소가 긴 창을 휘두르며 폭풍같이 돌진하여 호위의 벽을 뚫자, 뒤따라 달려온 용사도 거대한 파도처럼 호위대를 덮쳐 장창으로 찌르고 전투용 도끼로 머리를 깨부쉈다. 우소는 무시무시하게 빠른 속도로 아라드에 다가가 그의 목을 향해 긴 창을 내질렀다.

겁에 질린 아라드는 급히 몸을 돌려 늙은 족장 바까리와 용맹한 두 아들 등 뒤로 피했다. 우소는 바까리 부자가 몸을 숙여 옆에서 휘두르는 칼날을 튕겨내고 장창을 비스듬히 내질러 바까리의 턱을 꿰뚫고 찰거머리같이 아라드를 따라붙었다.

투명한 햇살을 가르며 그의 창이 번개같이 아라드 옆구리를 찔렀다. 적장의 목을 잘라 창끝에 꽂은 우소가 외쳤다.

"적장을 죽였다!"

거란 군은 그 순간 무너졌다. 행동이 날랜 자는 재빨리 달아났고, 그렇지 못한 자는 갈팡질팡하다가 죽거나 무릎을 꿇었다.

온사문 장군이 이끄는 기병대는 부챗살같이 퍼져 적의 퇴로(退路)를 막아 포위하며, 작전계획대로 거란 군을 요하 하류로 내몰았다. 요하 하류는 여기저기 강줄기와 늪이 펼쳐진 미로(迷路)와 같은 지형으로, 늪지대는 온통 갈대가 우거진 진흙 수렁이었다.

소라면 질척한 늪에서 뒹굴기를 좋아하지만, 말이라는 동물은 건조한 평원에서 자랐기에 이런 곳을 싫어한다. 거란 기병도 이런 늪지대는 질색이었지만, 도망치려면 그곳밖에 없었다.

고구려 선두 기병이 흰 깃발을 흔들자 갈대밭에 일제히 불화살을 쏘았다. 때는 5월 초. 수목에 물이 한창 올라 있을 때여서 불이 잘 붙지 않는 계절. 그러나 고구려 군이 며칠 전에 갈대밭 곳곳을 미리 베어 묶어 놓아 마른 갈대 묶음에서 불길이 치솟았다. 불길이 생갈대로 옮겨붙으며 매운 연기가 동풍을 타고 거란 기병을 뒤쫓았다. 습기가 많아 불이 크게 번지지 않았지만, 거란 군은 연기와 불길을 피해 도망치다가 물에 빠지거나 길도 없는 늪지대에 갇혀 버렸다.

남부군 장검의 본진은 거란 기병대와 10여 리 거리를 두고 행군했는데, 30여 리까지 뒤처지게 된 것은 안개 탓이었다. 그날 아침 요하 강변에 짙은 안개가 끼고 바람이 불지 않아 날이 밝아도 어두컴컴해 앞이 잘 보이지 않았다. 안개 속에서 방향을 제대로 알 수 없어 군대를 움직이기 어려웠다.

안개가 걷혀 강을 건넌 장검은 거란과 고구려 군의 전투를 보고받자 행군을 멈추었다. 안산을 등지고 남부군 본진의 영채(營砦)를 세우는 한편, 기병대장 노숙아에게 기병 3천을 주어 아라드 군을 돕게 했다. 그가 기병대를 이끌고 10여 리도 가기 전에 황급히 도망쳐 오는 패잔병을 만났다. 거란 군의 전멸과 아라드의 죽음은 너무나 큰 두려움을 주어 아예 싸울 생각을 버리고 돌아왔다.

거란 기병대는 당나라 남부군을 보조하는 거란족 타타비족으로 구성된 잡병(雜兵)에 불과했으나, 실제로 남부군 공격력의 주축이었다. 이 기병대의 전멸은 장검 군을 공포에 떨게 했다.

말갈족장 아라하치는 말갈 군과 고구려 외인부대를 이끌고 갈대고개에서 멀리 떨어진 안산 기슭에 매복하고 있었다. 그의 임무는 장검 군이 포위망 속에 들어오면 뒤를 쳐서 치중부대(수송부대)를 불사르고 사로잡는 것이었다. 그런데 장검 군이 안개 때문에 늦게 출발했기에 양만춘이 친 그물 안에 들어오지 않았다.

장검 군 본진이 뜻밖에 진격을 멈추고 안산에 영채를 세워 방어 태세를 굳게 하자 아라하치는 고민에 빠졌다. 소수 병력으로 장검 군 본진을 공격하는 건 어리석은 짓이라 생각했다.

그때 외인부대 우검보가 야습(夜襲)을 하자고 주장했다. 젊은 야율마기 역시 한 번 싸워 보지도 않고 물러나는 게 불만인 듯 우검보 주장에 적극 찬성하고 나섰다.

"우리는 안산 지형을 손바닥 들여다보듯 잘 알지 않소. 어둠을 타고 적진에 침투해서 불을 지르면 적군은 공포에 빠져 전의(戰意)를 상실할 테니 쉽게 깨뜨릴 수 있을 것이오."

아라하치는 적병이 깊이 잠든 새벽녘에 외인부대가 적 진지에 숨어들어 불을 놓으면 기병대가 일제히 돌격하기로 결정하고, 이러한 상황을 알리는 전령을 급히 갈대고개로 보냈다.

야습이 무서운 것은 밤의 어둠을 이용한 기습에 있고, 기습공격이 성공하면 기대 이상 효과가 난다.

외인부대의 방화(放火), 때를 놓치지 않은 말갈 기병대 돌격으로 혼란에 빠진 장검 군 본진은 날이 밝기도 전에 벌판을 가득 메우며 달려오는 붉은 깃발 기병대를 보자 넋을 잃고 패주하기 시작했다. 고구려 군의 추격은 집요했다. 지휘체계가 무너져 도망치는 적군에게 대열을 재정비할 틈도 주지 않고, 백 리 길을 따라붙으며 매서운 공격을 늦추지 않았다. 이 싸움으로 엄청난 타격을 입어 독립부대였던 장검의 남부군은 지상에서 사라져버렸다.

장산도 해전

5월 열사흘 새벽. "부우웅" 소라 고동 소리가 울리며 돛을 활짝 편 정탐선 한 척이 짙은 바다 안개를 뚫고 장산열도 해협 입구에 모습을 드러냈다. 정탐선이 아사노의 지휘선〔旗艦〕 옆에 닿자 텁석부리 털보가 지휘선 갑판으로 뛰어올랐다.

"수군사령관 아사노 님께 누초 마루 긴급보고. 적 함대 비사성 출발. 어제 아침 삼산도서 아군 감시병이 발견. 함대는 대략 150척. 오늘 저녁 이곳에 닿을 것으로 예상됨. 보고 끝."

마루는 군례(軍禮)도 제대로 하는 둥 마는 둥 씩씩하게 외쳤다.

"수고했다. 해협 입구에 숨어 적을 계속 살피도록."

아사노는 적과 싸우게 된 기쁨을 감추지 않는 부하가 대견스러워 어깨를 두드려 주고 돌아섰다.

"장산도 북쪽 만(灣)에 숨어 있는 함대에게 출동명령을!"

지휘선 갑판에서 불화살을 쏘아 올리자 해협 산등성이 봉화대에서 세 가닥 불길이 타올랐다. 드디어 결전의 날이 다가왔다.

아사노는 대진(大津, 진남포) 바닷가 어부의 아들. 고기잡이란 고구려 사회에서 하층민에 속했고, 수군(水軍)이란 출세와 거리가 멀었지만 먼 옛날부터 아사노 가문 사내는 바다를 사랑했다.

한 달 전 당나라가 침공하던 날, 아사노는 적 수군을 맞아 싸우려 평도의 섬 그늘에 매복했다. 정탐선 보고로 묘도열도를 따라 북동으로 진격하는 적은 무려 500척이나 되는 대함대였다. 아군 35척으로 넓은 바다에서 적 함대와 싸우는 짓은 자살행위나 다름

없었다. 그때 문득 양만춘의 얼굴이 떠올랐다.

"장수란 모름지기 싸울 때와 장소를 선택해야 한다. 승산도 없이 싸우는 건 용기가 아니라 어리석은 짓이다. 참된 용기란 이길 수 있는 장소와 때가 올 때까지 기다리는 인내심을 말한다."

아사노는 젊은 부하 장교들의 반대를 무릅쓰고 미련 없이 장산도 수군 본영으로 되돌아왔다.

"그렇다. 이길 수 있는 장소란 바로 이곳 장산열도이다. 여기라면 구름의 높이와 색깔만 보고도 다음 날 맑고 흐림을 짐작할 수 있고, 바람 부는 것과 구름의 움직임을 살피면 수시로 변하는 바람 방향과 세기를 알 수 있다. 게다가 이곳 물길과 조류(潮流) 흐름, 암초가 있는 곳까지 손바닥 들여다보듯 훤하지 않은가! 싸워야 할 때란 적이 압록강 어구와 평양성을 목표로 장산해협에 들어오는 때일 테지. 지난 십수 년간 끊임없이 되풀이한 전투훈련. 몇 번이나 빈틈을 고치고 다듬었던 덫 안으로 놈들을 유인해서 비사성의 학살을 되갚아 주리라!"

아사노는 섬과 암초가 점점이 흩어져 있는 해협 서쪽 바다를 노려보며 입술을 깨물었다.

5월 2일. 비사성이 함락되던 날 당나라 수군총관 장문한은 대총관 장량으로부터 함대를 이끌고 장산열도를 거쳐 압록강 하구까지 고구려 수군을 소탕해 평양성으로 가는 길을 열라는 명령을 받았다. 수군 장수 대부분은 고구려 해역 깊숙이 들어가는 것을 탐탁히 여기지 않았으나, 곰같이 완강한 체구의 거한이 일어났다.

"나 구효충이 선봉을 맡아 고구려 뱃놈들 혼을 빼놓겠소."

이튿날 아침이 되자 남서쪽에서 검은 기운이 솟아오르더니, 삽시간에 먹구름이 해를 덮고 장대 같은 폭우가 쏟아졌다. 뒤이어 바람이 크게 일고 산더미 같은 파도가 돛대까지 용솟음쳐 올라 출항을 연기할 수밖에 없었다.

사흘 만에 비바람은 그쳤지만 이번에는 때 아닌 북동풍이 세차게 불고 파도조차 거칠었다. 이런 맞바람〔逆風〕을 뚫고 배를 모는 건 미친 짓이지만, 바다에 무지한 대총관 장량의 출항 독촉이 빗발치는 듯했다. 뛰어난 무사일수록 싸울 때를 대비해 험한 길에선 말에서 내려 말의 힘을 아끼듯, 제대로 된 수군 장수라면 전투의 순간 외엔 노꾼을 함부로 부려서는 안 되는 법이거늘. 선봉장 구효충 이하 여러 함장이 격렬하게 반대했으나, 장문한은 돛을 내리고 노를 저어서라도 장산도로 전진하라고 명령했다.

비사성 동쪽 바다에서 평도를 거쳐 삼산도에 이르는 200리 길은 당나라 전함 노꾼들에게 지옥의 행진이었다. 특히 5층 누각 지휘선과 대형전함 노꾼들이 겪은 고생은 이루 말할 수 없었다.

3개의 산봉우리가 솟은 삼산도에 이르렀을 때야 파도가 잔잔해지고 남서풍이 불어왔다. 선봉장 구효충은 빠른 전함 80척을 선발해 순풍에 돛 달아 장산열도를 향해 달렸고, 장문한은 뒤처진 대형전함 70척을 수습해 그 뒤를 따랐다.

장산열도는 요동반도 남동쪽 바다 위에 떠 있는 한 무리 섬이다. 어미섬 장산도 주위에 크고 작은 수십 개 섬이 옹기종기 모여 있고, 여기저기 흩어진 암초에서 흰 물결이 솟구쳤다.

비사성에서 압록강 어구를 거쳐 평양성으로 가는 연안수로(沿岸水路)는 반드시 장산도를 지나가는데, 고구려 수군이 해협 수로 길목에 숨어 있었다.

하늘과 바다가 맞닿은 수평선에 흰 구름만 몇 점 떠 있고 갈매기 한 마리가 넘실대는 파도 위로 솟구치며 날았다. 황혼이 오자 구름 사이로 하늘이 갈라지듯 밝은 빛줄기가 쏟아져 내리더니 바닷속으로 장엄하게 불타는 해가 가라앉기 시작했다. 바다는 황금색으로 빛나다가 이내 붉게 물들더니 어둠의 장막을 펼치기 시작했다. 해가 지면 땅은 곧 어두워지나, 바다는 아직도 햇빛을 잊지 못하는 듯 그윽한 빛을 발했다.

곡우(4월 20일경)로부터 한 달 보름간은 고기잡이 황금철. 추위를 피해 먼 남쪽 바다로 갔던 조기나 갈치 같은 고기와 왕새우가 알을 낳기 위해 장산열도로 모여들기에 평화로운 시절이라면 이곳은 수많은 어선이 모여들 때건만, 지금은 고기잡이배 한 척 없는 텅 빈 바다였다.

5월 13일. 어둠이 내렸지만 둥근 달이 엷은 안개에 싸여 하늘 높이 떠 있어 구효충 함대가 항해하는 데 조금도 지장이 없었다. 항해는 순조로워 해협 양쪽 섬 그림자는 먹으로 그린 수묵화처럼 꿈속에 잠겼고, 달빛 어린 바다는 밝은 은빛으로 빛났다.

바람은 잔잔한 서풍. 시각은 밀물 때여서 조류는 서에서 동으로 흘러 함대는 오랜만에 순풍에 돛 달고 해류 도움까지 받아 해협수로를 향해 신나게 달렸다. 이런 속도로 항해하면 새벽이 오기 전

장산도에 닿아 휴식을 취할 수 있을 터였다.

해협 좁은 물목 섬 그늘에 숨어 있던 고구려 수군은 눈을 빛내며 멋모르고 포위망 속으로 들어오는 당나라 전함을 반겼다.

"그래. 오너라, 이쁜 것들. 꾸물거리지 말고 그물 안으로 어서 들어오너라."

"하나, 둘, 셋…." 여덟 번째 적함은 구효충 지휘선으로 산과 같이 어마어마한 전함. 수나라 때 만들었던 오아(五牙)처럼 배 위에다 5층 누각을 올리고 50척(尺)이 넘는 돛을 6개나 세웠으며, 군사 8백 명이 탄 배였다. 누각 각층에는 불을 환히 밝히고, 선봉장 깃발이 바람에 펄럭였다.

"대장님, 구름을 보니 오래지 않아 바람이 잘 것 같군요. 밀물도 절정에 이르렀으니 곧 조류의 흐름도 멈출 것이고요."

늙은 수부장이 의미 있는 눈짓을 하며 아사노에게 소곤거렸다.

"아직 멀었어. 그물 안으로 고기가 더 들어와야지."

적함 40척 이상이 좁은 물목을 지나 해협 안으로 들어올 무렵, 당나라 정탐선이 고구려 전함을 발견했는지 하늘로 불화살을 쏘아 올렸다. 아사노는 더 이상 기다릴 수 없어 공격명령을 내렸다.

"두두둥 둥둥" 우렁찬 북소리가 고요한 바다 위로 울려 퍼졌다.

돛을 내린 채 섬 그늘 여기저기에 숨어 있던 30여 척 고구려 전함은 아사노의 돌격명령이 떨어지자 뱀처럼 길게 줄을 지어 나오던 적 함대 옆구리를 향해 쏜살같이 돌진했다.

적함과 거리는 300보에서 700보. 재빨리 노를 저어 적에게 다가간 고구려 전함들은 적함을 향해 투석기로 불덩이를 쏟아부었고,

대형노에서 발사한 굵은 통나무 불작살은 적함의 몸통에, 궁수가 쏘는 불화살은 돛을 향해 빗발치듯 쏟아졌다.

해협 입구 물목이 좁아지는 양쪽 산등성이에서도 봉홧불이 타오르면서 물목을 지나는 적함에 투석기로 불세례를 퍼부었다.

아사노 지휘선은 먹이를 본 매같이 구효충 전함을 덮쳤다. 지휘선 정면과 측면에 설치한 5대 투석기에서 일제히 발사된 불벼락이 5층 누각에 집중되었고, 대형노에서 쏜 어유(魚油)를 가득 채운 거대한 통나무 불작살이 배 옆구리에 깊이 박혀 불타올랐다.

한 방향으로 고정시킬 수밖에 없는 투석기와 대형노의 명중률은 배를 적함에 직각으로 유지하고 거리를 조정하는 게 생명이다. 노련한 수부장(水夫長)이 키잡이와 노꾼에게 끊임없이 고함을 질러 각도와 거리를 조정하고, 투석기와 대형노의 지휘자는 배의 흔들림에 따라 발사명령을 내렸다. 그리고 돛대에 몸을 묶은 궁수들도 끊임없이 적함의 돛을 향해 불화살을 퍼부었다.

뜻밖에 기습을 당한 적장 구효충은 정신을 차릴 수 없었다. 오늘 낮 장산수로를 정찰했던 정탐선은 고구려 수군이 섬을 버리고 철수했다고 했거늘, 도대체 어디에 숨어 있었단 말인가? 더구나 고구려 수군의 신형병기인 투석기에는 입을 다물 수 없었다. 끊임없이 흔들리는 전함에서 불화살도 아닌 불투석기로 우리 함대를 공격하다니. 불타는 돛, 불길에 휩싸인 전함, 공격을 피하다 암초에 부딪쳐 침몰하는 배는 모두 당나라 전함이었다. 구효충은 자기 배 옆에 바짝 붙어 끈질기게 공격을 퍼붓는 고구려 전함을 멍하니 내려다보다가 뒤따르는 함대에게 구조신호를 보냈다.

밀물이 끝나고 썰물로 바뀌며 해협의 조류가 잠시 흐름을 멈추자 아사노 지휘선 수부장이 재빨리 폭죽을 하늘로 쏘아 올렸다. 그 순간 해협 입구 산등성이에 진달래꽃이 활짝 피듯 횃불로 덮이더니 양쪽 산비탈에서 호랑이잡이 벼락틀이 무너지는 소리가 울려퍼졌다. 뒤이어 비탈에 쌓아놓은 수천 개 통나무가 한꺼번에 바다로 쏟아졌다. 구효충의 대장선을 구하려 물목을 통과하던 적함들이 날벼락을 맞았고 쏟아진 통나무로 입구가 막혀버렸다.

장산해협 물목은 양쪽 가장자리 곳곳에 암초가 머리를 내밀고 있어 큰 배는 해협 중앙수로만 이용해야 한다. 대장선에서 구조를 요청하는 폭죽이 연이어 터지자 당나라 전함들은 물길의 사정도 알지 못한 채 앞다투어 달려가다 암초에 부딪혀 좌초됐다. 아직 해협 입구에 들어서지 못한 30여 척 후군(後軍) 전함들도 입구를 가득 메운 통나무 때문에 바깥 바다에서 발만 동동 굴렀다.

대장선 5층 누각에는 수백 명 당나라 궁수가 고구려 전함을 향해 불화살을 쏘며 가까이 접근하는 걸 막고 있었지만, 누각 여기저기가 불길에 휩싸이자 정신없이 피하기 바빴다.

구효충은 최후가 왔음을 깨닫고 허리에서 칼을 뽑아 들어 최후의 결전을 준비하라고 명령했다. 이제 고구려 병사들이 배에 뛰어올라 백병전이 벌어질 테니까.

그런데 아사노는 전통적 사고방식을 가진 장수가 아니었다. 활 사정거리 밖에서 계속 불벼락만 퍼붓다가 머구리[潛水兵] 한 조를 내보냈다. 그들은 바닷속에서 소라를 따고 전복을 캐어내듯 구효충의 배 밑창에 찰싹 달라붙어 널빤지를 하나둘 떼어냈다.

공포에 휩싸인 오륙 척의 당나라 전함이 항로를 벗어나 무작정 남쪽 바다로 달아났으나 여기저기 숨어 있는 암초에 부딪혔다. 항로를 따라 도망치던 전함도 첫 공격을 받을 때 돛이 타 버린 터라 모래사장을 오른 거북처럼 굼떠 고구려 수군의 추격을 벗어나지 못했다. 당나라 수군들은 배를 버리고 양쪽 섬 기슭으로 기어올랐다.

후군 함대는 물목을 막고 있는 통나무가 떠내려가 수로가 열리기만 기다리다가 전군(前軍) 함대가 섬멸당하고 구효충도 죽은 것을 알게 되자 싸울 생각을 버리고 도망치기 바빴다. 긴 추격전이 시작되었다.

수군총관 장문한은 도망쳐온 선봉군 전함으로부터 장산해협에서 구효충 함대가 전멸당한 사실을 알았다. 선봉장의 죽음은 그에게 두려움을 주었다. 복수를 외치는 부하장수의 의견을 묵살하고 오호도에 쌓인 군량을 지켜야 한다는 구실로 함대를 돌렸다.

고구려 노꾼들은 신나게 노를 저었다. 아사노는 급히 추격해 적함을 불태우고 속력이 느린 보급선을 여러 척 사로잡았으나, 삼산도가 가까워지자 부하장수의 간청을 물리치고 추격을 멈추었다.

"이만하면 되었다. 때가 되면 밀물이 썰물로 변하고, 바람 부는 방향도 바뀐다는 사실을 잊지 않았겠지?(335쪽 참조)"

날뛰는 세작들

해마루 장군은 요동성 방어를 살펴보려 대량수 강변을 순찰했다. 날카로운 바람소리와 함께 화살 하나가 투구 위를 지나 강변 늙은 소나무 등걸에 박혔다. 주위를 둘러보았지만 수상한 자를 찾지 못했고, 화살이 날아오기 너무 먼 거리에 삿갓을 눌러쓴 늙은 어부가 거룻배에서 낚시를 드리우고 있을 뿐이었다.

화살에는 "괴유란 자는 당나라 세작의 두목이니 늦기 전에 사로잡으시오. 친구로부터"란 종이쪽지가 매달려 있었다.

해마루는 사내답게 당당히 나타나 고발하지 않고 뒤에 숨어서 사람을 모함하는 짓을 못마땅하게 여기는 터라 어떤 싱거운 자의 장난이라고 무시해 버렸다.

사흘 후 한밤중 요동성 서문 방어 공사장을 침입한 자가 잡혔다. 괴유의 집사가 찾아와 석방교섭을 벌이자 성품이 곧은 수문장은 뇌물을 거절하고 노루지라는 흑룡방에 소속된 왈패를 요동성 총사령관 해마루에게 끌고 갔다. 그날 밤 오준이 해마루 집으로 찾아와 노루지의 석방을 부탁했다.

"요동성에서 성주 다음 가는 높은 벼슬아치가 시장바닥의 무뢰배 뒤를 봐주고 있다니."

해마루는 강직한 싸울아비였다. 그동안 흑룡방을 못마땅하게 여겨왔지만 민간인을 단속할 권한은 성주에게 있기에 못 본 척했으나, 요동성의 행정을 담당하는 장사(長史) 오준의 의심스러운 행동을 보자 성주와 상의 없이 결단을 내렸다.

요동성에 거센 바람이 불었다. 해마루는 흑룡방 소탕령을 내리고 괴유를 체포하려 부하군사를 보냈다. 괴유는 미리 귀띔을 받아 병사들이 집을 에워싸기 전에 간신히 몸을 피할 수 있었지만, 의심 받을 만한 흔적을 지워 없애지 못했다. 해마루는 드디어 그가 당나라 세작의 우두머리라는 증거를 찾아냈다.

다음 날 오준도 한통속임을 알리는 투서(投書)가 날아들어 이번 사건에 성주의 심복까지 관련되었음이 밝혀졌다. 해마루는 입맛이 씁쓸했지만 요동성 장사까지 세작단에 발을 담그고 있다면 더 이상 시간을 지체할 수 없었다. 즉시 요동성 해진우 성주를 찾아가 반역자들을 잡아들이자고 했다.

해진우는 명단 첫머리에 오준의 이름이 올라 있는 것을 보고 입의 혀같이 충성스러운 모습이 떠올라 얼굴빛까지 변했다.

"삼촌, 틀림없이 무슨 오해가 있습니다. 오랫동안 부린 심복이어서 잘 압니다. 무엇이 아쉬워 반역의 무리에 가담하겠습니까?"

"성주, 이렇게 뚜렷한 증거가 있지 않습니까? 즉시 잡아들여 심문해 보면 모든 죄를 밝혀낼 수 있을 겁니다."

해진우는 "해마루 장군이 이번 전쟁을 빌미로 성주님을 몰아내려고 합니다"라고 며칠 전 오준이 고자질하던 게 문득 떠올랐다.

"장사란, 벼슬아치 중 가장 높은 자리입니다. 함부로 체포하면 백성의 마음이 흔들릴 테니 좀더 신중히 생각해 봅시다."

성주는 거북한 삼촌을 물러가게 하려고, 몸이 불편하다는 핑계를 대고 먼저 자리에서 일어났다.

해마루는 성주의 저택을 나오며 하늘을 우러러 탄식했다.

"나는 평생 싸움밖에 모르는 올곧은 싸울아비. 큰형이 성주였을 때는 오로지 한마음으로 굳게 뭉쳐 수양제 대군을 물리쳤지요. 형님, 어떻게 저따위 못난 놈에게 성주 자리를 물려주었소. 이제 적의 침략으로 요동성이 바람 앞에 촛불같이 위태로운데."

오준은 성주의 얼굴 표정만 보고서도 사태를 짐작했다.

'해마루는 호탕하고 뒤끝이 없는 성격이지만 강직한 장수이므로 호락호락 물러서지 않을 것이다. 어리석고 우유부단한 성주를 충동질해 서로 싸우게 할 수밖에.'

"아무래도 해마루 장군이 반역을 하려는가 봅니다. 먼저 성주님 가족을 피신시켜야겠습니다. 백암성으로 피란보내면 제 처남이 성주이니 잘 보살펴 줄 겁니다."

오준은 허락을 받아 성주와 자기 가족을 백암성으로 보냈다. •

안시성 차사(次史) 저유의 며느리 향옥은 도톰하게 살이 오른 복스러운 얼굴로 음식 솜씨도 뛰어났다. 특히 알싸한 울금향(鬱金香) 향내가 도는 술을 잘 빚어 사람들이 '저유네 술'이라며 귀하게 여겼다. 그녀는 일찍 지아비를 여의고 어린 아들을 키우며 살았다. 저유는 젊은 며느리가 가여워 여러 번 재혼(再婚)을 권했으나

• 전쟁 중 요동성에 큰 내분(內紛)이 있었다. 《삼국사기》, 고구려 본기, '보장왕 편'에 '요동성 장사가 부하에게 살해되고, 성사(省事)가 장사의 처자를 데리고 백암성에 도주했는데 이들이 당나라 군의 포로가 되자 당태종이 수레를 주어 평양성으로 보냈다'는 기록이 있다. 요동성이 오래 버티지 못한 까닭이 이 내분 때문인 것으로 추측되나 이에 대한 자세한 기록은 없음.

혼자 살겠다면서 말을 듣지 않았다.

저유가 나이 많아 은퇴하자 양만춘은 마른 전복과 해삼을 보냈다. 향옥은 처음 보는 귀한 재료를 맛있게 요리하려고 아랑을 찾아가서 요리법을 배웠다. 맛있는 냄새에 끌려 부엌에 들른 저유는 며느리가 음식 맛을 보는 것을 보고 짐짓 불같이 화를 냈다.

"성주께서 보낸 귀한 음식을 시아비가 맛도 보기 전에 입에 대다니. 집안 가풍(家風)을 바로잡아야겠으니 한 달 동안 감찰관 댁에 가서 그 집의 엄격한 법도(法度)를 익히고 오너라."

저유에게 부탁을 받은 감찰관은 향옥을 귀한 손님으로 딸같이 대했다. 그의 아들 덕소는 홀아비가 되었으나 눈에 차는 여인이 없었는데, 향옥을 보고 첫눈에 반해 끈질기게 사랑을 호소했다.

여인은 재혼이 부끄럽다며 해성에 살 수 없다고 고집을 부렸다. 안시성 성하촌(城下村)에 살게 된 향옥은 장터에서 미친 여자거지가 놀림감이 되고 있는 걸 보았다. 거지는 때가 더덕더덕 묻은 얼굴에 히죽히죽 웃음을 흘리며 가슴을 풀어헤치고 유방을 내보이며 킬킬거렸다. 안시성은 신분이 확실치 않은 사람의 접근을 엄격하게 금지했으므로 보초병이 쫓아냈으나, 며칠이 지나자 심심풀이로 여자거지를 희롱하며 성벽 근처에 머무는 걸 눈감아주었다.

향옥은 측은한 마음이 들어 집으로 데려와 찢어진 옷을 벗겨 깨끗이 씻기고 그녀의 헌 옷을 입혔다. 동네 개구쟁이가 던진 돌에 맞아 이마에 상처가 있었으나 뜻밖에 젊고 반듯한 얼굴이었다.

덕소와 달콤한 사랑에 빠져있던 향옥은 정신이 온전하지 않은 게 흠일 뿐 영리하게 생긴 여자거지에게 안타까운 마음이 들었다.

마침 친정집에 서른이 넘도록 장가를 못 간 머슴이 생각나서 두 사람을 맺어주고 '곱단이'라는 이름까지 지어주었다.

반벙어리처럼 외마디 말밖에 못하던 곱단이가 첫날밤 알아들을 수 없는 새소리 같은 낯선 말을 마구 퍼부으며 앙탈했다. 머슴은 이상하게 여겼으나 곱단이가 너무 좋아 사랑을 쏟아부었다. 그녀는 안시성에 이상하리만큼 깊은 애착(愛着)을 가져 틈만 나면 집을 나가 성벽 주변을 헤매고 다녔다.

머슴은 집을 나가 떠도는 아내를 몇 번이나 찾아 데려왔다가 마침내 성이 나서 방안에 가두고 곁에 붙어 감시했으나, 며칠 지나지 않아 그가 잠든 틈에 묶은 끈을 풀고 달아나 버렸다. 머슴은 곱단이를 해성포구에서 보았다는 말을 듣고 포구로 달려가 여러 날 동안 아내를 찾아 헤맸지만 끝내 찾지 못했다.

아랑(흑모란)은 손님 접대에 쓸 찬거리를 사려고 장터에 나왔다가 정육점에서 고기를 흥정하는 사내 뒷모습이 어쩐지 눈에 익었다. 여강루에서 음식을 만들던 장궤였다.

'저 사내가 여긴 웬일일까?'

이상한 생각이 들어 뒤를 밟으니 강가 다리 옆 '해성루'라는 간판이 걸린 음식점으로 들어갔다. 다음 날 마실을 나온 김에 성주의 시동(侍童) 모개루를 데리고 갔더니 입맛을 다시며 저 음식점은 몇 달 전 새로 생긴 곳인데 양꼬치구이 맛이 좋아 장사가 잘된다며 입에 침을 튀겼다. 해성루에서 술 취한 군인이 비틀거리며 나왔다. 얼굴에 칼자국이 난 멧돼지같이 험상궂은 땅딸보였다. 그는 니글

244

니글한 눈으로 아랑의 몸매를 아래위로 훑어보면서 쌍스러운 음담패설을 늘어놓았다. 아랑은 뱀을 밟은 듯 온몸에 소름이 돋았다.

'혹시 저자는 조홍이 안시성에 보냈다던 세작이 아닐까?'

모개루가 아랑을 보호하려고 앞을 가로막고 서자 뒤따라 나오던 외인부대 군복을 입은 껑다리가 멧돼지를 끌어안았다.

"보로, 그만하게, 너무 취했군."

멧돼지의 행패를 막은 군인이 정중히 사과했다. 아랑은 뒤돌아서면서 조홍의 손길이 안시성 깊이 스며들었음을 깨달았으나 같은 편을 만났다는 반가움보다 짙은 혐오감을 느꼈다.

성주는 겉보기엔 산(山) 같이 듬직하지만 알고 보니 덩치만 큰 어린애 같아 아랑의 모성애(母性愛)를 불러일으키는 마음이 여린 사나이였다. 언제나 무덤덤하고 태평스러워 보이는 얼굴 뒤에 감추어진 참모습을 그녀는 어둠 속에 숨어 몰래 엿보았다.

갈대고개 싸움 때도 밤새도록 이리저리 뒤척이면서 잠 못 이루고 죽은 자의 이름을 애타게 부르며 잠꼬대하던 신음소리까지도. 순간 방안에 뛰어들어 등을 토닥거리며 위로해 주고픈 마음이 들었다가 깜짝 놀라 쓴웃음을 지으며 돌아섰다.

아버지를 비롯해 괴유상단 사내는 단순하고 솔직했다. 그들은 서슴지 않고 부딪쳐 돈이건 여자건 원하는 걸 당당하게 가졌다.

아랑은 바보가 아니었다. 독한 마음 품고 염탐꾼으로 숨어들 때 이미 몸을 내던질 각오가 되어 있었다. 성주쯤 되면 천한 하녀를 노리개로 삼는 건 그리 어려운 일도 아닐 테니까.

뜻밖에도 괴물이라 생각했던 성주는 억척같은 괴유상단 사내에
비하면 형편없는 숫보기였다. 쉽게 가질 수 있음에도 머뭇거리는
걸 보고 처음엔 '차려 놓은 밥상도 못 먹는 숙맥'이라고 경멸했으
나, 한 지붕 밑에서 2년이나 같이 지내면서 생각이 바뀌었다. 성
주처럼 여인을 존중하는 마음이야말로 사나이로서 올바른 태도이
고, 어쩌면 그런 게 사랑의 참모습이 아닐까 라고.

'내 몸은 아직 순결하지만 마음은 이미 빼앗긴 걸까?'

아랑은 이제 그의 모습이 보이지 않는 날엔 마음이 허공에 떠 있
는 것처럼 일이 손에 잡히지 않고 허전했다. 멀리서 묵직하게 울
리는 낮고 굵은 목소리만 들려도 심장이 두근거렸다. 그윽한 눈길
이 그녀에게 머물 때면 기쁨에 넘쳐 신음이라도 터져 나올 듯 가슴
이 벅차올랐다. 혹시 이게 사랑이라는 것일까? 그녀는 언젠가부
터 이 사나이에 대한 속마음을 아버지에게도 감추어 왔음을 깨달
았다.

생각에 잠겨 있던 아랑은 다로의 날카로운 시선을 느꼈다. 여자
의 직감(直感)이란 무서운 것. 번개가 번쩍하고 대지를 밝히는 짧
은 순간 여인은 모든 걸 한눈에 꿰뚫어 본다.

'아버지의 가장 큰 적. 그러기에 미워하지 않을 수 없는 바로 그
사나이가 저 칼날 같은 눈초리로부터 나를 감싸온 보호자였다니.
저 멍청이가 진짜 내 정체를 알게 되면 어떤 낯을 지을까?'

다로는 아랑이 의심스러웠다. 산속에서 오랫동안 무예수련을
해 왔으므로 은밀하게 접근하려는 자가 제 아무리 소리 내지 않고

가볍게 풀만 밟고 다가와도 그 낌새를 알아차렸다.

호위대장인 다로는 항상 신경을 곤두세워 양만춘 성주 주변을 살폈다. 그런 다로의 눈에 아랑은 발소리를 죽이는 기술을 배운 인간이었고, 어딘가 몸가짐에서 무예를 익힌 자 특유의 기세가 느껴져 경계심을 품어왔다. 더구나 처음부터 아랑은 하녀라는 신분에 어울리지 않아 보였고, 성주 목숨과 관계있는 저택의 요리를 맡고 있는 게 마음에 걸렸다.

'만약 저 귀여운 아가씨가 적이 보낸 세작이거나 자객(刺客)이라면….'

도저히 그대로 덮어둘 수 없었다.

"성주님, 아랑을 내보내는 것이 좋겠습니다."

"무슨 문제라도 있나. 마음씨 따뜻한 좋은 아이 같은데."

입이 무겁고 신중한 다로가 그리 말하는 데 무슨 이유가 있으리라 짐작됐지만, 어두운 전쟁의 틈바구니에서 햇살처럼 밝은 아랑을 보노라면 마음이 포근해지기에 미련을 갖고 물었다.

"작은 구멍도 제방을 무너뜨릴 수 있다고 말씀하시지 않았습니까? 아직 확실한 증거를 찾지 못했지만, 성주님 곁에 두기에는 왠지 마음이 놓이지 않습니다."

양만춘도 한때 불안감을 느낀 적이 있었다. 하녀치고 지나치게 호기심이 많고, 무엇인가 숨기는 듯한 느낌을 지울 수 없었다. 그러나 그를 쳐다보는 아랑의 큰 눈이 어린 사슴같이 떨고 있는 걸 보노라면, 그런 생각이 봄눈 녹듯 사라졌다.

"다로, 저렇게 마음이 여린 아가씨가 위험하면 얼마나 위험하겠

나. 아랑의 모습을 바라보는 게 흐뭇하니 모른 척 덮어주게."

그리고는 어색한 표정으로 너털웃음을 터뜨렸다.

"호위대장도 신경 쓸 일 하나쯤은 있어야 하지 않겠나."

순간 양만춘의 눈에 어리는 짙은 외로움의 그림자를 본 것 같았다. 저렇게 위대한 영혼 속에도 나약한 인간의 모습이 숨겨져 있더란 말인가. 다로 가슴속에 따뜻한 연민(憐憫)의 물결이 솟았다.

'성주님은 내가 꼭 지켜 주어야 할 외로운 사람. 당신을 기쁘게 하는 일이라면 무엇인들 따르지 않으랴.'

다로는 주군(主君)의 벌거벗은 모습을 몰래 훔쳐본 것 같아 급히 자리에서 물러났다. 어떤 어려움이 닥치더라도 목숨을 걸고 주군을 지키리라 다짐하면서.

산더미 같은 전리품. 수천 명 포로와 이루 헤아릴 수 없는 말 떼가 해성 거리를 지나 동쪽으로 끌려가고 있어요. 갈대고개를 지킨 사람은 놀랍게도 정규군 병사가 아니라 이웃 채소장수 아저씨부터 어부, 농부, 경당에 다니는 학생들이라는군요. 더구나 아례라는 아가씨가 이끄는 낭자군(娘子軍, 젊은 여자) 활 부대까지 싸움터에 나갔다는 소문이 떠돈답니다. 그런데 이처럼 큰 싸움에서 죽거나 다친 사람이 수백 명도 안 된다면 누가 믿겠어요.

아버지, 2년이나 곁에 모시면서도 성주를 잘못 본 것일까요? 그분은 관우 같은 위엄이나 장비 같은 용맹도 없는데 어떻게 이런 놀라운 승리를 거두었는지 알 수 없군요. 사람들은 모였다 하면 갈대고개에서 얼마나 용감하게 싸웠는지 서로 자랑하느라고 열을 올리고 침을 튀기는데, 그중에 물고기 장수 걸걸 아저씨 목소리가 제일 커요. 혼자 거룻배를 몰고 가 늪지대에서 오도가도 못 하는 거란병 열서너 명을 굴비 엮듯 묶어 왔다나요.

성주는 싸움에서 크게 이겼는데도 뽐내는 기색도 없고 평상시와 다름없이 무덤덤합니다. 오히려 무엇인가 골똘히 생각에 잠겨 심각한 표정을 짓다가 저와 눈이 마주치면 눈길을 피하기까지 한답니다. 아버지가 궁금해 하시던 일을 힘닿는 데까지 알아보았습니다. 반정이 일어났을 때, 수백 명의 도망자가 안시성으로 숨어들어 왔답니다. 그중 몇몇은 원래 살던 곳으로 되돌아갔지만 대부분은 여기 머물고 있답니다. 성주는 그들을 흑수(黑水)에 담비 사냥단으로 보내고 정착할 농토를 나눠주기도 했으나, 그래도 자리 잡지 못한 사람을 위해 외인부대(外人部隊)를 만들었답니다. 도망자들은 자신의 처지를 잘 받아들이고 있지만, 몇몇 사람은 불평이 많다고 해요.

과거를 묻지 않는 건 좋지만 옛날 백인대장이 니루를 맡거나 니루를 하다가 병사로 근무한다면 불평이 없겠어요? 그러나 성주에게는 존경과 감사의 마음을 품고 있다고 하는군요. 막리지와 맞서 목숨을 걸고 지켜주었다고 생각하니까요. 지금 외인부대는 안시성에서 가장 용감하고 충성스러운 부대이고, 성주도 끔찍이 아낀답니다.

어찌 이런 일이

遼東城 陷落

푸른 강물 휘돌아 너른 벌 열린 복된 땅 / 용과 범 모여들어 꿈을 키우던 마을 / 꿈엔들 잊힐리야 우뚝 솟은 성이여. / 네 품에서 뼈가 여물었고 / 성 마루 높이 푸른 꿈 영글었어라.

봄바람 맞고 가을비 젖은 지 삼백 년 / 거센 회오리 몰아친 게 몇 번이던고 / 주춧돌 하나하나 늙은 지혜 서리었고 / 성가퀴마다 푸른 피 배었나니 / 사나운 적 고개 숙이고 영웅호걸 울고 갔도다.

누가 울지 않으랴 불타는 요동성아 / 한 만 년 이어나갈 우리 보금자리 / 천산 우뚝 솟고 대량수 예같이 흐르건만 / 불타오르던 횃불 그 위대한 투혼이 / 어이 이리 허망하게 무너졌단 말인가?

싸움으로 얼룩진 흑암의 세기 가고 / 마음과 마음 여는 평화의 시대 오라. / 하늘 꿈 땅의 바람이 만나는 날 / 우리 손에 손 잡고 천고(天鼓) 북소리 따라 / 춤과 노래로 가꾸어 보자.

늦어진 당태종 출정

고구려 원정을 서두르던 당태종이 낙양에 도착한 지 얼마 되지
않아 지난해(644년) 4월 검주로 유배 보냈던 맏아들 승건이 갑자기
병들어 죽었다는 소식을 듣고 눈앞이 캄캄해 정신을 잃었다.

이제 고작 26살. 아비의 성난 얼굴과 질타(叱咤)가 아들의 심장
을 찢어버린 걸까. 말타기와 사냥을 즐기고 튼튼하던 아들이 이렇
듯 젊은 나이에 가 버릴 줄이야. 유배지에서 보낸 애끓는 편지를
받고도 한마디 위로조차 못 해준 게 가슴에 한이 되었다. 위대한
영웅도 자식에는 약한가. 반역까지 저지른 못난 자식이지만 열 손
가락 깨물어 아프지 않은 게 어디 있으랴. 조회(朝會)도 중단하고
왕의 예우를 갖추어 성대하게 장례를 치러 슬픔 속에 죽어간 영혼
을 위로했다.

당태종은 맏아들 장례식으로 3개월 10일이나 낙양에 머물다가
이듬해(645년) 2월 12일에야 원정길에 올랐다. 칼날같이 예리한
결단과 빈틈없는 전략으로 중원을 휘어잡은 일세(一世)의 영걸도
이제 늙어버렸는가. 아비의 자식사랑에 누가 돌을 던지랴만 계획
보다 3개월 늦어진 출병(出兵)은 고구려에는 행운을, 태종에겐 엄
청난 불운을 가져왔다(336쪽 참조).

제국의 동쪽 서울 낙양은 온갖 꽃들이 피어나 봄이 무르익었다.
예정보다 늦었지만 성대한 출정식이 열렸다. 황금투구와 갑옷을
차려입은 황제는 수십 명 행군총관과 30만 중앙군을 거느리고 백
마에 높이 앉았다.

3천 명이 넘는 악사들이 황제의 출정식을 위해 〈진왕파진곡〉
〔秦王破陣曲, 통일전쟁 때 진왕(이세민)의 뛰어난 용맹과 전공(戰功)을 찬
양하여 만든 음악〕을 연주하는 가운데 꽃으로 꾸민 동문을 나섰다.
소림사를 비롯한 여러 절에서 수천 명 승려가 나와 백마사 앞길에
늘어서서 황제의 승리를 기원하며 분향했다. 그러나 말 위에 높이
앉은 황제의 이마에는 전에 없던 굵은 주름이 잡혔고, 백성의 환
호에 답하여 흔드는 손길에 힘이 없었다.

3월 9일. 태종은 정주에 이르러서야 본래 모습을 되찾았다. 병
사의 마음을 누구보다 잘 아는 황제는 정주성 북쪽 망루에 나가 손
수 병사들을 어루만지며 위로했다. 어떤 병사가 병들어 행군할 수
없음을 듣자 몸소 아픈 곳을 묻고 의원을 불러 치료하게 했다. 그
이야기를 전해들은 모든 병사가 감격해 원정의 고달픔을 잊었다.
　황제는 고구려 원정에 대한 속마음을 털어놓았다.
　"내가 지금 원정하는 건 수나라 원정 때 죽은 전사자 자제를 위
해 그 원수를 갚아주기 위함이다. 또한 사방이 모두 평정되었지만
오직 고구려만이 복종하지 않기에, 짐이 아직 늙지 않았을 때 정
복해서 후세의 걱정을 없애려 한다."
　과연 당태종은 죽기 전 동방의 강대국 고구려를 정복함으로써
먹구름 한 점 없는 밝은 천하를 나약한 황태자 치에게 물려주려는
마음에서 고구려 원정에 나섰던 것이었을까?
　명장 이정이 황태자를 보좌해 후방 본부인 정주에 머물게 하고,
태종은 자신이 주둔하는 곳에서 정주까지 봉화대를 설치해 만일의

사태에 대비했다. 10여 명 내시 이외에 모든 내시와 궁녀도 정주
에 남겼다.

태종은 지나가는 주와 현의 관리에게 황제를 접대하느라 재물을
낭비하지 않도록 명령하고, 군사에게도 백성을 괴롭히지 않도록
군령을 내렸다. 그리고 태자에게 승리하여 돌아올 때까지 새 옷을
갈아입지 않겠노라 약속하면서, 몸소 활과 화살통을 메고 비옷
(雨衣)을 안장 뒤에 매달았다. 군사들은 손자까지 여러 명 둔 47세
의 만승천자께서 그들과 함께 말을 타고 옷을 적시며 행군하는 것
을 보자 큰 감동을 받았다. 누구나 황제를 위해 기꺼이 목숨을 바
치겠다는 마음이 솟아올랐다.

4월 10일. 유주(북경 부근)를 거쳐 한여름인 5월이 되어서야 황
제의 본부군은 요택(遼澤)에 이르렀다.● 요택은 요하 서쪽 발착수
부터 요하까지 2백 리에 달하는 진흙 펄. 해마다 홍수가 나면 물에
잠겨 사람이나 말이 통행하기 어려운 곳이었다.

장작(공병) 대장 염립덕이 미리 배다리를 놓았다. 배다리는 위치
가 중요한데 강폭과 흐름은 물론 바다의 조수까지 감안해야 한다.
물살이 빠른 강 중앙에 큰 배를, 강가에 작은 배를 나란히 엮어 쇠
사슬로 강둑에 묶고 양쪽에 닻을 내려 흐르는 강물이나 밀물, 썰
물에도 영향을 받지 않는 튼튼한 다리를 만들고, 그 위에 송판을

● 당시에는 음력 1월부터 3월까지를 봄, 4월에서 6월까지를 여름이라고 했으
니 당태종이 전선에 닿은 때는 이미 한여름이었다. 요동의 혹독한 겨울추
위를 감안하면 당태종의 원정은 너무 늦게 시작된 셈이다.

깔아 말과 군사들이 건널 수 있게 했다. 태종은 강을 건너자 다리를 철거시켰다. 돌아갈 길을 미리 없앤 건 군사뿐 아니라 스스로도 고구려를 정복하지 않고는 돌아가지 않겠다는 결심을 나타낸 셈이다.

군사를 독촉해서 갈대를 베어 묶고 마른 흙을 운반해 길을 만들며 요택을 건너기 시작했다. 요택은 끝없이 펼쳐진 황량한 늪과 갈대의 땅이어서 사람의 흔적조차 찾아볼 수 없는 물새와 모기의 천국. 이따금 기러기가 날아오르고 도요새가 퍼덕이는가 하면, 오리 떼가 유유히 헤엄쳤다. 한낮에 찌는 듯한 태양이 내리쬐면 늪은 햇빛을 반사해 눈을 뜨기 어려운 데다, 썩는 냄새가 코를 찌르는 안개가 피어올라 병사를 괴롭혔고, 황혼이 되면 늪지가 온통 불타듯 붉게 빛났다. 이윽고 밤이 오면 음침한 밤새〔夜鳥〕울음소리가 여기저기 울려 퍼지고, 늪에서 으스스하게 푸른 불꽃이 피어올랐다. 작은 불이 모여들어 큰 덩어리가 되고, 덩어리가 이리저리 날아다니다 다시 작은 불로 흩어졌다. 저것은 원통하게 죽은 자의 혼령. 도깨비불을 보고 병사들은 몹시 두려워했다.

낮에 보니 30년이 지났건만 수나라 원정군의 해골과 하얀 뼈가 여기저기 뒹굴었다. 황제는 흩어진 뼈를 모아 정중히 장례를 치르면서 몸소 제문(祭文)을 지어 애도(哀悼)했다.

"수나라 때 원통하게 죽은 병사의 해골이 이렇게 산과 들에 널렸으니 참으로 슬프고 한스럽구나. 여러분은 이 백골의 후손이다. 어찌 원수를 갚지 않으랴."

제사를 지낸 후 제단 위로 올라가 복수를 다짐하니 군사들은 두려움에 벗어나 사기가 치솟았다. 어떤 병사가 칼로 새긴 듯한 투박한 나무토막을 가져와 바쳤다. '산동 역현 장삼'이란 글자까지 읽을 수 있었으나, 흙에 파묻힌 부분은 알아볼 수 없었다. 어쩌면 고향에 자기 죽음을 전해 달라는 글이 쓰였던 것일까? 문득 위징이 살았을 때 당태종이 고구려 원정의 뜻을 밝히자 펄쩍 뛰며 "폐하, 산동 백성 사이에 널리 퍼져 있는 이 노래를 들어보십시오"라며 들려준 노래가 떠올랐다.

열다섯에 병정으로 끌려가 / 여든이 되어서야 돌아왔구나. / 길에서 만난 고향사람 / '우리 집에 누가 남아 있나요?' / '저기 보이는 저곳이 그대 집이라오.' / 소나무 측백나무 속 무덤이 총총한 곳. / 산토끼 개구멍을 드나들고 / 꿩은 들보 위를 푸드득 노니네.

마당에는 뿌리지도 않은 곡식 절로 자라고 / 우물가엔 여기저기 아욱이 나 있네. / 곡식을 훑어 찧어 밥을 짓고 / 아욱을 뜯어 국을 끓이니. / 이윽고 국도 밥도 다 되었건만 / 저녁 차려 드릴 분 아무도 없구나. / 문을 나서 동쪽을 바라다보니 / 눈물만 하염없이 옷깃을 적시네.●

깐깐한 위징의 촌스러운 얼굴을 떠올리며 혼자 중얼거렸다.
"그대가 살아있다면 내가 여기까지 올 수 있었을까? 너무 언짢게 생각 마시구려. 짐은 이제 천하에 평화로운 시대를 열기 위해 마지막 전쟁을 하려는 것뿐이라오."

● 작자 미상. 《절창》(장수철·박정주 저)에서 인용

당태종 스스로도 진실이 아니란 걸 잘 알았다. 마지막 전쟁이라니? 전쟁이란 또 다른 전쟁의 씨앗이 될 뿐 평화와 더 멀어지거늘.

바람 앞의 촛불

요동성(遼東城)은 요동을 다스리는 근거지고 가장 큰 고을이다. 천산산맥을 뚫고 요동벌로 흘러나온 대량수(태자하)는 물굽이가 크게 꺾이면서 성 동쪽과 북쪽을 감싸 흐르고, 서쪽과 남쪽도 대량수 강물을 끌어들여 해자를 만들어서 고구려 성으로는 보기 드물게 물에 둘러싸인 평지성(平地城)이다.

동으로 백암성을 거쳐 천산산맥 험한 고개와 협곡을 지나고 마자수를 건너 평양성에 이르는 고구려 제1번 국도(國道)가 뻗었고, 서쪽으로 당나라와 거란에 이르고, 북으로는 신성을 거쳐 국내성과 부여성에 통하며, 남으로 안시성을 지나 건안성과 비사성까지 이른다. 사면팔방으로 길이 뚫려 《손자병법》에서 말하는 구지(衢地, 먼저 차지하는 쪽이 천하를 자기편으로 만들 수 있는 중요한 곳)이니, 요동을 지배하려면 먼저 이곳을 빼앗아야만 그 뜻을 이룰 수 있는 땅이다(兵家必爭之地, 337쪽 참조).

4월 26일, 개모성을 함락시킨 이적의 선봉군은 성난 파도처럼 밀려와 5월 6일 요동성을 포위했다.

연개소문은 개모성이 포위될 때부터 다음 전쟁터가 요동성이 될 거라고 짐작하고 여기서 당나라 군을 막기로 했다. 고구려 북부

여러 성에 동원령을 내려 국내성 성주 어비루를 대장으로 삼고 말갈 기병까지 보태어 4만의 기병과 보병으로 구원군을 삼았다.

5월 8일. 신성에 모였던 북부군은 침략자를 무찌르겠다는 굳은 결의로 당나라 군을 뒤쫓아 대량수를 건너 요동성 서쪽으로 진출했다. 요동성을 포위했던 이적의 선봉군은 이제 고구려 북부군과 요동성 수비군 사이에 끼여 협공을 당할 위험한 처지에 빠졌다.

"적군의 기세가 날카로우니 지금은 참호를 깊이 파고 보루를 높이 쌓아 수비를 튼튼히 해야 할 때요. 오래지 않아 황제의 중앙군이 도착할 테니, 그때 적을 공격해도 늦지 않소."

당나라 군 작전회의에서 장수들은 수비작전을 펴자고 했으나, 이도종만 홀로 용기를 뽐내며 북부군을 공격하자고 주장했다.

"우리는 선봉군이니 마땅히 적을 격파하고 앞길을 말끔히 소탕한 다음 황제폐하를 맞이함이 옳거늘, 눈앞의 적을 그대로 두어 폐하께 수고를 끼쳐서야 되겠소. 그동안 몇 차례 싸움에서 승리해서 병사의 사기가 높소. 지금 적군은 수효가 많은 것만 믿고 우리를 깔보는 마음을 가진 데다 오랜 행군으로 피로할게요. 이제 날랜 기병으로 적을 공격하면, 쉽게 깨뜨릴 수 있을 것이오."

여러 장수는 고구려 군을 과소평가하는 이도종의 무모한 작전에 반대하는 마음을 가졌으나, 황제까지 들먹이니 말문을 닫았다.

대총관 이적은 공격이 최상의 방어라고 생각해서 이도종에게 정예기병 4천을 주어 북부군을 공격하게 명령하고, 따로 행군총관 장군예에게 1만 명의 병력을 이끌고 이도종의 뒤를 받치게 했다.

5월 9일, 요동성 서쪽 벌판 전투가 양군이 평원에서 맞붙은 최초의 대회전(大會戰)이었다. 당나라 군의 선봉을 맡은 마문거는 기세등등했다.

"강적을 만나지 않고서야 어찌 용사임을 자랑하랴."

마문거는 기병대 선두에서 긴 창을 휘두르며 고구려 진영으로 짓쳐 들어갔다. 지축을 울리는 말발굽 소리, 벌판에 피어오르는 자욱한 먼지. 당나라 군은 함성을 지르며 돌진했다.

북부군 선봉 말갈 기병대장 로보(말갈어로 '칼')는 맹렬한 당나라 군의 공격을 받자 일부러 후퇴해 적을 깊숙이 유인했다. 이도종의 기병대가 사하 여울가 언덕 덤불숲에 이르자 북부군은 마문거의 선봉대에 비오는 듯 화살을 퍼붓더니 숨어 있던 고구려 기병들이 사방에서 쏟아져 나와 이도종 군을 에워쌌다. 그리고 뒤따르던 행군총관 장군예 부대의 옆구리[側面]로 날카롭게 공격을 퍼부었다.

북부군의 격렬한 역습(逆襲)을 받자 장군예가 이끌던 후속부대가 먼저 무너졌다. 그는 처음부터 이도종의 무모한 공격작전을 탐탁지 않게 여겼다가 사상자가 많이 생기자 겁이 나서 후퇴명령을 내렸다. 후속부대의 지원을 받지 못해 고립된 이도종의 기병대는 간신히 포위망을 뚫고 남서쪽으로 탈출했다. 평원에서 맞붙은 양국 간 최초의 회전에서 당나라 군이 무참한 패배를 당했다.

고구려 북부군은 사기가 왕성하고 병력도 충분했지만, 제각기 다른 여러 성 군사를 급히 모은 군대라서 부대 간의 긴밀한 협조가 부족했고, 일사불란한 명령체계도 갖춰지지 않았다. 이런 군대는 뛰어난 사령관이 지휘해야 제대로 실력을 발휘하는데, 유감스럽게 국내성 어비루 성주는 그리 큰 그릇이 아니었다.

이도종은 수산(首山) 기슭까지 후퇴해 흩어진 군사를 겨우 수습한 다음 수산에 올랐다. 산 위에서 내려다보니 첫 싸움의 승리에 들뜬 고구려 진영은 경계를 소홀히 하고 있었다.

"적은 싸움에 한 번 이기더니 자만심에 빠졌구나. 적이 예상 못할 때 반격하면 어렵지 않게 승리할 수 있다. 내일 새벽 적진을 기습할 테니 오늘 밤은 불을 피우지 말고 마른 음식으로 참으라."

어둠이 내렸을 때 이도종의 척후대는 한 무리 기병대가 서쪽에서 다가오는 것을 발견하고 잔뜩 긴장했다. 그러나 그들은 요택을 건너온 당태종의 선두정찰대였다. 이도종은 뛸 듯이 기뻤다.

"황제께서 가까이 오셨다. 곧 중앙군이 이곳에 올 것이다."

5월 10일, 용기백배한 이도종은 동틀 무렵에 기습했다. 뿔뿔이 흩어져서 달아났던 당나라 군이 병력을 재편성해 뜻밖에 기습공격을 퍼붓자 고구려 군은 크게 놀랐다.

이적은 북부군 후방에서 불길이 치솟고 진영이 어지러워지는 걸 눈치 채고, 이도종을 도우러 흑기군 기병대를 출동시켜 북부군 옆구리를 엄습(掩襲)하니, 고구려 군은 걷잡을 수 없는 혼란에 빠졌다. 양쪽에서 공격을 받은 북부군은 1천 명이 넘는 전사자를 내고 요동성 남동쪽 천산 기슭으로 물러나기 시작했다.

퇴각하는 군대를 포위하고 날랜 기병으로 끈질기게 추격해 섬멸하는 건 흑기군의 장기(長技)였다. 패주하는 북부군의 뒤를 쫓아 결정적인 승리를 얻으려던 찰나 말갈 기병대가 흑기군 앞을 가로

막았다. 로보는 전날의 작은 승리에 들뜨지 않았다. 그래서 마음의 끈을 풀지 않고 말갈 부대의 전투태세를 유지했다. "전쟁의 흐름이란 여름하늘 구름같이 끊임없이 변하거늘, 한 번 싸워 이겼다고 누가 감히 승리를 말하는가? 마지막 순간까지 굳게 지키라"고 하던 양만춘에게 배운 전훈(戰訓)을 가슴 깊이 새긴 까닭이다.

적군 기습으로 북부군 진영이 혼란스러워지자 로보는 급히 후퇴로가 될 언덕에 부하병력을 배치시켰다가 흑기군이 추격을 시작하자 즉시 매서운 반격을 퍼부었다. 후퇴하던 부여성 기병대가 이를 보고 재빨리 말갈 기병대를 돕자 부챗살처럼 추격대형으로 흩어져 뒤쫓던 흑기군이 위험을 느끼고 추격을 멈추었다. 그 덕분에 북부군은 큰 재앙을 면했다.

요동성 교외에서 벌어진 양군의 회전은 일승일패이므로 무승부였다고 할 수 있겠지만, 요동성을 구원하려던 애초 목표를 달성하지 못했으니 사실상 고구려의 패배라고 할 수 있다.

황제의 중앙군이 이미 요동성 가까이 이르렀고, 북부군이 천산 기슭으로 퇴각했기에 이적은 황제가 도착하기 전에 요동성을 함락시키려고 온 힘을 다해 공격을 퍼부었다.

해마루는 흑기군 선발대가 요동성 북서 60리에 나타났다는 정찰대 보고를 받았다. 요동성은 일찍이 수나라 대군을 맞이해서도 끝까지 싸워 지켜온 곳이어서 피란민이 물밀듯이 성안으로 몰려들었다. 이제는 한시도 지체할 수 없었다.

해마루는 요동성을 지키기 위한 포고문을 내거는 한편 오준과 반역자 일당의 체포령을 내리고 괴유의 목에 현상금을 걸었다.

5월 8일은 요동성 군민(軍民)에게 희망의 날이었다. 구원하러 온 북부군이 서문에서 내려다 보였고, 국내성과 부여성의 깃발 그리고 말갈 군의 군기까지 나부꼈다. 기쁨의 불씨는 이틀도 지나기 전에 꺼져버렸다. 북부군은 패배해서 천산 기슭으로 퇴각했고, 황제가 이끄는 당나라 중앙군이 요동성으로 밀려온다는 소식이 날아들었다. 이제 길고 고달픈 농성의 날이 시작되고 있었다.

하루 근심은 아침 술이오./ 일 년 괴로움은 발에 맞지 않는 가죽신./
한평생 골칫거리는 샘바리 마누라라네.

한잔 술에 거나해진 늙은 백정 거칠노가 노래를 흥얼거리며 성벽 길을 따라 집으로 돌아가다가 이상한 광경을 보았다. 어둠에 잠긴 성 밖 강변 갈대숲에서 조심스럽게 움직이는 검은 그림자가 눈에 들어왔다. 요동성 서쪽 해자엔 싸움이 한창 벌어졌지만, 이곳 동쪽 대량수 강변은 아직 적병의 그림자도 찾을 수 없거늘.

"이건 예사로운 일이 아니다."

적 특공대가 침투한 게 틀림없었다. 30년 전 수양제 원정 때 요동성을 지켰던 역전의 용사 거칠노는 마중 나온 아내에게 급히 경비초소에 알리라고 한 후, 항상 지니고 다니던 소 잡는 칼을 움켜쥐고 성 밖으로 물을 흘려보내는 수구문(水口門)으로 뛰어 내려갔다. 아내가 병사들을 데리고 돌아왔을 때 대여섯 명 죽은 괴한이 흘린 피 속에 누워 있는 남편을 보았다.

"샘바리 마누라, 사랑했어. 그동안 속 많이 썩이고 …."

거칠노는 말을 끝맺지 못한 채 아내 품에 안겨 고개를 떨구었다.

수산(首山 또는 馬首山, 198m)은 요동성 남서쪽 20리에 말이 누워 있는 듯한 모습으로 우뚝 솟은 바위산이다. 그리 높지 않지만, 벌판 가운데 솟아있는 데다가 북쪽이 깎아지른 낭떠러지여서 주위의 강과 들판이 한눈에 들어온다. 그리고 남으로 200리도 되지 않는 안시성으로 가는 큰 길이 그 옆을 지나는 전략상 요지였다.

당태종은 수산에 황제의 본영을 세우고 그동안 전투상황을 보고받은 후 논공행상(論功行賞)을 베풀었다.

강하왕 이도종은 북부군에 대한 과감한 공격을 칭찬받았고, 용감하게 싸운 과위도위 마문거는 중랑장으로 승진했다. 그러나 행군총관 장군예는 비겁한 행동을 한 죄로 패전의 책임을 물어 참수하고, 모든 군사에게 그 목을 보여 주었다.

5월 15일, 태종은 열흘째 포위했던 요동성을 둘러보았다.

병사의 마음을 사로잡는 데 뛰어난 당태종의 묘기(妙技)는 여기서도 유감없이 발휘되었다. 병사들이 땀을 뻘뻘 흘리며 흙 포대를 져다가 해자를 메우는 걸 보고, 즉시 말에서 내려 가장 무거운 짐을 말에 실어 해자를 메웠다. 이를 본 병사들의 함성소리가 거센 파도처럼 전쟁터를 휩쓸었다. 만승천자인 황제가 몸소 흙짐을 져나르거늘 그 누가 구경만 할 수 있으리오. 뒤따르던 대신과 장군, 호위병이 앞다투어 흙을 날라 삽시간에 해자를 메웠다.

해마루는 당군 진지에서 폭풍 같은 함성이 일어나자 무슨 일인가 싶어 성루에 올랐다. 멀리 수산까지 깃발이 수풀같이 휘날리고, 드넓은 벌판 눈 닿는 데까지 붉은 군복으로 덮였다. 함성이 처음 터진 곳은 눈 아래 해자 옆이었다. 금빛 찬란한 일산(햇빛을 가리기 위한 덮개) 밑에 황금투구와 갑옷을 입은 자가 당태종이란 말인가?

성을 지키는 수비병의 얼굴은 두려움으로 하얗게 질려 있었다.

'지난 30년간 평화로운 세월을 보낸 백성이니 수십만 적군의 함성소리에 넋을 잃는 것도 무리는 아니지. 수비군의 사기를 높여 필승의 신념을 불어넣지 않으면 성을 지키기 어렵겠구나.'

요동성엔 3백 년 전 성을 세울 때부터 시조 동명성왕을 모시는 사당(祠堂)이 있었다. 해마루는 흠 없는 흰 말과 검은 소를 잡아 정성스럽게 제사지낸 후, 향을 사르고 제문(祭文)을 읽었다.

"하늘의 아들 추모태왕(동명성왕)이시어, 굽어 살피소서. 흉악한 무리가 몰려와 신성한 땅을 짓밟고 있사오니 도와주소서 ⋯."

제문의 낭독이 끝나자 흰옷 입은 늙은 무녀(巫女)가 북과 장구소리에 맞추어 신들린 듯 춤을 추더니 신탁(神託)을 내렸다.

"추모태왕께서 말씀하시노라. 요동성은 무너지지 않으리라."

백성과 군사들이 기쁨의 환호성을 질렀다.

황제의 중앙군이 요동성에 도착하던 날 장손무기의 장막에 괴유가 찾아왔다. 그가 가져온 두루마리 지도는 귀중한 자료였다.

마치 성 위에서 내려다보듯 성문과 여러 방어시설을 그린 약도도 뛰어났지만, 어디가 방어에 취약한 곳인지, 민가와 곡식창고

위치, 수비군 배치와 병력 수, 심지어 수비대를 이끄는 장수와 병사의 사기까지 자세히 기록되어 있었다. 게다가 지난 십수 년간 요동성에 거주하며 꼼꼼히 챙긴 성주와 장수들의 인물 됨됨이에 대한 평가는 눈에 번쩍 띄었다. 또한 괴유에게 포섭된 요동성 장사 오준과 백암성의 무연나, 특히 안시성에 숨어들어간 흑모란도 활용하기에 따라 큰 쓸모가 있을 터였다.

"짐이 성을 빼앗는 날, 그대를 일등공신으로 삼겠노라."

5월 16일, 요동성 서문 밖에 이적이 검은 말을 타고 공격군 선두에 나섰다. 오늘 공격의 주력부대는 선봉군 중 최정예 흑기군이었다. 검은 갑옷의 물결이 벌판을 가득 메웠다.

이적이 오른손을 번쩍 쳐들자 나팔소리가 울리며 일제히 공격대형을 갖추었다. 이날 공격엔 이제까지 보지 못했던 괴물 신무기가 등장했다. 태종이 특별히 제작한 신형포차(砲車, 투석기)였다. 먼저 성벽을 따라 가지런히 배치된 200여 대 포차에서 일제히 큰 돌을 날리기 시작했다. 300보(약 450m) 떨어진 거리에서 날아온 돌덩이는 성문과 성벽을 부수고 수비병 머리 위로 쏟아졌다.

포차에서 날아오는 돌 세례가 멎자 뒤이어 우렁찬 북소리에 따라 충차(衝車, 성벽이나 성문에 부딪혀 무너뜨리는 무기), 운제(雲梯, 사다리차), 팔륜누차(八輪樓車, 바퀴가 8개 달린 공성탑) 같은 공성무기를 앞세우고 함성을 지르며 성벽으로 물밀듯 밀려왔다.

수레 위를 튼튼한 생나무와 소가죽으로 덮은 충차는 성문으로 다가가서 끝을 쇠로 감싼 거대한 통나무를 부딪쳐 성문에 구멍을 뚫었다. 팔륜누차라 불리는 공성탑(攻城塔)이 거대한 몸체를 성벽에 갖다 대자 탑 위에서 궁수들이 성안을 내려다보며 일제히 화살을 날렸다. 성 높이와 비슷한 칸에 탄 돌격병들은 널빤지를 걸치자 재빠르게 뛰어내렸고, 운제에서 대기하던 병사도 성에 닿자마자 사다리를 타고 올라 성벽 위로 돌진했다.

요동성 수비대는 신형포차 때문에 큰 곤란을 겪었다. 구형포차라면 강력한 쇠뇌나 불화살로 방어할 수 있으련만, 이 괴물은 손쓸 방법이 없었다. 수비군은 나무를 쌓아 성루를 만들고 굵은 밧줄로 그물망을 만들어 날아오는 돌을 막으려 했으나 속수무책이어서, 무너진 성벽을 목재로 막고 모래주머니를 쌓아 보강했다.

성가퀴와 성벽 틈에 숨었던 수비군은 적군이 가까이 다가오자 일제히 쇠뇌와 불화살을 쏘고 투석기로 불붙은 나무토막을 쏟아부었다. 공성탑과 운제에서 성 위로 기어오른 적병과 맞서 창이나 칼, 도끼를 집어 들었다. 성을 지키려면 적군 돌격병이 성벽 위에 올라와 교두보를 만들려는 그 짧은 순간에 이들을 물리쳐야 한다. 수비대 육탄공격(肉彈攻擊) 5인조의 선두 용사가 큰 도끼를 휘두르며 길을 열면, 뒤따르는 병사들이 공성탑에 기름을 퍼붓고 횃불을 던졌다. 한 걸음만 물러서면 성이 함락될 것을 알기에 목숨을 걸고 싸웠다.

적군 돌격병도 가려 뽑은 용사들. 교두보만 만든다면 요동성을 빼앗는 데 제일 큰 공을 세우는 것이니 결사적으로 덤벼들었다. 죽음을 두려워하지 않는 용사들끼리 처절한 백병전이 벌어졌다.

이들의 함성과 절규 사이에도 성벽을 부수는 충차가 둔탁하게 부딪히는 "쿵, 쿵" 소리는 쉬지 않고 계속되었다.

낮 한때 북서쪽 성 모퉁이가 적군에 점령당할 뻔한 아찔한 순간도 있었으나 결사대 용사들이 목숨을 걸고 돌격해 물리쳤다. 어둠이 다가오면서 당나라 진영에서 후퇴를 알리는 징소리가 울려 퍼졌다. 격렬하게 싸움이 벌어지는 곳마다 성난 호랑이처럼 달려가 위급함을 구하던 해마루는 땅바닥에 털썩 주저앉았다.

'오늘은 용케 버텼군. 그러나 언제까지 … . 괴물 신형포차만 아니었어도 이렇게 많은 용사를 잃지 않았을 텐데 … .'

그는 용맹한 병사들이 얼마나 많이 희생됐는지 잘 알기에 승리의 함성을 지르는 수비대 모습을 보면서도 기뻐할 수 없었다. 일찍이 신앙심이라곤 가져본 적이 없던 해마루였건만, 하늘에 높이 뜬 둥근 달을 쳐다보며 간절히 기도하는 마음이 되었다.

불타는 요동성

5월 17일. 날이 밝았다. 당태종은 요동성 서문 밖 1천 보 지점에 설치한 지휘소 높은 망대 위에 올랐다. 오늘 공격 주력부대는 황제 직속 친위대로 황금빛 갑옷●이 햇빛에 번쩍거려 보는 이의

───
● 당태종은 백제에 사신을 보내 그곳(전남 해남군과 완도, 제주도)에서 생산되는 황금빛 옻나무 진액을 구하여 갑옷에 칠했는데, 이를 갑옷에 바르면 윤기가 나고 빛을 반사하기에 명광개(明光鎧)라 하였음.

눈을 어지럽게 하며 위엄을 뽐냈다. 친위군단은 결정적 순간이 오면 투입하려고 망대 좌우에 질서정연하게 포진시켰다.

고구려 군의 화살이 미치지 않는 성 밖 200보 공격선엔 이미 수백 대 공성탑(팔륜누차)과 운제, 충차가 대기했고, 그 뒤에 중앙군 제1진 2만 군사가 12열로 정렬해 사람의 벽을 만들었다.

당태종 주위에 용맹을 자랑하는 우림영(羽林營) 소속 근위호위대 1백 명이 둘러싸고 있었다. 이들은 전국에서 선발된 가장 뛰어난 용사들로, 표문천(표범 무늬의 안장 깔개)을 얹은 백마를 타고 수문삼(짐승을 그린 겉옷)을 입어 유난히 눈에 띄었다. 장안에 백기(百騎)가 나타나면 길 가던 사람이 걸음을 멈추고 구경할 만큼 인기가 높았다. 이 부대 대장은 통일전쟁 때 이세민을 도와 용맹을 떨친 소림사 무승(武僧) 무덕인데, 대원 역시 모두 일당백(一當百)의 용사로 태종이 가장 아끼는 직속 최정예 호위대였다.

해가 떠오르자 우렁찬 나팔소리가 울려 퍼지면서 포차들이 일제히 요동성을 향해 돌을 퍼부었다. 200근이 넘는 큰 돌덩이가 날카로운 소리를 내며 300보를 날아가 성벽을 때렸다. 성벽이 무너지고, 밤사이 급히 수리한 목책과 성루도 산산이 부서졌다. 연이어 계속되는 포차의 공격으로 무너진 성벽과 목책을 고쳐 세우느라 정신없는 요동성을 향해 중앙군의 진격이 시작되었다.

다급하게 울리는 북소리에 따라 공격선에서 기다리던 공성탑, 운제와 충차가 일제히 성을 향해 굴러가고, 제1진 돌격대가 함성을 지르며 뒤따랐다. 황제가 몸소 망대에 서서 싸움을 지켜보는 걸 아는 병사들은 어느 때보다 사기가 드높았다.

여기저기 널린 주검 사이를 뚫고 달려오는 수많은 적군, 성벽에 줄사다리를 걸고 기어오르는 개미떼들. 공성탑의 널빤지를 건너거나 운제 사다리에서 뛰어내려 악착같이 성벽을 빼앗으려 몰려오는 무리들. 쉴 새 없이 성벽 밑동에 쇠망치를 부딪쳐 성을 무너뜨리려는 충차병들. 이때부터 죽음의 아수라장이 벌어졌다.

쥐 죽은 듯 고요하던 수비대는 적군이 성벽 앞 80보에 접근하자 일제히 불화살과 쇠뇌, 투석기의 돌을 빗발같이 쏟아부었다. 창과 칼, 도끼를 휘두르는 완강한 결사대와, 성가퀴에 몸을 숨기고 활과 쇠뇌로 적병을 쏘는 소년병, 끓는 물과 재를 성벽 아래로 퍼붓는 늙은이와 아낙네까지 요동성 군민(軍民)은 굳게 뭉쳐 싸웠다. 이따금 수비대 육탄결사대가 공성탑에 기름을 끼었고 횃불을 붙이자, 거대한 공성탑이 불타오르고 불덩이가 된 적병이 비명을 지르며 뛰어내렸다. 싸움터는 죽음보다 무서운 증오의 불길 속에 서로 죽고 죽이는 광란의 살육장으로 변해갔다.

한 시간이 지나자 중앙군 선두 제1진 돌격대와 교대하여 예비대인 제2진 병력이 투입되었다. 뒤이어 제3진과 4진 병사들이 차례차례로 파도같이 밀려왔다. 태종은 지휘소 망대 위에 꼿꼿이 서서 얼음 같은 눈길로 전쟁터를 내려다보며 공성작전을 지켜보았다.

정오가 지나 한여름 태양이 이글거릴 때, 당나라 장수가 북부군 포로를 이끌고 성문에 나타났다.

"구원군은 패배해 멀리 달아나고 이제 요동성을 구하러 올 군대는 어디도 없다. 자비로운 폐하께서 너희를 불쌍히 여겨 기회를 준다. 항복하면 살려주겠다. 그렇지 않으면 성안에 있는 모든 사람은 죽음을 면치 못하리라."

해마루는 항복을 거부했지만, 어두운 얼굴을 감추지 못했다.

젊은 장수 아사돌이 불타는 눈으로 해마루에게 간청했다.

"철갑기병 300명만 주시면 당태종 목을 베겠습니다."

"무모한 짓이야. 적에게 충분한 대비가 있을 텐데."

"잘 압니다. 그러나 시간이 지날수록 더욱 절망적인 상태가 될 겁니다. 결사대(決死隊)를 이끌고 나가 최후의 몸부림이라도 쳐보아야 하지 않겠습니까. 기회는 지금 이 순간뿐입니다."

해마루는 무겁게 고개를 끄떡였다.

서문이 활짝 열리며 장창 기병대 300기가 쏟아져 나왔다. 고구려가 자랑하는 철갑기병대였다. 뜻밖의 기습에 당나라 군은 깜짝 놀랐다. 온몸을 쇠투구와 쇠미늘 갑옷으로 무장하고 말에까지 쇠갑옷을 입힌 철갑기병대의 강철 주먹 같은 돌격을 가로막을 자가 없었다. 아사돌은 성난 호랑이같이 긴 창을 휘두르며 적병을 헤치고 곧장 적군 지휘소로 돌진했다. 이제 남은 거리는 겨우 500보. 당태종의 목만 얻으면 전쟁은 끝날 터. 황급히 막아서는 적장을 창대로 후려쳤다. 이제 200보. 황금 일산(日傘) 아래 선 황제 모습이 눈에 들어왔다.

"모두 창을 들라. 오직 당태종 목을!"

300개 창이 일제히 수평으로 겨누어졌다. 이제 몇 발자국이면…. 요동성 성벽에서 일제히 환성이 터져 나왔고, 순식간 벌어진 일로 적군의 몸이 얼어붙었다.

지휘소 망대 100보 앞에서 돌연 땅이 꺼지면서, 철갑기병대는 피어오르는 먼지 구름 속으로 떨어졌다. 온몸은 물론 말에까지 쇠 갑옷을 입힌 철갑기병은 무거운 갑옷의 무게 때문에 구덩이에서 기어 나올 수 없었다. 요동성 수비대가 입을 벌리고 멍하니 내려다보는 가운데 함정이 흙으로 메워졌다.

눈앞에 벌어진 철갑기병의 전멸과 구원군 패배소식이 성안에 퍼지면서 주민의 얼굴에 절망의 빛이 짙어졌다. 늙은 병사도 지난 전쟁 때는 숨 쉴 틈이라도 있었다며, 이렇게 쉴 새 없이 공격을 퍼붓는 건 처음이라며 혀를 내둘렀다. 더구나 수비군을 당황하게 한 건 괴물 신형포차 공격에 맞설 방법이 없다는 무력감(無力感)이었고, 그것은 최후 순간이 다가왔다는 공포심을 불러일으켰다.

공포는 전염병보다 빨리 퍼졌다. 적이 이렇게 우세한 이상 어차피 성을 지키기가 어려울 게고 성벽이 바로 무덤이 되리라.

성주 저택에 숨었던 오준은 기회가 왔다고 생각했다. 한때 자기 지휘 아래 있던 내성 수비대 앞에 나타나 외쳤다.

"우리가 얼마나 버틸 것 같은가? 질 게 뻔한 싸움은 개죽음일 뿐이오. 이제라도 항복해 목숨을 구합시다. 성주님 생각도 나와 다름없소."

오준은 뛰어난 말솜씨로 해마루를 비난하며 수비대를 설득했다.

"더러운 쥐새끼. 입만 열면 전쟁은 없을 테니 안심하라고, 혓바닥을 나불거리던 놈이 이제 와서 뻔뻔하게 항복하자고?"

한 늙은이가 일어나 외치자 모두 비겁자를 둘러쌌다. 요동성의
장사(長史) 오준은 요동성 문루에서 떨어져 목숨을 잃었다.

아침부터 일던 남풍이 정오가 지나면서 점점 거세게 불어 모래
와 작은 돌까지 날리는 강풍으로 변했다. 당태종은 괴유가 바친
지도를 뚫어지게 들여다보며 중얼거렸다.

"어젯밤 달이 기성(箕星, 북동쪽 별자리)을 침범했으니 거센 바람
이 밤새도록 불겠다고 풍각(風角, 천문기상학자) 경방이 말하더군.
어떻게 이 바람을 이용할 수 없을까?"

"폐하, 요동성을 불로 공격하는 게 어떠하올지."

태종의 마음을 누구보다 잘 읽는 장손무기가 입을 열었다.

"이런 바람이라면 방어시설뿐 아니라 성안에까지 불이 번질 것
입니다. 바로 그 혼란을 틈탄다면 성을 깨뜨리기도 그리 어렵지
않겠지요."

이적조차 맞장구를 치자 태종은 얼굴을 들었다.

"오늘 밤 요동성을 끝장내 버리자. 성을 빼앗으려면 성벽을 넘
어가서 백병전을 벌여 적군을 제압하고 교두보를 확보해서 뒤따라
오는 아군 부대에게 침공로를 열어 줄 믿을 만한 용사가 필요하지.
대총관은 즉시 모든 부대에서 가장 날쌘 용사를 뽑아 결사대를 편
성하고, 이를 뒤따라 성을 점령할 특공부대를 대기시키시오. 화
공(火攻)은 어두워지면 즉시 시작하도록!"

각 부대에서 결사대를 선발하자 무덕이 찾아와 항의했다.

"폐하, 전군에서 용사를 가려 뽑으시며 어찌하여 근위 호위대는

제외하십니까?"

"그대들은 평양성 점령을 위해 짐이 아껴둔 용사들. 어찌 소 잡을 칼을 닭 잡는 데 쓰겠는가?"

"폐하의 뜻은 잘 알겠사오나 요동성은 수양제가 끝내 발을 들이지 못했던 성입니다. 이번에 공을 세울 기회를 주지 않으시면, 젊은 애들 사기에 나쁜 영향을 줄 테니 다시 한 번 살펴 주소서."

"좋소, 무덕. 호위대 백기 중 10명에게 기회를 줄 테니, 성을 빼앗는 첫째 공을 다른 부대에 뺏기지 않도록 하오."

어둠이 짙어지자 지휘소 앞에서 귀를 찢을 듯한 폭음과 함께 수백 발 폭죽이 한꺼번에 터져 밤하늘을 아름답게 수놓았다. 이 폭죽은 총공격 신호였다.

성 남쪽에 배치한 200대 포차가 일제히 성벽으로 굴러갔다. 포차마다 백여 명 병사가 달라붙어 불타는 통나무 더미를 성벽과 성안으로 쉴 새 없이 날려 보내고, 수천 명 궁수도 성으로 달려가며 하늘 높이 불화살을 쏘아 올렸다.

때마침 불어온 강한 바람[南風]을 타고 불타는 나무토막과 불화살이 빗발치듯 성안에 쏟아졌다. 포차에서 날아오는 돌을 막으려 성루 사이에 친 굵은 밧줄 그물망이 불타 실처럼 끊어졌다. 성안에 엄청난 화재가 일어나며 불길이 치솟았고 시뻘겋게 달아오른 하늘이 달빛을 가렸다.

수비대는 큰 혼란에 빠졌다. 그들이 쏜 화살은 거센 맞바람[逆風]으로 적군에게 별로 큰 타격을 주지 못하고 낙엽처럼 이리저리 흩날렸다.

근위호위대 백기 10명은 공격목표를 남서쪽 성루(城樓)로 정하였다. 무예에 뛰어난 조호의 무력조(武力組)는 운제에서 성벽으로 뛰어내려 성루를 지키는 수비대를 공격했다. 뒤따라 마읍의 화공조도 잔나비처럼 재빠르게 성루에 기름을 퍼붓고 불을 질렀다. 성루는 어두운 밤하늘을 밝히는 거대한 횃불같이 타올랐다.

"성루를 확보하라. 특공대가 올라올 때까지."

조호는 몰려오는 요동성 수비대 병사들을 칼로 찍어 넘기며 소리쳤다. 미리 성벽 밑 어둠 속에서 기다리던 수백 명 장손무기 직속 특공대는 화공조가 아래로 내려뜨린 수십 개 줄사다리를 타고, 성벽 위로 재빨리 올라갔다.

사태가 위급함을 깨달은 수비군의 증원부대가 미처 닿기도 전 특공대가 신속하게 성루를 점령했다. 요동성 남서쪽 모퉁이가 가장 먼저 적군의 손에 넘어가 버렸다.

남서쪽 성루를 지키던 장수 가라치는 개모성에서 성주 모진우와 함께 마지막까지 당나라 군에 맞서 싸우다 탈출해온 백인대장이었다. 나이보다 겉늙어 보이는 가라치는 침울한 사나이로 처절했던 개모성의 전투 이야기는 한마디도 입에 올리지 않았다.

그는 부하가 포차에서 날아온 돌에 맞거나 백병전 끝에 죽을 때마다 가슴 아파하는 마음씨 따뜻한 지휘관이었고, 죽음을 두려워하지 않고 항상 선두에 서서 싸우는 용감한 싸울아비였다. 마치 죽음의 품에 빨리 안기기를 바라는 사람처럼 빗발치는 화살에도 몸을 사리지 않았다.

적의 화공(火攻)이 시작됐을 때 가라치 얼굴에는 잇 사이로 뱉어내는 듯한 쓰디쓴 미소가 떠올랐다. 삶의 짐을 무거워하는 사람의 허탈한 웃음이었다. 창을 꼬나들더니 맨 먼저 적군을 향해 달려가 장렬(壯烈)하게 죽음을 맞이했다.

남서쪽 성루가 점령당했다는 급보(急報)를 듣자마자 해마루는 직속부하 백여 기를 이끌고 황급히 달려갔다. 거센 바람에 불타는 집을 지나 성루 앞길로 들어서자 길모퉁이 어둠 속에서 화살이 날아왔다. 호랑이를 그린 겉옷을 입은 사나이가 활을 던지고 칼을 뽑더니 화살을 맞고 쓰러진 해마루를 향해 쏜살같이 달려오며 외쳤다.

"적장의 목은 내 것이야!"

치켜든 칼을 내리치려는 순간 한 자루 단도가 날아와 사나이 목을 꿰뚫었다. 삿갓을 눌러쓴 늙은이가 해마루를 가슴에 안으면서 다급하게 물었다.

"상처는 괜찮은가?"

"아니, 치우. 이젠 자네와 헤어지는가 보이. 그보다 어쩌다 이렇게 허무하게 성을 빼앗긴 걸까. 도대체 어디가 잘못되 … ."

해마루의 기병대를 향해 적병이 개미떼같이 몰려들었다.

"이젠 내 할 일도 끝난 건가. 새봄아, 가자."

한숨을 짓던 늙은이는 열다섯 살쯤 된 소년을 데리고 어둠 속으로 몸을 숨겼다. 동녘 하늘은 아직 어둠에 잠겼고 강에는 젖빛 안개가 피어올랐다. 헤어지기 서러운지 소년은 울먹이며 투정했다.

"꼭 안시성으로 가야 되나요?"

"성주를 뵙거든 왜 요동성이 며칠 버티지 못하고 무너졌는지, 여기서 본 것을 자세히 알려드려라. 그분이 성을 지키는 데 도움이 되겠지."

"할아버지는 어디로 가세요?"

"나는 아직 할 일이 남아 있단다. 안시성 성주께 잘 보살펴 달라고 부탁하는 편지가 여기 있구나."

"언제 다시 만날 수 있을까요?"

"하늘의 보살핌이 있다면 평화가 오는 날에."

소년의 머리를 쓰다듬는 애꾸 늙은이의 눈에 눈물이 어렸다.

특공대원 부구는 불타는 서문을 지나 내성 안으로 들어왔다. 성 안 상가와 주택은 이미 불길에 휩싸였고, 시커먼 연기가 치솟아 구름 사이로 내민 달조차 안개에 싸인 듯 흐릿했다. 불타는 사당(祠堂) 곁을 지나는 순간 비단폭을 찢는 듯 날카로운 여인의 비명이 들렸다.

'벌써 당나라 놈 겁탈이 시작되었군.'

비참한 광경을 보지 않으려고 애써 눈길을 돌렸건만 병사들 손길에서 벗어나려 몸부림치는 여인의 모습이 눈에 들어왔다. 반쯤 옷이 찢긴 여인 얼굴이 어딘가 눈에 익었다.

"더러운 짓을 그만두라."

그동안 억눌러왔던 분노의 불길이 가슴속에 활활 타오르며 호통 소리가 터져 나왔다. 여인과 몸싸움을 벌이던 병사가 굶주린 늑대같이 번들거리는 눈으로 방해자를 향해 칼을 뽑았다.

'그래, 너무 오래 살았어. 오늘 밤 30년간 입어왔던 이 거추장스러운 옷을 벗어 던지자!'

가만히 한 걸음 다가서 거리를 좁힌 뒤, 부구는 번개같이 허리에서 칼을 뽑아 오른쪽 늑대 목을 쳤고, 물 흐르듯 가볍게 몸을 돌려 왼쪽 놈 허리를 베었다. 여인을 붙잡고 있던 녀석은 눈 깜짝 할 사이 동료가 죽자 겁에 질려 도망치며 "우리 군복 입은 놈이 사람 죽인다"고 외쳤다.

"감사합니다. 누구신지?"

여인은 위급한 중에도 흐트러진 옷매무새를 가다듬으며, 감사를 표했다. 그녀는 흐린 달빛 속에서도 무척 아름다웠고 반갑게도 서울말씨(평양말씨)를 쓰는 게 아닌가.

"알 것 없소. 그냥 더러운 당나라 개. 어서 몸이나 피하시구려."

부구는 쓸쓸한 낯빛으로 하얗게 웃더니 돌아섰다. 도망쳤던 병사가 한 무리 동료를 이끌고 오자 달을 쳐다보며 칼을 비스듬히 땅에 늘어뜨리고 한 그루 나무처럼 우뚝 섰다. 혈관 속 끓는 피는 어느 때보다 뜨겁게 달아올랐지만, 머리는 얼음같이 냉정했다.

'미련도 복수도 부질없는 옛일. 오늘은 한 자루 칼을 든 싸울아비로서 내 실력이 어느 정도인지 그 한계를 알고 싶을 뿐!'

부구의 빈틈이 눈에 들어오는 순간 몸집이 큰 털보가 자신만만하게 창을 휘두르며 돌진했다. 깃털처럼 가볍게 땅에서 솟아오른 칼이 털보의 머리와 몸을 두 쪽으로 갈랐다.

도화홍은 당나라 병사들이 짐승같이 미쳐 날뛰던 생지옥을 어떻게 뚫고 왔는지 기억조차 희미했다. 그리고 불타던 동명성왕 사당의 불꽃 속에 몸을 던진 늙은 무녀의 모습이 오랜 옛날 일같이 가물거렸다.

헝클어진 머리칼, 찢어진 옷, 그을리고 멍든 몸을 비틀거리며 간신히 괴유의 저택에 닿았다. 요동성 안에서 갈 곳은 여기뿐이었다. 뜻밖에 괴유가 돌아와 있었다. 유들유들하게 웃는 낯짝을 보노라니 참았던 구역질이 솟구쳐 올랐다. 위급해지자 그녀를 헌신짝처럼 오준의 품에 내던지고 몸을 숨겼다가, 요동성 총독을 맡게 되었다고 거들먹거리는 모습이 역겨워 자리를 피했다.

'어디서부터 잘못된 것일까? 창기(娼妓)는 굶주림을 면하려 몸을 팔지만, 비단옷에 잔뜩 멋을 낸 나는?'

그렇게나 멸시하던 창기보다 더 비참한 얼굴의 여인이 거울 속에서 내려다보고 있었다. 도화홍도 한때는 한 사나이에게만 마음을 바치며 깨끗한 삶 따뜻한 행복 갖기를 얼마나 간절히 바랐던가. 거센 폭풍만 불지 않았다면 그렇게 살 수도 있었으련만.

'운명만 탓할 수 있을까? 역경(逆境)에 빠졌다고 모두 도적이나 갈보가 되는 건 아니다. 바람둥이의 간교한 꾀에 빠져 몸을 망친 게 악연의 시작이었지만, 그 사내가 당나라 세작이고, 오준도 같은 무리임을 알고서도 여전히 한통속으로 어울리지 않았던가. 이제 요동성이 불타고 수많은 백성은 어육(魚肉)이 되었다. 귀를 막는다고 죽음의 비명과 통곡소리가 어찌 들리지 않으랴!'

문득 어젯밤에 스스로 '당나라의 개'라고 뇌까리며 하얗게 웃던 사내의 허무한 눈빛이 떠올랐다.

'그도 나처럼 길을 잃고 헤매는 슬픈 영혼이었던가?'

오후가 되자 괴유가 두 사람의 하녀를 데리고 왔다.

"오늘밤 황제께서 승전 축하연을 베푸신다네. 도화홍도 영광스러운 자리에 초대되었어. 춤과 노래로 폐하를 즐겁게 해 줘."

향수를 뿌린 뜨거운 물에 목욕하고 머리를 틀어 올렸다. 아름다운 옷과 패물로 꾸민 그녀의 얼굴은 꽃처럼 화사하게 피어났다. 문득 거울 속에 성난 노파 얼굴이 나타났다. 도화홍은 늙은 여자 거지를 불쌍히 여겨 도움을 베풀어왔다. 그런데 오늘 아침 노파는 싸늘하게 외면했다.

"내가 비록 늙어서 화냥년 밥은 얻어먹지만 당나라 암캐가 주는 건 필요 없어!"

"그래, 나는 창기만도 못한 더러운 년이었어. 그렇더라도 이렇게 많은 사람들을 죽이고 괴롭힌 원수를 위해 노래하고 춤출 수야 없지."

도화홍의 가슴속에 그립던 해금선의 얼굴이 떠올랐다.

'당신을 먼저 떠나보내고, 한동안 길을 잃고 헤맸어요. 여보, 홀로 살아가는 세상이 이렇게 고달플 줄이야. 이제 너무 지쳤어요. 당신 곁에서 편히 쉬고 싶어요.'

괴유가 도화홍을 데리러 왔을 때 여인은 독을 마시고 눈물 젖은 눈을 감지도 못한 채 누워 있었다. 그러나 입꼬리에는 처음 만났던 날 보았던 해맑은 미소가 떠올라 있었다.

5월 18일 밤. 당태종은 달이 요동성 성벽 위로 떠오르는 것을 바라보았다. 환하게 달무리가 진 하늘에는 엷은 구름 몇 조각이 떠 있고, 강 건너 양로산 허리에는 하얀 구름이 걸렸다. 성을 휘감아 도는 대량수 넓은 물은 달빛 아래 꿈틀거리고, 은빛으로 반짝이는 강물 너머 천산산맥 산봉우리가 하늘 높이 떠 있었다.

고개를 돌리니 요동벌 너머 우뚝 솟은 수산 대본영에도 오늘의 승리를 축하하는 듯 무수한 횃불이 움직였다. 수양제가 그렇게 원했건만 끝내 이루지 못했던 난공불락(難攻不落)의 성을 손에 넣었다는 기쁨에 가슴이 벅차올라 술잔을 높이 들고 승리의 노래를 불렀다.

현도(요동)에 달 떠오르니 / 맑은 빛 요의 비석을 비추네.
구름 속에 잠시 숨은 달 / 나무 꽃 사이에 꿰맨 듯하여라.
희미한 달빛 박달나무 가지에 찼는데 / 둥글긴 하나 밝은 빛 모자라네.
성에 이르니 그림자 흩어져 / 갈고리 같은 빛무리 달을 에워싸는구나.
이제 환도에 수레 멈추고 / 요사스런 기운 사라지는 모습 지켜본다네.●

● 당태종이 요동성을 빼앗고 지은 시. 《고구려 가는 길》(류연산 저)에서 인용. 환도란 원래 고구려 옛 서울 국내성을 의미하지만, 이 시에서는 요동성을 가리킴.

여의주를 노리는 여인

정주(定州)는 장안(長安)처럼 높은 산과 운치 있는 강의 아름다움은 없었지만, 3월이 되니 싱그러운 신록 사이로 복숭아나무는 꽃잎을 흩뿌렸고, 탐스러운 모란은 바람에 살랑거렸다.

봄은 여인의 마음을 설레게 하는 계절. 무조(武照, 후일 측천무후)도 가는 봄을 아쉬워하며 별궁(別宮) 뒤 숲속 오솔길을 걷고 있었다. 냇가에는 늙은 산벚나무가 하얀 꽃보라를 흩날렸고, 풀잎에 맺힌 이슬방울은 아침햇살에 반짝이고 숲의 그윽한 내음이 가슴을 가득 메웠다.

문득 냇가 바위 뒤에서 사람 기척이 나 호기심으로 다가갔다. 무조의 발자국 소리를 들었는지 웬 사내가 돌아보았다. 뜻밖에 황태자 치였다. 고구려 원정을 떠난 황제를 배웅하느라 한숨도 못 잔 탓인지 창백한 얼굴에 눈이 붉게 충혈되었다. 반가운 마음이 들어 정다운 말이라도 한마디 건네고 싶었으나 멈칫했다.

그녀는 외간남자와 만나서는 안 되는 황제의 여인이어서 황급히 뒤돌아섰다.

"무재인, 왜 도망가?"

치가 달려와 팔을 벌려 길을 막았다. 그도 이제 열일곱, 어느덧 턱과 코 아래 수염이 제법 자랐다.

"나 몹시 외로워. 이야기라도 나눌 수 없을까?"

태자는 주저하며 말을 더듬었다.

"전하는 이제 어린애가 아닙니다. 옳지 않은 일이니 돌아가세요."

그녀는 쌀쌀맞은 얼굴로 냉랭하게 말하고 돌아섰다. 소심한 사내는 엉거주춤하다가 미련이 남은 얼굴로 애원했다.

"내일 새벽 여기서 기다리고 있을게. 부탁이야, 꼭 나와 줘."

무조는 예쁘장한 어린 암말이었다. 꿈에서 생각해도 멋진, 한 올 잡티 없이 윤기가 잘잘 흐르는 검은색 망아지였다. 푸른 초원은 끝없이 멀리 뻗었고 풀잎이 바람에 살랑이는데, 멋있게 생긴 젊은이가 다가왔다. 꿈에도 그리워하던 황제였다. 망아지가 기쁨에 넘쳐 콧소리를 내며 다가가자 젊은이가 훌쩍 등에 올랐다. 그녀 몸은 날아갈 듯 가뿐해 초원 끝까지 달렸다.

갑자기 너무 무거워서 올려다보니 젊은이는 어디 가고, 엄청나게 큰 구렁이가 꼼짝달싹 못하게 온몸을 몇 겹이나 동여매었다. 징그러운 혓바닥을 날름거리며 끊임없이 힘을 주어 조일 때마다 몸을 꿰뚫는 날카로운 아픔과 함께 격렬한 쾌감이 밀려와 몸서리치게 했다.

구렁이는 온갖 재주를 부리며 힘든 곡예(曲藝)를 강요하다가, 비명을 지르며 쓰러지려 할 때면 목구멍에서 오색찬란한 구슬을 뱉어내어 그녀 입에 물렸다. 어디서 힘이 솟구치는 걸까. 망아지는 날개라도 달린 듯 불타오르는 강물을 훌쩍 뛰어넘었다. 억압과 욕망, 굴욕과 환희 속에 갑자기 땅이 흔들리고 화산이 폭발하더니 뜨거운 용암이 넘쳐흘렀다.

어느새 무조는 붉은 당의(唐衣) 자락을 멋있게 휘날리며 백마 위에 높이 걸터앉은 젊은 무사였다. 말의 얼굴을 보니 치였다.

그녀가 거칠게 말을 몰며 채찍질하자 백마는 땀을 흘리며 가쁜 숨을 몰아쉬었다. 품속을 더듬으니 구렁이에게 얻은 오색구슬이 있어 말 입에 물렸다. 어느덧 백마에 날개가 돋더니, 구름바다 너머로 하늘 높이 날아올랐다. 해와 달이 발아래 있었고, 산이 엎드려 절하고 숲이 노래했다. 이윽고 해와 달이 불을 뿜으며 폭발하고 하늘이 소용돌이치는 광경을 보다가 놀라 깨어났다.

'대체 이게 무슨 꿈일까?'

꿈은 너무나 생생했다. 아직도 기쁨과 환희에 젖어 파도치듯 꿈틀거리는 몸. 흥건히 젖어있는 요를 보며 그녀는 얼굴을 붉혔으나 몸은 날아갈 듯 개운했고 힘이 넘쳤다.

무조는 당태종을 진심으로 사랑했다. 당나라에서 이 위대한 황제를 존경하고 흠모하지 않은 여인이 어디 있으랴만, 그녀에겐 첫사랑이고 여인의 기쁨을 알게 해준 잊을 수 없는 사내였다.

말〔馬〕 한 마리 때문에 황제의 은총을 잃어버린 후, 무조의 삶은 끝이 보이지 않는 어둠뿐이었다. 지난 2년간 황제의 마음을 다시 얻으려 얼마나 몸부림쳤던가. 그러나 한번 돌아선 마음을 되돌릴 수 없었다. 그녀는 죽음보다 참기 어려운 갈증에 시달렸다. 오늘 새벽꿈도 애타는 마음이 부른 그리움의 노래였을까?

"돌아오지 않을 사내라면 산송장으로 사느니 새 삶을 찾자!"

무조의 마음은 태종의 굴레에서 벗어났다. 여자가 한 번 결단을 내리면 그 매서움은 남자가 도저히 상상할 수 없다. 무조는 이를 악물고 매몰차게 다짐했다.

'떠나버린 님 잡지 말고, 오는 님 막지 않으리.'

어두운 새벽. 길을 밝혀주던 달도 산마루 뒤로 숨어버렸다. 치가 벌레소리조차 들리지 않은 컴컴한 숲을 지나 늙은 산벚나무에 다가가자 어둠이 가시지 않은 여명(黎明)에 어디선가 목욕하는 소리가 들렸다. 도둑고양이같이 발자국 소리를 죽이며 바위 뒤로 돌아갔다. 실오라기 하나 걸치지 않은 우윳빛 알몸을 씻는 여인은 무조였다. 삼월 중순 늦은 봄이지만 이른 새벽 숲속 개울물은 얼음같이 차가울 텐데 풍만한 몸을 드러내고 춤추는 듯한 몸짓으로 씻었다. 그녀의 아름다운 몸이 하얗게 빛났다. 넋을 잃고 쳐다보다가 날카롭게 빛나는 무조의 눈과 마주쳤다. 그녀는 불에 덴 듯 놀라며 얼른 수건으로 몸을 가렸다.

"무슨 무례한 짓이에요? 목욕하는 여인을 몰래 훔쳐보다니."

"미안해, 인기척을 냈어. 무재인이 못 들었을 뿐이지."

맛있는 음식 접시를 빼앗긴 어린애처럼 미련이 가득한 얼굴로 어물어물 변명하는 치를 보고서 무조는 속으로 웃었다.

'그까짓 일로 황태자가 변명을 하다니.'

무조는 목소리를 부드럽게 바꿔 누나같이 다정하게 말했다.

"눈을 감고 뒤돌아서요. 옷을 입을 테니."

그녀 말대로 황급히 뒤돌아서는 치를 보고 무조는 혀를 날름 내밀고 미소를 지었다.

'귀여운 것. 길들이고 말 테야. 네게 사랑받는 여인이 아니라 네 주인으로서!'

치는 다정다감한 데다 너무 예민해 상처받기 쉬운 성품이었다.

284

여덟 살에 어머니를 여읜 소년은 항상 엄마의 포근한 품을 그리워하며 자랐고, 젖 떼지 못한 아기처럼 혼자 있으면 불안하고 초조했다. 어릴 때부터 보아왔기에 무조는 당당한 황태자의 겉모습 뒤에 숨어 있는 진짜 모습을 누구보다 잘 헤아리고 있었다.

'유혹해서 내 것으로 만들려면, 내가 아니면 그 누구도 줄 수 없을 뿐 아니라 도저히 떨쳐버리지 못할 그 무엇인가를 지녀야 한다. 우선 어머니 같은 포근함으로 마음을 사로잡은 후, 거미가 거미줄로 먹이를 칭칭 동여매듯 꼼짝달싹 못 하게 내 몸으로 얽어매야지.'

무조는 그녀의 가슴에 얼굴을 묻고 아기같이 흐뭇한 표정을 짓고 있는 사내의 머리칼을 쓰다듬다가 문득 꾀 많은 토끼는 위험한 때를 대비하여 세 개의 굴을 판다는 이야기가 떠올랐다.

황궁(皇宮)이란 그 어디나 엿보는 눈과 귀가 있는 곳. 그들의 만남은 누구에게도 알려져서는 안 된다. 바로 죽음을 불러올 테니.

아침 조회가 끝나면 내로라하는 고관대작이 미래의 황제에게 잘 보이려고 서로 경쟁했다. 소심한 태자는 이들을 상대하는 게 고역이었다. 어느 날 무조를 찾아와 날마다 당하고 있는 고통을 하소연했다. 그녀가 개구쟁이 다루는 어머니처럼 참을성 있게 귀를 기울이고 투정을 받아주자 치는 처음으로 그녀 품에서 평온을 되찾았다. 그녀는 그날 있었던 일을 자세히 묻고 나서, 《춘추》나 《사기》의 예(例)를 들어 해결방안을 알려 주고, 사람 다루는 법과 황태자로서 위엄을 뽐낼 방법을 넌지시 가르쳐주었다.

비로소 치는 어머니같이 아늑한 품을 무조에게 찾았다. 그는 영리한 학생은 아니었지만 싫증을 모르는 제자였다. 그녀의 말 하나

하나가 머리에 새겨지고, 따뜻한 격려는 자신감을 일깨웠다. 태자는 나날이 의젓해졌고 대신과의 문답에도 여유를 갖게 되었다.

'태자를 손아귀에 넣어, 하늘의 해를 내 손에 거머쥐리라. 그러기 위해서라면 천륜(天倫)을 어기거나 그 무슨 짓인들 못하랴!'

선머슴같이 덤벙대던 무조도 '사자총 사건'의 뼈아픈 경험을 겪고 나서 돌다리도 두들겨 보고 건너게 되었다. 그녀는 황제에게 사랑의 기쁨뿐만 아니라 권력의 무서움도 배웠다.

치는 효심(孝心)이 깊고 예민한 젊은이였다. 어떤 경우라도 '유혹에 넘어가 천륜을 벗어난 짓을 했다'고 후회하게 해서는 안 되었다. 그녀는 착하고 흠 없는 여인의 가면(假面)을 쓰기로 했다. 그것은 너무나 버거운 위선(僞善)의 탈이지만, 천하의 주인이 되는 그날이 올 때까지 벗어서는 안 될 무거운 짐이었다.

소심한 치도 무조에게 위로받는 일이 거듭되자 그녀 몸을 탐했다. 무조는 이미 남자를 아는 뜨거운 몸이지만 이를 악물고 참았다. 쉽게 얻은 것은 가볍게 버릴 수도 있을 테니까.

그녀는 떼를 쓰는 아이를 달래듯 머리를 쓰다듬고 부드럽게 분위기를 바꾸어 자연스럽게 자리를 피했다. 때때로 참지 못하고 끈질기게 매달리면 데리고 있던 시녀 추국으로 대신하게 했다.

'누가 알랴? 교토삼굴(狡兎三窟, 교활한 토끼는 굴을 3개 파 둔다)이라고, 마음씨 착한 시녀에게 은혜를 베풀어 놓으면 곤란한 일이 생길 때 빠져나갈 구멍이 될 테니.'

온갖 어려움을 헤치며 살아 온 여인에게 네 살 아래 철부지 소년은 손쉬운 먹잇감이었다. 무조는 사내가 애타게 그녀를 원하도록 은근하게 유혹의 손길을 뻗쳐 홀리면서, 독거미처럼 차근차근 그를 옭아매기 위한 그물을 짜기 시작했다.

사내가 술래잡기 놀이에서 그녀의 독특한 몸 향내를 맡고 용케 찾아낼 때면, 호들갑스럽게 감탄하며 아낌없이 꿀을 내주었다. 몸만 허락하지 않을 뿐 온갖 은밀하고 야릇한 사랑의 기쁨을 자연스럽게 하나둘 맛보여 주며 서서히 자기 것으로 길들여갔다.

5월 보름달이 높이 떠 있었다. 연못가 태호석(太湖石)은 달빛을 받아 그림자를 드리우고, 수풀에선 풀벌레가 요요히 울었다.

태자가 찾아온다는 귀띔을 받자 무조는 뜨거운 물에 목욕한 후 몸 냄새를 향기롭게 북돋아주는 사향주머니를 지니고 어느 때보다 정성스럽게 화장했다. 거울 속에는 누가 보아도 반할 만큼 요염한 여인이 알몸으로 내려다보고 있었다. 굶주린 승냥이 같은 미소가 무조의 얼굴에 떠올랐다가 사라졌다.

"이제 때가 되었어. 오늘 너를 내 것으로 만들 테야. 결코 내 품에서 벗어나지 못해."

원로대신의 지나가는 말 한마디에 마음의 상처를 받은 태자는 술을 잔뜩 마시고 와서 울면서 하소연했다.

무조는 술래잡기 놀이를 하다가 멋진 상을 줄 때처럼 젖을 물리더니, 다정하게 사내 몸을 쓰다듬었다. 그러나 여느 때처럼 마음의 평화를 주는 게 아니라, 여인의 얄궂게 움직이는 손은 수컷의 몸 곳곳에 숨어 있는 욕망의 불씨를 남김없이 찾아내어 활활 불타오르게 부채질해서 한 마리 굶주린 짐승으로 만들어갔다.

　그녀는 겉으로 애처로운 몸짓으로 저항하듯 시늉하고 애원하면서도, 먹이를 휘감은 뱀처럼 꿈틀거리는 손길과 요사스러운 몸놀림으로 쉼 없이 욕망을 부추기고 불길에 휩싸인 사내 마음에 기름을 퍼부었다. 마침내 열에 들뜬 사내가 백 가지 맹세를 거듭하고 힘으로 밀어붙이자, 못 이기는 듯 반항의 몸짓을 멈추고는 애끓는 흐느낌과 함께 무너지듯 사내 품을 파고들었다.

　황태자의 넋을 뽑아 놓고 제 것으로 사로잡는 건 무조에겐 목숨을 건 싸움. 사랑을 얻기 위한 싸움에서 진심으로 사랑하는 여인보다 사랑하는 척 꾸미는 꾀 많은 여우가 승리하는 건 얼마나 얄궂은 일인가. 교활한 여우는 스스럼없이 숫보기 어린 말을 향기로운 풀밭, 뜨거운 샘으로 이끌면서 황홀한 표정과 가쁜 숨소리로 사내의 용기를 북돋우고, 연상의 여인답게 능숙하게 이끌었다.

　여인의 몸 향내가 짙어질 때면 치의 허약한 몸이 새 힘을 얻었고, 숨을 헐떡일 즈음이면 입술에 머금은 감로수로 목을 축여 주었다. 호흡이 거칠어지자 부드러운 손길로 달림을 늦추고, 다리에 맥이 풀리면 은근한 격려의 채찍과 강한 조임으로 힘을 북돋았다. 그녀는 아득한 옛날부터 음란한 여인에게 전해 내려온 감미로운 노랫가락을 시냇물처럼 끊임없이 뿜어 올리다가, 산울림의 달콤한 메아리로 사랑놀이를 매듭지었다.

　무조는 마녀(魔女)였다. 일찍이 사내임이 이렇게도 자랑스럽고 기쁨에 충만한 적이 있었던가. 현란한 기교를 부리고 뜨거운 정열로 거침없이 성의 환희를 노래하는 여인의 품속에서 치는 녹아내렸다. 욕망이 솟으면 숨죽인 인형 같은 궁녀에게 쏟아붓기만 했던 밋밋한 행위가 그녀와 함께할 때면 이렇게 황홀한 축제가 되다니. 치는 무조의 넋을 뽑는 몸놀림에 힘을 얻어 목마른 여인을 시작부터 끝까지 울부짖게 하는 용사로 변했다. 이제 그녀 없는 세상은 생각할 수 없었고, 지겹게 여겼던 황태자 노릇도 견딜 만했다. •

5월 18일. 요동성 함락을 알리는 봉홧불이 정주에 닿았다. 승리의 축제가 끝나기 무섭게 치가 달려와 그녀 품속을 파고들었다. 무조는 지금까지 자기 마음을 사로잡을 남자는 늠름하고 억센 사내라고 믿었지만, 마음대로 휘두를 수 있는 섬세하고 나약한 사내도 괜찮다고 생각했다. 물론 미래의 황제일 때 이야기지만.

그녀는 하늘 높이 떠 있는 달을 쳐다보았다.

"축하드리옵니다, 폐하. 난공불락(難攻不落) 요동성을 함락시키셨다니. 하오나 그 성을 빼앗기도 전에 소녀는 이미 태자를 내 품속에 꼼짝달싹 못 하게 잡아 묶었다오. 폐하께서는 부지런히 고구려를 정복하시구려. 저는 대당제국(大唐帝國)을 치마폭에 싸 담을 테니까요."

• 후일 측천무후를 토벌하려는 반란이 일어났을 때, 낙빈왕이 쓴 격문에서 "무씨는 태종의 재인으로 들어와 곁에 모셨다. 황제의 말년에 이르러 춘궁(春宮, 황태자 이치)을 더럽혔으니, 은밀히 선제(당태종)의 사랑을 감추고 남몰래 임금(고종 이치)의 총애를 도모하면서 여우 같은 교태로 미혹하였다"고 욕하는 대목을 무조가 읽고 화를 내기커녕 오히려 자신을 제대로 보았다고 칭찬을 아끼지 않았다고 한다. 그녀야말로 여자황제답게 통이 큰 여인이었다고나 할까. 《황제들의 중국사》(사식 저, 김영수 역)에서.

밀물과 썰물

連山關과 白巖城

싸울아비란 죽음을 깃털같이 가벼이 여기지만, 비겁한 짓을 부끄럽게 여기는 명예로운 집단이다. 고구려의 전쟁기록에서 패배한 싸움이나 무너진 성은 헤아릴 수 없지만, 싸우지 않고 빼앗긴 성은 찾기 어렵다. 여러 차례 수나라 원정에도 그런 일이 없었건만 당나라와의 싸움에서 항복한 장수와 성(城)이 생겼다.

당나라 군사가 너무 강했던 탓일까. 그보다 유혈(流血) 반정으로 지배계급이 분열되고 백성의 마음조차 흩어졌기 때문이 아니었을까? 난공불락 요동성이 맥없이 무너지자 사람들은 두려움에 빠졌다. 배가 가라앉을 낌새가 보이면 미리 알고 재빠르게 도망치는 쥐떼처럼, 약삭빠른 무리가 나타났다.

"다음 차례는 백암성이 분명한데 무슨 수로 막아낸단 말인가?"

백암성 성주 손벌음은 두려움으로 잠을 이루지 못하다가 은밀히 당태종에게 항복할 뜻을 밝혔다.

천산산맥을 지켜라 連山關戰鬪

산봉우리 모여들고 성난 물소리 치니 / 구름도 쉬어 넘는 연산관 가는 길 / 산모롱이 돌아드니 길잡이 보이지 않고 / 눈 위에 말 발자국만 남았구나 / 누가 촉나라 가는 길 험하다 했던고./ 가도 가도 가파른 마천령 고갯길 / 아득히 뻗은 협곡 백 리여.

깎아지른 벼랑 길 아흔아홉 굽이 / 첩첩 산봉우리 하늘에 맞닿고 / 늙은 소나무 낭떠러지에 거꾸로 매달렸네./ 고개 넘어 다시 고개 / 강 건너면 또 강물이 막아 / 소용돌이치는 강물 떨어지는 소리 드높고 / 거센 물살에 돌 구르는 소리.

무심한 풍류객은 노래하겠지 / 세하 푸르게 빛나고 / 조어대 절경이더라고. / 관문지기 하나면 일만 용사도 뚫기 어렵거늘.

당태종은 백암성 성주가 항복할 뜻을 밝히자 평양성으로 가는 최단(最短) 거리인 고구려 제 1번 국도를 뚫으려고 《고려기》(高麗記)를 펼쳤다.

진대덕은 〈연산관 가는 길〉이란 시(詩) 아래 "수양제 때 우문술군이 이곳을 쉽게 통과했다니 믿기지 않는다. 당시 고구려에 사람〔人物〕이 있어 굳게 지켰다면 뚫기 어려운 요해지(要害地)"라고 적어놓았지만, 그가 그려온 방어진지 배치도를 꼼꼼히 살펴보니 험준한 지형을 제대로 살리지 못한 빈틈투성이였다.

'고구려 군은 아직 백암성 성주가 항복한 사실을 모르니 이곳 방어에 소홀하겠지. 기습작전이 성공해 연산관 계곡을 돌파한다면 고구려 원정은 반 이상 성공한 셈이리라.'

태종은 돌궐 출신 맹장 계필하력에게 기병 8천을 이끌고 마천령 넘어 연산관을 기습케 하고, 따로 이도종에게 2만 병력을 주어 고구려 정탐병의 눈에 띄지 않게 샛길로 대량수를 거슬러 올라가서 세하 강줄기를 따라 연산관으로 진격토록 했다.

마천령 가는 길은 우뚝 솟은 천산산맥의 파도치듯 굼실거리는 산줄기가 남에서 북으로 끝없이 뻗어 있었다. 햇빛에 밝게 빛나는 봉우리와 바위능선의 행렬, 그림자 드리운 산골짜기와 계곡마다 우거진 숲의 풍요로움이 초원에서 자란 계필하력의 눈길을 사로잡았다.

돌궐 기병대가 나타난 것은 고구려 군이 예상하지 못했던 기습이었다. '아니, 백암성을 그대로 둔 채 겁도 없이 이곳까지 쳐들어오다니.'

오래지 않아 고갯마루와 비탈진 산줄기, 험준한 계곡 여기저기에 교묘하게 서로 연결된 보루와 목책에서 고구려 군의 반격이 시작되었다. 이제까지 아름다웠던 길은 장미 가시보다 더 날카로운 독침을 내밀었다. 이것이 말로만 들었던 천리장성(千里長城)이란 것인가? 견고한 방어진은 그들이 흘린 땀방울보다 몇 배의 피를 요구했다.

계필하력은 젊은 날 돌궐제국이 망하기 전 카간〔可汗〕의 선봉장으로 몇 번이나 만리장성을 넘어 장안 턱밑까지 진격한 적이 있었다. 만리장성이란 겉보기에는 대단하지만 몇 군데 선(線)만 돌파하면 돌궐 기병에게 전혀 위협이 되지 않는 무용지물이었다.

그런데 천산산맥의 천리장성은 성벽도, 웅장한 관문(關門)도 없건만 험준한 산과 골짜기 여기저기 숨겨진 보루와 목책이 끝없이 피를 요구하는 죽음의 길이었다. 그곳에는 천산(千山) 조의선인이 훈련시킨 산악부대가 철통같이 지키고 있었다.

이런 강력한 방어진을 점령하는 것은 공성장비 없이는 엄두도 낼 수 없어 신속히 마천령을 돌파해 피해를 줄일 수밖에 없었다.

마천령을 넘어 연산관(連山關)으로 가는 길은 깊은 협곡이 뱀같이 꾸불꾸불 길게 뻗었는데, 이 협곡을 따라 세하 빠른 물살이 북으로 흘러가고 협곡 양쪽 산세가 무척 험했다.

백암성을 구하러 가던 선봉장 고돌발(高突勃)은 돌궐 군이 다가오는 걸 알고 협곡 양쪽 험준한 경사면에 숨어 있던 산악부대 지휘관에게 적군의 배후 공격을 명령하고, 자신은 철갑기병대를 이끌고 연산관 앞에서 적을 기다렸다.

돌궐 경기병대는 좁은 협곡을 따라 기다랗게 줄을 지어 다가왔다. 고돌발이 적 기병대 선두에 검은 말을 탄 적장을 발견하고 손을 높이 쳐들자 북소리가 다급하게 울렸다. 그는 긴 창을 수평으로 뻗어 적장을 겨누며 말에 박차를 가했다. 뒤따라 고구려 철갑기병도 옆으로 100기 앞뒤로 5줄의 거대한 사각형 철벽(鐵壁)으로 좁은 계곡을 가득 메우며 거대한 검은 파도같이 돌진했다.

계필하력은 이번 원정에서 몇 차례나 철갑기병대와 부딪쳐 보았다. 온몸과 말까지 무거운 철갑(鐵甲)으로 덮은 철갑기병을 보고, 그는 느려 터진 "절름발이 늙은 곰"이라고 비웃었다.

치고 빠지는 유목민의 기병전술에 따라 재빨리 뒤로 물러났다가 어느 틈에 되돌아와서 포위하고 전후좌우에서 벌떼같이 덤벼들어 공격하면 이 '둔해빠진 곰'을 사냥하는 건 별로 어렵지 않았다.

그런데 연산관 협곡은 넓은 벌판에서 싸울 때와 사정이 달랐다. 양쪽이 험준한 산으로 막힌 좁은 협곡에서 좌우로 달릴 공간이 어디 있으며, 날개도 없는데 무슨 수로 적의 뒤로 돌아가 포위하랴. 오로지 정면으로 부딪치는 수밖에는.

철갑기병에게 화살은 소용없었고 칼로 타격을 주기도 어려웠다. 오직 앞에서 창으로 힘껏 찔러야만 죽일 수 있었다. 가벼운 가죽갑옷만 입은 돌궐 경기병대는 정면으로 맞부딪치기 두려웠지만 뒤로 물러날 수도 없었다. 후퇴하면 좁은 계곡을 따라 길게 줄을 지어 뒤따라오는 병력 때문에 엄청난 혼란이 일어날 테니까.

계필하력의 마음은 두려움에 가득 찼다.

창을 꼬나든 고돌발이 번개같이 그의 가슴을 찔렀다.

계필하력은 간신히 몸을 피했으나 놀란 말이 하늘로 펄쩍 뛰어올라 잇따른 공격을 막지 못하고 옆구리를 찔려 땅에 떨어졌다. 고돌발은 적장을 사로잡으려고 말에서 뛰어내려 칼을 뽑았다.

설만비가 재빨리 손을 뻗어 부상당한 계필하력을 말안장에 끌어올리더니 뒤도 돌아보지 않고 말을 채찍질해 도망쳤다.

두 나라의 선두 기병대가 맞닥뜨릴 무렵 요란한 징소리가 울려퍼졌다. 징소리를 신호로 협곡 산비탈에 매복한 조의선인 특공대와 산악부대가 일제히 바위와 통나무를 굴려 계곡을 막고, 산사태같이 돌궐 군의 길게 뻗은 행군대열로 쏟아져 내려갔다. 앞뒤가 막힌 돌궐 기병은 서로 뒤엉킨 채 좁은 협곡에 갇혀 두려움에 떨며 갈팡질팡했다. 기병이란 말을 달릴 충분한 공간이 주어져야 위력을 발휘하는데, 가뭄에 말라버린 웅덩이 속 올챙이처럼 좁은 곳에 갇혀서 고구려 군의 화살받이가 되거나 항복할 수밖에 없었다.

설만비는 계필하력을 보호하며 정신없이 북쪽으로 달렸다. 길을 열기 위해 고구려 군은 물론 같은 우군까지 베면서 간신히 포위망을 뚫고 아직 기습을 받지 않은 후군(後軍) 대열에 가까스로 닿았다. 후군을 수습한 설만비는 포위당한 선봉대와 중군을 구할 엄두도 내지 못하고, 마천령을 넘어 후퇴하는 것조차 포기한 채, 세하 물줄기를 따라서 정신없이 북으로 달아났다.

이튿날 새벽녘 세하를 거슬러 올라오던 이도종 군을 만나 겨우 한숨을 돌렸다. 패잔병을 수습하니 겨우 3천 명. 무참한 패배였다 (339쪽 참조).

백암성의 항복

요동성에서 강물을 거슬러 올라 동쪽으로 80리를 가면 대량수 북쪽 언덕에 아름다운 성이 우뚝 솟아 있다. 흰 석회암을 다듬어 튼튼하게 쌓아 산을 의지하고 푸른 강물을 내려다보는데, 성 남쪽 강변은 수십 장(丈) 깎아지른 절벽이다. 장대(將臺, 지휘소)는 성안 높은 등성이에 자리 잡았고 그 주변에 내성(內城)을 둘렀다.

백암성은 요동성에서 가장 가까워 요동성 뒤를 든든히 받쳐줄 뿐 아니라 천산산맥 입구를 막고 있어 산맥을 넘어 평양성으로 가는 고구려 제1번 국도를 방어하는 전략적 요충지였다.

수양제 제 2차 원정 때(613년) 본국에서 양현감의 반란이 일어나 황급히 철수할 무렵, 양현감과 절친한 관계였던 병부시랑 곡사정은 목숨의 위험을 느끼고 백암성으로 도망쳐 고구려 군에 항복했다. 그를 따라온 심복 서복은 오두미교(五斗米敎) 간부였다.

세상이 어지러울수록 사람은 목마르게 내세(來世)의 구원을 바라게 된다. 신(神)을 찾고 진리를 구하는 종교는 인간에게 주어진 큰 축복이지만, 변질된 종교나 사이비(似而非)는 사람에게 엄청난 해독(害毒)을 준다. 모든 종교 모임이 그렇듯 오두미교도 첫 시작은 선량한 마음에서 비롯되었으리라. 그들은 굶주린 자에 먹을 것을, 병든 자에 치료를, 절망한 자에 구원을 약속했다. 처음에는 작은 베풂만으로 주위를 감동시키고, 어려운 사람에게 희망을 주었으나 권력과 탐욕에 목마른 자에 의해 변질되는 순간 잘못된 길로 빠져버렸다.

전쟁이 끝나고 백암성에 기근과 전염병이 퍼졌을 때, 방술(方術)에 능하고 약간의 의약 지식을 가졌던 서복은 은밀하게 오두미교를 전파하며 헐벗고 굶주린 백성에게 파고들었다. 주문을 외면 병이 낫고 온 세상 사람이 평등하게 사는 태평천국이 온다는 설교는 삶에 지친 백성의 마음을 사로잡아 가난한 사람 사이에 뿌리를 내렸다.

무연나는 근본을 알 수 없는 떠돌이[流民]로 야망이 크고 영리했으나 비틀린 성품과 천하게 생긴 얼굴 탓에 항상 외톨이였다. 가슴속에는 흉악한 뱀이 살았는데, 이 뱀은 집념이 강하고 파렴치해서 남의 약점을 보면 주저 없이 덤벼들어 독을 뿜었다. 오두미교는 그에게 좋은 피난처여서 뛰어난 말솜씨로 사람 마음을 사로잡았다. 백암성의 전략적 가치에 눈독을 들이던 괴유는 무연나를 주목했다. 조국과 귀족에게 원한이 가득한 반역아(反逆兒)이고, 간사한 속임수에 뛰어난 설득력까지 지닌 무연나야말로 포섭할 가치가 있는 인물이었다.

637년(영류태왕 20년) 닭해. 요동 지방을 휩쓸었던 큰 흉년은 많은 사람에게 어려움을 주었지만, 무능한 성주가 다스리던 백암성 백성의 괴로움이 가장 컸다. 굶주린 백성의 소요가 계속되자 괴유의 뒷받침을 받은 무연나는 백암성 성주의 측근으로 파고 들어가 권력을 휘두르게 되었다. 그리고 여교주(女敎主) 서미미와 결혼으로 오두미교조차 손아귀에 집어넣었다. 반정 후 643년(보장태왕 2년) 3월 막리지가 당나라로부터 도교(道敎)를 받아들이자, 오두미교는 더욱 튼튼하게 뿌리를 내렸다.

무연나는 성주의 사자(使者)로 괴유를 찾아갔다. 당태종은 괴유로부터 성주의 항복의사를 전해 듣고 크게 기뻐했다.

"병법에 싸우지 않고 이기는 게 가장 좋고 공격해 빼앗는 건 하책(下策)이라 했거늘, 화살 한 대 쏘지 않고 백암성을 얻다니!"

백암성의 항복은 어쩌면 이번 전쟁의 분수령이 될지도 몰랐다.

"이왕 베풀 거라면 적장이 깜짝 놀라게 아낌없이 듬뿍 주어라. 항복한 성에 짐이 베푸는 관대한 조치를 보면, 다른 성도 잇따라 항복하겠지. 그렇게만 되면 고구려 정벌은 손쉬워질 테니. 내 무엇을 아끼리. 피 흘려 빼앗기보다 훨씬 값싼 게 아니겠는가. "

당태종은 무연나의 알현을 선선히 허락했다.

"예로부터 하늘을 쫓는 자〔順天者〕는 살고, 거스르는 자〔逆天者〕
는 망한다고 했느니라. 천시(天時)를 알고 자기분수를 깨달은 백암
성 성주는 참으로 현명하도다. 어찌 너의 주인을 가볍게 대하랴. 성
주 지위를 보장함은 물론 훗날 더 큰 벼슬을 내리겠다고 전하라. "

태종은 온갖 아첨을 떠는 반골(反骨)이 도드라진 무연나 얼굴을
유심히 살펴보았다.

'저렇게 야비한 소인(小人)일수록 달콤한 꿀을 먹이면 똥오줌 가
리지 않고 쓸개까지 다 바치는 법이지. '

그는 무연나를 가까이 불러 은근하게 말했다.

"이 일이 이루어지는 날, 경의 공로를 가장 크게 생각해 큰 상을
내릴 터인즉, 짐의 기대를 저버리지 말지어다. "

"미천한 소인을 폐하께서 이렇게 생각해 주시니 황송하여 몸 둘
바를 모르겠습니다. 백 번 죽어도 충성을 다 바치겠습니다. "

태종은 이번 일에 차질 없도록 돈과 비단을 넉넉히 주도록 지시
했다. 성주 손벌음? 오두미교를 믿는 백성? 그따위는 이미 무연나
와 상관없었다. 비단옷을 입고 장안거리를 활개 치며 걷는 자신의
모습이 눈앞에 떠올랐다.

무연나는 재물을 아낌없이 뿌리며 태종에게 성을 바치려는 물밑
작업을 시작했으나 뜻밖의 저항에 부딪혔다. 백암성 싸울아비는
성주 손벌음의 은근한 설득을 완강히 거부했다. 무연나가 믿었던

오두미교 몇몇 장로들조차 당나라 황제에게 항복하는 데 반대하자 가슴속에 웅크렸던 뱀이 머리를 빳빳하게 쳐들었다.

여교주 생일날 초대받은 반대파 장로가 흥겨운 잔칫상에서 술을 마시다가 피를 토하며 쓰러졌고, 한밤중에 싸울아비 지도자 손누초가 자택에서 괴한에게 습격당했다. 백암성 민심이 흉흉해졌다. 싸울아비들이 내성 장대에 모여들어 성주에게 반역자 무연나를 처벌하라고 강력하게 요구했다. 손누초는 성주가 당나라와 싸울 생각이 없음을 알아채고 굳게 맹세했다.

"싸울아비에게 죽음은 있을지언정 항복이라니? 저승 가서 어떻게 조상님 얼굴을 뵈려고. 어쨌든 항복만은 막아야 한다."

다음 날 오골성에서 전령을 보냈다. 천산산맥을 지키려 지원군 1만을 파견했는데, 연산관에서 적을 만나 크게 이겼다는 승전보였다. 지원군 사령관 안고(安固)는 오골성 군이 천산산맥 마천령에 주둔해 백암성 뒤쪽은 막아줄 테니 걱정 말고 성을 잘 지키라고 격려했다. 우유부단한 겁쟁이 성주는 다시 마음이 흔들렸다. 손누초가 병력이 부족하다고 안고에게 호소하자, 연산관 싸움의 영웅 고돌발이 백암성 수비군을 도와 성을 지키겠다고 자원했다.

당태종은 손벌음의 항복을 최대한 이용하려 했다. 황제의 관대함과 위엄을 뽐내고 백암성의 항복을 널리 알리는 성대한 의식을 치르도록 명령했다. 그런데 약속날짜가 지나도 성주의 행렬이 나타나지 않자, 항복을 독촉하기 위해 돌궐 기병대를 보냈다.

5월 29일, 아사나사마(이사마)가 백암성에 이르니 성주가 마중 나오기는커녕 성벽 위에 오색 깃발이 휘날리고, 수비병이 돌궐 기병대를 향해 창검을 흔들며 위협하는 함성을 질렀다. 그는 의아하게 생각하면서 서문으로 향했다.

손누초가 성문에서 내려다보니 '우위대장군 선봉장 이사마'라고 큼직하게 쓴 붉은 깃발을 앞세우고 풍채가 당당한 중년 사나이가 돌궐 기병 한 무리를 이끌고 다가오고 있었다.

'옳지. 저자를 사살하면 항복협상을 깨뜨릴 수 있으리라.'

손누초는 강력한 쇠뇌를 쏠 명사수를 뽑아 성문에 배치했다. 4명의 사수가 독화살을 겨누고 아사나사마를 노렸다.

"다른 놈은 필요 없다. 붉은 갑옷에 백마를 탄 저 장수만 쏴라!"

아사나사마는 기병대 선두에서 성문 앞으로 다가왔다.

"옳지, 그래 조금만 더."

쇠뇌 사정거리에서 다소 멀었지만 손누초는 발사명령을 내렸다. 화살 하나가 아사나사마에 명중해 말에서 굴러 떨어졌다. 뜻밖의 공격을 당하자 돌궐 기병대는 혼란에 빠져 대열을 흩뜨린 채 허둥지둥 퇴각했다.

아사나사마가 부상당했다는 보고를 받자 태종이 즉시 병문안을 갔다. 쇠뇌에 묻은 독으로 푸르게 부풀어 오른 상처를 보자 서슴지 않고 상처의 피고름을 빨아 뱉었다. 친형제라도 쉽지 않겠거늘 황공하게도 황제가 오랑캐 장수의 더러운 상처에 입을 대다니. 당태종이 천재적인 전략가인지는 잘 모르겠지만 병사의 마음을 읽고 그 마음을 귀신같이 휘어잡는 뛰어난 지휘관임을 누가 감히 부정하라!

아사나사마는 군사적 재능은 없었으나 옛 돌궐제국 카간(可汗)
의 직계후손이었고, 장성(長城) 북쪽에 흩어진 돌궐 부족을 모아
설연타에 대항하는 방벽으로 삼을 때 카간으로 옹립된 돌궐인의
상징적인 지도자였다. 계필하력이 위험한 임무를 맡아 연산관 싸
움에서 부상하고, 뒤이어 아사나사마까지 중상을 입자 원정군의
강력한 축(軸)인 돌궐 병사들의 마음이 동요될 위험이 있었다. 당
태종의 행동은 이런 동요를 미리 잠재웠을 뿐 아니라, 단순한 돌
궐 병사들을 크게 감동시켜 사기를 충천하게 만들었다. 이런 파격
적 행동은 사랑이 아니라 뛰어난 정치적 감각에서 나온 것이겠지
만, 어느 누가 위선이라고 말하랴. 누구도 쉽게 흉내 낼 수 없는
예술의 경지인 것을.

고구려는 정말 무시무시한 적을 맞이한 셈이다.

손벌음이 항복약속을 지키지 않고, 아사나사마가 중상을 입자
당태종은 크게 노했다.

"백암성을 점령하면 성안에 있는 백성과 재물을 모두 병사들에
게 나누어 주겠노라."

당나라 중앙군은 백암성의 북서쪽에서 진군하고, 이적의 흑기
군은 남쪽에서 접근했다. 또한 이도종 군은 성의 동쪽에, 뛰어난
돌궐의 명장 아사나사가 이끄는 돌궐 기병대는 대량수 건너편 벌
판에 포진하여 오골성에서 오는 구원군을 견제하도록 했다. 물샐
틈없는 포위망이 완성되었다.

백암성 언덕 장대에서는 성 안팎 사방이 모두 내려다보였다. 남서쪽 대량수 강변에는 요동성에서 온 수십 척의 배로부터 공성무기를 뭍으로 부렸고, 북서쪽 성벽 너머 경사진 언덕에는 붉은 군복의 물결이 끝없이 뻗었다. 성벽 바깥 300보 지점에 열을 지어 늘어선 커다란 괴물들, 저것이 요동성 성벽을 무너뜨린 포차(砲車)란 말인가.

성주는 정신이 아득하고 두려움으로 간이 떨어졌다. 또다시 마음이 변한 성주는 무연나를 급히 불렀다.

"내가 생각이 깊지 못해 잠시 잘못 판단했네. 다만 항복하긴 해야겠는데 싸울아비의 반대를 어찌해야 할지 모르겠군."

성주 손벌음은 새파래진 얼굴로 부들부들 떨었다.

"성주님, 병력 배치부터 바꿔야 합니다. 손누초가 이끄는 싸울아비와 오골성 지원군은 모두 서문에 배치하고, 믿을 만한 오두미교 민병대를 북서쪽에 배치하십시오. 그러면 방법이 있습니다."

무연나는 이미 생각한 바가 있다는 듯 음흉한 얼굴에 유들유들한 미소를 띠었다. 밤이 되자 민병대 도움을 받아 줄을 타고 어둠에 잠긴 성벽을 내려갔다.

"무엇 하러 또 왔느냐?"

태종의 싸늘한 목소리에 노여움이 담겨 있었다.

"폐하, 소인이 부족하여 이렇게 되었사오니 백 번 죽어도 아뢸 말씀 없사옵니다. 성주를 비롯해 저희는 항복하려 했으나 성안에 따르지 않는 자가 있었습니다."

무연나는 지난 일을 변명하고 항복할 구체적 계획을 설명했다.

허영심 강한 태종은 요동성을 빼앗았을 적에 성주와 해마루의 전사로 항복의식을 못한 게 못내 아쉬웠다. 성대한 항복의식만큼 오랑캐 마음을 휘어잡을 좋은 선전거리가 어디 있으랴.

"진정 항복하려거든 우리 군사가 성을 에워싸 전투가 한창일 때, 이 깃발을 내성 장대 위에 높이 세우도록 하라."

태종은 아직도 불쾌감이 가시지 않은 얼굴로 커다란 당나라 깃발을 내주었다.

황제가 백암성 성주의 항복을 받아들였다고 하자 대총관 이적이 무장한 군사 수십 명을 이끌고 왔다.

"폐하, 지휘관의 말 한마디는 태산같이 무거워야 합니다. 병사들이 서로 앞다투어 어려움을 무릅쓰고 생명을 돌보지 않으며 용감히 싸우는 까닭은 전리품에 대한 기대 때문입니다. 이제 성이 거의 함락되려는 마당에 어찌하여 폐하께서 약속을 깨뜨리시고, 저들의 항복을 받아들여 병사의 기대를 저버리십니까. 그렇게 되면 앞으로 어떻게 명령이 바로 서겠습니까?"

태종은 타고 있던 말에서 내려 이적에게 다가가서 자신이 약속을 지키지 못한 것을 사과하고 달랬다.

"장군의 말이 옳으나 항복을 애원하는 데 이를 외면하고 군사를 풀어 사람을 죽이고 포로로 잡는 짓을 차마 할 수 없도다. 공을 세운 병사들에게는 군자금을 풀어서라도 상을 줄 테니, 이번만은 짐의 뜻에 따라주기 바란다."

미인에게도 옥의 티 같은 흠이 있듯 백암성은 성 북쪽 능선에서 성을 내려다보면 내성을 비롯해 성안이 훤히 들여다보인다.

이적의 흑기군이 포차로 남서쪽 성문과 성벽에 큰 돌덩이를 날리고 충차와 운제를 동원해 한창 격렬한 공방전을 벌이고 있을 때, 내성 꼭대기 망루에 붉은 당나라 깃발이 높이 걸렸다. 약속이라도 한 듯 북동쪽 성벽에도 오두미교 민병대가 흰 깃발을 흔들었다. 미리 대기했던 수천 명 당나라 특공대가 줄사다리를 타고 개미떼같이 성벽을 기어올랐고, 뒤이어 우렁찬 승리의 함성이 퍼졌다.

흑기군의 거센 공격을 막느라 정신없이 싸우던 손누초와 고돌발이 놀라서 뒤돌아보자 내성 망루 위에 적의 깃발이 펄럭이고 있었다. 싸움이 시작된 지 얼마 되지 않았건만 어느 틈에 적의 손에 성이 떨어졌단 말인가. 싸울아비의 손에 맥이 풀렸다.

성 밖은 흑기군. 등 뒤에서 밀려오는 중앙군 병사들의 붉은 물결. 도망치려 해도 갈 데가 없는 독 안의 쥐 신세였다. 싸울아비들은 마지막 순간이 왔음을 느꼈다. 한 소리 크게 외치며 적을 향해 돌진하거나, 서로 이름을 부르며 모여 최후까지 싸우다 쓰러졌다.

6월 1일 아침, 대량수 강가 언덕 위에 백암성 성주의 항복의식을 거행할 크고 화려한 비단 장막〔受降幕〕을 치고, 황제가 앉은 높은 단 앞에는 항복하는 자를 위한 멍석을 깔았다.

조금 떨어진 강변 모래톱에 최후까지 저항하다 사로잡힌 싸울아비들이 굴비 엮듯 삼줄에 묶여 뙤약볕에 앉아 있었다. 오골성의 지원군으로 성안에 들어와 싸웠던 고돌발도 부상을 입고 포로가 되었다. 피투성이가 된 고돌발은 주위를 둘러보았다. 손누초는 전사했는지 보이지 않았고, 성에 함께 들어왔던 5백 명 부하 중 겨우 30여 명만 살아남았다. 그는 눈을 지그시 감아버렸다.

이적이 포로의 삶과 죽음을 가리기 위해 심판대에 앉았다.

먼저 아사나사마를 저격한 쇠뇌병을 가려내어 강가 처형장에 끌고 갔고, 고돌발도 계필하력에게 부상을 입힌 죄로 고발당했다. 이적은 죽음을 앞두고도 두려움 없이 하늘에 뜬 구름을 태연히 올려다보는 사나이를 유심히 살펴보았다. 계필하력은 몸이 완쾌되지 않았으나 돌궐인을 대표해 나왔다가 자리에서 일어났다.

"대총관님. 저 포로를 나에게 주시오. 저 사나이는 용사. 싸움터에서 적을 찔렀던 것뿐이오. 무사의 용맹이 어찌 죄가 되겠소."

무인(武人)끼리는 서로 마음이 통한다는 듯 이적도 빙그레 웃으며 고개를 끄떡이었다.

"계필 장군의 뜻이 그러시다면 그렇게 합시다."

어느 틈에 당나라 옷을 갖춰 입고 항복의식에 참석했던 무연나가 우연히 이 광경을 보고 말에서 내려 황급히 달려가며 외쳤다.

"대장군님, 아니되옵니다. 저놈은 손누초와 함께 마지막까지 항복하지 않고 저항한 큰 죄인입니다. 반드시 죽여야 합니다."

"도대체 너는 누구냐?"

이적은 불쾌한 낯빛으로 눈을 부라렸다.

"소인은 백암성을 항복시키느라 무척 애쓴 무연나라 합니다."

이적은 은혜를 헌신짝처럼 버리는 천민(賤民)을 미워하는 성격인데, 무연나의 니글니글한 웃음과 거들먹거리는 몸짓이 역겨워졌다. 그의 성난 얼굴을 본 참모가 소곤거렸다.

"대총관님, 저자는 성의 함락에 큰 공을 세웠습니다."

의리를 무겁게 여기는 왈패(遊俠) 출신 이적은 황제의 고구려인에 대한 심리전(心理戰) 보다 무사로서 결벽증이 더 강했다.

"더 말하지 말라. 이곳은 폐하의 위임을 받아 군령을 집행하는 곳. 감히 여기가 어디라고 분수도 모르고 잡인이 함부로 입을 놀리다니. 당장 저놈 옷을 찢어 벗기고, 목을 베어 장대에 매달아라."

그러고는 혼잣말로 중얼거렸다.

"저런 자는 상황이 변하면 언제라도 배신할 버러지 같은 놈이지. 나는 더러운 친구보다 고귀한 적(敵)이 더 마음에 든단 말이야."

요동군왕 遼東郡王

백암성이 함락되기 전날, 성주의 누이동생이 백암성으로 피란 온 미르녀를 찾아와 오라비가 곧 항복한다는 비밀을 털어놓았다. 그녀는 선대(先代) 요동성 성주 해부루에게서 낳은 어린 아들과 딸을 데리고 탈출하기로 마음먹었다.

성 남쪽 절벽 그늘 아래 작은 배가 닿았다. 칠흑 같은 그믐밤 늙은 사공은 강을 거슬러 올라 새벽녘에 강변 갈대밭에 닿았다. 일행은 길잡이 소년을 따라 갈대밭을 지나 천산산맥을 향해 나아갔으나, 순찰하던 돌궐 병사의 눈에 띄었다. 아사나사이는 미르녀를 보자 한눈에 고귀한 가문의 여인임을 알아보고 포로가 아니라 손님으로 대접했다.

콧대 높은 미르녀였지만 적군에 사로잡히자 어머니로서 요동성 해씨 가문의 마지막 남은 혈통을 지키려 양만춘에게 도움을 간청하기로 결심했다. 그날 밤 물질[水泳]에 능한 길잡이 소년이 미르녀 편지를 품속에 지닌 채 대량수를 건넜다.

요동성이 무너져 전사자 1만 명, 포로 1만과 백성 4만이 사로잡히고, 50만 석 곡식이 불타거나 빼앗겼다.

'지난 전쟁 때 끝까지 적군을 막아내며 굳건히 지켰던 철옹성이 이번에는 얼마 버티지도 못하고 맥없이 무너지다니.'

요동성의 최후를 전해 듣고 양만춘은 어떻게 안시성을 지켜야 할지 눈을 감고 깊은 생각에 잠기자 돌고가 위로했다.

"수나라 침략 때 요동성이 한 역할을 이번엔 우리가 맡게 되었군요. 성주께서 평화로운 때 위태로운 일이 생길까 염려해 미리 대비했고, 이제 충분히 준비를 갖췄으니 무슨 걱정이 있겠습니까[居安思危, 思則有備, 有備無患]?"

입이 무거운 다로조차 한마디 거들었다.

"성주님, 이 세상 어디에도 강철같이 굳게 뭉친 안시성 군을 깨뜨릴 자 없을 것입니다."

양만춘은 미르녀와 자식들이 위험에 빠진 것을 알자 우리에 갇힌 곰처럼 쉬지 않고 방 안을 왔다 갔다 했다. 유난히 여인에게 숫기가 없었던 소년 시절, 용기를 내 부딪친 첫사랑이 미르녀였다. 인연이 없어 첫사랑은 열매를 맺지 못했다. 그는 미르녀에게 마음의 빚을 지고 있어 그녀가 보낸 은가락지를 보자 옛 생각이 떠올라

가슴이 찢어질 듯 아팠다. 헤어질 때 그처럼 냉정했음에도 아직 그 가락지를 지니고 있었다니. 자존심 강한 그녀가 얼마나 다급했기에 이제 빚을 갚으라고 할까.

"아사나사이라고? '아사나'란 성을 쓴다면 카간 집안임에 틀림없다. 그렇다면 혹시 희망이 있을지도!"

돌궐말에 능숙하고 지혜로운 가림토를 불러 사정을 자세히 설명하고 아사나사이에게 보냈다.

무사라면 그 누구라도 혼을 빼앗기지 않을 수 없을 듯한 묵직한 검은 단검(短劍)이 무척 눈에 익었다. 아사나사이는 정성스레 손질이 된 칼을 뽑아들었다. 하얗게 빛나는 칼날 부분에 이어진 검신(劍身)에 무수히 많은 물결무늬가 아름답게 굽이쳐 흘렀고, 칼등에는 아사나 가문 문장(紋章)이 아로새겨져 있었다.

'이건 전설 속 신검(神劍)이라는 위대한 시빌 카간의 칼이 아닌가! 돌궐제국 멸망과 함께 사라졌다던 신검이 어찌 머나먼 뵈클리 (고구려) 땅에서 … .'

아사나사이는 기쁨과 흥분으로 온몸을 떨었다. 전해 내려오는 말로 아사나 가문 최고 대장장이가 알타이산 검은 강철에 순도 높은 순철(純鐵)을 겹쳐 진홍색이 나도록 쇠를 달구어 망치로 두들겨 편 후, 똑같은 작업을 천 번이나 거듭해 정성스레 만들었다.

세 번 절하고 칼을 자세히 살펴보니 칼등에 황소가 도드라지게 새겨져 있었다. 어릴 때 본 힐리 카간의 칼에는 늑대가 새겨졌던데, 그렇다면 큰아버지인 시빌 카간의 안다(의형제)가 뵈클리 사람이었다던 옛 이야기가 사실이었단 말인가. 무사가 이런 명검(名劍)을 얻으면 그 날카로움을 한번 시험해 보고 싶기 마련이다. 그런데 이상하게도 이 명검의 칼날은 원래 모습 그대로였다. 안다가 준 마음의 선물에 행여 흠집이 날세라, 칼날을 벼리지 않고 그대로 간직한 사나이의 순박한 마음이 오롯이 전해지며 뜨거운 감동이 치밀었다.

망국(亡國)의 왕족이 되어 살아남기 위해 온갖 어려움을 헤쳐 오느라 거칠어졌던 아사나사이의 마음을 포근하게 녹여 주었다.

"아무쪼록 장군께서 그 칼을 거두어주시고, 이번에 사로잡은 포로를 풀어 주십사고 저의 주인께서 간청하십니다."

아사나사이가 넋을 잃고 칼만 들여다보기에 가림토는 조심스럽게 주의를 끌었다. 곰 같은 덩치의 사나이가 꿈에서 깨어난 듯 가림토를 돌아보더니 외쳤다.

"뭐라고. 늙은 부인과 어린애 몸값으로 이 신검을 받으라고? 여기 와서 이 검을 본 것만도 무한한 영광이거늘."

사나이는 옷깃을 여미고 자세를 바로잡더니 말했다.

"돌아가 그대 주인께 전하라. 조카 아사나사이는 전쟁 중이어서 찾아가 인사드리지 못함을 안타까워하면서 다른 선물은 기꺼이 받겠지만 이 신검만은 감히 받을 수 없다고. 그리고 부인과 아이들은 소중한 손님으로 원하는 곳까지 정중히 모셔드리겠다는 말씀도."

백암성에서 열린 전군 군사회의에서 계필하력과 설만비는 연산관 지형과 고구려 군 방어상황을 자세히 설명했다.

"연산관 가는 길에 큰 성이나 거대한 관문은 없었으나, 험준한 지형을 이용한 보루와 목책이 쇠사슬처럼 얽혀 있고, 살쾡이처럼 날렵한 산악부대가 버티고 있어 전투력이 강한 기병대는 뚫고 갈 수 있겠지만 소규모 부대나 수송대는 지나기 어렵습니다."

천산 골짜기로 출전했던 이도종도 덧붙였다.

"그 협곡은 《손자병법》에서 말하는 험형(險形, 험준한 지형의 땅)이고, 나아가거나 되돌아오기 어려운 괘형(掛形)의 땅이더군요. 옛날 수나라 때는 적의 방비가 없어 쉽게 통과한 듯하나, 지난 10여 년간 난공불락의 요새로 만들었습니다. 행여 대군(大軍)이 좁고 험한 골짜기에 들어갔다가 낭패를 당할까 염려됩니다."

"원래 우리 계획은 천산산맥을 넘고 연산관과 오골성을 거쳐 바로 평양성으로 진군하는 것이었소. 앞으로 어찌하면 좋겠소?"

태종은 몹시 괴로운 낯으로 장군들을 둘러보았다.

"그곳 방어진을 쓸어버리려면 시간이 얼마나 필요할까?"

"10만 대군을 동원한다 해도 여러 달이 걸릴 겝니다."

태종은 큰아들의 죽음으로 낙양에서 헛되이 보낸 석 달이 아쉽게 생각되었다. 모든 장수가 서로 얼굴만 쳐다보자 이적이 입을 열었다.

"병법에도 험형이나 괘형 지형에 적 방비가 있으면 싸워서 이롭지 않다고 했습니다. 좁은 천산 골짜기에 갇혀 고립되고, 적군이 군사를 재정비해 우리 배후를 공격하면 궁지에 몰릴까 두렵습니다. 남쪽으로 진격해서 안시성을 빼앗는다면 다소 길을 둘러가지만 오골성으로 가는 길이 열립니다. 그곳은 연산관과 달리 지형이 별로 험하지 않아 대군이 나아가는 데 지장이 없을 겝니다."

그날 밤 장손무기가 태종의 거처를 찾았다.

"사람을 보내 안시성 성주를 한번 달래보는 게 어떻겠습니까?"

"그런 걸물(傑物)을 움직일 만한 좋은 미끼라도 있단 말인가."

"요동성이 무너지는 것을 보고 그자도 폐하의 위력을 느꼈을 겝
니다. 더구나 막리지에 반대하여 서로 창칼을 겨눈 적이 있었다고
하니, 그에게 요동군왕으로 임명한다는 첩지를 내리고 잘 구슬려
봄이 좋을 듯합니다."

"우리 편으로 만들 수 있다면 그까짓 요동군왕 아니라 고구려 국
왕인들 아까우랴. 그런 벼슬 따위로 마음을 움직일 수 있을까?"

태종은 미덥지 못하다는 듯 고개를 갸우뚱거렸다.

"폐하, 비록 실패할지라도 이 사실이 막리지 귀에 들어가면 그
들 사이에 서로 의심하는 마음이 생길 겝니다."

비로소 당태종은 유쾌하다는 듯 껄껄 웃었다.

"자넨 역시 제갈량일세. 잘하면 안시성 성주의 발목을 잡는 올
무가 되겠군. 큰 고기를 낚으려면 먹음직한 미끼를 던져야 할 거
야. 낚싯밥이 적으면 거들떠보지 않을 테니."

당태종 사신이 황금 5백 근과 비단 3천 필을 싣고 떠났다.

황제 교서

본래 왕(王)이란 나라의 주인으로 자신의 뜻에 따라 나라를 다스리고 백성의 삶을 좌우하거늘, 짐이 이 땅에 와서 막리지란 자의 이름을 들었으나 왕을 높이는 말은 듣지 못했노라.

막리지가 왕의 명령도 듣지 않고 제멋대로 전권을 휘두르며 사람을 죽이고 벼슬아치의 임면(任免)도 마음대로 하니, 반역의 신하임이 분명하노라. 그자가 밖으로는 전쟁을 일삼고 안으로는 백성을 도탄에 빠뜨리기에, 짐이 이 악한 자를 제거하기 위해 원정에 나섰을 뿐 다른 뜻은 없노라.

짐이 여기에 와서 들으니 그대는 순리를 따르는 의기남아(義氣男兒)라. 일찍이 장안에서 머물며 대국의 힘도 보았고, 돌궐과 서역도 둘러보았다고 하니 이처럼 열린 눈을 가진 뛰어난 인재에게 거는 짐의 기대가 크도다.

짐과 함께 손을 잡아 왕을 죽인 무도한 역신(逆臣)인 연개소문 막리지를 몰아내고 그대가 고구려의 사직을 반석 위에 올려놓음이 어떠하겠느뇨.

이제 짐이 그대를 요동군왕(遼東郡王)으로 봉(封)하려 함은 그대에게 힘을 보태 주려 함이니라. 반역의 신하인 악인의 목을 베어 고구려가 평화를 찾는 날 짐은 미련 없이 돌아가리니, 이 또한 얼마나 아름다운 일이며, 그대의 공적과 충성스러움이 어찌 만대(萬代)에 길이 빛나지 않겠는가.

정관 19년 6월

당태종의 글을 읽은 양만춘은 음흉한 술수(術數)를 꿰뚫어 보고 등에 식은땀을 흘렸다.

'조금이라도 잘못 처리했다간 심각한 일이 생기겠구나.'

"적의 교활한 이간질(離間策)이로군요."

돌고가 어두운 얼굴로 신음하듯 말했다.

"성주님, 당장 사신의 목을 베어 성문 앞에 내걸어야 합니다."

온사문이 펄쩍 뛰며 흥분했다.

"아무리 전쟁 중이지만 백기를 들고 온 사신을 죽일 수야 있겠소? 경(劓, 죄인의 얼굴 전체에 문신을 새기는 것)을 친다면 모를까."

돌고가 한숨을 쉬면서 중얼거렸다.

"참 좋은 생각이군요. 다만 저렇게 훤한 미남 얼굴을 망치는 건 뭣하니, 이마에 '우제'(愚帝)란 문신만 새겨 돌려보냅시다."

머리를 빡빡 깎고 이마에 '우제'란 붉은 문신을 큼지막하게 새긴 사자를 안시성 사람에게 구경시키다가 울부짖는 사자를 보고 꾸짖었다.

"돌아가서 황제에게 전하라. 남을 모욕하면 그 욕이 자신에게 되돌아오니 앞으로 이런 장난을 하지 말라고. 다만 우리나라를 침략해 끼친 손해의 만분의 일이라도 갚는 것으로 보고, 황금과 비단은 받겠거니와 이 종잇조각은 도로 가져가라."

양만춘은 사신의 목을 베는 것보다 이같이 모욕을 주는 게 태종을 더 화나게 할 것을 잘 알았다. 대화의 길은 막혔고, 이제 서로 목숨을 건 처절한 싸움만 남았다.

태풍의 눈, 안시성

태종이 고구려 원정을 시작하고부터 가는 데마다 부딪치는 껄끄러운 사나이가 있었다. 처음 수산(首山)에 대본영을 세우던 날 장검의 갈대고개 패전보고를 듣고 고구려에도 쓸 만한 장수가 한 사람쯤 있구나 싶었다.

계필하력에게 연산관을 기습공격하도록 했을 때, 《고려기》에 그려진 어설픈 방어진지와 전혀 다른 난공불락의 방어선이 버티고 있었다기에 이상해서 항복한 백암성 성주에게 까닭을 물었다. 그랬더니 이 사나이가 반정 후 천리장성 총감독을 맡아 새로 보강한 방어시설이라고 했다.

더구나 이자는 수나라 원정 때 말갈과 거란인을 끌어모아서 연합군을 조직하고, 신출귀몰한 유격작전으로 회오리바람처럼 요서 벌판을 누비면서 수십 배의 우중문 대군을 농락하고 군량수송에 막대한 타격을 입혀서 '요서의 도깨비'라 불리던 얄미운 적장(敵將)임이 밝혀졌다. 그뿐 아니라 당당히 막리지와 대결했던 모의전투와, 장손무기가 가져온 '흑모란의 서신'을 읽고서 왠지 알 수 없는 두려움에 휩싸였다.

'무미(無美)의 미(美)(두드러지지는 않지만 전체로 보면 놀랍게 뛰어난 아름다움)라더니 바로 이런 사나이를 가리킨 말이 아닐까?'

당태종은 가능하면 이 사나이와 대결을 피하고 싶었다.

"내가 듣기로 안시성은 성이 험하고 군사가 용맹하며 성주는 지혜와 용기를 두루 갖춘 인물이라, 막리지 정변 때에도 성을 굳게 지켜 굴복하지 않았다고 한다.● 건안성은 병력이 약하고 군량도 적다고 하니 불의에 기습하면 틀림없이 성공할 것이다. 병법에도 '공격하지 않아야 할 성'이 있다고 한다. 안시성이 바로 그런 성이다. 건안성을 먼저 공격해 함락시킨다면 고립된 안시성이 어찌 힘을 쓸 수 있겠는가."

이적은 당태종이 평소와 달리 병법에 어긋나는 주장을 하는 것이나, 양만춘을 용에 비유하며 높이 평가하는 게 못마땅했다.

"폐하, 건안성은 남쪽에 있고 안시성은 그 북쪽에 있사온데 아군 군량은 모두 요동성에 비축해 놓고 수송해 옵니다. 이제 안시성을 뒤에 그대로 내버려둔 채 건안성을 공격하다가 군량수송로를 차단당하면 어찌하겠습니까? 안시성을 먼저 함락시키면 아군이 북을 한 번만 울려도 건안성 따위는 저절로 무너질 것입니다."

이적은 목소리를 가다듬고 자신 있게 단언했다.

"안시성은 요동성의 반도 안 되는 작은 토성이라고 들었습니다. 용(龍)이라 해도 바다나 넓은 호수에서라야 조화를 부릴 수 있습니다. 작은 연못 속 이무기〔龍〕 따위야 무엇이 두렵겠습니까?"

황제의 가슴속에 웅크리고 있던 영웅의 기상이 되살아나면서 약해졌던 마음이 사라지고 자신만만하게 용기가 치솟았다.

'그렇다. 그까짓 작은 성을 가지고 너무 신경을 썼군.'

당태종은 고개를 끄덕이면서 이적의 의견을 받아들였다.

"짐이 경을 대장으로 삼았거늘 어찌 그 방책을 따르지 않겠나.

● 당태종이 말하였다는 이 한 구절이 우리의 영웅 양만춘의 인간 됨됨이를 살펴볼 수 있는 유일한 역사기록〔直接史料〕이다.

아무쪼록 완벽하게 준비하여 고구려 정복 대업(大業)을 그르치지
말라."

　당태종의 원정에 도저히 풀리지 않는 수수께끼가 하나 있었다.
전쟁을 일으킨 자는 개전(開戰) 시간과 장소를 마음대로 결정한
다. 따라서 선봉군의 기습에 뒤이어 전광석화(電光石火) 같이 주력
군(主力軍)이 중요한 목표를 공격해 점령하는 게 전쟁의 기본정석
이거늘, 3월 말 선봉군의 기습공격으로 현도성을 점령한 후 한 달
반이 지난 5월 중순에야 당태종이 요동성에 모습을 나타내다니.
　이런 어리석은 짓은 전쟁에 무지한 수양제조차 생각할 수 없는
데, 어찌하여 백전백승의 싸움꾼 당태종이 이따위 잘못을 저질러
결정적 승리를 거둘 기회를 놓쳤을까?
　개전 시기 역시 요동의 혹독한 추위를 감안하면 잘못되었다. 수
양제는 정월 초순 유주를 출발하여 2월 초순 요하 도하(渡河) 작전
을 벌였는데, 이적의 선봉군은 한 달 반이나 늦게 침공했고. 당태
종은 한여름인 5월(양력 6월) 중순에 겨우 참전했다. 경적필패(輕
敵必敗)거늘 아무리 이번 원정에 자신만만했다 해도 얼빠진 짓임
이 분명했다.
　양만춘의 궁금증은 조의선인(皂衣仙人) 미루가 이끄는 정찰대가
수산(首山)에서 당나라 중앙군 교위를 포로로 잡아와서 '작년 말
귀양 보냈던 맏아들의 죽음과 그 장례식으로 3개월간 낙양에 머물
렀다'는 말을 듣고서야 비로소 출정(出征)이 늦어진 비밀을 알게
되었다.

'그렇다면 왜 원정을 한 해 늦추지 않았을까? 고구려 원정을 천하에 공포했으니 황제의 체면상 어쩔 수 없었던가. 그렇다 하더라도 너무나 무모하고 어리석은 짓이구나.'

양만춘은 문득 이것이야말로 고구려를 구하려는 하늘의 뜻이라고 깨달으며 어둠 속에서 한 줄기 밝은 빛을 보았다.

'통일전쟁과 돌궐 정복과정을 꼼꼼히 검토해 보면 태종은 무척 냉정하고 뛰어난 전략가였다. 그는 시간이 지나갈수록 낭비한 3개월을 뼈아프게 후회하겠지. 그렇다면 빨리 승리하려는 조바심에 사로잡혀 마음의 평정을 잃을 게 분명하다. 그렇다. 조급증과 자책(自責)이야말로 지금 태종의 가장 큰 약점. 이 급소(急所)를 끈덕지게 물고 늘어져야겠구나!'

5월 그믐날. 늦은 밤 가쁜 숨을 몰아쉬며 전령이 달려와 백암성이 항복했음을 알리자 안시성에서 비상대책회의가 소집되었다.

"요동성이 함락된 지 며칠 지났다고. 백암성까지 뺏기다니 … ."

"제대로 한번 싸워 보지도 않고 손 성주란 놈이 … ."

뜻밖의 소식에 잠자다가 달려온 탓인지 군복도 제대로 못 입은 여러 장수들이 모여 술렁거리다가, 갑옷에 투구까지 갖춰 입은 양만춘이 들어오자 자리에 앉았다.

"앞으로 어찌해야 할지 여러분 의견을 듣고 싶소."

양만춘의 말이 떨어지기 무섭게 온사문이 일어났다.

"백암성은 천산산맥 고개를 지키는 요충지이니 적군은 제 1번 국도를 따라 오골성을 거쳐 평양성으로 진출하지 않을까요?"

"그럴 가능성이 큽니다. 어저께 적 특공대가 연산관 쪽으로 몰려갔다니까요."

다로의 보고에 금마루가 다행스럽다는 듯 고개를 끄덕였다.

"그렇다면 우리는 한숨 돌릴 여유가 생기겠군요."

여러 장수의 의견을 들은 양만춘이 일어났다.

"당태종의 대군이 천리장성 방벽을 뚫고 오골성을 거쳐 마자수를 건넌다면 우리 요동 남부군은 신성에 모여 있는 요동 북부군과 연합해 적의 대군과 멀리 떨어지게 될 요동성을 되찾아야 할 것이오. 적의 후방기지이고 본국과 연락하는 요충지인 요동성을 빼앗아 보급로를 끊어버리면 살수대첩 같은 큰 승리를 거둘 것이오."

양만춘의 말을 듣고 온사문이 벌떡 일어나 외쳤다.

"붉은 깃발 기병대는 요동성을 되찾을 공격 선봉대로 즉시 출동 준비를 갖추겠습니다."

희망찬 웅성거림이 멎고 양만춘이 다시 입을 열자 모든 장수의 얼굴이 얼어붙었다.

"천산산맥 천리장성은 10여 년에 걸쳐 쌓은 튼튼한 방벽이고 대대로 고정의께서 굳게 지키니 쉽게 뚫리지 않을 게요. 그리되면 멀리 둘러가지만 지형이 그리 험하지 않은 안시성 동쪽 검은바위 고개를 넘어 수암, 오골성을 거쳐 평양성으로 진출하려 할 것이니 이에 대비해 안시성 방어와 백성의 피란을 서둘러 주시오."

태종이 백암성에서 요동성으로 회군(回軍)한다는 보고를 받자 양만춘은 즉시 백성을 피란시키기로 했다. 그가 장사 자리를 맡아 피란민을 잘 보살펴 달라고 부탁하자 돌고가 펄쩍 뛰었다.

"늙었다고 괄시하십니까. 저도 안시성에 남아 싸우고 싶단 말입니다."

"그럼 돌고 님이 성을 지키십시오. 대신 제가 백성을 이끌고 피란 갈 테니."

돌고가 깜짝 놀라 커다란 눈을 굴리며 손을 휘휘 내저었다.

"그런데 새삼스럽게 장사(長史) 벼슬이라니 어인 일입니까. 무거운 감투에 눌려 이 작달막한 늙은이 키가 더 작아지란 말입니까?"

"본래부터 돌고 님을 위해 남겨둔 자리였습니다. 그동안 사양하기에 비워두었지만, 나를 대신해 늙은이와 아녀자를 보호하려면 벼슬이 있어야지요. 백성을 이끌고 우리 소금창고가 있는 압록진으로 가주세요. 몇 달 버틸 양식은 마련되어 있을 겁니다."

"다시 성주님을 만나 뵙게 될지 모르겠으나 염려 마십시오. 제가 맡은 백성 머리털 하나도 상함 없이 돌려드릴 테니!"

요즘 유난히 얼굴에 검버섯이 두드러지는 돌고가 엄숙하게 맹세했다.

오골녀가 찾아와서 마지막 피란민 대열을 따라 떠난다면서 울먹이며 하소연하자 호위대장 다로까지 그녀가 성주의 살림살이를 보살피도록 간청했지만, 성을 지키는 데 보탬이 되지 않는 사람은 남을 수 없다는 양만춘의 원칙은 흔들림이 없었다. 늙은 오골녀가 떼쓰는 걸 달래며 뒤돌아보다 흑모란과 눈이 마주쳤다.

'소년같이 밝게 웃는 저 서늘한 눈동자. 저택에 온 첫날 저 눈을 보고 머릿속이 하얗게 바래졌었지. 앙칼진 검은살쾡이라 불리며 어떤 사내에도 꿀리지 않던 왈가닥 말괄량이였거늘, 왜 이 사나이에게만은 어린 소녀처럼 수줍음을 느끼고 움츠러들까?'

황혼 무렵 요동 방어군 총사령관 고정의가 보낸 파발꾼이 안시성 장대로 달려와 붉은 봉투를 바쳤다.

"당태종은 험준한 연산관 방어선을 끝내 뚫지 못하자 평양성으로 가는 지름길인 제1번 국도를 포기하고 요동성으로 되돌아갔네. 적의 다음 공격목표는 안시성이 분명해서 급히 알리네."

한 시진도 지나지 않아 어둠에 묻힌 동문 앞에 횃불을 휘둘러 신호를 보내는 말 탄 사냥꾼이 있었다. 갈대고개 파견대에서 보낸 전령은 숨을 헐떡이며 보고했다.

"긴급 보곱니다. 오늘 정오 안산에서 수많은 돌궐 기병대가 쏜살같이 남쪽으로 내려오는 걸 정찰병이 발견했습니다. 내일 아침이면 갈대고개에 닿을 듯합니다."

양만춘은 잠을 못 이루고 달빛 속에 우뚝 솟은 안시성 동문 장대를 바라보았다. 자정이 되었는지 우렁찬 종소리가 들려왔다.

"성주님, 아직 주무시지 않고 계셨군요."

언제나 발소리를 죽이는 다로가 수선스럽게 달려와 들뜬 목소리로 말하자 가슴이 덜컥 내려앉았다.

"다로, 또 무슨 일이 터졌는가?"

"기쁜 소식입니다! 조의선인(皀衣仙人)들이 오고 있답니다."

오랜만에 양만춘의 얼굴에 웃음꽃이 활짝 피었다.

이미 달이 기울어 어둠에 잠긴 장대(將臺) 앞 넓은 뜰엔 온몸을 검은 옷으로 감싼 사나이들이 가지런히 열을 지어 수풀같이 빽빽이 모여 있었다. 3백 명이 넘는 무리가 모였는데도 숨소리 하나 들리지 않았다. 으뜸장로인 태백진인(太白眞人)이 3명의 장로를 이끌고 앞으로 나와 깊숙이 허리를 굽히더니 품속에서 한 통의 서신을 꺼냈다.

"연산관을 무사히 방어했으므로 태을상인(太乙上人)께서 저희를 보냈습니다. 이제 성주님 명령에 따라 목숨을 걸고 안시성을 지키겠습니다."

양만춘은 웃음을 머금고 태백진인에게 다가가 두 손을 잡았다.

"어찌 이런 기쁜 일이. 어려운 때 상인께서 약속을 지켜주셨구려. 여러분은 천군만마(千軍萬馬)보다 더 큰 도움이 될 것이오."

그는 잘 알고 있었다. 조의선인 한 사람 한 사람이 일당백(一當百)의 용사란 것을. 그리고 뛰어난 정예 전투집단은 비록 그 수가 많지 않더라도 승리를 결정짓는 열쇠가 될 수 있음도.

흑모란의 편지

외인부대 군복을 입은 낯선 무사가 흰 비단에 검은 모란을 수놓은 손수건과 함께 아버지 편지를 불쑥 내밀어 간이 떨어질 뻔했어요. 요동성 함락 소식은 이곳 주민에게 큰 충격을 주어 얼마 동안 얼굴에 두려움이 가득하고 갈팡질팡했으나, 언젠가부터 마음을 가라앉히더니, 이제 죽음의 전쟁터가 될 안시성에 서로 남겠다고 다투어요.

성주가 "성을 지키는 데 도움이 되지 않으면 남을 수 없다"며 어린이와 늙은이를 모두 피란시키기로 결정해서 오골녀도 떠나게 되고 제가 저택 살림살이를 맡게 될 것 같아요.

지난번 저녁 만찬 때, 장사꾼 대아찬이 오랜만에 참석해 농성자 명단에 자기 이름이 빠졌다고 항의했어요. 돌고 노인도 성을 지키려면 싸울아비뿐 아니라 대장장이부터 날씨를 예측할 사람까지 온갖 인재가 필요한데, 보급품 관리에 뛰어난 살림꾼을 왜 제외했느냐고 대아찬을 거들었답니다. 처음엔 고개만 끄떡이던 성주가 입을 열었지요.

"안시성을 지키러 모인 이들은 한마음으로 굳게 뭉친 사람이오. 나는 성벽보다 이들의 하나 된 마음이 성을 지켜줄 것이라 믿소. 돌고 어른 말씀대로 자네는 나에게 꼭 필요한 사람임에 틀림없네. 그런데 한 달 전 나라를 위해 내놓겠다고 스스로 백성 앞에 약속한 재물을 왜 아직도 움켜쥐고 있나. 믿음을 잃은 자를 살림꾼으로 임명해서 하나로 뭉친 마음에 금이 가게 할 수 없지 않겠나"라고 하자, 돌고는 허리를 굽혔고, 대아찬은 부끄러워 황급히 물러갔답니다.

며칠 전에도 저택 앞에서 한바탕 난리가 났지요. 갈대고개 영웅 우소란 젊은이는 그 싸움에서 왼팔을 잃었는데, 피란민을 보호하는 총책임자인 누초로 뽑혔어요. 이 외팔이 무사는 병졸이라도 좋으니 성안에 남아 싸울 수 있게 해달라고 온사문 장군에게 간청하다 거절당하자, 주인님 행차를 가로막고 오른팔로 긴 창을 풍차같이 휘둘렀어요.

"나는 한 손으로도 얼마든지 싸울 수 있단 말입니다."

분노한 사천왕(四天王)처럼 버티고 서서 물러서지 않았는데, 두 눈에선 불길이 활활 타오르더군요. 주인은 말에서 내려 사나이 어깨를 두드리면서, 그 청을 선선히 받아들였어요.

"우소여, 으뜸 백인대장으로 안시성을 지켜주길 부탁하겠다. 다만 잃어버린 왼팔을 대신해 창을 들어줄 소년을 구하라."

"성주님, 감사합니다. 외팔이 우소 이 목숨 다 바쳐 보답하겠습니다." 사나이는 닭똥 같은 눈물을 흘리며 소리쳤지요.

외팔이 우소 이야기가 퍼진 때문일까요. 오늘도 저택 앞에 사람이 모여들어 성에 남게 해달라고 야단법석이랍니다. 어저께 안시성 입주가 시작되었어요. 성안을 둘러보니 길모퉁이마다 자갈과 강돌을 산더미같이 쌓아올린 엄청난 크기의 돌탑들이 유난히 눈에 띄었는데, 칼과 화살촉을 만드는 대장간 앞엔 새까만 돌탑도 보여요. 불에 타는 돌[石炭]이라는군요. 부처님께 성을 잘 지키게 해달라고 빌기 위해 쌓았다나요? 그리고 성안에 수량이 엄청난 샘이 있는지 남문 앞에 시내를 이루고 있어요.

들려오는 소식은 어둡고 두려운 것뿐인데도, 주민들은 불안해하기는커녕 성에 남게 된 것을 자랑스러워해요. 여기 들어온 여인은 누구나 노(弩) 쏘는 것을 익혀야 하므로 저도 오후엔 여자 궁수 백인대장 아례에게 훈련을 받고 있지요. 노를 쏘아보니 뜻밖에 조작방법도 그리 어렵지 않고 명중률도 좋더군요.

성안엔 여태껏 못 보던 무사들이 눈에 띄는군요. 스님같이 머리를 빡빡 깎은 검은 옷차림 싸울아비인데, 어릴 때부터 한평생 산속에서 무예만 익히는 조의선인이라 해요. 어떤 선인은 둔갑술을 부려, 바위처럼 숨도 쉬지 않고 형체를 감추어 어둠 속에서 소리 없이 적에게 다가갈 수도 있답니다. 이들은 자부심이 대단해서 봉황은 오동나무에만 깃든다며 자기네가 선택한 장수 아래서만 싸운대요.

또 이곳엔 온갖 민족이 다 모여 있어요. 말갈인이나 거란인은 말할 것 없고 해성포구에서 장사하려 머물던 백제인 젊은이도 있고요. 평양성 부근 절에서 무예 수련하던 왜인 무승(武僧) 50여 명도 요동성을 지키러 가다가 성이 함락되어 이곳으로 왔답니다.

돌고 노인과 다로가 '그들의 충성심을 어떻게 믿느냐'며 걱정하자 주인께서 눈만 껌벅거리며 태연히 말하던 걸요. "땅끝에서 모여온 사람이 함께 성을 지키겠다는 건 큰 자랑거리이고 복이거늘, 무얼 그리 걱정하느냐?"고요. 멍청이 주인님은 보면 볼수록 정말 큰 그릇일지도 모르겠단 생각이 들어요.

5권으로 계속

연표 年表

시기	주요 사건	비고
622.	수나라 전쟁 때의 포로 교환, 당 고조 제의.	영류태왕 5년
	(고구려와 당나라 평화 정착)	무덕 5년
630. 3.	당태종의 돌궐 정복.	정관 4년
9.	고구려 봉역도(封域圖. 국경을 표시한 지도) 당에 보냄.	영류태왕 13년
631. 2.	당의 사신이 경관(京觀)을 훼손하여 천리장성 건설을 시작.	영류태왕 14년
640. 2.	고구려 태자 환권이 당나라에 입조함.	영류태왕 23년
641.	진대덕이 사신으로 와서 고구려 군사시설을 정탐함.	정관 15년
642. 8.	백제 의자왕이 신라 대야성을 함락시키고 당항성을 공격.	의자왕 2년
9.	연개소문이 반정(쿠데타)을 일으키고 영류태왕을 시해함.	영류태왕 25년
겨울	신라 김춘추가 평화사절로 고구려를 방문.	보장왕 원년
643. 1.	당나라가 조문사절을 고구려에 파견함.	보장왕 2년
9.	신라가 당나라에 구원을 요청하는 사절단을 파견함.	선덕여왕 12년
644. 봄	고구려가 당나라 사신 장엄을 토굴에 가둠.	보장왕 3년
644. 11.	당태종이 고구려 원정 조서를 공포.	정관 18년
645. 2.	당태종의 선봉군 이적이 낙양을 출발.	정관 19년
4.	당 선봉군이 현도성과 개모성을 함락시키고 신성을 포위함.	보장왕 4년
5.	당 수군(水軍)이 비사성을 함락시킴.	
	당태종의 중앙군이 요택 건너 요동성에서 선봉군과 합류.	
	당을 도우려 신라 군 3만이 한산정(경기도 이천)에 집결.	
	당 주력군이 요동성을 함락시킴.	
	천산산맥 방어선(천리장성)에서 고구려 군이 대승을 거둠.	
6.	백암성이 당에 항복하고 당 주력군이 안시성을 포위함.	
6.22.	연개소문 군이 천산(주필산) 싸움에서 패전함.	
6. 말	본격적인 안시성 공방전을 시작함.	

시기	주요 사건	비고
645. 7.	당나라 수군이 건안성을 공격함.	보장왕 4년
7. 중순	당나라 군이 토산(土山)을 쌓기 시작함.	정관 19년
9. 초	설연타가 당나라 하주(夏州)를 침입함.	
9. 중순	토산 공방전이 벌어짐.	
9.18.	당태종이 안시성에서 철수함.	
9.21.	당나라 군이 요하를 건너 패주함.	
10.21.	당나라 군이 요택(遼澤)을 건너 영주에 도착함.	
12.25.	당태종이 설연타 정벌 동원령을 내림.	
646. 봄	고구려와 당나라가 서로 사신을 교환함.	보장왕 5년
646. 7.	설연타가 멸망함.	정관 20년
647. 5.	당나라 이적의 기병대가 고구려 신성 일대를 분탕질함.	보장왕 6년
7.	당나라 우진달 수군이 요동반도를 약탈함.	정관 21년
648. 4.	당나라 수군이 요동반도를 분탕질함.	보장왕 7년
9.	당나라 설만철이 박작성을 침공함.	
649. 5.26.	당태종 사망.	정관 23년
668. 9.	고구려 멸망.	보장왕 27년
698.	대조영의 발해 건국.	

《황금삼족오》 깊이 읽기

동맹축제에서 어느 사내의 노래 (20쪽)

중국은 물론 왜〔日本〕조차 7세기 이전의 시가(詩歌)가 많이 전해지고 있다. 우리 조상은 유난히 노래와 춤을 즐겼다 하였으니 고구려 역시 주옥(珠玉) 같이 아름다운 노래가 많았을 터이나 모두 인멸(湮滅) 되고, 지금까지 전해 내려오는 작품은 손가락으로 셀 수 있을 뿐이다. 그리고 삼국시대의 옛 정서가 그대로 담겨 있는 때 묻지 않은 고졸(古拙) 한 민요도 능력 부족 탓인지 그리 많이 찾을 수 없었다. 우리나라 사람은 일본의 시가를 인용함에 거부감이 많음을 알지만 이 노래(《일본의 옛 노래》, 오영진 역)를 차용(借用) 한 까닭은 《만엽집》(萬葉集)에 실린 옛 노래가 중국의 《시경》(詩經) 보다 오히려 고구려인의 정서(情緒)를 보다 더 잘 나타내지 않을까 해서이다.

삼국시대는 한반도의 선진문화가 왜에 흘러 들어가 일본 고대문화를 꽃 피우는 바탕이 되었고, 고구려와 백제의 많은 지식인들이 건너가 활동했다. 《만엽집》에 실린 시가 중 적지 않은 작품이 도래인(渡來人, 한반도에서 건너간 우리나라 사람)이 지은 것으로 확인되었고, 《만엽집》에 실린 노래 중 난해(難解)한 작품의 해석은 중세 일본어보다는 오히려 우리의 옛 말로 해석이 가능하다고 한다. 이 노래도 당시 고구려 사람의 정서와 비슷하지 않을까 싶어 거부감 없이 차용하였다.

천리장성의 실체 (97쪽)

고구려의 천리장성(千里長城) 이야말로 아직까지 그 실체가 아리송한 역사의 미스터리다. 이 장성은 북으로 부여성에서 남으로 요하 하구까지 또는 요동반도의 끝인 비사성까지 요동 지역의 여러 성을 유기적으로 연결한 긴 장성(長城)이라는 것이 역사학자의 통설(通說)인 것 같다. 그러나 그렇게 보기에는 납득되지 않는 점이 한둘이 아니다.

아직까지 천리장성으로 볼 만한 유적을 발굴하지 못한 점도 그러하거니와, 당태종의 원정군은 현도성, 개모성, 요동성뿐 아니라 요동 방어 최전선에서 멀리 떨어진 백암성까지 점령했건만 당나라 군의 승리를 기록한 어떤 역사서에도 천리장성을 돌파했다는 기록을 찾아볼 수 없다. 영류태왕 때 시작하여 전후까지 16년에 걸쳐(631~647년) 고구려가 국력을 기울여 만든 방어선이니 여느 성 하나 빼앗는 것보다 더 큰 사건일 텐데 그렇게 대단한 승전보가 왜 역사기록에 나타나지 않았을까?

천리장성은 아예 존재하지도 않은 허구(虛構)이거나 승리의 기록으로 남길 가치조차 없는 방어선이었단 말인가? 그렇지는 않았다. 당태종의 원정이 끝난 후 매우 어려웠으리라 짐작되는 힘든 상황에서도 고구려가 2년에 걸쳐 이 방어선을 강화 보수하는 공사를 했다는 사실을 미루어 볼 때 이 방어벽은 훌륭하게 그 역할을 했던 것이 분명하니까. 그러면 어찌하여 그 실체가 아직도 안갯속에 가려져 있는가.

사람들은 흔히 중국의 만리장성(萬里長城)이란 이미지에 지나치게 현혹된 나머지 고구려의 천리장성도 천리에 걸쳐 길게 뻗은 선(線)의 방어선일 것이라는 선입감 때문에 오해가 생긴 게 아닐까.

첫째, 전사(戰史)를 살펴보면 강력한 적군의 침략을 막는 데 만리장성은 전혀 쓸모가 없었다. 다만 장성 안쪽 관내(關內)는 중화문화권이고, 그 밖 관외(關外)는 오랑캐가 지배하는 땅이라는 통치영역을 나타내는 역할을 했을 뿐이다. 대부분이 대평원인 요동의 지형을 살펴볼 때 멀리 떨어진 성과 성을 잇는 장성을 쌓을 필요성이 있었을까? 중국 중원과는 달리 인구밀집 지역도 아닌 요동에서 그 긴 장성은 누가 지킬 것이며, 고구려의 인구나 생산력에 미루어 과연 그런 방어시설을 만들 여유가 있었을까?

둘째, 나라마다 제각기 자기네 체질에 맞는 전략과 전술을 개발하기 마련이다. 흉노나 돌궐 같은 북방 유목민족은 신속한 기동력을 바탕으로 기병전술을, 중국인은 압도적인 병력으로 밀어붙이는 보병전술을, 고구려인은 성(城)을 이용한 방어전에 뛰어났다. 자연의 험준함을 이용하여 거점 방어진지인 성(주로 산성)을 쌓았고, 그것으로도 부족하여 성에는 톱니바퀴 같은 효율적인 방어시설인 치(雉)를 설치하여 뛰어난 궁술(弓術)을 바탕으로 성을 방어하였다. 따라서 실용적이었던 고구려인이 거대하기만 하고 쓸모없는 만리장성 같은 방어시설을 왜 만들었을 것인가?

그렇다면 천리장성의 진실은 무엇이었을까? 김용만 같은 연구자들이 종래의 통설에 의문을 제기하며 천리장성은 장성(長城)이 아니라 요동 지역 여러 성의 방어능력을 보강하기 위한 '네트워크' 또는 천산산맥을 지키기 위한 새로운 방어선으로 추정하는바, 탁견(卓見)인 것 같다. 이에 더하여 하나의 가설(假說)을 세워볼까 한다.

수양제의 제1차 침입 때(612년) 우문술 우중문이 이끄는 별동대(別動隊) 30만이 고구려 깊숙이 쳐들어왔다. 살수에서의 빛나는 승리가 있었다고 하나, 나라의 심장부를 짓밟힌 고구려의 내상(內傷)은 심각했을 것이다. 더구나 고구려 방어전술의 핵심이 청야작전(淸野作戰)이었으니 평양과 청천강 주변 논밭의 곡식들이 깡그리 불타버렸을 터이다.

전쟁에서 승리했지만 다음해 이곳 백성들은 무엇을 먹고 살아남았을까? 이런 쓰라린 현실을 겪었던 영류태왕으로서는 다시는 이러한 참상이 되풀이 되지 않기를 바라서 밖으로 당나라에 대한 평화정책, 안으로 요동 평야의 배후에 높이 솟아있는 천산산맥, 특히 연산관 일대를 강력한 요새로 만들어 다시는 적이 고구려의 심장부까지 진출하지 못하도록 방어벽을 건설한 것이 아닐까?

그러면 적의 침략을 막는 제1방어선은 자연의 방벽인 요하의 강물과 진흙탕으로 하고, 제2방어선은 요동성, 안시성을 비롯한 여러 성과 성을 유기적으로 연결하는 방어체계, 그리고 마지막으로 천산산맥을 넘어 한

반도로 나오는 길목인 연산관 협곡과 고개에 구축한 견고한 종심(縱深) 방어선(천리장성)에서 적을 막을 수 있게 된다.

이 가설에 따르면 당태종의 원정군은 안시성에서 묶여 천산산맥을 돌파한 적이 없으니, '천리장성 돌파'라는 승전기록을 역사서에 기록할 수 없었음은 당연하다고 하겠다. 따라서 천리장성이란 길게 선으로 연결된 장성(長城)이 아니라 '천산산맥(千山山脈)을 지키는 방어 장벽'이고, 당태종의 원정 후 300년이 지난 시점에서 당나라 역사서를 편찬했던 중국 사가(史家)들은 자기네 나라의 만리장성을 연상하고, 이 천산산맥 방어벽을 천리장성이라고 이름 붙인 게 아닐까 싶다.

그렇다면 이 천산산맥의 방어벽인 이른바 '천리장성'은 과연 고구려 방어에 큰 역할을 했던가? 당태종의 원정군이 요동성을 함락시킨 후 천산산맥을 넘는 고구려 제1번 국도의 입구에 있던 백암성을 점령했다. 그리고 계필하력과 그 부장인 설만비가 연산관(천산산맥을 넘는 길의 핵심 방어 지역임)에서 고구려 군과 싸워 패하였고, 이로 인해 당태종은 천산산맥을 넘어 평양성으로 진격하는 최단거리인 침공로(侵攻路)를 단념하고 방향을 돌려 안시성으로 진격했다. 따라서 천산산맥 방어벽은 그 전략적 가치를 유감없이 발휘했던 것으로 짐작된다.

당태종의 원정 이후 연개소문의 아들 남생이 항복함에 따라 일어난 최후의 전쟁(668년) 이전까지 당나라 군의 침략은 바다를 건너 압록강 하구 또는 평양성을 직접 공격하거나 요동의 평야 지역을 공격하였지 육로(陸路)로 평양성 공격의 최단거리인 천산산맥 돌파를 감히 시도하지 못했다. 심지어 고구려 멸망 이후까지도 안시성을 비롯한 요동의 여러 성들이 수년 동안 당나라 군에 저항할 수 있었던 배경에는 이들 뒤에 군건히 버티고 있었던 '천산산맥 방어벽'이 튼튼히 그 역할을 다하고 있었던 까닭이 아닐까.

당태종의 고구려 원정에 대한 고찰 (158쪽)

역사연구자 중에는 고구려와 당나라 간의 전쟁은 피할 수 없었다고 주장하는데 과연 그러할까?

《구당서》나 《신당서》의 기록에 따르면, 당태종의 고구려 정복의지가 연개소문의 쿠데타 이전에도 곳곳에 나타나는 건 사실이지만, 한두 장수를 보내 싸우는 전쟁과 달리, 국가의 명운(命運)을 걸고 국력을 총동원하는 황제의 친정(親征)이란 어떤 결정적인 계기 없이 최고통치자의 의지만으로 일어날 수 없다.

첫째, 당나라 국내 사정을 살펴보면 수나라 말엽부터 10년간에 걸친 내란으로 수양제 당시 9백만 호에 달하던 호구(戶口) 수가 당태종 때 3백만 호로 줄어들었을 정도로 국력이 회복되지 않았다. 그러기에 당나라 조정 대신들은 한결같이 고구려와의 전면전을 반대하였다.

둘째, 고구려는 돌궐과 달리 노골적으로 당나라를 위협하지도 않았고, 그 당시 중국 본토를 침공한 사실조차 없다. 연개소문이 정권을 잡은 이후에도 남부 전선인 신라를 침공했으나(화평파인 영류태왕 때도 고구려는 신라를 침공했다), 당나라는 물론이고 심지어 서쪽 국경에 있던 거란에 군사행동을 취한 사실조차 없었다. 연개소문의 당나라에 대한 강경책이란 그야말로 입으로만 떠들어댄 것(外交)일 뿐 실제 행동으로 나타난 적이 없었다. 당태종이 고구려 원정 실패 후 재원정(再遠征)을 준비하던 때, 죽음에 임하여 올린 방현령의 상소문에서도 이러한 사실이 잘 나타나 있다. 따라서 당태종이 아무리 마음속으로 고구려 원정을 꿈꾸었더라도 고구려를 침략할 대의명분(大義名分)이 없었다.

셋째, 서울이 북경(北京)이었던 명·청대와 달리 당나라의 심장부였던 장안(현재 西安)은 중국 내륙 깊숙이 있었기에 당시 요동 지역은 국력을 기울여 정복해야 할 만큼 중국과 이해관계가 밀접하지 않은 변방의 땅이었을 뿐이었다.

당태종이 황제가 된 후부터 양국 간에 긴장상태가 계속되었던 것은 사실이지만, 불과 30년 전 수나라의 고구려 원정으로 나라가 망한 아픈 기억 때문에 고구려에 대한 국민들의 공포가 극심했던 당시 상황을 살펴보면, 당태종이 품은 뜻은 그야말로 헛된 꿈으로 끝나고 말았을 것이 분명하다.

국가 간의 적대감이 바로 전쟁으로 연결되는 것은 아니다. 흔히 황제란 전제군주(專制君主)이므로 나라를 자기 뜻대로 통치하고 전쟁과 평화를 마음대로 결정할 수 있으리라 생각하나, 이는 중국의 통치체제와 정치의 참모습을 잘 모르는 데서 나온 오해이다. 진시황이나 수양제 같은 폭군(暴君)이 아닌 한, 아무리 황제라 해도 명분(名分)도 없이 대신들의 반대에도 아랑곳하지 않고 국가의 중대사를 마음대로 결정할 수 없었다. 하물며 수양제의 어리석음을 반면교사(反面敎師)로 삼아 현군(賢君)의 길로 가려 애쓰던 당태종임에야.

그러나 당나라 황제가 보낸 사신을 토굴에 잡아가둔 것은 차원이 다른 문제이다. 연개소문이 의도했건 아니건 그것은 선전포고로 해석될 수밖에 없는 일이고, 상대국의 자존심을 짓뭉개는 짓이다(오늘날이라도 어떤 국가가 미국 대사를 총살했다면 어떤 일이 벌어질지 상상해 보라). 그러므로 연개소문이 당태종에게 원정의 대의명분을 제공했다. 따라서 그의 난폭한 행동이 전쟁의 도화선(導火線)에 불을 질렀다.

당태종 원정군의 군사력 (171쪽)

'위대한 승리'라고 부르려면 얼마나 강력한 적을 무찔렀는가도 평가기준의 하나가 아닐까 싶다.

당태종은 고구려 원정에서 세계 역사상 일찍이 볼 수 없었던 최강의 군사력을 동원했다. 당태종 원정군이 수양제의 원정군보다 훨씬 강했음을 증명하기는 어렵지 않다. 군사지도자로서 당태종의 뛰어난 자질(資質)이나 당나라 군사(府兵)의 우수함을 제쳐놓더라도, 공격의 선봉을 맡았던 돌궐 기병대야말로 엄청난 힘(戰力)을 보태주었던 까닭이다. 다만 수양제의 제1차 원정군 규모가 113만이라고 《수서》(隋書)에 자세히 기록되었으나, 당태종 원정군의 전체 규모를 알려주는 기록은 찾아볼 수 없다.

그러나 천산대회전(千山大會戰, 주필산 전투)에 참가했던 행군총관의 숫자로 이 전투의 참가병력을 30만으로 추정하는 데다, 수군(水軍) 육전대 4만과 500척 함대의 뱃사람(水兵) 및 당시에 점령했던 요동성, 백암성 등의 수비병과 본국과 연락을 담당했을 기동병력을 포함한다면 원정군의 총 병력이 50만을 넘었을 것으로 짐작된다. 그렇다면 수양제의 제1차 원정군의 실제 전투병력보다 결코 적지 않다. 더구나 당태종의 원정군에는 중원의 군사뿐 아니라 북방 초원의 강력한 기병군단이 포함되어 있었다.

수양제의 제1차 원정군이 113만이라 하나 이들은 중원의 보병(步兵)이 중심이었고, 북방 초원의 기병은 참전하지 않았다. 따라서 고구려는 기병전력(騎兵戰力)에서 수나라에게 조금도 밀리지 않았다. 그러나 당태종의 원정군에서 뛰어난 활약을 한 장수들 중 거의 반이 북방 초원 출신의 기병장수들이었다.

고대(古代) 전쟁에서 가장 강력한 공격력은 기병이었고, 야전(野戰)에서 한 사람의 기병은 열 명의 보병보다 더 큰 힘을 발휘한다고 한다. 당태종은 건국 초부터 기병의 중요성을 깨달아 이를 육성했는데, 북방 초원의 막강한 기병까지 이에 가세(加勢)했으니 호랑이 등에 날개를 단 셈이었다. 현대전에 비유하면 강력한 제공권(制空權)에다 무시무시한 돌파력을 가진 기갑군단(機甲軍團)을 갖춘 셈이라 할까.

따라서 적 기병대의 압도적인 우세로 요동 지역의 고구려 성들은 고립되어 제대로 힘을 쓰지 못했고, 원정 초기의 두 차례 야전(野戰)에서 패배할 수밖에 없었다. 특히 천산대회전에서 연개소문의 정예군이 치명적인 타격을 받은 배경에 북방 초원 기병군단의 전투력이 큰 역할을 했다.

다행히 당태종의 원정군은 기병 전력이 별로 힘을 쓸 수 없었던 안시성에 묶여 원정을 실패하고 말았다. 안시성 싸움 이전에 고구려 군의 승리다운 큰 승리를 찾기 어려우나, 안시성 전투가 시작된 이후에는 어떤 패배도 없었다.

갈대고개 싸움 (239쪽)

갈대고개 싸움은 역사 기록에 없다. 그런데 고구려 원정 중 장검 군의 움직임에 큰 미스터리가 있다. 장검의 영주(營州) 군은 당태종의 원정이 본격적으로 시작되기 전(644년)에 고구려 침공 선봉군의 임무를 맡은 바 있으나, 원정이 있던 해(645년) 건안성 공격을 위해 출병하여 고구려 병사 수천을 무찔렀다는 뜬금없는 기록만 있을 뿐이다. 그러나 어디서 고구려 군을 격파했는지 건안성 공략에 참가했는지 여부는 물론이고, 그 후 전쟁 기간 내내 장검 군의 독립된 단위(單位) 부대로서 활약을 역사기록에서 찾아볼 수 없다.

갈대고개 싸움을 구상한 데는 몇 가지 이유가 있다.

첫째, 장검 군의 주력은 당나라가 용병(傭兵)으로 끌어들인 거란족 해족의 유목민족 기병대와 영주 지역의 지방군이다. 원래 유목민족은 바다나 강 같은 물에 익숙하지 않고, 말이란 매우 예민한 동물이어서 배를 이용한 이동이나 늪 지역의 통과는 매우 어렵다. 따라서 장검 군이 육로(마른 땅)를 따라 영주(요서 지역)에서 건안성으로 진출하려면 7세기 당시 요동의 옛 지형으로 미루어 볼 때 반드시 안시성을 지나가지 않을 수 없다.

둘째, 당태종이 안시성을 공격하기 전에 '내가 들은 바로는 안시성은 성이 험하고 군사들이 용맹하며 성주는 지혜와 용기를 두루 갖춘 인물'이라며 싸우기를 무척 꺼려하였다. 당태종 같은 군사적 천재가 적장을 이렇게 높이 평가하고 두려워한 것으로 미루어 당태종이 이미 양만춘을 잘 알고 있었고, 안시성 싸움 이전에 이미 '두려워할 만큼 큰 패전'(敗戰)을 겪었다는 증거가 아닐까? 따라서 장검 군이 건안성으로 진격하던 길목에서 안시성 군과 싸워 독립 전투부대로 존립할 수 없으리만큼 치명적인 패전을 당한 것으로 보아, 갈대고개 싸움을 그려본 것이다.

장산도 해전 역시 역사기록은 없다. 다만 당나라 수군 장수 구효충이 함대를 이끌고 압록강 어구로 진출했다고 하였으나, 그 후 이 함대의 종적에 대한 기록이 없다. 그리고 당태종이 고구려 원정에서 실패하고 돌아간 직후인 11월 수군총관 장문한(비사성과 건안성 공격에 참여한 바 없는 것으로 보아 수군의 육전대가 아니라 수군의 함대를 이끄는 해군 사령관으로 보임)이 패전의 책임을 지고 참수당했고, 비록 처벌의 명분은 달랐지만 그 후 수군 대총관(총사령관) 장량도 투옥되어 죽었다. 군사에 대해 능통한 자는 단순히 패전했다 하여 장수를 처벌하지 않는다. 당태종의 고구려 원정 때 행군 총관(사단장급 고위장군)급 이상의 장수로 참형을 당한 자는 장군예와 장문한 두 총관뿐이다.

장군예 경우는 요동성 총공격을 앞두고 그의 비겁한 행동을 처벌함으로써 군사의 사기를 높이려는 목적으로 적전직결처분(敵前直決處分)을 했다고 이해가 되지만, 이미 원정이 끝난 후 장문한을 참형한 것은 장문한의 잘못으로 해전에서 심각한 패전이 있었고, 그로 인하여 요동반도 동쪽의 제해권(制海權)을 상실한 것으로 추측되기에 장산도 해전을 구상했다.

안시성 싸움이 지지부진하게 되었을 때 안시성 공격을 중단하고 바로 오골성을 거쳐 평양성으로 진격하자는 이도종의 주장이나, 항복한 장수 고연수의 건의를 당태종이 묵살했던 것은 혹시 이 제해권의 상실과도 관련이 있지 않았을는지?

당태종의 치명적 실수 (252쪽)

당태종의 원정을 살펴볼 때 전혀 납득되지 않는 부분이 있다. 이적의 선봉군이 4월 초 요하를 건너 고구려 후방을 기습하여 고구려 전국을 공황

상태에 빠뜨렸을 때 당태종은 본국에 머물러 있었고, 한 달이 더 지난 5월 초에야 겨우 당태종 주력군이 고구려 국경선인 요하에 닿았던 사실이다.

군사에 대해 먹통이었다 할 시인(詩人) 황제 수양제조차 저지르지 않았던 어이없는 실수를 병법에 정통했던 당태종이 저지르다니. 이는 한때 황태자였던 장남 승건의 갑작스런 죽음과 장례식 때문에 낙양에서 3개월이나 지체했던 탓이지만, 이는 당태종이 고구려 원정을 실패하게 된 가장 큰 원인으로 보인다.

요동 지역의 겨울추위를 감안할 때 침공시점 역시 문제였다. 한여름인 음력 5월이 되어서야 주력군이 전선에 도착하다니. 당태종의 고구려 원정은 교병필패(驕兵必敗, 자신의 힘만 믿고 적을 깔보는 자는 반드시 패배한다)의 전형적인 예가 아닌가 한다.

이처럼 늦게 시작한 원정은 당태종을 초조하게 하고 마음의 평정을 깨뜨려 원정 작전에 심각한 영향을 끼쳤음이 분명하다. 혹시 말갈 군 포로의 생매장 사건도 심리적 균형이 깨어진 데서 나온 짓이 아니었을까.

요동성과 고구려 제1번 국도의 전략적 중요성(257쪽)

요동성〔遼陽, 라오양〕은 고구려 시대 요동 지역을 지배하는 중심이었고, 청나라가 선양(심양)을 서울로 삼기 전까지 2천 년에 걸쳐 요동(만주)의 심장이었다. 그러기에 동북아시아 대륙의 세력판도가 변할 때마다 이곳은 항상 '태풍의 눈'이 되었고, 이곳을 지배하는 자가 동북아의 패권을 거머쥐었다.

고구려는 평양성으로 서울을 옮긴 후 평양성-압록강-오골성(봉황성)-연산관-백암성-요동성을 연결하는 교통로(고구려 제1번 국도)에 의해 요동 지역을 지배했다. 이 길이야말로 한반도와 대륙을 연결하는 대동맥일 뿐 아니라 역사상 동북아 대륙을 지배했던 침략자가 한반도를 정복하려면 반드시 거쳐가야 했던 침공로이다(저자는 이 길의 전략적 중요성을 부각시키고자 이 소설에서는 이 길을 고구려 '제 1번 국도'라고 이름 붙였음).

수나라 우문술이 이끈 30만 별동대의 주력도 이 길을 따라 진격한 것으로 추정되고, 요(거란)의 고려 침입이나 청나라의 조선 침략(丙子胡亂) 당시에도 바로 이 길을 통하여 한반도로 진출했다. 수백 년간 명(明)·청(淸)에 보낸 사신도, '청석령 지나가다 초하구(연산관 부근 마을 이름) 어디 메뇨?'라며 봉림대군(孝宗)이 볼모로 잡혀가며 피눈물을 흘리던 곳도, 연암 박지원이 호기심에 눈을 빛내며 《열하일기》를 쓰던 현장도 바로 이 길이었다.

20세기에 들어와서도 요동성과 고구려 제 1번 국도의 전략적 가치는 조금도 변하지 않았다. 러일전쟁 당시 요동반도(여순)를 통해 북진하던 일본 육군 주력이 시베리아 철도를 통해 증원된 제정러시아 대군과 서로 만나, 근세 최초로 동양인이 서양인을 꺾었다 하여 세계를 놀라게 했던 대회전(大會戰)이 벌어졌던 곳도 바로 요양(요동성)이었다.

이 전투에서 일본 군에게 승리를 안겨주었던 결정적 요인이, 한반도에서 압록강을 건너 고구려 제 1번 국도를 따라 진출한 구로다 별동대(別動隊)의 러시아 군 측면(側面) 기습공격이었다. 러일전쟁에서 승리한 일본은 우리나라 간도(間島) 영유권을 청나라에 양보하는 대가로 고구려 제 1번 국도를 따라 안봉선(安奉線, 안동(단둥)에서 봉천(선양)을 잇는 철도) 부설권을 얻어 대륙진출의 발판으로 삼았다. 오늘날도 고구려 제 1번 국도는 중국과 한반도를 잇고 있는 대동맥임에는 변함이 없다. 다만, 청나라 때 만주의 중심축이 요양(요동성)에서 선양(심양)으로 옮겨지면서 고구려 제 1번 국도의 마지막 일부 구간이 본계호에서 선양(고구려 시대 개모성 북쪽)으로 연결되어 조금 바뀐 것 외에는.

연산관 싸움 (296쪽)

당태종의 고구려 원정에 대한 기록은 중국 역사가의 기록뿐이고 원정군의 패전은 되도록 감추려 했기에 전쟁의 실제상황을 정확히 밝히는 데 어려움이 많다.

연산관 싸움은 역사 기록에는 두드러지게 나타나지 않지만 합리적 추론을 바탕으로 이 책의 저자가 새로 찾아낸 고구려의 위대한 승리이다. 연산관 싸움이야말로 당태종이 고구려 원정에서 최초로 겪은 쓰라린 좌절이었고, 그가 처음 계획했던 원정군의 진격로(進擊路)를 포기하게 한 고구려의 엄청난 전략적 승리였으며, 당나라 전사 기록자가 역사에서 애써 감추려 했던 크나큰 숨겨진 패전(敗戰)이 아닐까 싶다.

연산관이란 백암성에서 마천령 험준한 고개를 넘은 후 세하(細河)를 따라 꾸불꾸불하게 뻗은 길고 험한 협곡이 끝나는 부분에 자리 잡은 요충지이다. 여기서 북으로 흐르는 세하 물줄기는 요하를 거쳐 발해만에 이르고, 연산관 남쪽 천산산맥 분수령(分水嶺)에서 남으로 흐르는 물은 압록강을 거쳐 서해로 들어가는 고구려 제1번 국도 방어선의 핵심이 되는 곳이니, 이곳을 지나면 바로 오골성이다. 요동성을 점령했던 당나라 군이 동쪽으로 진군하여 한창 백암성을 공격하던 무렵에, 백암성과 오골성 사이 연산관 협곡 어디선가에서 계필하력이 고구려 장수 고돌발에게 창에 찔려 중상을 입었고, 설만비가 이를 구출했다는 기록이 나온다.

이 단편적인 전투 기록은 무엇을 말함일까?

당태종은 이미 진대덕이란 군사전문가를 사신으로 보내(641년) 고구려 침공 루트를 면밀히 살핀 바 있고, 진대덕의 보고서인 〈고려기〉(高麗記)를 통해 고구려 '제1번 국도' 중 가장 험준한 연산관 협곡의 전략적(戰略的) 가치를 충분히 알고 있었다. 따라서 당태종이 요동성 마수산(馬首山) 대본영을 떠나 몸소 궁벽한 백암성까지 간 것은 고구려 제1번 국도를 따라 오골성, 평양성으로 진격하기 위한 목적 이외에는 상상하기 어렵다.

그리고 계필하력은 행군총관급 이상으로 비중이 큰 돌궐 출신의 맹장이었고, 설만비도 아버지는 수양제 때 살수에서 싸웠던 장수 설세웅, 형은 당나라에서 손꼽히던 장군 설만철이다.

이와 같이 돌궐 출신 맹장과 수당 시절 유력한 군벌가문의 엘리트 장군이 이끌던 선봉기병대가 당태종의 주력군과 100리 이상 떨어진 연산관 협곡에서 백암성을 구원하러 오던 고구려 군과 충돌한 것은 적어도 만 명 이상의 당나라 정예군이 고구려 제1번 국도를 뚫기 위해 기습했다는 뜻이고, 이들이 연산관 싸움에서 패전함으로써 평양성 진군의 최단 침공로인 이 길을 확보하는 데 실패했음을 나타낸다.

연산관 협곡은 워낙 험하고 폭이 좁은 지형상의 특성 때문에 쌍방 간 많은 병력을 동원할 수 없었겠지만, 전쟁 전반의 흐름을 살펴볼 때 이 전투의 파장(波長)은 매우 컸고 고구려로서는 전략적으로 엄청난 큰 승리를 거둔 것으로 추측된다. 아마도 여러 차례의 시도에도 불구하고 끝내 고구려 제1번 국도를 장악할 수 없자 당태종이 원정 때 처음 계획했던 침공노선(侵攻路線)을 포기하고, 요동성으로 돌아와 남쪽 안시성으로 방향을 바꾼 것이리라.

요동성과 백암성 사이의 거리는 80리, 요동성과 안시성 사이는 100여 리에 불과한데 6월 1일 백암성을 함락시킨 당태종 중앙군이 6월 20일이 되어서야 비로소 안시성에 나타난 것에 의구심을 갖는 역사연구자가 있는데, 이는 계필하력의 기습이 실패한 후에도 여러 차례에 걸쳐 연산관 협곡을 장악하려던 전투가 있었고, 최초의 침공노선을 포기하며 공격방향을 안시성으로 변경하느라 많은 시간이 걸렸다고 이해할 수 있지 않을까?

중국 측 역사기록 몇 가지가 이 책의 저자가 연산관 싸움의 대승리를 밝혀내게 된 근거자료이다. 이 기록은 얼핏 보면 계필하력의 무용(武勇)과 백암성을 구원하러 온 고구려 군을 무찌른 승리의 기록처럼 보이지만, 역사기록의 미시적인 자구 해석의 늪에서 눈을 돌려 높은 망대에 올라 전쟁

전반의 진행 상황을 거시적으로 조망하면 전혀 다른 해석이 나온다. •

　그 옛날 언론통제가 극심하던 유신정권 말기에 현명한 신문독자들은 기사에 직접 쓰진 않았지만 지면(紙面)의 배면(背面)을 주의 깊게 살펴보고서 그 뒤에 감추어진 뜻을 파악하고, 보도한 사건의 진실을 알게 되었던 경험을 갖고 있다.

　《자치통감》을 기록할 당시에는 연산관 계곡에서 당나라 군이 고구려(오골성) 구원군과 싸운 많은 자료가 남아있었을 터이나, 중화사상에 찌든 사마광은 고구려 군에 비해 당나라 군은 되도록 적게, 패배한 전투를 혁혁한 승리로 둔갑시켰지만 그가 생각지도 못한 엄청난 빈틈〔虛點〕을 남겼다. 그의 기록대로라면 어찌하여 당나라 군은 패주하는 고구려 군을 뒤쫓아 오골성을 함락시키고 평양성으로 진군하지 않았던가!

　역사에 나타나는 객관적 진실은 당태종이 백암성에서 10여 일간 초조하게 고구려 제1번 국도가 뚫리기를 기다리다가 끝내 쓰라린 가슴을 안고 요동성으로 회군(回軍)하고 공격 방향을 안시성으로 바꾸었던 것이다.

　그렇다면 사마광의 승전 기록은 새빨간 거짓이고 고구려 군은 연산관

• 乙未, 進軍白巖城. 丙申, 右衛大將軍李思摩中弩矢, 上親爲之吮血, 將士聞之, 莫不感動. 烏骨城遣兵萬餘爲白巖聲援, 將軍契苾何力以勁騎八百擊之, 何力挺身陷陣, 槊中其腰, 尙輦奉御薛萬備單騎往救之, 拔何力於萬衆之中而還. 何力氣益憤, 束瘡而戰, 從騎奮擊, 遂破高麗兵, 追奔數十里, 斬首千餘級, 會暝而罷. 萬備, 萬徹之弟也(《자치통감》, 권197).

萬備有至行, 居母喪, 廬墓前, 太宗詔表異其門. 以尙輦奉御從伐高麗. 李勣圍白巖, 虜遣兵萬餘來援, 將軍契苾何力以八百騎苦戰, 中槊創甚, 爲賊所窘, 萬備單馬進救, 何力獲免. 仕至左衛將軍(《신당서》, 권 94, 열전 19, 설만비).

帝征高麗, 詔何力爲前軍總管. 次白崖城, 中賊矟, 創甚, 帝自爲傅藥. 城拔, 得刺何力者高突勃, 驅使自殺之, 辭曰 "彼爲其主, 冒白刃以刺臣, 此義士也. 犬馬猶報其養, 況於人乎?" 卒捨之(《신당서》, 권 110, 열전 35, 계필하력).

계곡을 굳건히 지켰던 것이다(깊이 읽기 '천리장성의 실체', '요동성과 고구려 제1번 국도의 전략적 중요성' 참조).